Inselblut

Bent Ohle, geboren 1973, studierte Dramaturgie und Drehbuch an der Hochschule für Film und Fernsehen in Potsdam-Babelsberg. Für seine veröffentlichten Kurzgeschichten und Romane ist er mit Preisen ausgezeichnet worden. Er arbeitet heute als freier Autor und lebt mit seiner Familie in Braunschweig.

Dieses Buch ist ein Roman. Handlungen und Personen sind frei erfunden. Ähnlichkeiten mit lebenden oder toten Personen sind rein zufällig.

BENT OHLE

Inselblut

KÜSTEN KRIMI

emons:

Bibliografische Information der Deutschen Bibliothek
Die Deutsche Bibliothek verzeichnet diese Publikation
in der Deutschen Nationalbibliografie; detaillierte bibliografische
Daten sind im Internet über http://dnb.d-nb.de abrufbar.

© Hermann-Josef Emons Verlag
Alle Rechte vorbehalten
Umschlagmotiv: photocase.de/lichtsicht
Umschlaggestaltung: Tobias Doetsch
Satz: César Satz & Grafik GmbH, Köln
Druck und Bindung: CPI – Clausen & Bosse, Leck
Printed in Germany 2013
ISBN 978-3-95451-098-6
Küsten Krimi
Originalausgabe

Unser Newsletter informiert Sie
regelmäßig über Neues von emons:
Kostenlos bestellen unter
www.emons-verlag.de

Für Myri, Mathis und Benin

Was über allen Schein, trag ich in mir;
All dies ist nur des Kummers Kleid und Zier.
William Shakespeare, »Hamlet«

Teil 1
Ankunft

Well Papa go to bed now it's getting late
Nothing we can say is gonna change anything now
I'll be leaving in the morning from St. Mary's Gate
We wouldn't change this thing even if we could somehow.

Bruce Springsteen, »Independence Day«

Prolog

Die Ereignisse, die alles veränderten, begannen im Sommer 2011. Alles, was die Welt hier auf der Insel ausmachte, wurde in diesem Sommer und den darauffolgenden Monaten aus den Angeln gehoben. Die Welt war eine Scheibe gewesen bis dahin, und Nils wurde zum Entdecker, der diese Annahme widerlegen würde. Nils, der keine Absicht gehabt hatte, dies zu tun, entdeckte die Welt neu.

Amrum ist eine Insel in der Nordsee, eine Perle, wie ihre Einwohner stolz behaupten. Wer sich in der High Society bewegen, Kaviarhäppchen und Champagner verkosten möchte, der geht nach Sylt. Wer sich erholen und weite, unberührte Natur genießen möchte, der geht nach Amrum. Hier gibt es einen weitläufigen Strand, der den gesamten Westteil der Insel bedeckt und aus sehr feinem weißen Sand besteht. Sylt hingegen ist schmaler, der Sand grobkörniger, und der Strand verliert mehr und mehr Boden an das Meer. Föhr, die zweite Nachbarinsel, ist dreimal größer als Amrum, besitzt jedoch keinen Wald, keine Dünenlandschaft und keinen eigenen Strand; er muss künstlich aufgeworfen werden.

Die zwanzig Quadratkilometer große Insel wird von einer in Nord–Süd–Richtung verlaufenden Inselstraße durchlaufen, die die drei Hauptorte Wittdün, Nebel und Norddorf miteinander verbindet. Es gibt drei Häfen. Den Fährhafen und den Fischereihafen in Wittdün und den kleinen Segelhafen in Steenodde, einer Gemeinde nördlich von Wittdün. Die Dünenlandschaft auf der westlichen Seite der Insel macht fast die Hälfte ihrer Fläche aus.

Zweitausendfünfhundert Einheimische leben auf Amrum. Im Sommer, wenn die Touristen kommen, wohnen hier über siebzehntausend Menschen. Sie baden im Meer, sonnen sich am Strand, machen Spaziergänge am Wasser, durch den Wald und am Watt entlang. Fahren mit dem Rad durch die Weizenfelder, an den Pferdeweiden entlang, sitzen in Cafés und Restaurants und in blumendurchwachsenen Gärten und Parks. Es riecht nach Salz und Muscheln, die Möwen schreien, der Wind weht, und in der Ferne kann man die Halligen sehen, die wie kleine Maulwurfshügel auf dem Horizont liegen. Es ist ein Paradies, eine Idylle, abhängig vom Wind und den Gezeiten.

Im Sommer 2011 brachen weitreichende Ereignisse in diese Idylle ein. Sie kamen mit der Fähre, wie in einem trojanischen Pferd. Und keine der Personen, die in diese Ereignisse involviert war, ahnte etwas davon.

EINS

Die Sonne ging auf. Ein glühender Halbkreis zwischen dem schwarzen Meer und dem kobaltblauen Himmel. Der Horizont flimmerte. Man konnte winzig klein die vielen Windräder an der Küste des Festlands erkennen. Die Halligen standen klar umrissen wie Scherenschnitte auf der Linie, an der sich Himmel und Meer berührten. Es war still und kühl, ein leichter Westwind fuhr über die Insel, Tau lag auf den Gräsern. Alles schien noch zu schlafen.

In einem Zimmer im oberen Stockwerk eines Hauses im Sanghughwai in Nebel brannte Licht. Nils stand in Boxershorts auf der Türschwelle. Seine Hand ruhte noch immer auf dem Lichtschalter. Er stand da und bewegte sich nicht. Nur sein Blick wanderte im Zimmer umher. Sein Mund war leicht geöffnet, fast staunend. Er atmete tonlos, während er die restlichen Bilder an der Wand betrachtete. Anna hatte sie selbst gemalt. Die Vorhänge standen offen. Auf dem Fußboden erkannte er die Abdrücke ihres Kinderbetts in dem weißen Schlaufenteppich. Ein kalter Draht schnürte sich immer fester um Nils' Herz. Diese boshaften kleinen Abdrücke waren das Schrecklichste, was er je gesehen hatte. Bei einem Verkehrsunfall hatte er einmal einen Motorradfahrer mit einem fast abgetrennten Bein und als Schüler einen Jungen gesehen, der vom Dreier auf den Beckenrand gefallen war. Doch diese Abdrücke im Schlaufenteppich waren blutiger, grausamer, ekelhafter und schmerzhafter. Er holte tief Luft, so, als sei er lange unter Wasser gedrückt worden.

Er war gestern bis spätabends im Büro geblieben, um nicht sehen zu müssen, wie sie das Haus leer räumten. Jetzt, wo er die Zimmer zum ersten Mal wieder betrat, fühlte es sich an, als seien sie nicht einfach nur ausgeräumt, sondern seelenlos. Sie waren tot, vom Leben entkernt. *Genau so sieht mein Herz aus,* dachte er. *Dieses Haus ist ein riesiger Modellnachbau meines Herzens.*

Er schaltete das Licht aus. Durch das Fenster drang der orangene Dunst des Sonnenaufgangs. Nils ging darauf zu, um die Vorhänge zu schließen. Es sollte dunkel sein hier drinnen und dunkel bleiben.

Dieses Zimmer wollte er nicht mehr sehen. Er hatte den Vorhang-
stoff schon in den Fingern, als er das Pferd unten im Garten sah.
Das Grundstück grenzte an eine Weide. In der linken hinteren Ecke
des Gartens stand eine große Kiefer, unter der Nils vor Jahren eine
Sandkiste gebaut hatte. Sie war seit Langem unbenutzt und das Holz
bereits morsch und rissig. Neben der Sandkiste stand inmitten von
versprengten Kiefernzapfen das hüfthohe Holzpferd. Anna hatte es
auf einem Trödelmarkt auf dem Festland entdeckt und sich sofort
verliebt. Sie hatte ihn und Elke angefleht, es ihr zu kaufen. Nils hatte
es übertrieben gefunden, seiner Tochter einfach so zwischendurch
ein derart großes Geschenk zu kaufen. So etwas wünschte man
sich zu Weihnachten oder zum Geburtstag. »Aber dann ist es doch
weg!«, hatte Anna gerufen, schließlich sei das hier ein Trödelmarkt.
Wenn sie es ihr jetzt nicht kauften, würde sie es nie bekommen.
Auch Elke hatte versucht, ihre Tochter zu beschwichtigen, doch
am Ende war das Pferd, weil es nicht in den Kofferraum gepasst
hatte, mit einigen Schnüren verzurrt, auf dem Dach gelandet, um
seine Reise auf die Insel anzutreten. Seit damals stand es im Sommer
immer im Garten. Manchmal, wenn Anna Reiten gespielt und das
Holzpferd an den Zaun gestellt hatte, kamen die Pferde von der
Weide herüber und schnupperten neugierig daran.

Nils drehte sich um, stürzte aus dem Zimmer, die Treppe hinunter ins Wohnzimmer und riss die Terrassentür auf. Im Garten
griff er sich eine an der Hauswand lehnende Schaufel, holte seitlich
bis über den Kopf aus und ließ sie auf das Pferd niedersausen. Es
gab ein helles, klingendes Geräusch, als das Metall auf den Kopf
des Pferdes traf und ein Ohr abbrach. Nils holte wieder aus und
wieder und wieder. Holz splitterte und krachte. Am Ende war er
völlig außer Atem, und das Pferd lag mit gebrochenen Beinen vor
ihm im kühlen Gras. Im Haus nebenan ging ein Licht an. Nils
konnte den Umriss seines Nachbarn im Fenster erkennen. Jetzt
wurde ihm bewusst, wie verrückt er aussehen musste, halb nackt
mit einer Schaufel auf ein Holzpferd eindreschend. Er warf die
Schaufel weg, spuckte einmal aus und ging zurück ins Haus.

Zwei Stunden später fuhr er in seinem Dienstwagen über die
Landstraße in Richtung Norden. Er hatte geduscht und war nach

einer Tasse Kaffee, die er mit einem großzügigen Schuss Whiskey versehen hatte, ins Büro gegangen. Das ließ den Morgen heller erscheinen, als er eigentlich war. Dort angekommen, hatte er eine weitere Tasse Kaffee getrunken (ohne Schuss) und ein wenig Papierkram erledigt. Er hatte einen Anruf vom Kino in Norddorf bekommen und sich gleich auf den Weg gemacht. Nichts Großes, aber es musste erledigt werden.

Der Kiefernwald warf einen dunklen Schatten auf die Straße. Er passierte das Ortsschild. Automatisch drosselte er die Geschwindigkeit auf dreißig Stundenkilometer. Hier geschahen die meisten Unfälle. Der abrupte Wechsel von Licht zu Schatten kombiniert mit zu schnellem Fahren war gefährlich. Die Insulaner hielten sich nie an das Tempolimit, und die Touristen unterschätzten ihre Geschwindigkeit. Dabei war bereits die erste Straße nach der Kirche eine Kreuzung, bei der rechts vor links galt. Das wurde so gut wie immer übersehen. Nils hatte sich dafür starkgemacht, dort entweder ein Vorfahrtschild zu installieren oder eine Geschwindigkeitsbegrenzung einzuführen. Seit Anfang des Jahres galt hier nun Tempo dreißig, doch Nils war der Einzige, der sich daran hielt.

Er fuhr ins Dorf und hielt vor dem Kino, wo Holger, der Besitzer, ihn bereits erwartete.

»Moin, Holger«, grüßte Nils.

»Die haben die Scheibe eingeschlagen und einfach das Plakat mitgenommen! So was hab ich noch nie erlebt.«

Das »Lichtblick« hatte einen knapp sieben Meter langen Schaukasten rechts vom Eingang, in dem die Plakate der aktuellen Filme hingen. Heute sollte »Transformers 3« laufen, doch eben dieses Plakat fehlte. Die Scheibe war zu einem Drittel zersprungen und lag auf dem Boden. Es war nicht schwer zu erraten, wer das getan haben musste. Die Einheimischen machten so etwas nicht. Natürlich war die Amrumer Jugend ebenso gelangweilt und frustriert, aufsässig und auch mal angetrunken wie die Jugend im Rest von Deutschland auch, aber sie war nicht so dumm, hier ein Filmplakat zu klauen. Es würde keine zwei Stunden dauern, dann wüsste jeder Amrumer, wer es getan hatte. Solche Geheimnisse blieben nie im Dunkeln. Sie kamen alle ans Licht, die kleinen und die großen. Das war vielleicht ein Nachteil, vielleicht aber auch ein Vorteil des Lebens auf einer Insel. Das konnte Nils für sich nie genau entscheiden.

»Tja, im Schullandheim ist gerade eine neunte Klasse aus Kiel. Schätze, ich werde denen mal einen Besuch abstatten müssen«, sagte Nils. Holger fegte die Scherben mit einem Besen zusammen.

»Die Lehrer müssen doch aufpassen, was die Jungs da nachts so treiben! Die können die doch nicht einfach abhauen lassen«, wetterte er.

»Du weißt, wie Jungs sind. Fenster auf und weg. Das Plakat hast du mit Sicherheit nachher wieder, und die Scheibe zahlt die Versicherung«, meinte Nils.

»Der kleine Penner kriegt 'nen Arschtritt von mir«, drohte Holger.

»Vielleicht guckt er sich ja heute Abend den Film an, dann kannste dich entscheiden, Arschtritt oder Karte verkaufen.«

»Geht auch beides«, sagte Holger und grinste schon wieder. Sie verabschiedeten sich, und Nils ging, anstatt zu seinem Wagen, nach rechts auf das Hotel Petersen zu. Eigentlich sträubten sich alle Moleküle seines Körpers gegen diese Entscheidung, aber wenn er schon mal hier war ... *Was soll's,* dachte er, *es muss ja gemacht werden.* Er ging die Stufen hinauf und verschwand unter den goldenen Lettern, die schwer über dem Hoteleingang prangten.

»Moin, Karla«, grüßte er und legte einen Arm auf den Empfangstresen. Karla lächelte, als sie ihn sah. Sie war neunundzwanzig und arbeitete seit fünf Jahren als Empfangsdame im Hotel. Sie machte keinen Hehl daraus, dass sie Nils mochte, aber sie wusste auch, wie weit sie gehen konnte mit ihren Äußerungen und ihren Blicken. Sie mochte Nils mehr, als sie zugeben durfte, um ihre Stellung nicht zu verlieren. Aber sie glaubte, sich und ihre Gefühle gut im Griff zu haben. Sicher hatte Nils es niemals bemerkt und auch sonst niemand. Außerdem war alles gut so, wie es war. Nils war verheiratet, und sie hatte einen festen Freund.

»Moin, Nils. Die beiden sind oben, falls du ...«

»Ja, danke.« Nils schaute die dunkle Treppe hinauf. Erst dann löste er sich vom Tresen und warf Karla noch einen freundlichen Blick zu, für den Fall, dass er es zuvor vergessen hatte.

Seine Uniformschuhe drückten sich fast lautlos in den Teppich.

Weiße Schlaufen, wie zu Hause, nur ohne Abdrücke. Nils stieg die Treppe in den obersten Stock hinauf und bog dann links in den Gang ein, Richtung Westen. In Zimmer 323 war die Putzfrau zugange. Der Staubsauger lief, und draußen vor der Tür standen der Putzwagen und der Wagen mit dem Wäschebeutel. Nils sah sich wieder als kleines Kind durch die Gänge des Hotels toben. Er hatte früher immer Basketball mit den Wäschebeuteln gespielt. Die Putzfrauen hatten sich gefreut, ihn zu sehen, und mit ihm geplaudert oder ihn mithelfen lassen. Das gesamte Hotelpersonal war wie eine riesige Familie für ihn gewesen. Als einziges Kind des Chefs war er der Sohn von jedermann. Da war Gustav, der Koch, bei dem er immer hatte naschen dürfen und der ihm das Kochen beigebracht hatte. Und Karl, der Hausmeister, mit dem Nils Betten repariert und im Garten die Bäume beschnitten hatte. Da waren Lara, Emma, Tanja, Astrid und Petra, die Zimmermädchen, die zuerst wie große Schwestern für ihn gewesen waren und später dann auch so etwas wie Freundinnen, mit denen er seine ersten sexuellen Erfahrungen gemacht hatte, zumindest mit zwei von ihnen. Sofort stieg ihm Emmas unvergleichlicher Geruch von Kernseife, Fenchel und Kirschkaugummi in die Nase. Und was sie alles angestellt hatte mit diesem Kaugummi. Emma hatte es ihm schrecklich übel genommen, als sie bemerkt hatte, dass er auch mit Astrid schlief. Aber Nils hatte Astrid einfach nicht widerstehen können. Sie trug immer streng zurückgekämmtes Haar, das mit einem kleinen Haargummi am Hinterkopf zu einem auf und ab wippenden Pferdeschwanz gebunden war. Genau diese Bewegung hatte Nils rasend gemacht. Nicht ihr Körper, der schön und weiß war. Nicht ihre dunklen Augen, nicht ihr Lächeln, das so süß war, dass man meinte, in ihrem Atem Honig riechen zu können. Nicht ihre Art, ihn behutsam zu küssen. Nein, es war allein die Bewegung des Zopfes. Wenn sie auf der Treppe abwärtsging, war das ein Schauspiel, bei dem Nils regelmäßig schwindlig vor Lust geworden war. Einmal hatten sie es sogar direkt auf der Treppe gemacht, allerdings nur, weil Astrid einen Schwips vom Gin Tonic auf der Sommerparty gehabt hatte.

Astrid hatte geheiratet und war nach Dänemark gezogen. Emma war noch im Hotel, aber ihre intimen Geheimnisse waren so verblasst, dass sie sich kaum daran erinnerten, wenn sie sich jetzt trafen. Fast so, als seien sie damals andere Menschen gewesen, die sich nun, in einem anderen Leben reinkarniert, durch Zufall wiedertrafen.

Dann waren da noch Burger, Torben, Lars, Jochen und Claas, die Kellner, die mit ihm Fußball auf der Wiese vorm Haus gespielt hatten. Burger, der ihm seinen ersten Joint zu rauchen gegeben hatte, in der Mittagspause in der Personalküche. Nils war daraufhin öfter mal in der Mittagspause in der Personalküche aufgetaucht. Und Lars, das würde er nie vergessen, hatte ihm das Fahrradfahren beigebracht. Lars war ein guter Kerl, so was wie der große Bruder, den er nie gehabt hatte.

Und Herr Seibert, der Chefkellner, der mehr so etwas wie ein zweiter Vater gewesen war, was seine Strenge anbetraf. Er hatte immer Meldung gemacht, wenn Nils irgendwo im Haus Unsinn angestellt hatte. *Seibert, die alte Petze,* dachte Nils und lächelte still in sich hinein. Er war so in Gedanken, dass er nicht mehr wusste, wie er vor die Tür seiner Eltern gelangt war. Er horchte, bevor er klopfte. Dann hörte er die schnellen, kurzen Schritte seiner Mutter, die barfuß über den Teppich zur Tür kam.

»Schätzchen, so eine schöne Überraschung!«, sagte sie und hauchte ihm einen Kuss auf die Wange. »Dein Vater ist noch im Bad. Willst du einen Kaffee?«

»Nein, danke.«

Nils' Mutter flitzte voraus zum Frühstückstisch, der wie immer vor der geöffneten Balkontür stand. Ein leichter Wind strömte herein, und das Sonnenlicht erhellte das Zimmer derart, dass es größer wirkte, als es in Nils' Erinnerung war. Früher hatte er auch hier gewohnt. Ein Klappbett hatte links in der Ecke gestanden, wo nun ein Sekretär und eine Stehlampe untergebracht waren. Ein Kinderzimmer hatte er nie gehabt. Sein Kinderzimmer war das Hotel gewesen. Das größte Kinderzimmer, das man sich vorstellen konnte. Hier drin hingegen hatten sie wie zusammengepfercht gelebt.

»Setz dich, Schatz«, sagte seine Mutter und deutete auf den Stuhl seines Vaters. Auch das Gedeck seines Vaters sah aus wie immer. Eine große Kanne Kaffee, zwei Brötchen, von denen er den letzten Bissen, Gott weiß, warum, immer liegen ließ, und

15

eine Zigarre, die nach dem Essen grundsätzlich in der Kaffeetasse gelöscht wurde. Bei dem Geruch von kaltem Tabak vermischt mit Kaffee und Marmelade wurde Nils ein wenig übel.

Er wusste, dass seine Freunde ihn früher um dieses Leben beneidet hatten. Hier im Hotel zu leben, wo man nur klingeln musste und sich alles bestellen konnte, was man wollte. Das beste Essen und kalte Getränke, so viel man wollte. Nils hatte nach Meinung seiner Freunde im Schlaraffenland gelebt. Doch er teilte diese Meinung nicht. Bevor sie ins Hotel gezogen waren, hatten sie in einem kleinen Reetdachhaus in Nebel gewohnt. Und auch wenn er dort genauso unter der Strenge seines Vaters gelitten hatte wie im Hotel, hatte es doch einen großen Unterschied gegeben. Sie hatten ein Familienleben gehabt, ein Privatleben. Dort waren sie eine Familie gewesen. Nils erinnerte sich furchtbar gern an die Winterabende, an denen draußen ein eiskalter Wind geblasen und der Schnee vor den Fenstern gelegen hatte. Dann hatte sein Vater Feuer im Kamin gemacht und seine Mutter in der Küche Tee und Milchreis gekocht. Mit dem Moment, da sie ins Hotel gezogen waren, war das alles vorbei und vergessen. Niemals wieder hatte seine Mutter etwas für ihn gekocht. Niemals mehr hatte es nach Tee und Milchreis gerochen. Und sein Vater hatte nie wieder Feuer gemacht. Ab diesem Zeitpunkt wurde geklingelt, und die Kellner kamen und brachten ihnen etwas aus der Küche drei Stockwerke tiefer. Sie hatten ein öffentliches Leben gelebt, zur Schau gestellt in einem gläsernen Hotelzimmer, und seine Eltern taten es noch immer. Dafür war alles andere geopfert worden.

»Nils ist da! Wie lange brauchst du noch?«, rief seine Mutter ins Bad, und man sah einen Schatten an der leicht geöffneten Tür vorbeihuschen. »Du siehst schlecht aus. Ist alles in Ordnung?«, fragte sie ihn.

»Ich muss mit euch reden«, sagte Nils, ohne darauf einzugehen, und seine Mutter zog den Morgenrock enger um ihren Körper, so, als friere sie plötzlich. Nils wusste, was das bedeutete. Wenn sie um diese Zeit noch ihren Morgenrock trug, dann hatte sie Migräne, und wenn sein Vater um diese Zeit noch nicht fertig angezogen war, dann hatten sie gestritten. Alles beim Alten.

»Sicher will er sich wieder Geld leihen«, kam es dröhnend

aus dem Bad. Sofort wollte Nils' Mutter tröstend nach seiner Hand greifen, doch Nils zog sie zurück. Sein Vater kam aus dem Bad, damit beschäftigt, sich seine goldenen Manschettenknöpfe anzustecken. Er roch nach Zahnpasta und Tabac-Aftershave, von dem er wie immer zu viel aufgetragen hatte. Nils stand vor ihm, und sein Vater musterte ihn fast belustigt. »Was verschafft uns die Ehre?«, fragte er und knöpfte den obersten Knopf seines Kragens zu.

»Elke und ich haben uns getrennt.« Nils hatte beschlossen, keine großen Umschweife zu machen und auf das übliche Geplänkel mit »Wie geht's euch?« und »Schönes Wetter heute« zu verzichten. Je schneller er zum Punkt kam, desto schneller war er wieder draußen.

Seine Mutter bedeckte erschrocken ihren Mund. Eine Geste, die Nils schon bei vielen Menschen beobachtet, aber nie ganz verstanden hatte. Sein Vater hielt kurz inne und sagte dann: »Ist vielleicht besser so. Sicher findet sie noch etwas Besseres als einen Verkehrspolizisten.«

Nils kannte seinen Vater. Er wusste, wie er war, er wusste, wie er reagieren würde, und er kannte seine Sprüche zur Genüge. Und trotzdem verletzte es ihn, dass er wieder einmal seinen Beruf in den Dreck zog. Er wusste nicht, über wen er sich mehr ärgerte, über seinen Vater oder über sich selbst.

»Oh Gott, das tut mir furchtbar leid, aber vielleicht renkt es sich ja wieder ein«, sagte seine Mutter, die immer glaubte, alles würde sich zum Guten wenden, auch wenn es offensichtlich aussichtslos war. Aber als Optimistin hatte er sie dennoch nie gesehen. Eigentlich war sie nur zu schwach, um der Wahrheit ins Auge zu blicken.

»Nein, da renkt sich nichts mehr ein, Mama.«

»Und was ist mit Anna?«

»Sie ziehen beide aus. Sind schon ausgezogen.«

»Wohin?«, wollte seine Mutter wissen, wohl weil sie fürchtete, es könnte weit weg sein.

»Zu Stefan«, sagte Nils nach kurzem Zögern. Lieber hätte er diese Tatsache verschwiegen, aber so war es nun mal auf der Insel. Nichts ließ sich verheimlichen.

»Stefan, dein bester Freund?«, fragte sein Vater und lachte verächtlich. »Wenn du in die Scheiße greifst, dann aber gleich richtig, was?«

»Hauke, bitte!«, ermahnte ihn Nils' Mutter.

»Ich sag doch nur die Wahrheit. Ich möchte einmal erleben, dass der Junge durch unsere Tür kommt und uns eine Erfolgsnachricht überbringt.«

»Was du so unter Erfolg verstehst«, brummte Nils.

»Ich will dir mal was sagen, Junge. Manche Leute werden als Verlierer geboren. Du gehörst nicht dazu. Du bist in eine Familie hineingeboren worden, die es zu etwas gebracht hat. Das war ein reines Glück für dich. Du hast dich selbst zum Verlierer gemacht, als du diese lächerliche Uniform angezogen hast!«

»Du bist so armselig, Papa«, sagte Nils. Er wandte sich um und stürmte aus dem Zimmer. Seine Mutter wollte ihn noch festhalten, doch er war schneller. Laut krachend warf er die Tür ins Schloss.

»Musste das wieder sein?«, fragte Nils' Mutter und fixierte ihren Mann mit eng zusammengekniffenen Augen. Der warf sich sein Jackett über.

»Er gibt mir einfach zu viele Vorlagen!«

»Und was machen wir jetzt?«

»Nichts natürlich. Das ist nicht unsere Angelegenheit«, sagte er und ließ seine Frau allein.

Karla erkannte sofort, dass sich Nils und sein Vater wieder gestritten hatten. Sie sagte leise »Tschüss«, als Nils aus dem Haus ging, erwartete jedoch keine Antwort von ihm. In Gedanken umarmte sie ihn und hielt ihn fest, so fest, dass er seinen Vater vergaß und nur noch sie beide zählten.

Karl, der Hausmeister, stand vor der Tür auf einer Leiter und reparierte eine defekte Laterne. Nils wäre fast gegen die Leiter gerannt.

»Hoppla, Moin, Nils«, sagte Karl.

Nils antwortete nicht. Er war tief in Gedanken versunken, als er zu seinem Auto ging, und würde sich, dort angekommen, wieder nicht an den Weg erinnern können. Karl blickte ihm noch eine Weile hinterher. Er sah besorgt aus.

ZWEI

Der Lehrer entschuldigte sich tausendmal, als er das Plakat im Schrank eines der Jungenzimmer fand. Keiner der sechs Jungen, die es bewohnten, wollte sagen, wer es geklaut hatte. Das war gar nicht nötig, Nils erkannte den Schuldigen gleich. Sie glaubten immer, man könnte es ihnen nicht ansehen, aber das war ein furchtbar naiver Trugschluss. Die Augen verrieten alles. *Junge, es ist so deutlich wie 'n Hundeschiss im Schnee, sag's doch einfach,* dachte Nils. Er schämte sich ungern fremd, und gerade bei jungen Menschen konnte er nicht lang zuschauen, wenn sie sich unter seinem Blick wanden und sich selbst in die Tasche logen.

»Pass auf, wir machen es einfach so«, sagte Nils und schaute dabei nur diesen Jungen an. »Wir sagen, du seiest gefallen und dabei gegen die Scheibe gekommen. Deine Eltern melden das ihrer Versicherung, und ich nehme das Plakat wieder mit. Wie klingt das?«

Der Junge blickte unsicher auf seine Freunde. Er wusste offenbar nicht im Geringsten, wie er hatte auffliegen können, und vermied fleißig den Augenkontakt mit Nils. Alle warteten auf seine Antwort. Schließlich nickte er einfach, und Nils stand auf. Es war überstanden.

»Bestens. Also, alles nur ein Unfall. Viel Spaß weiterhin.« Er schüttelte dem Lehrer die Hand. Im Rausgehen drehte er sich noch mal um. »Ach, Jungs, wenn ihr euch den Film heute angucken wollt, nehmt euch vor dem Besitzer in Acht.«

★★★

In drei Bundesländern begannen heute die Sommerferien. Als die Fähre bei Ebbe den Hafen von Dagebüll ansteuerte, wo sie um zwölf Uhr ablegen sollte, stand die Familie Bohn mit ihrem Wagen inmitten von gut hundert weiteren Autos in den Parkreihen der Anlegestelle. Trotz des kühlen Westwindes war es heiß in der Sonne. Kinder lachten, Hunde bellten, Fahrradklingeln läuteten, Kofferräder polterten über den Asphalt. Mütter trugen ihre Kinder auf dem Arm spazieren, einige ältere Herrschaften hatten es sich auf einer Bank bequem gemacht und aßen die sorgfältig einge-packten Brote. Familienväter blickten, an ihre vollgepackten Autos gelehnt, der Fähre entgegen, und hier und da drangen Stimmen und Radiomusik aus den geöffneten Fensterscheiben der Wagen.

Anita Bohn hatte die beiden oberen Knöpfe ihrer weißen Bluse geöffnet, sodass man ihren türkisfarbenen Bikini erkennen konnte. Als sie sich einige Schweißtropfen von der Brust wischte, sah Georg das aus dem Augenwinkel. Es erregte ihn, und zugleich spürte er die altbekannte Wut in sich aufsteigen. Denn er wusste, sie tat diese kleinen Dinge nicht unbewusst. Sie tat sie, um ihn zu provozieren, um ihm einen Angelhaken ins Herz zu stechen und ihn mit diesem Köder zu fangen. Diese Gesten sagten: Sieh her, hier ist das, was du nicht kriegen kannst und was ich anderen anbiete, weil ich ihre Blicke so sehr genieße. Georg sah in den Rückspiegel. Nina saß stumm auf der Rückbank, ihre Giraffe auf dem Schoß, und blickte hinaus aufs Meer, wo sich die Fähre wie ein Eisberg immer näher an den Hafen heranschob.

»So, jetzt sind wir im Urlaub«, sagte Georg erleichtert, nachdem er das Auto nahe an der Stoßstange seines Vordermanns auf der Fähre geparkt hatte. Nina und Anita antworteten ihm nicht, und so hing dieser Satz furchtbar zerbrechlich in der Luft, während sie ihre Sachen packten, um auszusteigen.

Anita warf dem Platzanweiser einen koketten Blick zu, den dieser gerne annahm. Er konnte sich kaum an Anitas Hintern sattsehen, als sie sich durch die Autoreihen zur Treppe schlängelte. Georg und Nina folgten ihr hinauf bis aufs Sonnendeck. Sie fanden eine Bank direkt an der Reling, und Nina steckte ihre Beine durch die Streben und ließ sie baumeln. Anita setzte sich mit dem Gesicht zur Sonne, öffnete nun auch die letzten zwei Knöpfe ihrer Bluse und löste den Knoten über dem Bauchnabel. Sie schloss die Augen. Georg starrte auf Anitas entspanntes Gesicht, während er die Blicke der anderen Männer spürte, die im Dekolleté seiner Frau wühlten.

»Nur noch zwei Stunden, Schatz, dann sind wir da«, flüsterte Georg. Nina nickte, und Georg legte ihr einen Arm um die Schul-tern.

Die Fähre hatte den Hafen von Föhr gerade wieder verlassen und steuerte in einer Rechtskurve auf Amrum zu, als Anita sich von ihrem Sitz erhob und ihre Bluse zuknotete. »Ich brauche was Kaltes zu trinken. Soll ich euch was mitbringen?«, fragte sie, richtete den Blick dabei aber nur auf Nina.

»Darf ich eine Cola haben?« Nina schaute ihren Vater bittend an.

»Klar darfst du«, sagte Anita, bevor er etwas erwidern konnte, und begab sich zur Treppe, die sie ein Stockwerk tiefer zum Restaurant brachte. Ein Großteil der Tische war besetzt. Die Hitze stand in dem großen Raum, die Sonne schien unerbittlich durch die salzverschmierten Fenster. Es roch nach billigem Kaffee und heißen Würstchen. Anita blieb eine Weile im Eingang stehen, um sich zu orientieren. Sie bemerkte, wie sich einige Gäste zu ihr umdrehten und sie anstarrten. Manche tuschelten, und Anita lächelte. Dann schritt sie mit schwingendem Gang zum Tresen. Der Kellner grinste, als er sie erblickte.

»Zwei Cola, bitte.«

»Zwei Cola, kommt sofort«, sagte er und öffnete einen Schrank.

»Schön kühl, wenn's geht.«

»Kälter geht's nicht«, sagte der Kellner und grinste wieder, so als hätte er etwas sehr Schlaues gesagt.

»Laden Sie mich ein?«, fragte Anita, und sogleich verschwand das Lächeln aus seinem Gesicht.

»Ich … äh …« Er blinzelte nervös.

»Was? Spendieren Sie mir ein kaltes Getränk oder nicht?«

»Das ist … also, das kann ich nicht.«

»Oh, verstehe, Sie sind knapp bei Kasse, unterbezahlt und so weiter. Oder bin ich nicht Ihr Typ? Bin ich Ihnen nicht hübsch genug?«

»Nein, nein, das ist … verboten.«

»Ja, die verbotenen Dinge …«

»Tut mir leid.«

»Hab ich mir gedacht«, meinte Anita und legte das Geld auf den Tresen. »Stimmt so«, sagte sie und nahm die Getränke. Der Mann hinter dem Tresen wischte sich den Schweiß von der Stirn, als er ihr nachsah.

Anita ging zur hinteren Reling der Fähre und blickte in die weiße, wirbelnde Gischt, die von der Schiffsschraube aufgeworfen wurde. Abwesend nahm sie immer wieder einen Schluck aus ihrer Coladose. Ihr Blick, der eben noch Selbstsicherheit und fast schon Überheblichkeit ausgedrückt hatte, war einer verstörten Verletzlichkeit gewichen. Innerhalb eines Wimpernschlags hatte sie sich in einen anderen Menschen verwandelt, versunken im klebrigen Morast ihrer Gedanken. Ein Möwenschrei katapultierte sie wieder ins Hier und Jetzt zurück. Sie blinzelte in den blauen Himmel und beschattete ihre Augen mit einer Hand. Die Möwe stand förmlich in der Luft, sie flog in der gleichen Geschwindigkeit wie die Fähre.

»Ich hab nichts«, sagte Anita entschuldigend. Die Möwe sah sie mit einem kalten Auge an. Die schwarze Pupille saß starr und tot wie ein Stecknadelkopf in dem kreisrunden Weiß. *Flieg so hoch du kannst,* dachte Anita, *ich jedenfalls würde es tun.*

Als sie zurück auf das Sonnendeck kam, saß Nina auf ihrem Platz. Sie hatte die Augen geschlossen und döste mit dem Kopf auf den Armen vor sich hin. Anita drückte ihr die kalte Coladose aufs Bein. Schreiend schoss Nina hoch, und Anita umarmte sie lachend. Es war wie eine Umarmung aus Papier. Spröde und ungelenk.

»Hab ich dich erwischt!«, rief Anita und freute sich. »Jetzt noch bei Papa.« Sie drückte Georg die Dose auf den Oberschenkel, und der schreckte ebenfalls hoch.

Jetzt lachte auch Nina. Einen kurzen Augenblick später entdeckte sie Amrum, und ihr Lachen verstummte wie das Summen einer Fliege, die aus dem Fenster verschwindet.

»Seht mal, der Leuchtturm!«, rief sie, und für einen Moment blickten alle drei ganz still und glücklich ihrem Urlaub entgegen.

Sie wussten nicht, was kommen würde, sonst hätten sie niemals auch nur einen Fuß auf die Insel gesetzt.

Eine Viertelstunde später fuhren sie auf die Insel. Es machte *tack, tack,* als sie die Fähre verließen und über die Landungsbrücke fuhren. Langsam folgten sie dem Strom der Menschen und Autos durch Wittdün hindurch.

Der kleine Ort war belebt. Die Menschen gingen einkaufen, flanierten an den Geschäften vorbei, aßen Eis oder ein Fischbrötchen. Beim Supermarkt stand ein kleines Mädchen an der Straße und wartete darauf, dass ihr Vater aus einer engen Parklücke fuhr. Sie hielt ein Schwimmkrokodil in der Hand. Eine Windbö entriss ihr das Tier, und das Krokodil sprang selbstmörderisch auf die Straße. Georg bremste scharf, sodass sie in ihren Sitzen nach vorn geworfen wurden. Gerade noch rechtzeitig, denn das kleine Mädchen lief direkt vor Georgs Motorhaube und rettete das Krokodil. Es hatte die Gefahr nicht einmal bemerkt. Die für das Krokodil sehr wohl, aber nicht die für sich. Ein selbstloses, angeborenes Helfersyndrom oder einfach nur die Angst vor dem Verlust des eigenen Besitzes? Was es auch war, die Mutter der Kleinen tat es ihr gleich. Sie stürzte entsetzt auf die Straße und hob ihr Kind an einem Arm zurück auf den Bürgersteig. Das Mädchen schrie, der Papa stieg aus, und die Mama bedankte sich mit einem Blick bei Georg. Der nickte und fuhr langsam weiter.

»Gefährliche Insel«, sagte er. Es sollte ironisch klingen, was es aber nicht tat.

Sie folgten der Inselstraße, passierten den Leuchtturm zu ihrer Linken, durchfuhren Süddorf, einen Ort, der nur aus fünf Häusern zu bestehen schien und an den sich nach kurzer Fahrt am Fußballplatz und der Mühle vorbei Nebel anschloss. Hier wurden neue Häuser gebaut, Häuser, die noch mehr Gäste aufnehmen sollten, aber es wirkte nicht überfüllt oder unangebracht. Die Häuser, meist im inseltypischen Reetdachstil, sahen hübsch und einladend aus, fand Georg. Ihm tat es ein wenig weh, dass sie nicht auch eine Wohnung oder ein Haus für sich hatten. Anita hatte im Hotel gebucht. Georg widerstrebte es, sich in einem Haus zu bewegen, in dem so viele andere Gäste waren.

Anita hatte wie immer die Planung für den Urlaub übernommen. In den letzten Jahren waren sie meist ins Ausland gefahren, Italien, Frankreich. Anita mochte den Süden, mochte die Sonne und hatte sich eigentlich nie für die Nordseeküste interessiert, doch dieses Jahr war es anders. Sie hatte allein zu Haus gesessen, nachdem Nina zur Schule und Georg zur Arbeit gefahren war, und eigentlich

23

im Garten die ersten Blumenzwiebeln einpflanzen wollen, als sie plötzlich Lust bekam, sich um den Urlaub zu kümmern. Trotz des schönen Wetters war sie im Haus geblieben und hatte sich an den PC gesetzt, mit einem ganz bestimmten Bild im Kopf. Sie sah einen weiten weißen Strand und einen blauen Himmel vor sich, dessen Blau sich von dem des Wassers nicht zu unterscheiden schien. Ein paar vereinzelte schneeweiße Wolken am Horizont und im Vordergrund Dünen mit grünem Gras, das sich im Wind bog. Als sie dort an ihrem Tisch saß und dieses Bild in sich heraufbeschwor, konnte sie den Duft von Salz riechen. Mit den deutschen Inseln kannte sie sich nicht sehr gut aus. Sie konnte vielleicht fünf oder sechs aus dem Kopf aufzählen, doch Amrum fiel ihr zuerst ein. Irgendwie klang der Name der Insel für sie nach Ruhe und nach Geborgenheit. Sie sah sich selbst am Strand in der warmen Sonne liegen, und ein Lächeln huschte über ihr Gesicht. Ja, sie wollte nach Amrum. Sie hatte sich, was sie sonst nur selten tat und auch nur, um eine schlechte Stimmung aufzuhellen, ein Glas Weißwein eingeschenkt. Sie wollte die Urlaubssuche genießen, wollte sich treiben lassen von den Bildern und ihre Vorfreude auskosten. Im Internetportal der Insel fand sie nur noch wenige freie Unterkünfte. Keine der Wohnungen gefiel ihr auf Anhieb. Entweder war das Haus von außen sehr schön, doch dann umso unansehnlicher im Innenbereich. Oder es gab nur eine Ausziehcouch und kein separates Zimmer für Nina. Eine Wohnung entsprach all ihren Anforderungen – bis sie kurz vor dem Buchen bemerkte, dass die Wohnung im ersten Stock lag. Im Sommer wollte Anita nicht in die erste Etage. Es war zu warm, und man hatte keine Möglichkeit, einfach in den Garten hinauszugehen. Das Hotel Petersen war mit Abstand die teuerste Wahl, doch als sie die Bilder vom Haus sah, mit der hellen, sonnenüberfluteten Häuserfront, den hübschen Bäumen davor und den großen Zimmern mit den weißen Möbeln, den geschmackvollen Accessoires und der warmen Beleuchtung, ließ sie ihre ursprünglichen Wünsche einfach fallen wie ein Kind, das ein besseres Spielzeug entdeckt hatte. Dieses Weiß-Gold des Hotels hatte große Überzeugungskraft gegen all die roten Klinker. Sie hatte gebucht und Georg damit überrascht, als er am Abend nach Hause kam. Er hatte sich etwas überrumpelt gefühlt, doch auch erkannt, wie glücklich und voller Freude sie war. Also gab er sein Einverständnis, und in dieser Nacht schliefen sie miteinander, ganz ungezwungen und ohne Missverständnisse, falsche Gedanken und unerfüllte Wünsche. In dieser Nacht war Anita mit sich und der Welt zufrieden gewesen, und sie hatten sich so gut verstanden wie schon lange nicht mehr.

Nun waren sie hier, und Anita spürte, dass es die richtige Wahl gewesen war. Als sie Nebel verließen, führte die Landstraße sie zwischen Feldern hindurch. Links erstreckte sich eine Heidelandschaft bis zum Waldrand hin, vor dem vereinzelt ein paar weiße Häuser zu erkennen waren. Rechts wölbten sich hellgrüne Weiden über einen lang gestreckten Hügel, und dahinter schimmerte in einer noch schmalen Zunge das Meer. Es war ein traumhafter Anblick. Anita öffnete ihr Fenster. Warme Luft drückte ins Wageninnere und ließ ihre Haare tanzen. Plötzlich drosselte Georg die Geschwindigkeit, und Anita lenkte ihre Aufmerksamkeit auf die Straße. Auf der Gegenfahrbahn parkte ein Polizeiauto. Der Warnblinker war eingeschaltet, und der Polizist stand am geöffneten Kofferraum. Georg fuhr langsam an dem Streifenwagen vorbei. Der Mann zog sich gerade Gummihandschuhe an und blickte zu ihnen in den Wagen. Anita hatte das Gefühl, diesen Augenblick in Zeitlupe zu erleben. Sie sah diesen Polizisten und wusste, dass etwas Ungutes in der Luft lag. Vielleicht war dort ein Unfall geschehen. Wie schnell so etwas passieren konnte, auch hier im Urlaub, hatten sie eben in Wittdün erlebt, doch auf der Straße war nichts zu erkennen. Für einen Augenblick schien es ihr, als begegnete sie jemandem, der wichtig war. Wichtig für sie persönlich. Dieser Unbekannte hätte nur ein Gesicht unter vielen sein können, aber er war mehr als das.

Auch Georg fühlte eine Gänsehaut auf seinen Armen, als er den Wagen wieder beschleunigte. Er sah zu seiner Frau. Anita saß wie versteinert auf ihrem Sitz. Das Einzige, was sich an ihr bewegte, waren ihre Haare, die im Fahrtwind wie kleine Arme durch ihr Gesicht wischten, als wollten sie sie aus ihren Gedanken reißen. Anita spürte seinen Blick und hätte gern etwas zu seiner Beruhigung gesagt, aber sie konnte einfach nicht sprechen. Sie konnte sich nicht bewegen. Ihr Körper war völlig gefühllos. Bis auf eine schummrige, gedämpfte Ahnung, dass gerade die Zunge einer Schlange ihr Herz berührt hatte, fühlte sie nichts.

★★★

Nils hatte den Habicht auf dem Rückweg vom Kino entdeckt. Er konnte noch nicht lange dort liegen, das Blut war noch frisch.

»Verdammt!«, fluchte er leise, stieg aus dem Wagen und betrachtete den Haufen zerquetschter Federn und Fleisch auf der Fahrbahn. Zurzeit gab es nur vier Habichte auf der Insel. Im Wald nahe Norddorf nisteten zwei, und zwei weitere hatten ihr Nest in dem kleinen Waldstück bei Steenodde. Wildunfälle passierten öfter, zumeist mit Hasen oder Kaninchen, von denen es genug gab. Aber ein Habicht war ein echter Verlust. Nils öffnete seinen Kofferraum, in dem Schaufel und Handschuhe verstaut waren. Für solche Fälle musste er immer gewappnet sein. Er nahm einen schwarzen Müllbeutel und rollte ihn so auf, dass er den Kadaver bequem hineinlegen konnte. Dann zog er sich die Handschuhe über. In diesem Augenblick hörte er einen Wagen näher kommen. Nils spähte um die Kofferraumklappe herum.

Die Windschutzscheibe reflektierte die Sonne, sodass er nicht viel von den Insassen sehen konnte, doch als sie auf seiner Höhe waren, fiel sein Blick durch die Seitenscheibe. Eine junge Familie saß in dem Wagen, und etwas in ihm fing an zu schmerzen. Der Draht um sein Herz schnürte sich enger. Es musste wohl die Tatsache sein, dass er etwas sah, was er jetzt nicht mehr hatte. So wie diese drei Menschen würden er, Elke und Anna nie wieder in einem Wagen sitzen. Nie wieder würden sie als Familie einem gemeinsamen Ziel entgegenfahren. Nils blickte in die braunen Augen der Frau und fand sie auf beunruhigende Weise interessant. Vielleicht war es die Farbe, vielleicht der Ausdruck, der darin lag, aber als er dort auf dem Asphalt in der Sonne stand, lief ihm auf einmal ein kalter Schauer über den Rücken. Dann waren sie vorbeigefahren. Nils schüttelte den Kopf und machte sich an die Arbeit.

Mit der Schaufel fuhr er unter das tote Tier und hob es hoch. Er musste es mit der anderen Hand fixieren, damit es nicht herunterfiel. Unter dem dünnen Gummi der Handschuhe spürte er die geborstenen Knochen des Habichts. Er wünschte sich, das alles wäre nicht passiert. Dieser Tag hatte nicht gut begonnen, und er wollte jetzt wirklich keine Serie daraus werden lassen.

★★★

Das Hotel Petersen wurde von der Sonne angestrahlt. Die Häuserfassade leuchtete so hell, dass man geblendet wurde. Georg trug die beiden Koffer und Anita die Reisetasche von Nina.

Nina hielt nur ihre Giraffe in der Hand, als sie die Treppe zum Hotel hochging. Georg und Anita waren schon in dem dunklen Schatten des Eingangs verschwunden; drinnen hörte sie dumpf die Stimmen ihrer Eltern, die sich an der Rezeption vorstellten. Rechts führte eine schmale Terrasse, auf der einige Tische im Schatten der Bäume standen, um das Haus herum. Ein Mann und eine Frau saßen dort und tranken Cocktails und Bier. Nina mochte die beiden nicht, das konnte sie jetzt schon sagen. Auf der großen Rasenfläche vor dem Hotel spielten vier Kinder Fußball. Sie schrien und lachten. Vor dem Kino gegenüber hatte sich eine kleine Schlange für die Nachmittagsvorstellung gebildet. Nina beschloss, dass ihr der Ort gefiel, doch das Hotel stand zu schwer und mächtig über ihr. Auf der anderen Seite des Platzes entdeckte sie ein kleines weißes Häuschen mit spitzem Giebel und kleinen Puppenhausfenstern. Dort hätte sie gern gewohnt.

»Hallo, junge Dame«, sagte eine tiefe Stimme, und Nina sah sich Karl gegenüber, der unterhalb der Terrasse damit beschäftigt war, die Hecken zu beschneiden. »Bist du gerade angekommen?«

Nina nickte und drückte die Giraffe fester an ihre Brust.

»Was hast du denn da?«

Nina senkte ihren Blick auf das Kuscheltier in ihren Armen. Dann sah sie wieder zu Karl, als wollte sie abschätzen, ob er ihrer Giraffe irgendeinen Schaden zufügen könnte. Er sah aber eher ängstlich aus, fand sie. Jedenfalls nicht gefährlich.

»Eine Giraffe.«

»Ja, natürlich. Die ist wirklich sehr schön.«

»Sie ist schon sehr alt«, erklärte Nina.

»Ja, das sehe ich.« Er wandte sich kurz ab, als wollte er ein Husten unterdrücken. »Na, dann wünsch ich dir einen schönen Urlaub. Hier, für dich.«

Karl hielt Nina eine kleine weiße Heckenrose hin, die er abgeschnitten hatte. Schüchtern nahm Nina die Blume entgegen. Karl lächelte.

»Nina! Was machst du da?« Anita kam ihnen mit schnellen Schritten entgegen, Karl sah sie mit großen Augen an. »Komm, wir wollen ins Zimmer gehen. Wo bleibst du denn?« Sie nahm Nina an der Hand und bemerkte die Rose. »Was ist das, wo hast du das her?«

»Es war meine Schuld. Ich habe der jungen Dame nur ein Begrüßungsgeschenk machen wollen«, sagte Karl und bekundete seine guten Absichten mit erhobenen Händen.

Anita sah ihn prüfend an. Sie war sich nicht sicher, ob er hier arbeitete oder ein komischer alter Kauz war, der eine Vorliebe für junge Mädchen hatte. Er hatte wettergegerbte Haut, und unter seinen drahtigen, dunklen Augenbrauen glänzten freundliche Augen. Dennoch irritierte sie etwas an dem Blick des alten Mannes. Karl bemerkte das.

»Ich heiße Karl. Ich bin der Hausmeister hier.«

Das beruhigte Anita ein wenig.

»Hast du auch Danke gesagt, Nina?«

Nina schüttelte den Kopf.

»Schon gut. Kommen Sie erst mal an. Eine schöne Zeit auf Amrum, wünsche ich«, sagte Karl und machte sich wieder an die Arbeit.

Nina und Anita gingen hinein. Georg stand an der Rezeption, und daneben kam gerade Hauke Petersen die Treppe herunter.

Hauke begrüßte neue Gäste üblicherweise nicht mit Handschlag, es sei denn, sie waren Stammgäste. Hier war einfach zu viel Publikumsverkehr. Gäste, Tagesurlauber, Restaurantbesucher. Er konnte sich die Gesichter nicht merken. Und er hatte es nicht mehr nötig, sie sich zu merken. Gesichter kamen und gingen. Darum achtete er nur noch auf sein Gesicht. Mit Hilfe von fünf, sechs verschiedenen Gesichtspflegecremes balsamierte er sich regelrecht ein, um sein Aussehen zu konservieren. Für eine nahtlose Bräune legte er sich dreimal in der Woche auf die Sonnenbank, und er schwamm jeden Tag einen Kilometer. Dienstags ging er zum Tennis, samstags in den Fitnessraum. Man sollte wissen, wer er war, wenn man ihn sah, und auf *ihn* zukommen. Das reichte. Als er jedoch Anita erblickte, hätten ihn keine zehn Pferde mehr davon abhalten können, dieser Frau die Hand zu geben. Mit einer dandyhaften Geste breitete er seine Arme aus.

»Herzlich willkommen im Hotel Petersen! Ich bin Hauke Petersen.« Er reichte Georg kurz seine kräftige Hand und wandte sich dann Anita zu. »Frau Gregersen, welches Zimmer haben die Herrschaften?«, fragte er Karla, ohne dabei seine entzückten Augen von Anita abzuwenden.

»Zimmer 134, Herr Petersen.«

»Ah, das wird Ihnen gefallen. Ich lasse Ihnen noch eine Flasche Sekt aufs Zimmer liefern. Ein Geschenk des Hauses.« Er lächelte gönnerhaft, und sein Blick floss wie frisches Baumharz an Anita herunter.

»Vielen Dank. Es gefällt mir jetzt schon«, sagte Anita, und die Art, wie sie seinen Blick erwiderte, trieb Hauke den Schweiß auf die Stirn.

Georg drehte sich um und stapfte die Treppe nach oben, auch wenn das bedeutete, dass er sich dem Hausherrn gegenüber unhöflich verhielt. Höflichkeit war ein Verhaltensmuster, das Anita ihm gegenüber völlig abgelegt hatte. Die Höflichkeit war von ihr noch vor dem Respekt bis zur Unkenntlichkeit zerschlagen worden, und Georg hatte sich in seinem hilflosen Staunen darüber geschworen, nicht länger in diesen Situationen zu verharren, sondern sich ihnen zu entziehen. Er konnte es nicht mehr ertragen. Dieser Urlaub sollte alles besser machen. Er sollte sie näher zusammenbringen. Aber er würde nicht länger zusehen, wie sie sich prostituierte. Seine Wut stieg an wie das Quecksilber in einem Thermometer. Sie musste, verdammt noch mal, auch ihren Beitrag leisten, wenn sie wollte, dass sie wieder eine Familie wurden!

★★★

»Ah, da kommt der Sheriff! Na, schon jemanden verhaftet?«, rief Andreas, als Nils das Feuerwehrhaus betrat, und seine Kollegen von der freiwilligen Brandbekämpfung, Andreas, Gregor und Stefan, lachten laut wie ein bellendes Rudel wilder Hunde. Draußen waren bereits Zelte, Tische, Bänke und eine kleine Bühne für das morgige Feuerwehrfest aufgebaut. Das alte Löschfahrzeug stand gewaschen bereit, um morgen ein paar Kinder mit Sirene um den Block zu fahren.

»Häuptling Rauchender Colt, was?«, fragte Gregor und stupste mit dem Zeigefinger an Nils' Holster. Der schlug sofort den Finger weg.

»Lass das.«

»Hey, hey, ganz ruhig, Blauer«, sagte Gregor beschwichtigend.

»Komm, mach dich nicht so wichtig, setz dich lieber und nimm dir 'n Bier!«, forderte ihn Andreas auf.

»Bin im Dienst.«

»Jou, wir auch«, meinte Andreas, und wieder bellten sie los. Stefan lachte zwar mit, dosierte sein Lachen aber auf ein Minimum und hielt es wohl auch für besser, nichts zu sagen.

Nils setzte sich zu ihnen an den Tisch und atmete angestrengt aus.

»Was los, Alter, krumm drauf heute?« Andreas stellte ihm eine Flasche Bier hin.

»Ach, nur mein Vater ...«, sagte Nils und winkte ab. Natürlich war sein Vater nicht das Einzige, es gab noch viel mehr. Hauke war eigentlich sogar sein geringstes Problem. Sein ältestes vielleicht, aber im Moment sein geringstes. Doch was hätte er schon sagen sollen, hier im Feuerwehrhaus vor seinen angetrunkenen Freunden und dem, der es nicht mehr war.

»Dein Alter ist, wie er ist. Nimm's leicht, nimm 'n Bier!« Andreas legte ihm aufmunternd eine Hand auf die Schulter.

Das verdammte Bier vor ihm reizte Nils bis zum Äußersten. Aber niemand sollte ihn schon so früh trinken sehen. Niemand sollte auch nur den Anflug einer Ahnung bekommen, dass er ein ... Er konnte und wollte das Wort noch nicht mal in Gedanken aussprechen. Nein, er war kein Alkoholiker. Er brauchte nur ab und zu einen Schluck Feuerwasser, um sein System anzuwerfen, mehr nicht.

Nils fragte sich, warum Andreas nicht sein bester Freund gewor-

30

den war. Früher in der Schule waren sie irgendwie nicht ganz auf einer Wellenlänge gewesen, aber hinter seiner rauen Kumpelfassade war Andreas wirklich ein netter Kerl. Ganz anders als Stefan. Wie hatte er sich nur so in ihm täuschen können? Ihm wurde übel vor Wut, wenn er daran dachte, dass sein Freund aus Kindertagen, der nur einen Meter von ihm entfernt am Tisch saß, jetzt mit seiner Frau zusammen war. Vielleicht hatten sie letzte Nacht miteinander geschlafen. Ganz bestimmt hatten sie letzte Nacht miteinander geschlafen. Elke hatte ihre Beine ganz breit gemacht, und dann hatte er seinen Schwanz in sie reingesteckt. Nils musste schlucken; er spürte, wie das Blut aus seinem Kopf wich und ihm der kalte Schweiß ausbrach. Das gleiche Gefühl wie wenn man merkt, dass man zu viel getrunken hat und sich gleich übergeben wird. Nils erhob sich.

»Habt ihr mich beim Fest für irgendwas eingetragen?«, fragte er.

»Ja, wir dachten, da du ja unser Scharfschütze bist, gehst du zum Dosenwerfen.« Seine drei Feuerwehrkollegen sahen ihn erwartungsvoll an, Stefan allerdings nicht so engagiert wie die anderen beiden.

»Sonst noch was?«

»Vielleicht könnte deine Frau einen Kuchen backen«, schlug Andreas vor, so naiv, dass Nils wusste, dass er noch völlig ahnungslos war. Eine derart zynische Bemerkung hätte er ihm nicht zugetraut. Nils' Blick fixierte Stefan, der ihm allerdings auswich. Er hatte nichts gesagt. Noch nicht. Es würde höchstens noch einen Tag dauern, bis es alle wussten, aber im Moment war Nils froh, dass es kein Thema war.

»Ich werd sie fragen«, sagte er und wollte die Wache verlassen. Die Übelkeit sog ihm die Kraft aus den Beinen.

»Hey, Nils! Ist das Ding überhaupt geladen?«, rief ihm Gregor hinterher. Nils blieb stehen. Vor seinem inneren Auge sah er seine Frau im Bett mit Stefan. Sie bäumte sich unter ihm auf und stöhnte. Nils' Hand legte sich auf die Waffe. Wenn er jetzt ein paar Gläser Whiskey intus gehabt hätte, hätte er sich umgedreht und das ganze Magazin auf Stefan abgefeuert.

DREI

Vom Fenster aus hatte man einen herrlichen Blick auf das Watt und auf die Nordspitze der Insel, die Odde. Die Flut kam langsam, doch das große Becken zwischen Amrum und Föhr füllte sich immer mehr. Nina stand am Fenster ihres kleinen Zimmers und blickte auf ein Schiff, das ungefähr fünfzig Meter vor der Küste im noch wasserlosen Watt lag. Es schien gestrandet zu sein.

»Gefällt's dir?«, fragte Georg und berührte ihre Schulter. Nina nickte. Sie mochte es, dass ihr Bett direkt am Fenster stand, so konnte sie immer gleich morgens hinaussehen und abends vom Bett aus die Sterne beobachten.

»Papa, wo geht die Sonne auf?«

Georg deutete nach rechts. »Irgendwo dahinten, und wenn du deinen Kopf ganz weit rausstreckst, kannst du vielleicht den Sonnenuntergang hinter den Dünen sehen.«

Nina sah nach links und beugte sich vor. Georg ging zurück zum Bett, wo die beiden Koffer geöffnet auf der weißen Tagesdecke mit dem goldenen »P« lagen.

»Wo sollen deine Hosen hin?«, fragte er Anita, die schon eine ganze Weile im Bad war.

»Ich mach das schon!«, rief Anita.

»Sag mir doch einfach, wo sie hinsollen.«

Genervt kam Anita aus dem Bad, nahm den Stapel Hosen aus dem Koffer und stopfte ihn in ein freies Schrankabteil.

»Zufrieden?« Sie wartete seine Antwort nicht ab, sondern verschwand wieder im Bad, wo sie ihr Make-up fertig auftrug. Heute Nachmittag hatte sie sich im Stil der sechziger Jahre geschminkt. Sie trug eine weiße, dreiviertellange Hose, eine grüne Bluse und dazu passende Korksandaletten. Georg mochte diesen Retro-Schick. Er stellte sich in den Türrahmen zum Bad und sah zu, wie sie den Lidstrich zog.

»Du siehst toll aus«, sagte er. Anita ließ ihre Hand sinken und sah ihn im Spiegel wie ein trauriges kleines Mädchen an.

»Danke.«

Es entstand eine fast intime Stille zwischen ihnen, und Georg dachte, dass sie zu weit voneinander entfernt standen. Er wollte ihr die Hand reichen. Sie an sich ziehen, diese leere Stelle zwischen ihnen überbrücken und sie halten, fest, ganz fest. Er wollte diesem Kind, das ihn im Spiegel ansah, Schutz geben und Sicherheit.

»Wann gehen wir denn endlich? Ich will zum Strand«, rief Nina.

»Bin gleich fertig«, antwortete Anita, und sofort war ihr Gesichtsausdruck verschwunden. Das kleine Kind war unwiderruflich in sie eingesunken wie in Treibsand. Ihm jetzt noch die Hand zu reichen, war zwecklos.

Auf dem Weg zum Strand blieb Anita gleich am ersten Schaufenster stehen, das sie passierten. Es war das Modehaus Jannen.

»Wir können jetzt aber nicht mehr lange gucken, sonst kriegen wir keinen Strandkorb mehr«, ermahnte Georg sie. Außerdem wusste er, wie gerne Nina ans Wasser wollte.

»Nur zwei Minuten«, sagte Anita.

»Wir warten hier draußen«, meinte Georg, weil er dachte, es würde noch länger dauern, wenn sie mit reinkämen. So setzte er sich mit Nina auf eine Bank, und sie beobachteten die Leute, die an ihnen vorübergingen. Georg wollte irgendetwas Nettes zu seiner Tochter sagen, etwas, das sie wissen ließ, dass ihre Wünsche nicht unwichtig waren, aber er hatte sich in letzter Zeit immer öfter dabei ertappt, wie er sich Nina gegenüber für Anita entschuldigte. Das wollte er nicht mehr. Anita tat nichts, um ihre Tochter zu verletzen, zumindest nicht absichtlich. Und dies war ihr Urlaub. Sie hatten Zeit, alle Zeit der Welt, jetzt und hier auf der Insel, abgeschnitten vom Rest der Welt, abgeschnitten von ihrem alten Leben und ihren alten Problemen. Georg wollte nur noch Spaß haben.

»Wollen wir uns ein Eis kaufen?«, fragte er, und Ninas Augen begannen zu leuchten.

»Ja«, flüsterte sie, als täten sie etwas Verbotenes.

»Na, dann los.«

Anita stand in einer Umkleidekabine in der hinteren Ecke der Damenabteilung. Sie hatte sich den gelben Bikini geben lassen, der ihr im Fenster ins Auge gefallen war. Sie öffnete ihre Bluse und zog den BH aus. Der kühle Bikinistoff ließ ihre Brustwarzen hart werden. Sie sah sich im Spiegel an und war sehr zufrieden. Der Bikini sah großartig an ihr aus. Ihr eigener Anblick und das Gefühl des kühlen Stoffes auf ihren Brüsten erregten sie. Sie leckte sich die Lippen und ließ ihre Hand in die Hose gleiten. Dann machte sie es sich ganz schnell, bis ihr Gesicht gerötet und erhitzt war.

Sie hörte die Bedienung an der Kabine vorbeischleichen.

»Und, sitzt er?«

»Ja, bestens! Ich nehme ihn.«

»Schön«, sagte die Bedienung und ging zurück zur Kasse. Ihre Stimme klang so, als hätte sie etwas bemerkt, aber das störte Anita nicht. Sie hängte das Bikinioberteil wieder auf den kleinen Bügel, zog sich nur ihre Bluse über, stopfte ihren BH in die Handtasche und riss den Vorhang zur Seite.

»Kommt noch was dazu?«, fragte die Dame am Tresen und warf ihr aus dem Augenwinkel einen prüfenden Blick zu.

»Haben Sie auch Sonnencreme?«

»Ja, vorn in der Herrenabteilung. Sie können auch dort bezahlen.«

»Prima, danke.«

Der Mitarbeiter in der Herrenabteilung war kein gut aussehender Mann, aber er war sportlich und trug eine oberflächlich arrogante Aura mit sich herum, wie Anita sie schon häufiger beim Personal in höherpreisigen Bekleidungsgeschäften beobachtet hatte. Das machte ihn zumindest ein wenig interessant. Sie ging forsch auf ihn zu; ihre Brüste wippten unter ihrer Bluse.

»Ich suche Sonnencreme«, sagte sie, und seine Augen landeten sofort auf ihren Brustwarzen, die sich unter dem dünnen Stoff deutlich abzeichneten und sogar ein wenig dunkel durchschimmerten. Er versuchte, ihr in die Augen zu schauen, als er antwortete.

»Gleich hier drüben.«

Er führte sie zu einem kleinen Regal und stemmte eine Hand in die Hüfte. Eine Geste, die Sicherheit ausdrücken sollte, aber genau das Gegenteil bewirkte.

»Welchen Lichtschutzfaktor möchten Sie denn?«

»Welchen brauche ich denn?« Anita hob ihren Kopf leicht an,

sodass er noch mehr von ihrem Dekolleté sehen konnte. Sein nervöser Blick wanderte in ihren Ausschnitt, spielte Pingpong mit ihren Brustwarzen und wanderte schnell wieder zurück in ihr Gesicht. Seine Arroganz war nur noch eine Erinnerung. Er war vollkommen in ihrer Hand.

»Ich ... ich würde sagen, Sie brauchen nicht mehr als zwanzig.«

»Zwanzig? Das reicht, Ihrer Meinung nach?«

»Äh ... doch, ich denke schon, ja.«

»Sie denken? Aber Sie wissen es nicht.«

»Nein, aber ... also das reicht auf jeden Fall für Sie.«

»Und wenn ich mich nun verbrenne?«

Er räusperte sich und kratzte sich ungeschickt am Hals.

»Nun, dann vielleicht doch eher fünfundzwanzig«, meinte er.

»War das eine Frage?«, wollte Anita wissen.

»Nein.« Jetzt war er nur noch ein klägliches Häufchen Unsicherheit in einem pinkfarbenen Daniel-Hechter-Hemd. Anita hatte keine Lust mehr.

»Geben Sie mir die Zwanziger, und den hier zahle ich auch.« Sie hielt den Bikini hoch.

»Gern«, sagte er fast erleichtert und ging mit ihr zur Kasse.

Georg und Nina saßen auf der Bank vor dem Geschäft und aßen ein Eis, als sie wieder auf die Straße trat. Anita hatte etwas anderes erwartet. Sie hätten dort mit mürrischen Gesichtern sitzen sollen, und Georg hätte noch diesen beleidigt-verzweifelten Ausdruck aufgesetzt haben müssen, den er immer hatte, wenn ihm etwas nicht passte, er aber seinen Mund hielt, aus was für Gründen auch immer. Sie war überrascht und vergaß völlig, den Bikini zu erwähnen, den sie eigentlich hatte präsentieren wollen, als sie zu ihnen hinüberging.

»He, und wo ist mein Eis?«, fragte sie stattdessen. Nina lachte sie mit weißen Zähnen und brauner Zunge an und leckte dabei einige Tropfen Schokoeis von der Waffel. »Ihr könnt doch nicht einfach ohne mich ein Eis kaufen.«

»Wie du siehst, konnten wir doch!«, sagte Georg und lächelte sie ungewohnt angriffslustig an.

»Ihr beiden seid ganz schön frech, ich finde, das muss bestraft werden.« Anita setzte sich neben ihre Tochter und begann, sie unter den Armen zu kitzeln.

Beinahe wäre Nina ihr Eis runtergefallen, als sie zusammenzuckte und aufschrie vor Lachen.

»Gibst du mir wohl einen Bissen ab?«, neckte Anita sie, und Nina sprang auf und rannte vor ihrer Mutter davon. Die setzte gleich zur Verfolgung an. Einige Passanten lächelten, als sie die beiden so durch die Fußgängerzone laufen sahen. Georg ging langsam hinter ihnen her und genoss die ausgelassene Stimmung der beiden.

Auf Höhe des Crêpe-Ladens blieb Nina stehen und bettelte darum, noch einen Crêpe haben zu dürfen, doch das erlaubten sie nicht. Hand in Hand gingen die drei weiter in Richtung Strand. Auf dem schattigen Weg an den Kinderkliniken vorbei sagten sie kein Wort. Das Schweigen war angenehm. Denn alles war in Ordnung.

Bei dem kleinen Birkenwäldchen roch es ein wenig morastig. Der Wind wurde immer stärker, je näher sie dem Strand kamen. Nach einer Kurve hörte der Wald auf, und man konnte die Dünen in der Sonne leuchten sehen. Aus einem Gully kam ein schrecklicher Geruch nach Fäkalien, und Nina hielt sich die Nase zu. Ihre Kleidung flatterte an ihren Körpern, und Sand knirschte unter ihren Schuhen. Sie liefen gegen den Strom. Der Tag am Wasser war beendet, und die meisten Leute kamen ihnen nun entgegen. Die Menschen gingen nach Hause, wollten duschen und einkaufen oder irgendwo essen gehen. Schließlich hatten die meisten Restaurants nur bis neun Uhr warme Küche.

Es war fast vier, als sie den Kamm erreichten, hinter dem man endlich das Meer sehen konnte. Sie blieben stehen. Es ist ein grandioser kleiner Moment, wenn man zum ersten Mal das Meer sieht. Jeder staunte für sich in diesen Moment hinein, bis Anita Georgs Hand losließ.

»Kümmerst du dich um den Strandkorb? Wir gehen schon mal vor.« Es war wie eine Frage formuliert, aber nicht so gemeint.

Georg sah ihnen noch einen Augenblick hinterher, dann wandte er sich um und wendete sich an den Strandkorbvermieter. Es gab drei Vermietungen hier, und Georg stand zufällig an der mittleren.

Der Besitzer war blond, dieses Strandblond m
fast weiß gebleichten und darunter durchschim
Haaren. Er trug eine große dunkle Sonnen
entspannt in seinem Strandkorb, mit einem
dem Schoß. Nur seine Beine ragten aus dem
hatten die Farbe von Georgs alter Ledertasch

»Ich hätte gern einen Strandkorb für zwei
org. Er konnte die Augen des Mannes hinter der Sonnenbrille
nicht entdecken. Konnte man die Augen eines Menschen nicht
sehen, war das ein wenig wie Drahtseillaufen, fand Georg. Man
hatte ständig das Gefühl, den Halt zu verlieren.

»Da haben Sie Glück. Ich wollte gerade Feierabend machen«,
sagte der Mann und blätterte in seinem Block. »Und Sie haben
schon wieder Glück. Sind noch drei Körbe frei. Möchten Sie eine
bestimmte Farbe?«

Auf der Seite im Block, die jetzt aufgeschlagen war, standen
nur drei dreistellige Nummern. Sonst nichts. Georg konnte sich
nicht vorstellen, dass der Mann wusste, welche Farbe diese drei
Nummern hatten.

»Haben Sie einen roten?«

»Dreimal Glück! Das ist wohl eine Strähne«, sagte der Mann
und lächelte unter seiner Brille, wobei er seine langen friesischen
Zähne zeigte. »129 ist rot und fast neu. Wird Ihnen gefallen. Wo
soll er denn stehen? Links, rechts, oben, unten?«

»Links, denke ich. Aber da muss meine Frau noch mitentschei-
den«, meinte Georg.

»Ich schick Ihnen meinen Sohn mit, der wird sich drum kümmern. Claas, hilfst du dem Herrn bitte? 129.«

Der Sohn sah exakt so aus wie sein Vater, nur einen Kopf größer
und dreißig Jahre jünger. Er trug nur Badeshorts. Sein Körper war
durchtrainiert und sonnengebräunt, die Haare ebenso blond wie
die seines alten Herrn. Georg sah ihn an und wusste, dass seine
gute Laune bald ein Ende finden würde. Der Junge war freundlich
und aufgeschlossen. Er grüßte ungefähr hundertzwanzig Leute auf
dem Weg zum Strand hinunter, wo Anita und Nina einige Meter
weiter vorn standen, etwas abseits vom Strom der Menschen.

»Anita!«, rief Georg und winkte sie zu sich. Er wusste, mit

37

n Lockvogel an seiner Seite würde es nicht lang dauern, bis
seiner Aufforderung folgte.

Anita genoss den kurzen Weg sichtlich, sie kostete die paar
Meter voll aus. Ein sandiger Catwalk für ein Zwei-Personen-
Publikum.

Claas, der hier mit Sicherheit jedes Jahr die schönsten und
jüngsten Touristinnen abschleppte, hatte jetzt nur noch Augen
für sie. Er wartete lächelnd auf ihre Ankunft und versuchte dabei
krampfhaft, nicht mehr als reine Strandkorbvermieter-Höflichkeit
in seinem Blick zu zeigen.

»Wo möchtest du den Korb denn stehen haben?«, fragte Georg,
als Anita sie noch nicht ganz erreicht hatte, um ihrem balzenden
Gang zumindest verbal ein Bein zu stellen.

»Hallo«, sagte Anita, Georg ignorierend, und reichte Claas die
Hand. Er nahm sie und nickte einmal. Nach einer kurzen Kosten-
Nutzen-Abwägung verbiss er sich ein Begrüßungswort. Die Dame
war verheiratet, und was hier ablief, war offensichtlich. Er hätte ihr
gern mehr von seinem Charme gezeigt, denn was nützte einem
die Waffe, wenn man nicht damit schoss, doch er wollte kein Öl
ins Feuer gießen.

Anita hatte ihr hübschestes Lächeln aufgesetzt. »Den Platz kann
man sich aussuchen? Wie schön! Ja, dann würde ich sagen … wo
würden Sie denn empfehlen?«

»Nun, das kommt darauf an, was Sie machen möchten. Rechts
ist die Surf- und Segelschule, und dahinter beginnt der Hun-
destrand. Weiter links kommen der FKK-Strand und die Volleyball-
netze. Oben ist es ruhiger, unten ist es nicht so weit zum Wasser«,
erklärte er. Es klang wie ein Satz, den er vierzigmal am Tag sagte
und von dem er dennoch nicht gelangweilt war.

»FKK klingt interessant, und ich möchte an die Dünen.«

»Das passt gut. Ihr Korb steht momentan gleich dahinten.« Er
deutete nach links und ging vor.

Die drei trotteten ihm hinterher, bis sie die Nummer 129 erreicht hatten.

»Oh, er ist rot, wie schön!«, rief Anita erfreut.

»Soll er hierbleiben, oder möchten Sie …?«

»Nein, noch weiter nach dahinten, bitte«, sagte Anita schnell.

Georg hatte keine Ahnung, wie der Junge den Korb bewegen wollte.

Claas stellte sich rückwärts hinein und stemmte das Ding hoch. Wie ein Rieseneinsiedlerkrebs auf zwei Beinen wanderte er mit dem Ungetüm auf dem Rücken weiter und ließ den Korb an einer freien Stelle herunter.

»Wie ist es hier?«, fragte er etwas außer Atem.

»Prima, lassen Sie ihn dort stehen. Der muss doch sehr schwer sein.«

»Es geht.«

»Könnten Sie ihn noch zur Sonne drehen, bitte?«, fragte Anita und stellte ihre Tasche in den Sand. Claas drehte die Nummer 129 um neunzig Grad. Anita befreite sich indes von ihrer Bluse und stand nun mit nackten Brüsten in der Sonne. »Vielen Dank«, sagte sie, ohne ihn dabei anzuschauen.

Claas konnte nichts mehr sagen, er blickte auf ihre Brüste, zwinkerte plötzlich, als hätte er eine Fliege ins Auge bekommen, und sein Gesicht lief so rot an, dass es zu leuchten begann. Er wandte sich schnell ab. Anita zog ihren neuen Bikini aus der Tasche und verknotete das Schnürchen im Nacken.

»Ja, dann alles Gute«, sagte Claas hastig. Er wusste selbst nicht, warum er gerade diese Worte benutzte, und wurde noch ein Stück röter, wenn das überhaupt möglich war. Das Ganze war ihm so peinlich, dass er Georg nicht in die Augen schauen konnte, wofür dieser dankbar war.

»Kannst du mir kurz helfen?«, fragte Anita und hielt ihm hinter ihrem Rücken die beiden Schnüre hin, die Georg verschließen sollte. Ihre Stimme klang, als sei Claas nie da gewesen. Einen schmutzigen kleinen Augenblick dachte Georg daran, sie mit dem verdammten Bikini zu erwürgen. *Was für ein passender Tod,* dachte er.

Da war sie wieder, seine Wut. Dieses hässliche schwarze Ding, das ihn umklammerte und nicht mehr loslassen wollte, wenn sie solche Dinge tat. Ursache und Wirkung. Anitas Provokationen folgte immer seine Wut. Es gab keine Möglichkeit, ihr auszuweichen. Sie überfuhr ihn wie ein Laster in einem einspurigen Tunnel. *Wwwwummms!* Und er verbrachte Stunden, manchmal Tage damit, sich von den offenen Wunden und gebrochenen Gliedmaßen, die er davontrug, zu erholen. Sein gesamter seelischer Körper war mit Narben übersät. Manchmal fragte er sich, ob er daran noch eine unversehrte Stelle hatte.

Er verknotete die Bänder, machte eine Schleife, und Anita drehte sich zu ihm um.

»Gefällt er dir?«

»Ja, das tut er«, sagte er mit erstickter Stimme.

»Nina, Schatz, Papa würde gern mit dir schwimmen gehen. Hast du Lust?«

Nina hatte sich an den Rand einer Düne verzogen. Sie saß im Sand und schaufelte ihre Beine zu, bis sie nicht mehr zu sehen waren. »Ja, ins Wasser!«, rief sie laut.

»Meinst du nicht, es reicht langsam?«, fragte Georg mit leiser, aber deutlich aggressiver Stimme.

»Meinst du nicht, du solltest deine Badehose anziehen?«, fragte Anita leise zurück.

»Musst du jedem deine verdammten Titten zeigen?«

»Georg, das war aber ein böses Wort. – Schätzchen, zieh dir den Badeanzug an, ja?« Anita reichte Nina die Badesachen und zog sich selbst die Hose und ihren Tanga aus. »Darf ich das?«, fragte sie und schaute Georg, der sich mit seinen Augen in ihren Schamhaaren verfangen hatte, herausfordernd an. »Wo guckst du denn hin?«

Georg sah weg und prüfte gleichzeitig die Umgebung, aber keinem schien aufzufallen, dass Anita nackt war. Sie zog das Bikinihöschen an.

»Du bist einfach zu verklemmt, Georg. Keiner achtet auf so was. – Fertig, Schätzchen?«

Nina stand im Badeanzug vor ihr und holte sich einen Kuss ab.

»Georg, willst du dich denn nicht umziehen?«

»Ich geh nicht rein.«

»Och, Papa«, sagte Nina enttäuscht.

»Du kannst ja, aber mir ist das zu kalt.«

»Dann muss ich ganz allein schwimmen. Komm du doch mit, Mama!«

»Georg, jetzt hab dich doch nicht so.«

»Ich geh mit runter, aber nicht ins Wasser.«

»Na lauf, Schätzchen, vielleicht überlegt Papa es sich ja noch, wenn er dich da so im Wasser sieht.«

Mürrisch trat Nina den Gang hinunter zum Wasser an. Georg ging neben ihr her und trug das große Badelaken. Nach fünfzig Metern nahm er Nina an die Hand. Sie ließ sich darauf ein, auch wenn ihre leicht zur Seite gebeugte Haltung noch ein letztes trotziges Widerstreben ausdrückte. Anita blickte den beiden nach. *Toll seht ihr aus,* dachte sie, und heiße Tränen fluteten ihre Augen. Sie zog sich in den Strandkorb zurück, sodass niemand den grauen, bitteren Schatten sehen konnte, der sich wie ein zarter Schleier auf ihr Gesicht gelegt hatte. Hier, in dem sie umhüllenden Korb, waren ihre Tränen nicht erträglicher, aber einfacher zu vergießen.

★★★

Nils fuhr im Licht der untergehenden Sonne nach Nebel. Er wollte noch einkaufen und sich dann zu Hause etwas zu essen machen. Das Feuerwehrfest morgen war eine gute Abwechslung. So hatte er wenigstens einen triftigen Grund, das Haus wieder zu verlassen, dieses entkernte Haus, in dem er nicht würde einschlafen können, das wusste er schon jetzt. Er würde bis tief in die Nacht hinein wach liegen und zermahlen werden von seinen Gedanken, bis er nur noch staubfeines, lebloses Mehl war. Sein Gehirn fühlte sich bereits an wie trockenes Pulver in einem hohlen Knochenbehälter. Er brauchte etwas zum Befeuchten, er brauchte einen Drink, jetzt gleich, oder sein Gehirn würde beim Atmen wie Staub aus seiner Nase rieseln.

Er bog nach links in einen schmalen Weg ein und fuhr auf den Platz vor der Nebeler Kirche zu. Im Supermarkt fünfzig Meter weiter südlich nahm er sich eine Flasche Jack Daniel's aus dem Regal und stellte sie zu dem Brot, der Wurst und den zwei Stück Butter in den Einkaufswagen. In seinem Mund hatte sich ein klebriger Film gebildet, der die Zunge an seinem Gaumen haften ließ. Er schluckte und hörte das wohltuende Klirren der Flasche im Drahtgeflecht seines Einkaufswagens.

»Moin, Nils! Na, heute schon genug Verbrecher gefangen?«,

fragte Petra an der Kasse. Sie waren zusammen zur Schule gegangen. Nils hatte sie damals wegen ihrer langen roten Haare interessant gefunden. Ihre Haare waren immer noch rot, aber kurz geschnitten, sodass ihr pausbäckiges Gesicht, das früher sehr süß ausgesehen hatte, heute viel fülliger erschien und sie dicker aussehen ließ, als sie eigentlich war. Unwillkürlich blickte er auf die beiden ringförmigen Bauchfalten, die sich unter ihrem lilafarbenen T-Shirt abzeichneten. Vielleicht war sie doch dicker geworden.

Normalerweise hätte Nils einen kleinen Schnack mit ihr gehalten, aber im Moment fühlte er nur sein trockenes Gehirn und den klebrigen Mund, was ihn beides nicht mehr dazu befähigte, etwas zu sagen. Er grinste schief und war aus dem Laden, bevor Petra noch ein weiteres Wort an ihn richten konnte. Irgendwie gelang es ihm, sich alle seine Einkäufe unter die Arme zu klemmen und sein Auto zu erreichen. Dort warf er die Sachen auf den Beifahrersitz. Nur die Flasche stellte er in den Fußraum. So schnell es ging, bei all den Touristen, die sich jetzt hier tummelten, die aus dem Friesencafé kamen oder die Kirche und den alten Friedhof besichtigen wollten, fuhr er, innerlich auf diese Leute fluchend, aus Nebel hinaus. Anstatt nach Süddorf weiterzufahren, bog er in die kleine Straße hinter dem Fußballplatz in Richtung Kinderklinik »Satteldüne« ein und hielt etwa auf Höhe des Hubschrauberlandeplatzes. Er ließ sich auf den Beifahrersitz kippen, hangelte die Flasche aus dem Fußraum, öffnete sie und setzte sie an. Zwei, drei große Schlucke mussten reichen, um den Gehirnschwamm zu füllen. Nils spürte förmlich, wie er alles restlos aufsaugte und gleichmäßig und warm in seinem Kopf verteilte. Es schien ihm, als spränge sein Motor wieder an. Sein Nervensystem war wieder freigeschaltet, die Geschwindigkeitsbegrenzung aufgehoben. Hinter seinen Augäpfeln stieg heißes Wasser empor, und er musste blinzeln.

Okay, einen Schluck noch, sagte er sich und ließ den honigbraunen Alkohol aus der Flasche über seine Zunge rinnen. Jetzt war er wieder obenauf, das Mehl ein fester Teig. Es konnte weitergehen. Er nahm sich ein Pfefferminz aus der Packung in der Mittelkonsole, wendete den Wagen und fuhr bis nach Wittdün, wo er vor dem Eisladen parkte. Ein Eis zum Feierabend würde ihm guttun und ihn sehr entspannt aussehen lassen. Allerdings … Wenn bereits jemand von seiner Trennung wusste, würde das Eis zu einem Grund werden, ihn als völlig verstört oder depressiv einzustufen. Wer kaufte sich denn bitte schön ein Eis, wenn er gerade von seiner Frau für seinen besten Freund verlassen worden war? Er ließ den Eisladen links liegen, die Schlange war sowieso zu lang, und nahm Kurs auf den hiesigen Supermarkt, wobei er sich plötzlich selbst fragte, warum er Lust auf ein Eis hatte, wo Elke ihn doch gerade verlassen hatte. Mit einigen Selbstzweifeln betrat er den klimatisierten Laden und kaufte sich Lammkoteletts und grünen Spargel, wobei er darauf achtete, Portionen zu nehmen, die nicht gleich herausschrien: Seht mal her, ich bin heute Morgen verlassen worden und brauche nur noch für mich zu kochen.

»Grüße an deine Frau«, brummte Konrad durch seinen silbergrauen Bart, als er Nils das Fleisch auf den Tresen schmiss. Konrad war so, wie man sich einen Seemann vorstellt. Haarlose, kräftige, tätowierte Unterarme, ein zerfurchtes Gesicht, breite Schultern, ein kräftiger Brustkorb und immer einen Scherz auf den Lippen, welche man nicht sah, weil sein fransiger Bart wie eine Gardine darüberhing. Konrad war viel rumgekommen in der Welt. Hatte nach seiner Ausbildung zum Zimmermann auf einem Schiff angeheuert und war fünf Jahre zur See gefahren. Er war ein paar Jahre in Südamerika geblieben und dann, weil er im Urlaub in Italien eine Ganaerin kennengelernt hatte, nach Afrika gegangen, wo er als Klempner und Koch arbeitete. Die Beziehung ging in die Brüche, und jetzt war Konrad mit fast fünfzig Jahren zurück auf Amrum und hatte hier im Supermarkt eine Stellung in der Fleischabteilung gefunden. Nils war gern mit ihm zusammen. Das ein oder andere Mal waren sie gemeinsam auf Sauftour gewesen, und Konrad konnte, verdammt noch mal, richtig was vertragen. In seiner Gegenwart fühlte Nils sich ungeheuer frei, wie mit einem alten Freund, gleichzeitig aber auch so sicher, als sei er mit seinem Vater unterwegs. Ein Gefühl, das er mit Hauke niemals gehabt hatte. In Konrads Gesellschaft konnte einem einfach nichts passieren. *Vielleicht sollte ich ihn fragen, ob er heute Abend mit mir einen trinken will,* überlegte Nils. Nicht, dass er glaubte, er könnte eine Dummheit begehen, wenn er sich allein besaufen würde. Aber Konrad brachte vielleicht etwas Leben in die toten Mauern seines kalten, leeren Hauses, in dem ihm sonst nur die Mühlsteingedanken Gesellschaft leisten würden.

»Is noch was?«, fragte Konrad, weil Nils immer noch nicht das eingetütete Fleisch entgegengenommen hatte.

»Nee, alles bestens«, sagte Nils und entfernte sich von der Fleischtheke. Kurz vor der Kasse lenkte er den Wagen nach links in die Spirituosenabteilung. Er tat so, als suche er ein Getränk für einen ganz bestimmten Anlass. (Die Frau vögelt den besten Freund und man will sich einfach zulöten, um die Bilder nicht mehr im Kopf und den Schmerz nicht mehr in der Brust zu haben. Was für ein herrlicher Anlass für einen guten Tropfen!) Dann griff er nach der altbekannten Flasche mit dem schwarzen Etikett und der eckigen Form, die sich so gut und tröstlich in seiner Hand anfühlte.

»Scheiß drauf«, sagte er leise ins staubige Regal hinein und nahm sich eine zweite Flasche.

Die Kassiererin, Ella, hatte früher einmal im Hotel in der Küche gearbeitet und einen Unfall mit dem Gasherd gehabt, worauf sie die Stellung aufgegeben hatte. Eine verwachsene Narbe an ihrer Handkante rief Nils dieses Ereignis immer wieder in Erinnerung. Sofort hatte er ihren Schmerzensschrei im Ohr, der ganz anders geklungen hatte als ihre eigentliche Stimme. Sie hatte eine tiefe, kratzige Stimme, die nach jedem zweiten Wort zu brechen drohte, und wenn sie mit Nils sprach, musste er sich immer an ihrer Stelle räuspern. Sie selbst tat das nie. Irgendwie schien Ella immer noch diesen gewissen Respekt vor Nils zu haben, der dem reinen Selbsterhaltungstrieb entsprang, schließlich war er der Sohn ihres ehemaligen Chefs, eines Chefs, der sehr auf die Etikette achtete und sich gewünscht hätte, dass sein Sohn nicht so viel Zeit mit den Bediensteten verbringt. Aus dieser respektvollen Zurückhaltung heraus hätte Ella es niemals gewagt, etwas über die zwei Flaschen auf dem Förderband zu sagen. Sie war die perfekte Torwächterin, die Nils mit all seinen verbotenen Flüssigkeiten kommentarlos aus dem Markt durch die elektrische Schiebetür in die nicht ganz anonyme Freiheit entließ. Nachdem sie ihm sein Wechselgeld gegeben hatte, wünschte sie ihm einen schönen Tag, und nicht mal das klang in irgendeiner Weise so, als wollte sie Bezug auf den guten alten Jack Daniel's nehmen. Er schickte ein kleines Stoßgebet zum Himmel. Herrgott, sie musste einfach wieder an der Kasse sitzen, wenn sein Vorrat leer war und er Nachschub brauchen sollte. Sie würde ihn nicht verpfeifen, sie würde Stillschweigen bewahren.

VIER

Sie saßen windgeschützt auf der durch Plexiglasplatten eingezäunten Außenterrasse des Strandlokals »Strand 33«. Eine blassgelbe Sonne ging hinter vom Wind zerriebenen Wolken in unglaublicher Geschwindigkeit am Horizont unter. Hinter einem milchig blauen Dunstfilm war dünn und unscharf Sylt zu erkennen. Nur das Licht des Leuchtturms schnitt sich wie eine Klinge durch den faden Dunst.

Georg hatte sich ein Surf n' Turf geleistet, das ihm leider zu schwer im Magen lag, aber das kühle Bier aus dem beschlagenen Glas entschädigte ihn dafür. Anita legte soeben Messer und Gabel nebeneinander auf ihren Teller. Die Hälfte ihrer Scholle, in Butter gebraten mit Speck und Bratkartoffeln, blieb liegen. Nina kaute noch an ihrem riesigen Flammkuchen mit Tomate, Mozzarella und Basilikum.

Es war immer noch warm, die Wolken hatten gegen Abend die Luftfeuchtigkeit steigen lassen, und die Gäste schwitzten in ihren Plastikstühlen. Viele saßen noch barfuß an den Tischen; sie waren geradewegs vom Strand hierhergekommen, rochen nach Sonnencreme und trugen fettig glasige Sonnenbrillen. Die Terrasse war voll, die Kellner hetzten durch die Reihen und liefen rein und raus. Sie schwitzten, so schien es, trotzdem weniger als die sitzenden Gäste. Georg winkte dem Kellner, einem jungen Mann mit Wieselgesicht, der wohl gerade erst die Schule abgeschlossen hatte und eine ungeheure Selbstsicherheit ausstrahlte. Er war schmächtig und weißhäutig, mit schmutzig roten Haaren, die in einem beeindruckenden Seitenscheitel aus dem Gesicht gekämmt waren.

»Hat's geschmeckt?«, fragte er, und seine flinken Augen wanderten von einem zum anderen. Georg meinte, dahinter einen ebenso flinken Verstand erkennen zu können. Der Kellnerberuf war mit Sicherheit keine Laufbahn, die er auf Dauer anstrebte, er war hier intellektuell unterfordert und den meisten der Gäste in dieser Hinsicht sicher weit voraus.

»Sehr gut, auch wenn ich es nicht ganz geschafft habe«, sagte Anita und schaute zu ihm hoch.

»Die klassische Zurückhaltung der Damen bei Tisch. Eigentlich sollten wir keine Kinderteller, sondern Damenteller auf der Karte haben.«

Georg fand diesen Satz recht forsch und an der Grenze zur Beleidigung. Wäre da nicht der neckische Wieselblick des Jungen gewesen, den er ungeheuer sympathisch fand und der ihn den Kellner mit dieser Bemerkung durchkommen ließ. Inzwischen hatte der junge Mann mit einigen Handgriffen die Teller auf seinen Unterarm gestapelt.

»Womit kann ich Sie denn noch glücklich machen?«

»Das verrate ich Ihnen besser nicht hier vor all den Leuten. Aber Sie könnten mir noch einen anderen Rotwein bringen. Der hier war etwas fad«, sagte Anita kokett und schwenkte den Rest Rotwein in ihrem Glas. Bei Georg brannten sofort alle Sicherungen durch, als er seine Frau so reden hörte. Sie tat es ohne ein Wimpernzucken direkt vor ihm, als gebe es ihn gar nicht oder als wollte sie genau das erreichen. Georg verstand nur das Warum nicht. *Warum* wollte sie ihn verletzen? In seiner Schaltzentrale sprangen die Funken über und verursachten einen schwelenden Kabelbrand. Sein System war außer Betrieb. Er war nicht mal mehr in der Lage, auf ihre Äußerung auch nur mit einem bösen Blick zu reagieren. Er war vollkommen gelähmt.

»Ich könnte Ihnen einen Wein mit etwas mehr Feuer bringen. Einen sehr schweren tiefroten Burgunder mit einem erdigen Körper und einer leichten Note von Brombeeren und Preiselbeeren im Abgang. Einer meiner Lieblingsweine, allerdings muss man ihn vertragen können.« Das klang wie auswendig gelernt, war aber so gut vorgetragen, dass es Anita nicht störte. Ihr gefiel das Wiesel außerordentlich gut.

»Ich vertrage so einiges.«

Georgs Kabel schmorten weiß glühend vor sich hin. Der stinkende Qualm verbreitete sich in seinem Schädel und ließ ihn nur noch Schleier sehen. Die beiden schütteten ihre frivole, ehebrecherische Unterhaltung wie Wasser über seine Kontakte aus.

Anita reichte dem Kellner ihr schmutziges Glas. »Wo finde ich denn die Toiletten?«

»Wenn Sie reinkommen, gleich hinter der Bar links«, antwortete das Wiesel und verschwand lächelnd. Georg konnte seinen Kopf nicht heben, als Anita aufstand. Er sah nur ihre Oberschenkel, die sich vom Tisch entfernten.

»Bin gleich wieder da«, hörte er sie noch wie durch eine dünne Wand hindurch sagen. Jetzt war er allein mit Nina. Nina, die von alledem nichts verstanden und nicht bemerkt hatte, was gerade eben kaputtgegangen war, was ihre Mutter zerschmettert und zertrampelt hatte. Er musste sich zusammenreißen. Sie sollte nicht spüren, wie es ihm ging.

»Toller Sonnenuntergang, was? Willst du noch 'ne Cola?«

Nina schüttelte den Kopf.

»Ist dir kalt?«, fragte Georg, obwohl alle schwitzten.

»Kann ich ein bisschen in den Dünen spielen?«, erwiderte sie.

»Sicher. Aber verlauf dich nicht.«

»Keine Angst, Papa.«

Nina stand auf, und Georg wartete auf die Rückkehr seiner Frau, die sich in der Toilette abwischte und bemerkte, dass sie leicht geschwollen und feucht war. Sie wusch sich die Hände vor dem Spiegel und betrachtete ihr Gesicht. Sie hatte etwas Farbe bekommen heute, doch das konnte nicht über die eine kleine Falte hinwegtäuschen, die sich rechts neben ihrem Mund in die Wange grub. Sie lächelte nach rechts, und die Falte stülpte sich nach innen. Mit ihrem nassen Finger wischte sie darüber, als könnte sie sie damit ausradieren. Radieren würde sie gern, wenn das ginge. Einfach auf dem Spiegelbild alles ausradieren, was ihr nicht gefiel, wie auf einer Bleistiftzeichnung. Und wenn sie am Ende die kleinen Gummifusseln wegpustete und es wäre nichts mehr da von ihrem Gesicht, wäre das auch nicht schlimm, nein, es wäre fast wie eine Erleichterung.

Sie wischte mit der Schulter die feuchte Stelle von ihrer Wange und trocknete sich die Hände unter einem viel zu lauten Handföhn. Auf dem engen Gang kam sie an einer Tür mit der Aufschrift »Privat« vorbei. Just in diesem Augenblick schlug die Tür auf, und ihr Kellner kam heraus. Er war in Eile, wie immer, und sie wären fast zusammengestoßen.

»Ups!«, sagte er und blieb direkt und ganz nah vor ihr stehen. Ihre Brüste berührten seinen Oberkörper, und sie spürte ein herrli-

ches Kribbeln, das sich von ihrem Nacken über den ganzen Körper
ausbreitete. Er grinste sie an und neigte seinen Kopf nach vorn.
Jetzt war er nicht mehr einem Wiesel gleich, er war zu einem Fuchs
geworden, einem sehr hungrigen Fuchs. Er legte beide Hände auf
ihre Hüften und zog sie an sich. Als sei sie auf eine Luftpumpe
gestiegen, fühlte sie seine wachsende Inflation in der Hose. Sie
konnte seinen Mentholatem riechen und den dicken, süßlichen
Geruch seines Haargels. Sein Fuchsmaul kam immer näher, und er
bleckte seine Zähne. Die flinken Augen waren nun fest auf ihren
Mund gerichtet. Er blinzelte nicht einmal. Dann legte er seinen
Kopf auf die Seite für den Kuss, der so kurz bevorstand.

»Du kannst mir jetzt den Wein bringen«, sagte Anita mit derart
teilnahmslosen Augen, dass der Fuchs an ihrem Verstand zweifelte
oder an seinem eigenen. Sie drückte sich an ihm vorbei, während
er noch sein Gefühlspuzzle ordnen musste, und öffnete die Tür
zum Restaurant.

★★★

Nina saß oben auf einer Düne inmitten von raschelndem und
piksendem Dünengras, in dem sich das Licht der untergehenden
Sonne fing. Alles war so wunderschön hier und doch so traurig.
Nachdem sie einmal von der Düne in den weichen Sand gesprungen war, hatte sie bereits die Lust verloren oder besser festgestellt,
dass sie von Anfang an keine Lust dazu gehabt hatte. Sie hatte sich
so hingesetzt, dass man sie kaum sehen konnte, sie dafür aber einen
guten Ausblick genießen konnte. Die Düne hatte etwas Tröstendes
und Schützendes, was sie jetzt dringend brauchte. Sie hielt es nicht
mehr aus, bei ihren Eltern zu sein, dort unten, wo sie sich hassten
für das, was sie taten, und für das, was sie nicht taten.

Sie sah ihre Mutter von der Toilette zurückkommen. Ihr Vater
saß klein und zusammengefallen am Tisch und hielt sich an seinem
Bierglas fest, als enthielte es das Gegenmittel zu dem Gift, das ihm
Anita injiziert hatte. Es war immer das Gleiche. Ihre Mutter wartete
auf etwas, das er ihr nicht geben konnte, und wenn sie registrierte,
dass es vergebens war, darauf zu warten, dann brauchte sie nur
einmal zu pusten, und schon brach ihr Vater in sich zusammen wie

ein Kartenhaus. Wenn ihre Mutter so war, dann sah Nina immer eine schwarze Wolke um ihren Kopf schweben. Eine schwarze Wolke, die durch Nase, Ohren und Mund in ihre Mutter eindrang und sie immer schwerer werden ließ, so schwer, dass sie sich selbst nicht mehr ertragen konnte. Um diese Wolke loszuwerden, musste sie sie gegen Georg schleudern, nur mit dem Unterschied, dass bei diesem die schwarze Wolke zu einem glühenden Ring um seinen Kopf wurde, ein metallenes Kopfband, so heiß, dass es Licht und Hitze abstrahlte. Sie glaubten beide, ihre Gefühle vor ihr verbergen zu können, sie glaubten tatsächlich, dass sie nichts von all dem merken würde, solange sie nur ihre billigen Masken aufsetzten und gute Laune und heile Welt spielten. Aber Nina sah die schwarze Wolke um den Kopf ihrer Mutter, und sie sah den glühenden Ring um den Kopf ihres Vaters, so wie sie jetzt das Meer, den Sand und die Sonne sehen konnte. Und sie fühlte die Schwere und die Hitze. Beides war unerträglich. Nina hatte das Gefühl, mit ihren Eltern in einem Labyrinth zu stecken. Sie liefen durch die langen Gänge, die sich alle glichen, und fanden den Ausgang nicht mehr. Alle drei waren furchtbar erschöpft und voller Angst, aber je mehr sie suchten und je weiter sie liefen, umso deutlicher wurde Ninas Ahnung, dass es vielleicht gar keinen Ausgang gab. Doch es gab ihn. Hier oben auf der Düne war es so, als sei sie über dem Labyrinth und blicke von oben darauf hinab, sodass sie alle Gänge, ihre Eltern darin und auch den Ausgang sehen konnte. Es war ein riesiger Ausgang. Eine dreißig Meter breite Schneise zwischen den Dünen hindurch bis runter zum Wasser.

»Mama! Papa!«, rief Nina, doch die beiden konnten sie hinter der Plexiglasscheibe nicht hören.

★★★

Sein Kopf war voll von heißer, sich aufblähender, zäher Lava aus geschmolzenem Stein oder geschmolzenem Gehirn, in dem insel-artige Gefühlsbrocken schwammen, die sich einfach nicht auflösen wollten. Wie hoch war der Schmelzpunkt von Trauer und Wut? Wie viel Feuer musste er noch in sich reinkippen, dass diese Inseln sich endlich auflösten? Die Flasche Jack Daniel's stand, nur noch fingerbreit gefüllt, auf seiner Werkbank neben dem Hammer und ein paar verschieden großen Nägeln und Drahtstiften. Holzleim klebte an seinen Fingerkuppen. Es sah aus, als löste sich die Haut von den Fingern. Er zupfte daran herum und betrachtete das Pferd, das nun wieder stehen und hören konnte. Seine Feinmotorik hatte Nils irgendwo zwischen dem vierten oder fünften Deziliter Whiskey verloren. Aus den Knien des Pferdes ragten krumm geschlagene Nagelköpfe, und glasiger Leim trocknete in dicken Tropfen an den Bruchstellen des Holzes. Das linke Ohr stand ein wenig schief. Das ganze Pferd sah aus wie nach einer Operation in einem fahrenden Geländewagen. Und es sah ihn an, das Pferd, im Blick den Vorwurf darüber, wie brutal Nils es zugerichtet und wie stümperhaft er es wieder zusammengeflickt hatte. Frankensteins Holzpferd, es war nicht zufrieden mit seinem Schöpfer.

Nils wich dem Blick des Pferdes aus und griff sich die wartende Flasche. Er setzte sie an die Lippen, öffnete seinen Mund weit und ließ den restlichen Whiskey in seinen Rachen laufen. Kraftlos fiel sein Kopf auf die Brust. Er brummte etwas und atmete zischend durch die Nasenlöcher ein und aus. Schweiß rann ihm die Schläfen herab. Aber es war noch nicht Feierabend. Er wollte seine Tochter sehen, jetzt sofort. Er wollte mit ihr sprechen, sie fragen, wie es heute in der Schule war, und sie erzählen hören. Er wollte ihr vorlesen, für sie kochen, sie in den Arm nehmen und sie einfach nur um sich haben. Er wollte das sichere Wissen haben, dass sie im Haus war, geborgen und gesund.

Er stemmte sich hoch und torkelte die Kellertreppe hinauf. Im Esszimmer blieb er stehen. Die Reste vom kalten, blutigen Lammkotelett lagen noch auf dem Teller, und der Teller stand noch auf dem Tisch. Nils meinte, etwas gehört zu haben. Die platschenden Fußtritte von Anna im Badezimmer oder ihre Musik, die dumpf durch die Zimmertür drang. Irgendwo im Haus hatte sich ein kleines Geräusch versteckt. Er hatte es gehört. Ganz sicher. Ein Tropfen löste sich vom Wasserhahn und fiel in die Spüle. Beim Aufprallen gab es ein klatschendes Geräusch, dann hallte es dumpf in dem Stahlbecken nach. Ganz langsam blähte sich ein neuer Tropfen im Wasserhahn auf. Ansonsten war es still. Nicht mal eine Fliege war da, um sich über die blutigen Knochen auf

Nils' Teller herzumachen. Die leeren Stühle starrten ihn mit ihrem kalten Kunstlederbezug an. Rechts über der Spüle im Schrank stand die zweite Whiskeyflasche neben dem Kaffee, dem Zucker und den Kaffeefiltern. Er drehte den Verschluss auf. Es gab ein metallisches Knacken, als die Perforation am Flaschenhals riss, und er spülte das Feuerwasser in sich hinein. Eine warme Flutwelle rollte über ihn hinweg und riss ihn rücklings mit sich, hinein in ein Meer aus honigbraunem Alkohol. Die Wellen schlugen über ihm zusammen, katapultierten ihn hoch und zogen ihn wieder nach unten. Sie dünsteten scharfe Dämpfe aus, die Nils einatmete, wenn er Luft holte. Er verlor völlig die Orientierung.

Schließlich spülte ihn die Flutwelle hinaus in die Nacht. Endlich atmete er frische, kühle Luft und dachte, dass er nun gerettet war und wieder Boden unter den Füßen hatte. Er sog die Luft tief in seine Lungen und stellte sich fest auf die Absätze seiner Schuhe. Eine unsichtbare Welle drückte ihn zur Seite, und schon kam eine andere aus entgegengesetzter Richtung. Die Wellen zerrten und stießen ihn, und doch machte er sich auf den Weg zu seiner Familie. Er hielt den Flaschenhals fest umklammert. An der Post vorbei, links und dann immer geradeaus. Als Nebel hinter ihm lag und er auf Höhe des Friedhofs zwei Radfahrern begegnete, sah er nur aus dem Augenwinkel, wie sie ihn musterten. Wie ein wildes Tier, einen Affen, der ausgebrochen war und über die Insel lief. Tatsächlich schleppte er sich so gebückt wie ein Affe über den im Mondschein daliegenden Weg nach Norddorf. Sehen konnte er nur noch partiell und mit einigen schwarzen Ausblendungen. Schattenwände schoben und kanteten sich an seinem Sichtfeld vorbei. Hin und wieder rissen ihn die Wellen um, doch er rappelte sich wieder auf und setzte schlingernd seinen Weg fort, bis er endlich vor dem weißen Reetdachhaus stand, dem vorletzten Haus vor dem Watt. Sechzig Meter weiter begann der kleine Deich, der die Ostseite Norddorfs schützte. Er und Anna waren einmal im November bei Windstärke elf dort oben gewesen und hatten sich gegen den Wind gelehnt, dass es aussah, als wären ihre Schuhe auf den Deich genagelt. Die Fotos hatte er noch irgendwo in einem Schuhkarton unten im Werkraum. Wenn Elke die nicht auch mitgenommen hatte.

Nils schlich gebückt um die Ecke herum. Warmes Licht fiel schräg auf das kurz gemähte Gras hinter dem Haus. Die Aufregung, vielleicht entdeckt zu werden, war wie eine Kröte in seinem Bauch, die ab und zu hochsprang und hinauswollte. Doch an der whiskeyglatten Magenwand glitschte sie immer wieder ab. Der Lichtschein legte einen leuchtenden Teppich auf den Boden, und Nils hielt sich in zwei Meter Abstand dazu im sicheren Schatten. Eine Tüllgardine verschleierte den unteren Teil des Wohnzimmerfensters, sodass Nils sich auf die Zehenspitzen stellen musste, um hineinsehen zu können.

In dem Wohnzimmer hatten er und Stefan schon unzählige Gespräche geführt, sich unzählige Witze erzählt, sich unzählige Male Freundschaft bewiesen. Sie hatten mit Chips und Bier auf dem Sofa gesessen und Fußball geguckt. Nils erinnerte sich an dieses Spiel, in dem Rudi Völler von Ruud Gullit bespuckt worden war. Wie zwei wild gewordene Stiere waren sie aufgefahren und hatten geschrien und gestikuliert, bis Stefan schließlich gegen den Fernseher getreten hatte, genau genommen *in* den Fernseher, denn sein Fuß war in dem geborstenen Bildschirm stecken geblieben. Nils hatte geistesgegenwärtig den Stecker gezogen, als blaue Blitze aus dem Apparat schossen. Nachdem Stefans Fuß befreit war, hatten sie den Rest des Spiels bei den Nachbarn schauen müssen, und jeder, der die nächsten Tage an dem Fernseher, der für den Sperrmüll draußen vor dem Zaun stand, vorbeigekommen war, hatte gelacht und mit dem Finger auf den kaputten Apparat gedeutet.

Jetzt saßen Stefan und Elke auf dem Sofa. Seine Elke. Seine Elke, die die Haare um die Finger drehte, wenn sie nachdachte, bis sie eine Strähne wie einen Korkenzieher geformt hatte, die morgens mit geschlossenen Augen ins Bad ging und sich niemals irgendwo stieß, die Toast am liebsten ungetoastet aß, gern Sekt in der Badewanne trank, nach einem Glas völlig betrunken war und Silvester nicht ohne Kartoffelsalat mit frischen Krabben ertragen konnte. Seine Elke, die eine Gänsehaut bekam, wenn er die seichte Mulde in ihrem Nacken berührte, die ihm immer sagte, er solle Badelatschen mit zum Sport nehmen, die Lippenstift in den Kühlschrank stellte und Butter im Wasserbad aufbewahrte. Seine Elke,

53

die im Schlaf ihre Beine auf seine Seite gelegt und gern auf dem weichen Wohnzimmerteppich mit ihm geschlafen hatte. Die ihn so wunderbar angesehen hatte, früher, mit ihren weit geöffneten Augen, die lachen und gleichzeitig schwärmen konnten. Ja, das hatte sie getan. Früher. Jetzt saß sie neben Stefan, den Kopf an seine Schulter gelehnt, ganz zufrieden und arglos auf den Fernseher schauend. Von einer Sekunde auf die andere war sie für ihn zu einer Fremden geworden. Sie hatte sich ihm entzogen, sich ihm einfach weggenommen. Sich selbst gestohlen, entführt und verschleppt in dieses Haus, auf dieses Sofa, an die Schulter dieses Mannes, den Nils kannte, seit er ein kleiner Junge war. Beide waren jetzt Fremde für ihn. Beide waren Feinde. Wie sie da saßen in ihrem schmierigen, süß-klebrigen Glück. Der ätzende, scheinheilig stinkende Sirup quoll aus all ihren Poren und tränkte das Sofa. Nils fühlte, wie sich eine glühende Metallnadel vom Magen aufwärts in sein Herz bohrte. Langsam, ganz langsam schob sie sich durch sein schmelzendes Fleisch. Sein Blut pulsierte kochend in seinen Adern, Hitze stieg in ihm auf. Er dachte an den Spaten, mit dem er das Pferd zerschlagen hatte, und wünschte sich, er hätte diesen Spaten jetzt zur Hand. Er würde auf den Lichtteppich treten, sodass sie ihn sehen konnten, und er würde ein paar süße Sekunden lang ihre Blicke genießen, bevor er mit ihnen das machen würde, was er mit dem Holzpferd gemacht hatte. Er würde zuschlagen, bis der Sirup aus ihnen rausspritzte, bis er alles vernichtet hatte, was ihn an die gemeinsame Zeit mit jedem von beiden erinnerte. Er würde alles in Schutt und Asche legen.

Die glühende Nadel schob sich immer höher und drückte sich schmerzhaft in eine Arterie. Feine Schmerzfäden zogen sich zwischen seinem Herz und seinen Schläfen straff wie Klaviersaiten. Und dann löste sich die Nadel auf, so weich und plötzlich wie eine platzende Seifenblase, als sich die Tür öffnete und Anna im Schlafanzug ins Wohnzimmer kam. Flüssiges Blei ergoss sich nun in sein Herz. Es drohte, aus seiner Höhle zu rutschen und unendlich tief in einen schwarzen Abgrund zu stürzen. Anna ging zu ihrer Mutter, die sich aufsetzte und Annas Hände in ihre nahm. Sie wechselten ein paar Worte. Elke hatte dabei diesen prüfenden Blick: Hast du auch wirklich die Zähne geputzt? Sie stand auf und sah zu, wie Anna Stefan die Hand gab. Wieder sagte sie etwas, und dann umarmte Anna Stefan.

Du miese, dreckige Hure, zwingst sie, den Scheißkerl auch noch zu umarmen. Nils' Hand am Flaschenhals zitterte, so fest drückte er zu. Er nahm einen schönen großen Schluck und sah, wie seine Frau und seine Tochter das Wohnzimmer verließen. Stefan war jetzt allein. Er schaltete auf ein anderes Programm. Nils sah sich mit dem Spaten das Fenster einschlagen und auf den überraschten Stefan zuspringen. Er stand über ihm, packte sein Gesicht, riss es nach oben und stieß den Stiel der Schaufel in seinen Rachen. *Friss Holz, friss das verdammte Holz, du Scheißkerl, friss es und werde glücklich damit!*

★★★

Anita streichelte ihrer Tochter im Dunkeln über die Haare. Nina war bereits eingeschlafen. Eigentlich schlief sie schon eine ganze Weile, doch Anita wollte nicht hinaus in das hell erleuchtete Nebenzimmer gehen, wo Georg saß, der sie blenden wollte mit dem Licht, der es in jede Ecke und jeden Winkel ihres Lebens werfen wollte. Sie wollte hier im Dunkeln sitzen bei ihrer Tochter. Hier war es friedlich und still. Draußen lauerte er mit einem Netz aus Neugier und Rechthaberei, und sobald sie einen Schritt in das andere Zimmer machte, würde er es über sie werfen. Sie hörte das ungeduldige Knarren der Stahlfedern in der Couch, als Georg sich bewegte. Doch sie konnte nicht ewig hier sitzen. *Lass es uns hinter uns bringen,* dachte sie und erhob sich.

»Sie schläft.« Anita blickte aus dem Fenster hinaus auf den Mond, der kühl und streng sein Licht über die Nordspitze ergoss.

Georg hinter ihr schwieg. Die Sofafedern ächzten.

»Ich hab so ein Gefühl, als ob wir schon mal hier gewesen wären«, sagte Anita gegen die Scheibe und spürte ein feines Vibrieren im Glas.

»Warum tust du das?« Georgs Frage prallte wie ein Holzkeil gegen ihren Rücken. Das Feuer war eröffnet.

Sie ignorierte den Angriff. »Nina könnte doch vielleicht einen Surfkurs machen, was meinst du?«

»Anita, kannst du nicht einfach mal mit mir reden? Du bist wie eine Mauer. Alles, was ich sage, prallt an dir ab. Rede mit mir! Ich will wissen, was in dir vorgeht.«

»Ich rede mit dir. Rede, rede, rede. Du redest, redest, redest. Bla, bla, bla.«

»Hör auf! Was ist nur mit dir los? Warum bist du so zu mir, warum spielst du diese Spielchen? Es macht mich verrückt! Es muss doch einen Grund geben, Herrgott! Das ist doch nicht normal. Wir sollten uns näherkommen in diesem Urlaub, wieder versuchen, alles zu kitten, aber du … du machst mich lächerlich, du verspottest mich. Ich halte das nicht mehr aus!«

Anita stand regungslos da, die Arme vor der Brust verschränkt, sodass es von hinten aussah, als würden sie fehlen, wie amputiert. Georg stand auf und ging zu ihr. Er spürte eine kalte Aura um seine Frau herum, wie der Hof des Mondes. Es kostete ihn schreckliche Überwindung, aber er versuchte, sie zu umarmen. Voll der Überzeugung, dass sie trotz ihrer spröden Feindseligkeit genau das brauchte, und in dem Wissen, dass er seine Gefühle verraten musste für eine Reaktion von ihr, berührte er ihren amputierten Torso an der Stelle, wo der linke Arm einmal gewesen war. Ihr Körper war hart und kaum wärmer als das Meer, in dem er heute mit den Füßen gestanden und Nina beim Schwimmen beobachtet hatte. Seine Hand ruhte furchtbar unbeholfen auf ihr, und so zog er sie wieder zurück, wie man seine Hand zurückzieht, wenn einem ein Händedruck verwehrt wird. Kälte kroch an seinen Beinen hinauf.

»Du verlangst immer nur. Du stehst immer nur da und hältst die Hand auf«, sagte sie mit flacher Stimme.

»Du erniedrigst mich vor allen Leuten! Ich will wissen, warum. Das verlange ich, mehr nicht.«

»Was willst du hören?«

»Ich will hören, was du dazu zu sagen hast.«

»Was soll ich denn zu sagen haben?«

»Die Wahrheit! Herrgott, hör auf mit der Scheiße und sag endlich, was Sache ist. Liebst du mich nicht mehr, ist es das? Dann sag es und hau endlich ab! Geh und lass mich allein, aber hör mit deinen beschissenen Spielchen auf! Du musst mir nichts vorlügen. Sag es einfach.«

»Es war ein langer Tag. Ich geh jetzt ins Bett«, sagte Anita und bewegte sich nach links. Schon hatte Georg seinen Arm nach vorn geworfen und hielt sie fest.

»Oh nein! Bleib hier. Bleib hier und antworte. Jetzt sofort!«

Anita blickte ihm in die Augen, zum ersten Mal an diesem Abend. Ihre Pupillen waren klein und schwarz, wie die einer Möwe. Da war kein Gefühl mehr in ihnen, nichts. Es waren Glasaugen, völlig ohne Ausdruck. In diesem Moment wusste Georg, dass er sie für immer verloren hatte.

»Antworte mir«, sagte er heiser und drückte ihren Arm fester, als er wollte.

»Du tust mir weh.«

»Du mir auch. Antworte!«

»Lass mich.« Sie wollte gehen, doch Georg drückte sie gegen die Wand. Mit beiden Händen hielt er jetzt ihre Schultern fest.

»Du antwortest mir jetzt. Auf der Stelle! Warum, Anita, warum?«

Anita senkte den Blick, so als würde sie auf dem kleinen Stück Teppich zwischen ihren Füßen nach den richtigen Worten suchen, entschied sich dann aber, keine Worte finden zu wollen, und schlug seine Arme weg. Zu Handgreiflichkeiten war es zwischen ihnen noch nie gekommen. Sie fühlte sich auf eine ganz beunruhigende Art nicht mehr sicher. Früher hatten ihre Streits stets damit geendet, dass Georg verzweifelt den Rückzug antrat und sie sich tagelang anschwiegen, bis ein banaler Zufall es so wollte, dass sie sich auf einer Wellenlänge wiederfanden. Das konnte ein Moment von nur einer Sekunde sein, ein Blick, ein gleichzeitiger Gedanke, und schon hatte sich ihr Beziehungsgelenk wieder eingerenkt. Es schmerzte dann zwar noch, aber es war wieder beweglich. So wie Georg jetzt aussah, so wie er jetzt vor ihr stand, mit einer Wildheit in seinen Augen, die sie nie zuvor gesehen hatte, wusste sie, es gab kein Zurück mehr zu den alten Mustern. Hier und in dieser Sekunde wurde ihr Beziehungsmuster für immer aufgebrochen. Hier war die Klippe. Und es war Zeit zu springen.

Georg warf sich zuerst den Abhang hinunter, indem er ihr ins Gesicht schlug und dann mit zu Krallen geformten Händen ihr Gesicht gegen die Wand drückte. Er fletschte die Zähne, seine

Nase hob sich und warf kleine gekräuselte Falten. In seinen Augen waren die Äderchen in einem Streifen links und rechts der Pupillen geplatzt.

»Warum?«, schrie er und presste sie mit durchgestreckten Armen gegen die weiße Tapete, dass sie die Farbe riechen konnte. »Warum?«

Seine Stimme klang jetzt hoch und gebrochen und verzweifelt wütend. Anita sah ein, dass es keinen Zweck mehr hatte, sich aufzulehnen. Sie schloss die Augen und ließ alles geschehen.

»Macht dich das scharf, deine Titten jedem Penner hinzuhalten?« Er fummelte wild und planlos an ihren Brüsten herum. Er wollte sie spüren, weil es ihn ungeheuer scharfmachte, Anita endlich so in seinem Griff zu haben, und er wollte ihr wehtun, wollte, dass sie kapitulierte, dass sie sich ihm hingab, sich ergab. Ja, sie sollte sich, verdammt noch mal, ergeben. Seine Hand fuhr in ihre Hose und griff in ihre Schamhaare. Aber da war keine Gegenwehr. Sie war einfach nur leblos wie eine Puppe. Er stieß sich von ihr weg, erschrocken über sich selbst. *Was hab ich getan? Ich hab sie fast* ... Er senkte den Kopf und wartete wie ein kleines Kind auf seine Bestrafung, hätte sie hingenommen, weil er sie verdient hatte. Er war zu weit gegangen. Egal, was sie mit ihm angestellt, wie schlecht sie ihn behandelt hatte, das durfte nicht geschehen. Er hatte komplett die Kontrolle verloren.

Anita löste sich langsam von der Wand, als sei sie an frischem Leim haften geblieben. Klein und zusammengefallen, so wie er sonst aussah, schleppte sie sich an ihm vorbei und schlurfte wie fremdgesteuert auf die Tür zu. Sie öffnete sie leise und schloss sie auch wieder leise, fast behutsam hinter sich.

Sie war fort, lautlos und unaufgeregt. Das war schlimmer als alles andere. Georg hatte eine schreckliche Ahnung. Diese Lautlosigkeit ... Dann war es, als schlüge ihm jemand ein Holzpaddel in den Nacken. Ihm fiel Nina ein, die nebenan schlief, die *hoffentlich* schlief.

Oh Gott, wenn sie das gesehen hat ...

★★★

Anita genoss die Stille auf dem Flur. Die goldgefassten Lampen warfen ihre Lichtkegel fächerartig an die Wände. Der weiche Teppich federte jeden ihrer Schritte ab. Es war leichter, hier zu gehen, weg von dem Zimmer. Sie bog am Ende des Flurs nach rechts ab, wo sich gerade mit einem hellen *Ding!* die Fahrstuhltür öffnete und den Blick auf die stattliche Erscheinung von Hauke Petersen freigab, der eben sein Schwimmprogramm absolviert hatte und in einem weißen, ballonseidenen Trainingsanzug im Fahrstuhl stand. Seine Lippen gaben ein breites Grinsen frei, als er sie erkannte. Seine Wangen formten sich zu glänzenden Kugeln.

»Guten Abend, Frau Bohn! Das ist aber eine Freude«, sagte er zu Anita, entzückt darüber, dass sie nicht in Begleitung ihres Mannes war und sich ihm nach kurzem Innehalten, das er als Schüchternheit oder Scheu interpretierte, näherte und die Kabine betrat.

»Hallo«, gab sie zurück und rang sich ein Lächeln ab.

»Wo möchten Sie denn hin? Ins Erdgeschoss?«

»Bitte, ja.«

Hauke ließ seinen Finger einen Moment lang über dem Knopf schweben. Die Fahrt über nur eine Etage wäre ein viel zu kurzes Vergnügen. Doch ihm fiel ein, dass der Fahrstuhl ja zuerst in den dritten Stock fuhr, den er gedrückt hatte, und das besserte seine Aussichten. Er drückte die Taste, und die Lifttür schloss sich.

»Sie erinnern sich noch an meinen Namen?«, fragte Anita, die tatsächlich beeindruckt war.

»Ich habe mich informiert, für den Fall, dass wir uns in einem leeren Fahrstuhl begegnen sollten.«

»So, so. Warum nennst du mich dann nicht Anita?«

Hauke hauchte ein lüsternes Lächeln in ihr Gesicht. Er machte einen schleichenden Schritt auf sie zu, der von einem pfeifenden Geräusch seines Trainingsanzugs begleitet wurde. »Um der Höflichkeit willen«, raunte er mit tiefer Stimme.

»Höflichkeit ist etwas für ältere Damen, nicht für mich.«

»Und was ist was für dich?«

»Leidenschaft, Hingabe …«

Damit brachte sie ihn richtig in Fahrt, er brummte wie ein frisch geölter Motor und atmete dieses tieflungige Altherrenatmen, das im Abgang zu pfeifen beginnt. Sein Kopf war jetzt ganz dicht an ihrem. Anita roch Chlor in seinen Haaren und dachte, dass er jeden Moment seinen großen Mund öffnen und sie mit einem Happs verschlingen würde.

»Ich werde sehen, was ich tun kann …«, sagte er und küsste sie mit trockenen, dicken Lippen auf den Hals. Es kitzelte. Anita lachte durch die Nase. Hauke schob seine prallen Hände unter ihr Shirt und langte nach ihren Brüsten, wie ein Fleischer sich einen Braten greift. Plötzlich ekelte sie sich vor diesem Mann, ekelte sich vor sich selbst und vor der ganzen Welt. Der Ekel verbreitete sich wie stinkendes Gas in dem engen Lift, und sie konnte kaum noch atmen. Sie stieß ihn von sich weg und glaubte, dieselbe Situation wie mit Georg noch einmal zu durchleben. Es machte *Ding!*, und die Tür schob sich auseinander.

Hauke versicherte sich mit einem Blick über die Schulter, dass der Flur im dritten Stock leer war.

»Was ist los mit dir?«, fragte er, unsicher, ob sie es ernst meinte oder ihn nur auffordern wollte, sie härter ranzunehmen.

»Ich wünsche einen guten Abend«, sagte Anita förmlich.

Er musterte sie skeptisch. »Ich denke, Höflichkeit ist etwas für ältere Damen?«, fragte er.

»Ja, und für ältere Herren.«

Dieser Satz traf ihn wie ein Pfeil in den innersten Ring seiner Eitelkeit, voll ins Schwarze.

»Ich glaube, du wolltest hier aussteigen«, sagte sie und wies auf die Fahrstuhltür.

Haukes Gesichtszüge entglitten ihm, als er nichts als Absicht in ihrem Gesicht lesen konnte. Für einen Augenblick hatte er noch an ein Spielchen geglaubt, ein Vorspiel, das ihn noch schärfer machen sollte, ein ihre Lust steigerndes Rollenspiel, das sie brauchte, um noch mehr in Fahrt zu kommen. Aber es war nichts als bloße berechnende Absicht, um ihn abzuservieren, nachdem sie ihm ihren Körper schon versprochen hatte. Sie tat das, ohne mit der Wimper zu zucken, in *seinem* Haus. Das alles hier gehörte ihm, und sie gehörte auch ihm, von Anfang an. Er hatte gewusst, dass sie sich treffen würden, es hatte einfach so kommen müssen. Den ganzen Tag über hatte er Phantasien von zufälligen Begegnungen mit ihr gehabt. Die mit Sicherheit schönste und anregendste war die imaginäre Hingabe der nur mit einem knappen Bikini bekleideten Anita Bohn im häuslichen Pool gewesen. Den gesamten Kilometer war er mit einem Ständer geschwommen und hatte sich Dinge vorgestellt, die die kleine Überwachungskamera an der Decke besser nicht filmen sollte.

Und jetzt schmiss sie ihn aus seinem eigenen Fahrstuhl hinaus. Für wen hielt sich dieses scheinheilige Flittchen? Er wusste noch nicht, wie, aber das würde sie bitter bereuen.

Er trat aus dem Fahrstuhl, ohne seinen harten, enttäuschten und strafenden Blick von ihr zu nehmen. Selbst als sich die Schiebetür längst geschlossen hatte und Anita nur noch ihr matt verschwommenes Spiegelbild auf der Stahloberfläche sehen konnte, stand er noch da und glotzte auf die Tür.

Anita rannte förmlich aus dem Hotel. Sie musste hier raus, weg aus dieser weiß getünchten, goldgeschmückten Geisterbahn, in der halb verweste Hoteleigentümer und skelettierte Ehemänner nach ihr griffen und sie bei lebendigem Leibe mit verfaulten Zähnen verspeisen wollten. In jeder Ecke lauerten hier selbstgerechte Zerrbilder von grässlich schwachen und rückgratlosen Männern, die nichts anderes beabsichtigten, als von ihrer eigenen Unzulänglichkeit abzulenken, indem sie Anita angriffen, sie piesackten und mit Dreck nach ihr warfen, sie besudeln und beschmutzen wollten. Sie konnte keinen Fuß mehr in dieses Haus setzen. Der Urlaub oder das, als was er mal geplant war, ihre Ehe, ihr Leben waren zerbrochen, wie ein Erdklumpen. Sie floh durch die Fußgängerzone, lief über die roten Steine, auf denen sie vor ein paar Stunden noch als Familie Hand in Hand gegangen waren. Mit jedem Schritt, den sie tat, brach ihre alte Welt hinter ihr weg, verschwand in einer riesigen Erdspalte wie nach einem mächtigen Beben. Es blieb nur noch das, was vor ihr lag. Der Abgrund klebte an ihren Fersen, und sie strebte dem Meer entgegen.

Sand schwebte wie Bodennebel im Zeitraffer durch die Lichtkegel der Laternen und verwischte die Spuren, die der Tag hinterlassen hatte. Alles, was vor wenigen Augenblicken noch da gewesen war, existierte nicht mehr, alles veränderte sich durch den Sand und den Wind, der nun stärker und böiger blies und die kalte Luft eines westlichen Tiefausläufers mit sich brachte. Der Strand war verlassen, das Restaurant hatte bereits geschlossen. Der neu errichtete Holzsteg mit der Aussichtsplattform ragte wie eine riesige Abschussrampe auf das schwarz schimmernde Meer hinaus. Anita hörte das rhythmische Rauschen der Wellen. Es war deutlich lauter und näher als heute Nachmittag. Es war kalt. Erst jetzt bemerkte sie, dass sie das Hotel ohne Jacke verlassen hatte. Sie schlang die Arme um ihren Oberkörper und drückte die Schultern nach vorn. Auf dem Parkplatz etwa siebzig Meter weiter rechts stand ein grüner Bauwagen, aus dessen blinder Fensterscheibe schwach orangenes Licht drang. Anita wollte hinunter zum Meer, wollte, dass das Rauschen alle anderen Geräusche überlagerte, doch ihre Neugier biss den Faden, der sie zum Meer zog, wie eine kleine Maus durch. Sie hatte keine Ahnung, was sie dazu bewegte, zu dem Bauwagen zu gehen. Ob sie sich doch noch eine Begegnung mit einer menschlichen Seele wünschte, einer Seele, die sie nicht für ihre Zwecke missbrauchen, sondern sie in Empfang nehmen wollte, wie sie war? Doch, ja. Sie brauchte jetzt jemanden. Dieses jämmerliche Gefühl, ganz allein auf der Welt zu sein, war hier am Strand so überwältigend, dass sie kaum noch atmen konnte. So vieles lastete auf ihren Schultern. Der Mond, die Nacht, die ganze Welt legte sich mit all ihrem Gewicht nur auf sie. Anita war ein kleiner, schwacher und müder Atlas. Ja, sie war müde. Sie musste sich ausruhen.

Ein Fahrrad lehnte am Bauwagen, es glänzte silbern im Mondschein. Ein Poltern wie von schweren Stiefeln auf Holz drang aus dem Wagen. Unwillkürlich machte Anita einen Schritt rückwärts. Sie dachte, dass jemand die Tür öffnen, sie hier draußen entdecken und vielleicht die falschen Schlüsse ziehen könnte. Sie wollte nicht lauschen oder beobachten. Sie suchte nur … Ein Schatten glitt am Fenster vorbei. Anita ging darauf zu und berührte vorsichtig den Wagen. Sie stellte sich auf die Zehenspitzen und lugte ins Innere. Es war eng und unaufgeräumt. In Regalen stapelten sich Werkzeuge, Surfbretter und anderes Zubehör. Streben und Rohre lehnten an den Regalen, und weiter hinten stand ein schmaler, abgewetzter Holztisch mit zwei klapprigen Stühlen und einer alten

Kaffeemaschine darauf. Drei benutzte Becher standen auf dem Tisch. Als Anita in die linke Hälfte des Wagens spähte, wo sich der Ansatz einer Spüle zeigte, sah sie ihn. Er hatte sich gebückt und etwas unter der Spüle gesucht, doch jetzt richtete er sich auf. Es war Claas. Er hatte sich zur Hälfte aus einem noch nassen Neoprenanzug geschält. Das Oberteil hing an ihm herunter wie die leblose Hülle eines Menschen. Seine Haare standen struppig und feucht vom Kopf ab. Er stellte eine Flasche Bier auf den Tisch und zog sich den Rest des Anzugs vom Körper. Die schwarze Menschenhülle ließ er liegen und setzte sich nur mit einer Badehose bekleidet an den Tisch und trank sein Bier. Anita duckte sich, denn er konnte von seinem Platz aus direkt aus dem Fenster schauen und hätte sie mit Sicherheit dort stehen sehen. Die Hände auf ihre Knie gestützt, kauerte sie unter dem Fenster und überlegte, ob sie anklopfen und sich dieser Menschenseele hingeben sollte. Er würde ihr nicht wehtun, würde ihr sogar guttun in diesem Augenblick, doch was von ihr in seinem Gedächtnis hängen bleiben, was sie ihm bedeuten würde, war nicht schwer zu erraten. Eine weitere Urlaubsbekanntschaft auf seiner unendlichen Aufreißerliste, ein weiterer unwichtiger Name in all seinen Eroberungsstatistiken, eine schwache Erinnerung an Körpermerkmale, Gesprächsfetzen und Bettverhalten. Er war Sekundenglück. Das reichte ihr nicht. Sie wollte zurück ans Wasser.

Die Wellen waren wie schwarze Münder, ihre Gischt wie bläuliche, schaumige Lippen, die das Land verschlangen. Die Flut verleibte sich alles ein, was sie brauchte, um ihrer selbst gerecht zu werden. Sie ist mir wenig ähnlich, dachte Anita. Es gab Menschen, die waren die Flut, und Menschen, die waren die Ebbe. Sie war die Ebbe, nur dass Georg dachte, sie sei die Flut. Eine Sturmflut. Doch er lag falsch. Er konnte gar nicht richtig liegen. Sie hatte sich so weit zurückgezogen, dass er sie nicht mehr erkennen konnte. Was er sah, war in Wahrheit nur eine Fata Morgana, die sich auf der trockenen Fläche gebildet hatte, auf die er sich zu weit hinausgewagt hatte.

Je länger sie hier stand und je tiefer ihre Füße im Sand einsanken, umso mehr hatte sie das Gefühl, wieder zurückkehren zu können. Es war eine so schwache Hoffnung, dass sie sich lange Zeit nicht traute, sich ihr zuzuwenden. Sich nicht einmal zu bewegen wagte. Doch dann vernahm sie trotz des Windes, der in ihren Ohren grollte, dieses weiche, rollende Knarzen von Schritten im Sand. Sofort stellten sich ihre Nackenhaare wie feine Antennen auf, und sie fuhr herum.

»Hallo«, sagte sie nach einer ganzen Weile.

Teil 2
Suche

Cause the darkness of this house has got the best of us
There's a darkness in this town that's got us, too
But they can't touch me now
And you can't touch me now
They ain't gonna do to me
What I watched them do to you.

Bruce Springsteen, »Independence Day«

FÜNF

Die Sonne hob sich aus dem Wasser wie ein Glutbrocken hinter weißem Stoff aus diesiger Luft und dünnen Schleierwolken. Sie wirkte kleiner als gestern. Als hätte sich die Welt über Nacht ein wenig von ihr entfernt. Dennoch hatte sie die Kraft, den Himmel in Brand zu setzen. Die Wolken wurden von ihr angesengt wie weiches, faseriges Papier, das heiß und stetig glomm, während sich am Rand schwarze, verkohlte Aschestreifen bildeten. Für gerade mal zwei Minuten brannte so der Himmel, bis das heiße Orange zu einem kühlen, weiß durchsetzten Rosa wurde und die schwarzen Ränder sich in blaue verwandelten. Innerhalb weniger Sekunden war die Temperatur des Himmels um achtzig Grad gefallen.

Karl fuhr wie jeden Morgen mit seinem alten Toyota Pick-up den kleinen Weg über die Felder von Nebel nach Norddorf. Er fuhr nicht gern auf der Landstraße, und morgens um diese Zeit war hier kaum jemand unterwegs, außer vielleicht ein oder zwei andere Insulaner auf dem Weg zur Arbeit oder ein paar ganz hartgesottene Jogger, die selbst in ihrem Urlaub ihre tägliche Strecke im Morgengrauen absolvieren mussten.

Der Pick-up war ursprünglich ein rotes Modell gewesen, Baujahr '79. Bis Hauke ihm ungefähr zu der Zeit, als er mit Elisabeth und Nils ins Hotel gezogen war, angeboten hatte, die Steuern und die Versicherung zu übernehmen, unter der Bedingung, dass der Wagen hotelgerecht umlackiert wurde. Die Übernahme der Kosten war für Hauke günstiger gewesen, als Karl ein neues Auto zu besorgen, mit dem er auch vor dem Hotel parken und ein wenig Werbung auf der Insel fahren konnte. Und Karl hatte ebenfalls nicht viel investieren müssen, er war ein Bastler, der sich um alles selbst kümmerte, auch um den Motor und alle anderen reparaturbedürftigen Teile. Jetzt sah der alte Pick-up so aus, als hätte Karl an einer Business-Variante von »Pimp my Ride« teilgenommen. Das strahlende Weiß der Karosserie und der Felgen und der edle goldene Schriftzug auf den Türen standen im krassen Gegensatz zu der funktionellen Form und dem praktischen Nutzen dieses

Gefährts. Es war ein verstörender Hingucker, und Karl, dem die Lackierung ganz und gar nicht gefiel, der aber froh war, dass die laufenden Kosten auf Haukes Rechnung gingen, ignorierte einfach die neue Farbe und sah sein Auto nur so, wie es früher gewesen war. *Er* sah das Rot unter dem Weiß, und das war ihm genug.

Karl tuckerte an den Maisfeldern vorbei, die in diesem wie auch im letzten Jahr nur mickrige, kleinwüchsige Pflanzen hervorgebracht hatten, die ihrerseits nur mickrige, kleinwüchsige und obendrein ungenießbare Früchte tragen würden. Schafe, Kühe und Pferde standen teilnahmslos auf ihren Weiden. Eine Gruppe von Schwarzkopfmöwen hatte sich auf einem Feld versammelt. Sie schrien und beschwerten sich. Da blieb Karls Blick plötzlich an etwas haften. Etwa zwanzig Meter vom Weg entfernt lag ein Bündel auf dem Feld, das ihn in seiner Beschaffenheit sofort an einen menschlichen Körper erinnerte. Er war sich fast sicher, den Rücken eines Menschen zu sehen, und stieg so fest in die Bremsen, wie er es noch nie getan hatte. Ein großer Pflanzkübel auf der Ladefläche rutschte nach vorn und knallte mit einem dumpfen Geräusch gegen die Fahrerkabine.

Der Wagen stand, der Motor war aus. Er hatte ihn abgewürgt. Karl zog die Schlüssel ab und stieg aus. An dem kniehohen Zaun blieb er stehen und blickte angestrengt auf das Bündel, versuchte sich vorzustellen, was es anderes sein könnte als ein Mensch. Aber alles, was ihm in den Kopf kam, schloss er gleich wieder aus. Er schwang seine Beine seitlich über den dünnen Draht und schritt vorsichtig auf das Ding zu. Die Möwen wurden lauter und aufgebrachter. Sie hatten hier überall ihre Brutplätze und sahen Karl als potenziell gefährlichen Eindringling an. Karl achtete darauf, nicht auf ein Nest zu treten, und behielt gleichzeitig das Bündel im Auge, dessen Anwesenheit hier draußen und um diese Tageszeit ihn immer nervöser machte. Was er da finden würde, bedeutete nichts Gutes. Irgendetwas war hier zu Ende gegangen. Und er kam immer zu demselben Schluss: Es war das Ende eines Menschenlebens.

Die Person, die da vor ihm im Gras lag, hatte sich zusammengerollt wie eine gebratene Krabbe. Ein brauner Haarschopf versteckte sich hinter hochgezogenen Schultern. Schwarze Schuhe lugten aus den Hosenbeinen einer Jeans heraus. Obenrum trug die Person nichts als ein einfaches graues T-Shirt. Karl machte einige Schritte um die Gestalt herum, um ein Gesicht erkennen zu können. Als er es tatsächlich erkannte, stürzte er nach vorn auf die Knie und rüttelte den Mann an der Schulter. Ein reiner Reflex, der Lebenszeichen testete und Besinnungslosigkeit in Besinnung umwandeln sollte.

»Nils! Nils! Wach auf!«

Wenn seine Hand so etwas wie Leichenstarre oder fehlende Körperwärme erfühlt hatte, so war das noch nicht bis in sein Bewusstsein vorgedrungen.

»Nils!«, rief er erneut, schlug auf Nils' Wange und zupfte an seinem Augenlid herum, mit dem Erfolg, dass das Bündel plötzlich brummte wie ein Bär, den man beim Winterschlaf störte. »Nils, wach auf!«

Nils verzog das Gesicht und kniff die Augen zusammen, bevor er sie öffnete. Er sagte etwas, doch Karl konnte nichts verstehen, was entweder am Alkohol oder an der Kälte oder an beidem lag.

»Wass iss?«

»Was machst du hier, verdammich?«, fuhr Karl ihn an, dem der Schreck jetzt erst so richtig in die Glieder fuhr. Er zitterte, als hätte *er* die ganze Nacht dort gelegen. Nils sah sich mit trüben, steifen Pupillen um und sah aus, als empfände er Karls Frage als äußerst berechtigt.

»Schsse.«

»Komm, du musst aufstehen. Ich bring dich nach Hause.« Karl zog an dem schweren Körper.

Nils stützte sich mit einem Arm ab, drückte sich hoch und schwankte gegen Karl, sodass sie fast beide wieder hingefallen wären.

»Los, komm«, sagte Karl und umfasste seine Hüfte. »Pass auf die Eier auf.«

»Wss?«

»Auf die Möweneier!«, rief Karl und deutete mit der Nasenspitze vor sich ins Gras.

Der Zaun erwies sich als fast unüberwindbares Hindernis. Doch irgendwie schaffte Karl es, Nils auf die andere Seite zu befördern.

Die Polsterung des Beifahrersitzes gab ein angestrengtes *Uff!* von sich, als er Nils endlich durch die Tür geschoben hatte, und sie atmete lange und entkräftet aus. Karl ging um die Kühlerhaube herum und blieb stehen. So, wie Nils jetzt hinter der Windschutzscheibe saß, klein und schief und überlagert vom sich spiegelnden Himmel, sodass er nur wie ein besserer Schatten aussah, fühlte Karl eine Beklemmung in seiner Brust, die er schon seit Längerem nicht gespürt hatte. Sie wurde erzeugt von unendlicher Sorge. Der Junge sah immer so gut und vital aus in seiner Uniform und war so zielstrebig in dem, was er tat. Jetzt brach er zusammen wie eine Sandburg in der Flut, und Karl erschreckte diese Vorstellung.

Er stieg ein, startete den Motor und wendete den Wagen. Nils' Kopf wippte kraftlos im Takt der alten Federung des Pick-ups, und es sah aus, als nickte er zu den Eingeständnissen, die er sich gerade machte. *Bist du tief gefallen? Ja, das bin ich. Bist du völlig am Ende und einsam und verlassen? Ja. Und sind dein Selbstwertgefühl und dein Stolz und dein Lebenswille so zerstört wie ein zertretenes Möwenei? Ja, ja, ja, ja!*

»Bist du wach?«, fragte Karl vorsichtig.

»Ja.«

»Willst du drüber reden?«

»Nein.«

»In Ordnung.«

»Elke hat mich verlassen«, sagte Nils nach einer Weile. Es klang so abwesend, als spräche er im Schlaf. »Sie wohnt jetzt mit Anna bei Stefan.«

Karl zögerte, bevor er den Blinker setzte und auf die Hauptstraße abbog.

»Scheiß Spiel«, sagte er und trat aufs Gas. »Du kannst froh sein, dass du nicht erfroren bist.«

»Schätze, ich hab genug Heizöl intus gehabt.«

»Jou, das riecht man. Da ist der Leuchtturm«, sagte Karl und blickte nach links.

»Das weiß ich doch.« Nils lachte über diesen überflüssigen und völlig unangebrachten Hinweis auf etwas so Selbstverständliches. Bei den s-Lauten schlugen seine Zähne so hart aufeinander, dass es schmerzte. Er spürte jetzt die Kälte und begann zu bibbern und zu schlottern. Sein Unterkiefer zitterte unkontrolliert. Karl fuhr nach links, hielt vor Nils' Haus und half ihm aus dem Wagen.

»Los jetzt, aber leise. Muss ja nicht jeder mitkriegen.«

Als sie die Stufen bewältigt hatten, stellten sie fest, dass Nils die Tür offen gelassen hatte.

»Ein Glück, ich hab nämlich gar keinen Schlüssel mit«, sagte Nils, und Karl lachte laut auf.

»Dumme und Besoffene!«, rief er und lachte weiter.

Oben ließ Karl ein heißes Bad ein, während Nils wie ein kleines Kind, das zu lang im kalten Wasser geblieben war, neben ihm stand.

»Kam es plötzlich?«

»Was?«

»Das mit Elke?«

»Ich hab nichts von den beiden gewusst. Aber Probleme hatten wir schon länger.«

»Tja, von so was bin ich zum Glück verschont geblieben, deshalb hab ich auch keinen Rat, den ich dir geben kann.«

»Warum hast du nie geheiratet?«

»Weil ich nicht auf einer Kuhweide erfrieren wollte«, sagte Karl und grinste Nils über die Schulter hinweg an. »Nee. Hab einfach nie die Richtige gefunden.«

»Für jeden Topf gibt's 'nen Deckel«, sagte Nils und stieg in die Wanne.

»Ich bin der einzige eckige Topf auf der Welt«, sagte Karl.

»Dann muss man halt einen größeren runden Deckel nehmen und ein Rechteck rausschneiden.«

»Kein Deckel lässt sich freiwillig beschneiden, Junge. Du musst noch viel lernen.«

»Ja, ich bin gerade dabei.«

»Ich weiß. Kopf hoch, Nils. Wenn du einen Rat brauchst, ruf mich nicht an«, sagte Karl, und wieder brachte er Nils damit zum Lachen.

Nils hatte nur gute Erinnerungen an Karl. Er war ein Mann, der irgendwie an allem etwas Positives finden konnte, der nie laut wurde und der sich an vielen kleinen Dingen erfreute. In dieser Hinsicht hatte Nils so einiges von ihm gelernt. Dinge, die ihm in seiner Jugend nie aufgefallen waren, die erst mit der Zeit wichtiger wurden. Sonnenuntergänge, das Meer, Wolkenformationen, der Leuchtturm. Früher hatte er Wert darauf gelegt, sich als starken und sportlichen Mann zu präsentieren, hart im Nehmen. Vielleicht hatte er auch aus diesem Grund die Polizeilaufbahn eingeschlagen, weil er sich als Mann beweisen wollte. Diese Härte, die er von seinem Vater erfahren und eher unfreiwillig für sich vereinnahmt hatte, wurde mit zunehmendem Alter und mit zunehmenden Erfahrungen im Leben und im Beruf immer weniger wert. Härte war eine Währung, deren Börsenkurse mit der Zeit in den Keller fielen. Härte, das wusste er, musste man so schnell wie möglich umtauschen. Doch jetzt, wo er mit eiskalten Gliedern in der heiß dampfenden Wanne lag und der Schmerz seinen Körper und sein Gehirn in den Schraubstock nahm, hätte er all seinen Besitz verkauft für ein bisschen Härte, mit der er sich freikaufen konnte aus dieser Sklaverei des Betrugs und des Verlassenwerdens.

Als er sich die letzte Nacht runtergewaschen hatte und das schmutzige Badewasser abgelaufen war, fand er unten im Esszimmer einen abgeräumten und sauberen Tisch vor. Die Essensreste waren im Müll verschwunden und der vom Lammfleisch blutige Teller stand ohne jede Spur davon im Geschirrspüler.

Nils machte sich eine große Kanne Kaffee und aß ein paar Toasts mit Marmelade. Er aß mehr, als er Hunger hatte, um seinen Promillepegel so schnell wie möglich in halbwegs annehmbare Bereiche runterzufahren. Kopfschmerzen hatte er keine. Er fühlte sich jetzt fast ein wenig erfrischt. Nur bücken durfte er sich nicht, dann geriet sein Gehirn von Neuem in einen Strudel, und sein Bewusstsein rotierte wie in einer Wasserspirale. Die Erinnerung an letzte Nacht endete auf der Schwelle zu seiner Tür. Er konnte sich noch erinnern, wie er die Nachtluft eingesogen hatte. Die Mischung aus eineinhalb Litern Whiskey und frischer, kühler Nachtluft hatte ihm einen Blackout beschert, der ihm höchst unangenehm aufstieß. Eine ungute Ahnung, was er gestern Nacht getan haben könnte in seinem Zustand und vor dem Hintergrund, dass er auf einer Weide aufgewacht war, ließ Angst in ihm aufkommen, so schrecklich schwer zu fassen wie Dunkelheit. Er hatte Angst, ohne zu wissen, wovor. Als würde er sich in völliger Finsternis vorwärtstasten, in dem Wissen, gleich etwas Grässliches zu berühren. Eine riesige

Spinne, ein blutrünstiges Monster oder eine verweste Leiche. *Was hab ich getan?*

Er ging in den Keller und klemmte sich das Pferd unter den Arm. Jetzt, wo es repariert war, wollte er es Anna bringen und sich für die Narben daran entschuldigen. Hier konnte es nicht bleiben. Es war Annas Pferd. Wenn es die Zeit zuließ und wenn Stefan nicht zu Hause war, würde er dort vorbeifahren und es ihr geben. Vielleicht könnten sie ein wenig miteinander reden, vielleicht würde Anna lachen, und vielleicht würde ihm das ein wenig den Schmerz nehmen. Vielleicht. Er schloss die Kellertür hinter sich, und sein Blick fiel auf die Schaufel, die draußen auf dem Rasen lag. *Was hab ich damit gemacht?*

★★★

Elke wachte von dem nervenzerreißenden Piepen des Weckers auf. Hastig wanderten ihre Finger zu ihrem Nachttisch und suchten verzweifelt nach dieser grausamen Geräuschquelle, konnten sie jedoch nicht finden. Der Wecker musste runtergefallen sein. Sie öffnete ihre Augen und spähte auf das Tischchen. Wo, um alles in der Welt, war sie? In welchem Bett lag sie hier? Ihr Oberkörper schoss nach oben. Sie war in einem fremden Zimmer. Alles stand anders, sie hatte überhaupt keine Orientierung mehr. Plötzlich war das Fenster auf der rechten Seite statt auf der linken. Und der Schrank …

Das Piepen verstummte. Sie blickte nach links und erschrak, als sie Stefans Haarschopf unter der Decke erkannte. Sein orangeblondes, dünnes Haar stand ihm wie aufgebrochene Heugarben vom Kopf ab. Seine Hand, die den Wecker ausgestellt hatte, fuhr wieder zurück unter die Decke wie der Kopf einer Schildkröte in ihren Panzer. Sie lag mit einer haarigen Schildkröte in einem fremden Bett, mit dem Fenster auf der falschen Seite. Es roch nach staubigem Teppich, Kiefernholzmöbeln und warmem, abgestandenem Schweiß vermischt mit einem fremden Duft von Aftershave. Elke atmete aus und schlug die Hände vors Gesicht, rieb sich ihre schmerzenden Augen und die trockene, gespannte Haut. Natürlich. So war es von nun an. Sie war jetzt hier, war

Stefans Frau, und alles war anders. Alles hier fühlte sich fremd an. Die zu harte Matratze, die niedrige Zimmerdecke, die Geräusche, die in diesem Raum ganz anders klangen, irgendwie dumpfer und näher. Sogar ihr eigenes Nachthemd fühlte sich fremd an. Ein Stück Baumwollstoff, mit dem sie Hunderte Nächte neben Nils verbracht hatte. Jetzt trug sie es an ihrem ehebrecherischen Körper, besudelt von den Säften eines anderen Mannes, eines Mannes, der Nils' bester Freund gewesen war und es ihretwegen nun nie mehr sein würde. Und sie würde auch nie wieder seine Frau sein. Es gab Dinge, die passierten so schnell und waren trotzdem für die Ewigkeit. Wie hatte das nur geschehen können? Wie hatte es dazu kommen können, dass sie jetzt hier saß, verstört und ängstlich und mit dem schlechten Gewissen, jemanden zutiefst verletzt zu haben, den sie eigentlich lieben sollte, dem sie sich versprochen hatte? Sie hatte etwas Schlechtes getan. Und bald würden es alle wissen. Heute, noch bevor das Mittagessen gekocht war, wusste es mit Sicherheit die ganze Insel, und sie würden reden und tratschen und flüstern und lachen. Sie würden lachen wie damals, als Elke dreizehn gewesen war und ein Junge in der Schule in ihrem Rucksack Tampons gefunden und sie in der Klasse herumgezeigt und umhergeworfen hatte. Sie verspürte Scham, dieselbe Scham wie damals als dreizehnjähriges, gut erzogenes, anständiges Mädchen, das einen Fehler begangen hatte, für den es nichts konnte. Sie hatte nicht darum gebeten, einmal im Monat bluten zu müssen, und auch nicht darum, dass ihre Ehe vor die Hunde ging.

Sie hatte sich doch so bemüht und alles versucht, hatte sich und ihre Bedürfnisse in die Warteschleife gestellt, wo sie Kreise geflogen waren wie Flugzeuge, die auf die Landung warteten. In der Hoffnung, dass bessere Zeiten kämen, die eben nicht kamen, sondern nur noch mehr Verkehr in der Warteschleife verursachten. Am Ende waren es einfach zu viele Flugzeuge gewesen. Nils war nicht beziehungsfähig. Irgendwas machte es ihm unmöglich, sich ihr vollständig zu öffnen. Seit jeher schien es ihr, als halte er etwas vor ihr zurück. Ein Geheimnis, einen Wunsch, eine Vorstellung. Etwas, das tief in ihm schlummerte, ließ er unantastbar. Und ohne dieses Geheimnis jemals berühren zu dürfen, konnte sie nicht länger mit ihm leben. Sie hatte alles versucht, aber nun war der

Zeitpunkt gekommen, da sie aufgeben musste. Sie hatte erkannt, dass sie nichts mehr tun konnte. Was war daran verwerflich? Sie musste sich doch retten!

»Wir müssen aufstehen«, krächzte Stefan unter der Bettdecke. In seiner Stimme lag nicht der geringste Anflug von Gewissensbissen. Seine Stimme krächzte, weil er sieben Stunden geschlafen hatte, es war rein mechanisch. Elke hätte ihm gern mit der gleichen Unbefangenheit geantwortet, doch sie fürchtete, dass sich selbst ihre Stimme fremd anhören würde. Sie traute sich nicht, ein einziges Wort über die Lippen zu bringen. Dann fiel ihr Anna ein, die in dem Zimmer, das zuvor Stefans Gäste- und Trainingszimmer gewesen war, auf der anderen Seite des Flurs schlief. Stefan hatte seine Hanteln und das Rudergerät in den Keller verfrachtet. Das Einzelbett hätte er am liebsten dort stehen lassen, doch Anna hatte in ihrem eigenen Bett schlafen wollen. Nun stand das Gästebett in seinen Einzelteilen in dem Lagerschuppen, in dem auch die Ersatzteile für die zwei Gästehäuser, die Stefan an Touristen vermietete, aufbewahrt wurden.

Elke schlich auf nackten Füßen in Annas Zimmer.

»Schätzchen«, flüsterte sie und strich ihrer Tochter sanft über das gestern Abend gründlich gekämmte Haar. Sie hatte alle Knoten entfernt, die sich im Laufe des Tages gebildet hatten, so wie sie es auch in Annas altem Zimmer in ihrem alten Haus jeden Abend getan hatte. Dieselben Handlungen, dieselben familiären Rituale und Gewohnheiten, verlegt in eine andere Umgebung. Das Haar ihrer Tochter veränderte sich dadurch nicht. Es hatte seine Farbe nicht gewechselt und auch nicht die Art, wie es über das Kopfkissen floss, wenn Anna sich im Schlaf bewegte.

»Mama?«, fragte Anna, und es klang so erschreckend wach, dass Elke glaubte, sie sei für einen kleinen Moment über ihren Gedanken eingenickt.

»Du bist ja wach.«

»Mama, wann kann ich zu Papa?«

Elke sah eine gelbe Stichflamme vor ihrem Auge aufblitzen. Genau diese chemische Reaktion hatte sie befürchtet, seit sie in ihrem Labor das Experiment, zu einem anderen Mann zu ziehen, begonnen hatte. Jetzt reagierte das Gemisch im Reagenzglas, und ihr Verstand schrie auf, dass das Experiment ein Fehler gewesen war. Ein schrecklicher, dummer, eigennütziger Fehler, den sie nicht würde beherrschen können.

»Du ... du willst zu ihm?«, fragte sie stockend.

»Ja, ich meine, wann darf ich ihn sehen? Wann darf ich ihn besuchen?«

»Schätzchen, du kannst ihn jederzeit besuchen. Ich bin sicher, er freut sich auf dich. Weißt du, das muss sich erst alles einspielen, es ist noch so neu für uns alle. Wir müssen uns an die neue Situation gewöhnen.«

»Ich mag die Tischdecke im Esszimmer nicht«, sagte Anna und zog die Nase hoch. Elke lachte und küsste Anna auf die Stirn.

»Ich auch nicht. Wir werden sehen, ob wir sie Stefan ausreden können.«

»Ich möchte ihn aber nicht küssen, Mama, du weißt schon, vorm Ins-Bett-gehen und so.«

»Nein, das brauchst du nicht.« Sie spürte, wie ihre Gesichtszüge sich unweigerlich verkrampften und ihr die Tränen in die Augen stiegen. Sie musste gleich weinen. Weil sie ihrer Tochter Schmerzen zugefügt hatte, ihrer eigenen Tochter, die ihr das Wichtigste auf der Welt war, für die sie ihr eigenes Leben gegeben hätte. »Es tut mir leid, Schätzchen«, sagte sie, kurz bevor ihre Stimme wegbrach wie eine morsche Brücke.

Sie nahm Anna ganz fest in den Arm, die sich ebenso fest an sie schmiegte und die Hände um ihren Nacken knotete. Elke hätte gern noch etwas gesagt, etwas Weises, Tröstendes, so wie die Mütter in Filmen es immer taten, doch sie konnte einfach nicht sprechen. Ihre Tränen rollten in Annas schlichtbraunes, gekämmtes Haar. Alles, was ging, war diese Umarmung.

Anna hörte Musik, während Stefan im Bad war und Elke in der Küche das Frühstück herrichtete. Irgendwann kam Anna dazu, um ihr zu helfen und sich darüber zu wundern, wie lange Stefan im Bad brauchte.

»Ich muss doch gleich in die Schule!«

»Ich weiß, er ist bestimmt bald fertig, iss doch schon mal was.«

»Na gut. Wo stehen denn die Brettchen?«

Elke sah sich in der Küche um. Sie hatte keine Ahnung, wo die Brettchen standen. Hinter der dritten Schranktür fand sie ein vierteiliges Ikea-Frühstücksservice mit nur drei passenden Tassen dazu.

»Wo stehen denn die Brettchen?«, fragte sie als Erstes, als Stefan die Treppe herunterkam und etwas zurückhaltend die Küche betrat.

»Hab keine.«

»Dann besorgen wir welche«, sagte Elke fröhlich und lächelte Anna an. »Wir werden einiges besorgen müssen«, fügte sie an Stefan gerichtet hinzu. Der nickte und setzte sich mit einer Tasse Kaffee an den Tisch.

»Wo ist das Tischtuch?«, fragte er.

Elke und Anna mussten lachen. *Es wird funktionieren, es muss einfach funktionieren,* dachte Elke. *Jetzt gibt es kein Zurück mehr. – Doch, es gibt immer ein Zurück! – Nein, gibt es nicht!*

»Ich bring Brot mit«, sagte Stefan, als er das Haus verließ, um ins Restaurant zu fahren. Das Strandlokal gehörte ihm. Auch wenn seine Anwesenheit nicht unbedingt notwendig war, war er doch immer der Erste, der morgens aufschloss und alles für den Tag herrichtete. Er küsste Elke zum Abschied und fuhr davon. Anna war bereits in der Schule. Nur noch eine Woche, dann hatte sie Ferien. Jetzt aber war Elke allein in ihrem neuen Refugium, allein im Bauch des Wales, der sie verschluckt hatte.

Also, dann machen wir uns mal bekannt, dachte sie. *Ich heiße Elke und werde deine Räume in Schuss halten, putzen und saugen und vielleicht auch ein bisschen tapezieren und streichen. Ich werde Gerüche und Dämpfe beim Kochen verursachen und Wasser durch deine Leitungen schicken, ich werde hier schlafen und sitzen und reden und noch tausend andere Dinge tun, an die ich jetzt noch nicht denken mag. Noch nicht.*

Sie deckte den Tisch ab, stellte das Geschirr in die Spülmaschine und Butter, Wurst, Käse und Marmelade zurück in den Kühlschrank. Sie brachte den Müll raus, brauchte allerdings geschlagene sieben Minuten, bis sie endlich mit dem Müllbeutel in der Hand das Haus verließ. Denn wenn sie den Beutel erst in der Mülltonne versenkte, war es amtlich und für jedermann zu erkennen, dass sie nun die Frau von Stefan und nicht mehr die Frau von Nils war. Der Gang zum Mülleimer wurde zum Theaterauftritt. Es war Elkes erste große, aufsehenerregende Rolle. Umso erstaunter war sie, als sie hinaustrat und kein Publikum vorfand. Erstaunt und auch ängstlich, denn die Premiere war nur verschoben worden.

Eine warme Wolke säuerlichen Abfallgeruchs schlug ihr entgegen, als sie den Deckel öffnete und mit schnellen Blicken die umliegenden Fenster scannte. Hastig stopfte sie den Müllbeutel hinein. Ein rötlich reflektierter Lichtstrahl wischte über ihr Gesicht, als sie wieder ins Haus gehen wollte. An der Hausecke lag eine Flasche im Gras. Das schräg einfallende Sonnenlicht ließ sie wie eine Lampe leuchten und einen regenbogenfarbenen Schimmer auf die kurzen, dicht stehenden Halme werfen. Es war genau so eine Flasche, wie sie Elke vor ein, zwei Monaten zum ersten Mal aufgefallen war, weil sie nicht wie die anderen mit einer grauen Staubschicht auf den Schultern im Küchenschrank gestanden hatte. Die Flasche war neu gewesen, und *sie* hatte sie nicht eingekauft, zumal die alte damals noch zu zwei Drittel gefüllt gewesen war. Was bedeutete, dass Nils den Whiskey besorgt und in den Schrank gestellt hatte. Sie hatte ihre nicht unbedingt wagemutigen Schlüsse daraus gezogen. Die gleiche Flasche jetzt im Garten ihres neuen, fremden Zuhauses liegen zu sehen, ließ nur einen Schluss zu, der ihr eine Injektion beißender, heißer Angst in die Adern drückte: Nils hatte, von ihnen unbemerkt, das Grundstück betreten und sie beobachtet. Er hatte getrunken, eine ganze Flasche getrunken, und war so vom Alkohol eingenommen gewesen, dass er noch nicht mal die Spuren seiner Anwesenheit entfernen wollte oder konnte. Oder diese Flasche war ein Zeichen. Ein Kriegsbeil, das statt in ihrem neuen Garten eigentlich in ihrem Rücken stecken sollte. Eine Kriegserklärung.

Elke verriegelte die Tür, nachdem sie die Flasche entsorgt und im Haus Schutz gesucht hatte. Sie musste sich verstecken, untertauchen. Sie zog die Gardinen zu und hockte sich gebückt an den Küchentisch. Ihr Puls klopfte sichtbar unter der feinen Haut kurz über ihren Handgelenken, und sie fragte sich, wie sie sich jemals wieder aus dieser Falle befreien sollte.

SECHS

Nina stand im Badezimmer und weinte, während sie sich die Zähne putzte. Es war kein Schluchzen zu hören, nur das regelmäßige schaumgedämpfte Schaben der Bürste auf ihren Zähnen. Ihr Vater saß draußen auf der Couch und wartete auf sie. Er hatte die ganze Nacht nicht geschlafen, hatte sich nicht mal die Mühe gemacht, sich auszuziehen und ins Bett zu legen. Nina hatte sich schlafend gestellt, als er nach dem Streit ins Zimmer gekommen war, um nach ihr zu sehen. Jetzt weinte sie tonlos vor Angst, und kleine Bläschen bildeten sich vor ihrem Mund. Wenn ihre Eltern sich stritten, hatte es früher schon damit geendet, dass einer von ihnen das Zimmer oder gar das Haus verließ, ihre Mutter öfter als ihr Vater. Doch es war noch nie vorgekommen, dass einer von beiden nicht mehr zurückgekommen war.

Nina spuckte den weißen Schaum ins Waschbecken, zog den Rotz hoch, der sich in ihrer Nase gebildet hatte, und nahm einen Schluck Wasser, den sie auch wieder ins Becken spuckte. Mit eiskaltem Wasser wusch sie ihr Gesicht, bis es rötlich schimmerte und man die Salzfäden auf ihren Wangen nicht mehr erkennen konnte.

»So, woll'n wir? Mama ist bestimmt schon unten und früh-stückt«, sagte Georg, als sie das Zimmer betrat. Es klang so munter und fröhlich, wie man nur klingen kann, wenn man Angst hat, ungeheure, alles vertilgende Angst. Nina konnte sie sehen. Sie stand wie ein schwarzer Riese hinter ihm, ein breites, gedrungenes, gesichtsloses Phantom, dessen Arme und Beine so dick waren wie Säulen und dessen Pranken ihren Vater an den Schultern gepackt hielten. Wenn das Phantom zudrückte, würde er zerspringen wie ein rohes Ei.

»Ist gut«, sagte Nina, und sie gingen mit dem Phantom nach unten.

»Geh doch schon mal vor und guck, ob sie da irgendwo ist«, sagte Georg und schubste sie leicht in Richtung Frühstücksraum. Nina stellte sich an den Eingang des von Sonne durchfluteten

Saals. Ihre Augen nahmen schnell wahr, was sie sich ohnehin schon gedacht hatte: Ihre Mutter war nicht hier.

Georg fragte indes bei Karla an der Rezeption nach.

»Guten Morgen. Entschuldigen Sie, haben Sie meine Frau heute Morgen schon gesehen?«

Karlas Augenbrauen schoben sich bedauernd zusammen, und sie lächelte ihr Empfangsdamen-Lächeln etwas weniger strahlend. »Nein, Herr Bohn, tut mir leid.«

»Na, macht nichts, meine Tochter und ich haben nur ein wenig verschlafen.«

Noch vor Ende des Satzes hatte Georg sich umgedreht und wieder in Bewegung gesetzt. Nina stand immer noch brav und ängstlich am Saaleingang, während die Kellner mit Frühstücksplatten und Kaffee und Tee an ihr vorbeihuschten.

»Und?«

Nina schüttelte den Kopf.

»Na, dann fangen wir einfach schon an, was? Mama kommt sicher gleich.«

Georg suchte einen freien Tisch etwas abseits hinter einer Verbindungstür aus, wo die Kellner sie trotzdem fanden. Er bestellte höflich und beherrscht wie immer, fragte sich jedoch mit steigender Panik, wie lange er seine Maskerade vor Nina noch aufrechterhalten konnte. Er wollte seine Tochter beschützen vor all den bösen Dingen, die nun unzweifelhaft folgen würden. Aber wie sollte er das machen? Wie kam er aus dieser Falle wieder raus?

Die Verzweiflung und die Sehnsucht nach seiner Frau überfielen ihn plötzlich derart heftig, dass er mit einer zuckenden Handbewegung seine Kaffeetasse umwarf. Ihm war schwindlig, und er krallte sich mit der anderen Hand an der Stuhllehne fest. *Bitte, komm zurück!*, flehte er stumm. *Bitte, ich weiß nicht mehr, wie ich das ertragen soll.*

Sie kam nicht. Trotzdem schafften Anna und Georg es, Kaffee und Milch und Brötchen herunterzuwürgen wie beim letzten Henkersmahl vor dem Tod auf der Guillotine. Es war neun Uhr fünfundfünfzig, als sie den Speisesaal verließen und Georg Nina zum Spielen raus auf den Rasen schickte, wo sie warten sollte, bis er oben nachgeschaut hatte, ob ihre Mutter da war.

Georg fand das Zimmer leer vor. Er nahm in Kauf, ihre Eheprobleme zu verraten, und rief Anitas beste Freundin an. Doch da war sie nicht, hatte sich auch nicht gemeldet. Er fuhr wieder hinunter und ging erneut zum Tresen. Karla lächelte nun überhaupt nicht mehr, als er sagte: »Könnten Sie bitte die Polizei rufen, ich glaube, meine Frau ist verschwunden.«

★★★

Karlas Anruf erreichte Nils, als dieser gerade die Dosen für einen kleinen, übergewichtigen schwäbischen Jungen aufstellte, der das unbeugsame Selbstverständnis seines reichen Vaters geerbt hatte und darauf bestand, ein viertes Mal zu werfen, weil irgendein Vogel ihm beim letzten Wurf die Sicht genommen hatte. Der kleine Schnösel ohne Hals und mit der Hautfarbe eines frisch gebratenen Spanferkels zeigte seine kleinen Stummelzähne, während er lautstark seine Meinung kundtat. Er war Nils' erster Kunde an diesem Morgen, das Fest war gerade erst gestartet und Nils jetzt schon schlechter Laune, die nicht gerade dadurch gebessert wurde, dass der Schnöselvater schultertätschelnd hinter seinem Sohn stand und diesen auch noch in seinem Anliegen bekräftigte.

»Ei, gut machscht des! Du hascht vollkomme recht!«

Das Handy klingelte, und Nils nahm den Anruf dankbar entgegen. Jeder Notfall war ihm jetzt lieber, als das kleine Spanferkel noch weiter bedienen zu müssen.

»Ich komme«, sagte Nils und legte auf. »Tut mir leid, ich muss los.«

»Bitte? Der Junge hat noch eine Wurf!«, polterte der Schnöselvater ungehalten.

»Ein Notfall.«

»Los wirf, Kevin, und hol dir deine Preis ab.«

»Ich bin weg«, sagte Nils und entfernte sich. Diese dumme Wurfbude ging ihn jetzt nichts mehr an. Er wurde gebraucht, nicht irgendein Polizist, sondern genau er, das spürte er irgendwie.

Karla trat hinter ihrem Tresen hervor und kam Nils entgegen. Sie legte die Hand auf seinen Oberarm, ungeheuer dankbar, ihn endlich auf diese Weise berühren zu können, reckte den Hals und brachte ihren Kopf dicht neben seinen. Sie konnte seinen minzigen Atem riechen.

»Herr Bohn und seine Tochter sind oben auf dem Zimmer. Er wirkt ziemlich mitgenommen. Die Kleine ist erst sechs oder sieben«, raunte sie ihm zu.

Nils nickte.

»Zimmer 134.«

»Danke, Karla.«

Zum ersten Mal in seinem Erwachsenendasein spürte Nils beim Gang durch das Hotel nicht die ganze Last des Hauses mit dem goldenen »P« im Hotelwappen auf seinen Schultern ruhen, fühlte sich nicht als kleiner Junge in Bittstellung, nicht als schwarzes Schaf einer Selfmade-Millionärsfamilie und ungebetener, unnützer Sohn eines übergroßen Vaters. Nein, diesmal ging er erhobenen Hauptes über den weichen Teppich und durch die langen Flure, in denen er groß geworden war, diesmal war er in seiner selbst gewählten Eigenschaft als Polizist hier und hatte eine Aufgabe zu erledigen. Etwas Schlimmes war passiert. Ein Mensch war verschwunden, eine Ehefrau, eine Mutter. Und er war derjenige, der sie suchen musste. Er fühlte sich stark und männlich, als er an die Tür von Zimmer 134 klopfte und Georg ihm nach kurzer Zeit öffnete. Die Bewegungen der beiden verlangsamten sich, als sie sich erkannten.

»Herr Bohn? Mein Name ist Nils Petersen.«

»Hallo, kommen Sie bitte rein.«

Sie reichten sich die Hand. Für einen kurzen Moment war da eine Verbundenheit zwischen ihnen, als wären sie alte Bekannte. Dabei hatten sie sich nur für Bruchteile von Sekunden durch die Windschutzscheibe eines Fahrzeugs gesehen.

Nils ging auf das kleine geduckte Häufchen Nina zu, das in einem Stuhl am Fenster saß.

»Hallo, ich bin Nils.«

»Hallo«, erwiderte sie ängstlich.

»Das ist Nina«, sagte Georg in Nils' Rücken, und wenn er sonst auch von seiner Tochter verlangt hätte, Nils die Hand zu geben, so verzichtete er heute auf diese erzieherische Maßnahme.

»Du bist acht, oder?«

»Ja«, sagte sie überrascht.

»Ich hab auch eine Tochter, die acht ist. Anna. Sie …« Nils zuckte kaum merklich mit den Schultern, drehte sich zu Georg um, der ihm einen Platz auf dem Sofa anbot, und holte ein kleines, schwarz eingebundenes Notizheft heraus. Laut Hersteller hatte schon Hemingway in diese Art Heftchen geschrieben, doch Nils bewahrte darin nur seine polizeilichen Notizen auf, die, bedingt durch seinen Standort, sehr spärlich ausfielen. Gerade mal eine Seite hatte er bis jetzt beschrieben, und das war schon drei Monate her, als jemand den Wagen vom alten Jensen absichtlich beschädigt hatte. Es hatte sich herausgestellt, dass es eine Eifersuchtstat seiner Frau gewesen war, was in Anbetracht von Jensens Alter (er war sechsundachtzig) niemand für möglich gehalten hätte. Nils schlug also die zweite Seite auf, zog einen Kuli aus der Brusttasche seines polizeiblauen Hemdes und sagte: »Also Herr Bohn, wie wär's, wenn Sie mir einfach erzählen, was passiert ist?«

Georg nickte, schielte sorgenvoll zu seiner Tochter rüber und begann mit trockenem Mund und belegter Stimme zu erzählen.

»Wir sind gestern Mittag auf der Insel angekommen und haben zunächst hier eingecheckt. Dann waren wir am Strand und haben dort im Restaurant gegessen. Gegen neun sind wir zurück ins Hotel und haben Nina hingelegt. Meine Frau wollte noch einen kleinen Spaziergang machen, sie verließ das Hotel wieder. Ich bin hiergeblieben. Doch sie ist bis jetzt nicht zurückgekommen. Im ganzen Hotel haben wir bereits nach ihr gesucht. Ich hab schreckliche Angst, dass ihr was zugestoßen ist. Das hat sie noch nie gemacht.«

»Herr Bohn, wie spät war es, als sie rausging?«

»Nina schlief schon … es muss so gegen zehn gewesen sein.«

»Und hat sie gesagt, wo sie hingehen wollte, vielleicht zum Deich oder an den Strand?«

»Nein, nur, dass sie frische Luft schnappen will.«

»Sie sind mit dem Auto hier?«

»Ja.«

»Steht das noch in der Garage?«

»Ja, da haben wir auch nachgesehen.«

»Hm. Tja, Herr Bohn, ich werde zunächst einmal eine Suche

hier auf der Insel einleiten, dafür wäre es gut, wenn Sie ein Foto von Ihrer Frau für mich hätten.«

Georg kramte sofort sein Portemonnaie aus der Tasche und zog ein leicht vergilbtes Passbild heraus.

»Danke.«

Nils blickte eine Weile auf das Bild, als wollte er sich das Gesicht gut einprägen, doch in Wahrheit hatte er Schwierigkeiten, seine Augen davon zu lösen.

»Wahrscheinlich hat sich Ihre Frau nur verlaufen oder ist am Strand eingeschlafen«, sagte er, »das hatten wir auch schon.« Er wollte die beiden beruhigen, doch es funktionierte nicht. Diese Möglichkeiten klangen ja auch nicht im Geringsten plausibel.

Nils stand auf. Georg tat es ihm gleich, nur Nina blieb sitzen.

»Ich werde Sie sofort benachrichtigen, wenn sich etwas ergeben hat«, sagte Nils, und sie gingen zur Tür. Hier rückte er etwas näher an Georg heran und sprach leiser, sodass Nina ihn nicht verstehen konnte. »Sagen Sie, kann es sein, dass sie die Insel verlassen hat? Hatten Sie einen Streit oder so etwas? Das ist oft der Grund ...«

»Nein«, sagte Georg.

»Eins noch. Wenn wir an Land nicht fündig werden, müssen wir die Suche aufs Wasser ausweiten, verstehen Sie?«

Georg nickte.

»Also gut, ich mach mich an die Arbeit. Versuchen Sie durchzuhalten, ja?«

Nils trat auf den Gang. Er machte sich Sorgen um Georg Bohn und um die Kleine, was nicht nur daran lag, was er hier vor sich sah, sondern auch an dem, was er irgendwo tief in sich spürte. Nämlich dass sie Anita Bohn nicht mehr lebend finden würden.

Georg schloss die Tür, und mit dem Geräusch des einschnappenden Türschlosses kam sein Gewissen zurück wie ein struppiger, alter Rottweiler, der seit Jahren an der Kette im Hof hauste. Der Hund biss ohne zu zögern zu. Georg konnte selbst nicht glauben, wie dreist und frech er gelogen hatte. Er hatte sogar Nina belogen. Und seiner Tochter gegenüber war er zu absoluter Aufrichtigkeit verpflichtet.

Aber du hast doch nichts verschwiegen, was die Situation verändert hätte, dachte er. *Sie ist gegangen und nicht wiedergekommen. Das ist der Kern der Geschichte. Mehr gibt es nicht zu sagen! Alles andere muss schon der Polizist erledigen.*

Georg näherte sich Nina, und mit jedem Schritt beschlich ihn mehr die Sorge, dass seine Tochter doch etwas gehört oder gar gesehen haben könnte. *Sie wird dich hochgehen lassen. Sie muss verschwinden!,* hörte er sich denken. Er hustete laut, um dieser Stimme in seinem Kopf Einhalt zu gebieten.

»Wollen wir ein bisschen fernsehen?«, fragte er, weil ihm das die einzige Möglichkeit zu sein schien, seinen fehlgeleiteten Verstand wieder in normale Bahnen zu lenken. Bilder aus fremden Welten, die sich zu plausiblen Geschichten ordneten, die am Ende gut ausgingen. Das wollte er jetzt sehen. Dann würde in ein paar Minuten der Anruf des Polizisten kommen. Und es würde doch noch ein Happy End für sie geben.

★★★

Elisabeth Petersens Vorstellung vom Leben, wie es sein sollte, war nicht weit davon entfernt, der Wirklichkeit zu entsprechen. Alle Ziele, die man sich, wie sie glaubte, innerhalb eines Lebens stecken konnte, hatte sie bereits erreicht. Sie hatte einen Mann, ein Kind, ein Haus und genug Geld, um sich um ihren Lebensabend keine Sorgen machen zu müssen. Materiell gesehen war sie sogar übers Ziel hinausgeschossen. Im Grunde war sie eine sehr bescheidene, stille, handwerklich begabte Frau, die aus einfachen und mitunter auch schweren Verhältnissen kam, was aber eigentlich auf jeden zutraf, der in ihrem Alter und hier auf der Insel geboren war. Damals, in ihrer Kindheit, hatte Amrum ein ganz anderes Gesicht gehabt. Schön, aber hart und unerbittlich. Es war ein körperlich anstrengendes und kräftezehrendes Leben gewesen, das die Insulaner damals geführt hatten, ein Leben, in dem man Verzicht üben und sich über Wind und Kälte hinwegsetzen musste und über die Schmerzen und Gebrechen, die Wind und Kälte am Körper anrichteten. In dieser von Arbeit und rauem Wetter geprägten Welt gab es für alle nur einen Trost, und das war das eigene Haus, das mit Stein und Holz, Lehm und Zement den Elementen trotzte, ein warmes Feuer bereithielt, einen Herd und ein warmes Bett. Das eigene Haus war seit jeher für jeden Insulaner der wichtigste Besitz.

Das Leben in der Natur und von der Natur hatte nichts zu tun mit Wohlstand und Überfluss. Der war erst mit den Touristen gekommen, die sie eigentlich hier nicht hatten haben wollten, anfänglich. Die Inselherren hatten Angst gehabt, dass die Menschen vom Festland ihre Sitten und Gebräuche hierherbringen und damit Amrum, so wie es war, infiltrieren und zerstören würden. Doch Hauke, ihr Hauke, hatte die große Chance gesehen und dafür gekämpft, mit Leib und Seele und mit seinen Händen. Jetzt bestand die Insel nur noch aus Tourismus. Jeder hatte ein Haus zu vermieten, jeder verkaufte irgendetwas an die Touristen, und das alte Leben war fast völlig verschwunden. Das war ihre und Haukes Schuld. Sie waren Teil einer historischen Verschwörung gegen das alte Amrum.

Elisabeth hatte ein sehr ambivalentes Gefühl der Veränderung gegenüber. Sie hatte ihr viel gebracht, aber auch etwas genommen. Einerseits war es einfacher geworden, andererseits sie war nicht mehr der Mensch, der sie eigentlich war. Sie hatte sich anpassen müssen, sich anmalen, schminken, frisieren und ihre Arbeitshände maniküren lassen. Sie war entleert von ehrlicher, aufrechter Arbeit und angefüllt von falschem Schein und Repräsentation. Sie war ein Ausstellungsstück, ebenso wie Hauke, der das aber kaum bemerkte, weil es ihm gefiel, so zu sein. Ihr einziger Lebensinhalt dieser Tage war das Zusammenhalten und Vermehren ihres materiellen Besitzes, und die einzige Gegenleistung, die sie dafür erbringen musste, war, sich angucken und begaffen zu lassen, immer gut auszusehen und immer ein Lächeln auf den Lippen zu tragen. Ihr Sohn war erwachsen, sie musste keine Kinder mehr erziehen, keine Familie mehr versorgen und sich nicht um die Wäsche oder das Putzen kümmern. Sie brauchte keine Angst mehr zu haben, den Winter nicht zu überstehen. Dieser Gedanke war in der heutigen Zeit geradezu grotesk. Dennoch konnte sie sich noch gut an einige Winter erinnern, in denen es anders gewesen war. Wenn sie daran dachte, dass sie diese beiden Inseln erlebt hatte, diese beiden völlig verschiedenen Welten, dann fühlte sie sich so furchtbar alt, dass sie wie Senkblei unterging in schwarzem, schwerem Wasser, durchsetzt von Bildern aus der Vergangenheit, die wie Schwebstoffe an ihr vorüberglitten.

Wenn man seine Ziele erreicht hatte, wurde es unendlich einsam. Hauke war so weit von ihr entfernt. Sie hatten gemeinsame Wurzeln und einen gemeinsamen Stamm, doch in den letzten Jahren waren sie wie Äste auseinandergewachsen. Wenn sie ehrlich mit sich war, war sie gar nicht so glücklich, wie sie zu sein vorgab.

»Ich möchte, dass wir adäquat auf diesen Vorfall reagieren«, sagte sie zu Hauke, der nachdenklich in seinem Stuhl saß und Zigarre rauchte. Sein Frühstück hatte er nicht angerührt. Seit der Nachricht vom Verschwinden der jungen Frau war er irgendwie abwesend und ungewöhnlich leise, fand Elisabeth. Vielleicht bahnte sich eine Erkältung an. »Hast du gehört?«

»Was soll ich?«

»Ich möchte, dass dieser arme Mann sich nicht in den Speisesaal setzen muss zu all dem anderen Volk. Kümmer dich bitte darum, dass er sein Essen aufs Zimmer gebracht bekommt. Und ich möchte auch, dass jeder hier im Haus befragt wird, ob er die Frau irgendwo gesehen hat.«

»Und wer soll das machen, deiner Meinung nach?«

»Na du.«

»Ich? Dafür gibt's andere Leute! Soll doch die Polizei ...« Hauke wurde wohl bewusst, dass sein Sohn hier die Polizei war, denn er verfiel wieder in Schweigen. Die Asche löste sich von der Zigarrenspitze und landete auf seinem Schoß. Er wischte sie abwesend weg.

»Hauke, was ist mit dir?«

»Mmh?«

»Du verhältst dich merkwürdig.«

»Ich werde tun, was ich tun muss, belass es dabei.«

»Kennst du die Bohns eigentlich?«

»Was?«

»Ob du die Familie kennst?«

»Ich kann mir doch nicht jedes Gesicht merken, das hier ein und aus geht!«

Elisabeth hatte das Gefühl, ihren Mann aus dem Zimmer raustragen zu müssen. Sie wollte, dass er endlich anfing, sich richtig zu verhalten. »In Notsituationen zeigt sich die Größe eines Menschen«, hatte ihr Vater einmal zu ihr gesagt. Damals hatte es viele Notsituationen gegeben – und Männer, die Größe bewiesen hatten.

»Dann mach ich das eben«, sagte Elisabeth entschieden, erhob sich von ihrem Stuhl und öffnete die Zimmertür.

»Wo willst du hin?«

»Deine Arbeit machen.«

Sie schlug die Tür hinter sich zu und wunderte sich, dass er nicht nach ihr rief oder hinter ihr hergelaufen kam und sie zurückhielt und in ihre Schranken wies. Sie übertrat gerade eine Schwelle, die Hauke sonst verteidigte wie ein Grenzpolizist, doch in ihrem heimatlichen Hotelzimmer blieb es still. Und Elisabeth betrat ungestraft unbefugtes Gelände.

★★★

Nils war ein Mann, der die Dinge allein anging, jemand, der sich selbst am meisten vertraute, seinen Augen, seinen Händen und seinem Verstand. Das Verschwinden einer Person hier auf der Insel war jedoch kein Vorfall, den er allein bewältigen konnte. Er hatte bereits mit der DLRG telefoniert, die die Strände absuchen sollte, und den Rettungskreuzer alarmiert. Er würde, falls sich seine Hoffnung, dass Frau Bohn die Insel heute Morgen mit dem ersten Schiff verlassen hatte, nicht bewahrheitete, auch die Küstenwache und die Polizei in Niebüll benachrichtigen.

Im Hafen standen bereits einige Autos in den Parkreihen, die die Zwölf-Uhr-Fähre nehmen wollten. Nils hielt am Taxistand vor dem Anleger Nummer 1 und ging auf Piet zu, der mit seinem Scanner die Fahrkarten kontrollierte und sie mit der kleinen Lochzange, die wie ein Colt an seinem Gürtel hing, entwertete.

Piet war ein kleiner, stämmiger Mann mit kugelrunden Schultern und kurzem Oberkörper, dessen rotes Gesicht immer so aussah, als hätte er es gerade mit einem luftgetrockneten Handtuch abgerubbelt. Unter seinem listigen Blick trug er ein Grinsen, das eine Reihe elfenbeinfarbener Zähne zeigte und stets so wirkte, als ob er sich insgeheim über die Touristen lustig machte. Das tat er tatsächlich seit Jahrzehnten mit Vorliebe und hatte auf diese Weise schon viele Leute vom Festland verunsichert in den Urlaub oder nach Hause geschickt.

»So, einmal Dagebüll, drei Personen. Die Fähre fährt heute nicht über Föhr, sondern über Helgoland.« Er reichte einem Mann in einem weißen Passat, der mit Frau und Kind und einem Golden Retriever unterwegs war, die Fahrkarte zurück.

»Helgoland?«, fragte der Mann.

»Ja, sehr wohl.«

»Aber wie lange dauert das denn?«

»Ankunft circa neunzehn Uhr an Dagebüll Mole.«

»Neunzehn Uhr? Aber wie …?«

»Seien Sie bitte rechtzeitig eine Viertelstunde vor Abfahrt am Auto. Vielen Dank.« Damit ließ Piet die entsetzte Familie allein und ging zum nächsten Wagen. In der Kabine entbrannte eine heftige Diskussion.

Nils tippte Piet auf die Schulter und zog ihn einige Meter von den Autos weg.

»Moin, Piet, hab eine wichtige Frage. Hast du die hier schon mal gesehen?« Er zeigte ihm das Passfoto von Anita Bohn.

»Jou. Kam gestern mit der Zwölf-Uhr-Fähre von Dagebüll.«

»Bist du sicher?«, fragte Nils. »Das ist sehr wichtig.«

»Das Mäuschen hat den Jungs hier feuchte Hosen verpasst. War 'n echter Hingucker und hat's auch drauf angelegt«, erwiderte Piet.

»Hast du heute früh auch Dienst gehabt?«

»Nee, du, Roberto Blanco hat die Frühschicht übernommen«, sagte Piet mit ernstem Gesicht.

»Alles klar. Hast du sie da gesehen? Ist sie vielleicht wieder abgefahren, ohne Auto?«

»Ein klares Nein.«

»Ich brauch dich nicht zu fragen, ob du sicher bist, oder?«

»Von diesem Hafen ist die Kleine nicht abgefahren, so viel steht mal fest. Hat sie 'ne Bank ausgeraubt?«

»Nee, sie ist verschwunden.«

»Oh. Das tut mir leid.«

Nils verabschiedete sich und war schon fast wieder beim Auto, als ihm noch etwas einfiel.

»Piet? Weißt du, wann gestern Flut war?«, rief er.

»Zweiundzwanzig Uhr dreiundzwanzig und vierzehn Sekunden.«

»Alles klar. Ruf mich bitte sofort an, wenn du sie siehst.« Nils winkte ihm noch mal kurz zu und stieg ins Auto.

Die Sonne hatte sich im Laufe des Vormittags immer mehr von sich hoch aufbauschenden Wolken, die wie Aschewolken nach einem Vulkanausbruch aussahen, verdrängen lassen. Am Strand von Norddorf blies ein steter Wind der Stärke vier bis fünf aus Nordwest, und die meisten Urlauber trugen jetzt T-Shirt und Pullover, wenn sie den Strandkorb verließen.

Nils stand neben Sascha, einem vierundzwanzigjährigen Rettungsschwimmer aus Cottbus, der jetzt schon die vierte Saison auf der Insel war, auf dem Turm und suchte wie dieser mit einem Feldstecher das Wasser ab. Es war Ebbe, das Meer lag weit entfernt hinter der nasswüstenartigen Weite des freigelegten Meeresbodens. An der Wasserkante waren insgesamt nur neun oder zehn Personen unterwegs, fünf davon waren DLRG-Leute.

»Wenn die Flut sie überrascht hat, finden wir sie vielleicht nie«, sagte Sascha unter dem Fernglas. Er hatte einen leichten Rundrücken und weiße, dünne Arme, die ein bisschen wie Tentakel aussahen. Alle seine Gliedmaßen wirkten seltsam gleichförmig, ohne jeden erkennbaren Muskel. Doch auch wenn seine körperliche Erscheinung nicht darauf schließen ließ, war er ein hervorragender Schwimmer und Taucher. »Da gab's doch vor'n paar Jahren diesen Jungen, der oben an der Nordspitze verschwunden ist ...«, ergänzte er und nahm das Glas von den Augen. Es hatten sich rote Abdrücke um seine Augenhöhlen herum gebildet.

»Ich weiß.«

Nils wollte nicht an diese Geschichte erinnert werden, doch sie schwirrte wie eine aggressive Hornisse in seinem Kopf herum, seit er den Anruf von Karla erhalten hatte. Er spürte den feinen Luftzug ihrer Flügel auf seinen grauen Gehirnwindungen. *Gleich sticht sie in mein Gehirn,* dachte er, *gleich sticht sie zu.* Er wusste, wenn sie es schließlich tun und ihr Gift in seine schwimmende Schaltzentrale injizieren würde, hätte er Anitas Leiche entdeckt.

Irgendwo da draußen würde er ein schwarzes Etwas erspähen, das aufgeblasen an der Wasseroberfläche trieb und der Rest einer wunderschönen, lebendigen Frau war.

Oben an der Nordspitze verliefen einige wirklich starke Strömungen, die sich teilweise überlagerten, einem die Füße wegziehen und einen erwachsenen Menschen einfach so verschlucken konnten. Der Junge, der vor ein paar Jahren diesem grausamen Phänomen zum Opfer gefallen war, war vierzehn Jahre alt gewesen, sportlich, ein guter Schwimmer. Er habe joggen gehen wollen, hatten seine Eltern ausgesagt, die ungefähr fünfhundert Meter von der Stelle, wo er verschwand, im Sand gelegen und sich gesonnt hatten. Der Junge, Dennis war sein Name, hatte sich wahrscheinlich nur ein bisschen abkühlen wollen. Drei Wochen lang hatten sie seinen Körper gesucht. Nichts. Das Meer hatte ihn verschluckt und nicht wieder ausgespuckt. Nicht an dieser Küste, nicht an der Küste von Sylt, Föhr oder sonst wo. Man hat ihn nie gefunden. Nils bekam Beklemmungen, wenn er daran dachte, erneut eine solche Botschaft einer Familie überbringen zu müssen. Wenn Anita Bohn in der vergangenen Nacht hier schwimmen gegangen war, war sie mit an Sicherheit grenzender Wahrscheinlichkeit tot.

SIEBEN

»Mein Name ist Elisabeth Petersen. Guten Tag. Ich wollte Sie nur wissen lassen, dass wir alles tun, damit Sie besser … um Ihnen die Situation zu erleichtern«, sagte Elisabeth und knetete heftig ihre Hände, ohne es zu bemerken.

Sie stand im Türrahmen von Zimmer 134. Ihr Blick glitt über Georgs linke Schulter und fiel auf das junge Mädchen, das am Fenster stand und hinaussah. Das einfallende Licht hüllte sie ein wie Watte, ihre Umrisse waren nur verschwommen zu erkennen. Doch Elisabeth sah den Kummer in ihrer Haltung.

»Das ist nett«, sagte Georg.

»Ich habe das Personal angewiesen, Ihnen in jeder erdenklichen Form behilflich zu sein.« Sie begriff, dass ihre Worte, obwohl sie etwas Positives sagen wollte, nur negativ klingen konnten. Allein schon ihr persönliches Auftreten, das eine höfliche, zuvorkommende Geste sein sollte, sagte im Grunde nur eins: Ihre Frau wird nicht zurückkehren, wir sind nur deshalb so besorgt um Sie, weil wir wissen, dass die Suche nach ihr ohne Ergebnis sein wird. Elisabeth wünschte sich, sie hätte diesen Schritt niemals getan, aber da war dieses unwiderstehliche Bedürfnis gewesen, selbst etwas zu unternehmen. Das musste doch auch zählen. »Sie können jederzeit an der Rezeption anrufen, und wir kümmern uns darum, dass Sie das Essen aufs Zimmer bekommen, wenn Sie es wünschen.«

»Oh, ja, vielen Dank.«

»Wir alle hoffen, dass Ihre Frau recht bald wieder … dass sie wohlbehalten zurückkommt.«

»Das ist wirklich sehr nett.«

Das Puckern eines Hubschraubers war zu hören, es klopfte lauter werdend auf die Luft vor dem Hotel. Georg verstand erst jetzt, dass die Besitzergattin vor ihm stand. Ihre Freundlichkeit hatte etwas Bedrängendes und Anheimelndes zugleich.

»Die Polizei und die Küstenwache tun alles, was in ihrer Macht steht.«

»Ah, ja«, sagte Georg.

Nina drehte sich zu ihnen um. Sie sah Elisabeth misstrauisch und scheu, aber mit einiger Neugier an. Elisabeth lächelte ihr durch die Länge des gesamten Zimmers hindurch zu.

»Ja, dann … ich muss wieder.«

»Danke, Frau Petersen.«

Sie machte kehrt und ging zum Fahrstuhl. Eine aufkommende Migräne wand sich wie eine Klapperschlange hinter ihrem rechten Auge. In einer halben Stunde würde sie sich übergeben müssen. Die Tabletten, die sie gleich auf ihrem Zimmer einnehmen würde, konnten das nicht mehr verhindern. Das Reptil schrubbte ihre Augenhöhle wund, und wenn es mit dem Schwanz rasselte, kündigte ein heller, züngelnder Schmerz noch mehr Schmerzen an. Trotzdem fühlte sie sich gut, erleichtert, das getan zu haben, was in ihrer Macht stand. Für kurze Zeit hatte sie fast wieder einen Sinn in ihrem Tun gesehen. Ja, es war so wie Arbeit gewesen. Gute, ehrliche Arbeit für einen guten Zweck. Etwas, um das sie sich kümmern konnte. Früher hatte sie davon zu viel gehabt und dann jahrelang zu wenig bis gar nichts.

Sie fuhr zwei Stockwerke höher und ließ sich von Hauke anschreien, wo sie gewesen sei und was zum Teufel sie angestellt habe. Nach nur wenigen Minuten waren die Gefühle aus dem Fahrstuhl bis zur Unkenntlichkeit aufgelöst, wie Nebel in der Julisonne.

★★★

Der Polizeihubschrauber war inzwischen eingetroffen und flog die Küstenlinie der Insel ab. Gegen vierzehn Uhr erwartete Nils zwei Schiffe der Küstenwache. Die übliche Maschinerie war in Gang gesetzt.

Er hatte im Hotel angerufen und Georg Bohn zu sich gebeten. Seit einigen Minuten saß dieser ihm mit Nina in seinem Büro gegenüber, um das Protokoll aufzunehmen.

Name: Bohn

Vorname: Anita Sofia

Mädchenname: Klein

Alter: 45

Größe: 165 Zentimeter

Haarfarbe: braun

Augenfarbe: braun

Diese Zeilen sind wie ein verschlüsselter Code, dachte Nils, *sie stehen nicht für jemanden, der Anita heißt, braune Haare und Augen hat und fünfundvierzig Jahre alt ist. Sie stehen für etwas anderes, Bedeutenderes.* Während er die Personalien in die Eingabemaske in seinem Computer tippte, beschlich ihn langsam, aber sicher das Gefühl, dass diese Frau nicht einfach nur ertrunken war. Es war wie ein kleiner Fussel Glaswolle im Innern seines Schädels, am Hinterkopf zwischen Hirn und Hirnhaut: ein feines, unangenehmes Piksen, das ihm sagen wollte, dass er es nicht mit einem gewöhnlichen Badeunfall zu tun hatte. Es lagen zu viele Spannungen in der Luft. Außerdem traute er dieser Frau so viel Arglosigkeit und Unvernunft nicht zu. Das passte einfach nicht zu dem Bild, das er sich bisher von ihr gemacht hatte. Die Ahnung wurde immer deutlicher, und ihm kam der Gedanke, dass er vielleicht das falsche Formular ausfüllte: Er benötigte gar nicht das Formular »Vermisstenanzeige«, sondern das Formular für ein Schwerverbrechen, für »Mord«. Das war die Auflösung des Codes: Mord. M-O-R-D. Irritiert blickte Nils vom Bildschirm auf.

»Was haben Sie gesagt?«

»Deutsch.«

»Mmh?«

»Nationalität: deutsch.«

»Natürlich.« Nils schrieb weiter, doch seine Gedanken zogen ihn fort aus diesem Zimmer, runter zum Strand, wo er Anita Bohn stehen sah. Sie unterhielt sich mit einer Person. Diese Person hob plötzlich ihre Hand und schlug auf sie ein.

Nils blinzelte ein paarmal, und die Bilder lösten sich vor seinen Augen in weißes Nichts auf.

»Herr Bohn, ich bräuchte jetzt die genauen Angaben zum Tather... zum gestrigen Abend.«

Dieser kleine Versprecher traf Georg wie ein elektrischer Schlag. Er zuckte zusammen. Dieser Mann wusste, dass es eine Tat gewesen war, eine Tat, die er begangen hatte. *Ich habe sie geschlagen und misshandelt,* dachte er. *Fürs Protokoll: Ich bin schuldig! Ich habe es getan! Meine Frau musste fliehen vor mir, sonst wäre Schlimmeres passiert.*

»Sie wollte am Abend noch einen Spaziergang machen, frische Luft schnappen, und verließ das Zimmer, das war so gegen zwei-undzwanzig Uhr.«

Lügner, Lügner, du lügst schon wieder! Du vergehst dich an deiner Frau! Was ist, wenn sie gefunden wird und alles richtigstellt? Dann sitzt sie hier und gibt alles zu Protokoll, und du bist entlarvt. Lügner!

Doch Georg korrigierte sich nicht. Er blieb bei der halben Wahrheit, die entscheidende Faktoren ausließ, damit er nicht in den Fokus geriet, damit niemand ihm die Schuld geben konnte. Er wollte so gern unschuldig sein. Und während er sich das wünschte und sich auf diese Weise zu verteidigen versuchte, kam er zu einem ähnlichen Schluss wie Nils. Anita hatte keinen Unfall gehabt. Anita hatte sich selbst umgebracht oder war umgebracht worden. *Nein, sie finden sie. Sie wollte dir nur eins auswischen, dir einen Denkzettel verpassen. Sie ist irgendwo auf der Insel und meldet sich bestimmt bald. Gleich klingelt das Telefon. Der Polizist wird abheben und nicken und dich ansehen und lächeln und sagen, dass deine Frau wieder da ist.*

Er ruckte unruhig auf dem Stuhl hin und her.

»Nimmt Ihre Frau irgendwelche Medikamente? Psychophar-maka? Ist eine psychische Krankheit attestiert worden?«, fragte Nils und hob seine Finger von der Tastatur.

Allerdings ist sie krank, dachte Georg. *Sie ist eine verdammte Hure, eine läufige Hündin, die sich von jedem verdammten Straßenköter be-springen lässt, und ich muss dabei zusehen! Ja, sie ist pervers, sie ist abnormal und degeneriert!*

»Nein, nichts von alledem«, sagte er stattdessen.

Nils stellte Frage um Frage, und Georg ließ sein und Anitas gemeinsames Leben mit jeder neuen Formularzeile Revue passieren, als eine einzige Reihe verpasster Chancen und Möglichkeiten. Sie waren wie auf Schienen aneinander vorbeigefahren, unfähig zu wenden oder gar das Gleis zu wechseln. Zwei Züge mit unterschiedlichen Zielen. Die einzige Möglichkeit, sich zu treffen, bestand darin, miteinander zu kollidieren. Was schließlich geschehen war. Jetzt war alles zu spät. Hier war Endstation.

»Eine weiße Hose und ein beigefarbenes T-Shirt, so eins mit einem Bändchen hier vorn«, hörte Georg sich auf die Frage ant-worten, was Anita zuletzt getragen hatte. Er deutete dabei auf seine

Brust. *Und keinen BH, vergiss das nicht, schließlich hast du ihre Brüste betatscht, weißt du noch?* »Und beige Ballerinas, so schmale, flache Schuhe …«, fügte er hinzu.

»Irgendwelchen Schmuck?«

»Den Ehering.«

»Und Mamas Kette!«, rief Nina, die sich plötzlich deutlich daran erinnerte, wie die Kette pendelnd über ihr gehangen hatte, als Anita ihr den Gutenachtkuss gab. Ihre Mutter hatte sie auf die Stirn geküsst, sodass das kleine Kreuz sich kühl auf ihr Kinn legte. Sie hatte sogar das sirrende Reiben der kleinen Glieder in der Öse hören können. ›Schlaf gut, mein Schatz, morgen ist wieder ein neuer Tag‹, hatte ihre Mutter gesagt. Das sagte sie immer. Doch es stimmte nicht. Heute war kein neuer Tag. Heute war die Welt untergegangen und hatte Nina mit sich gerissen. Sie fühlte deutlich ihren freien Fall in einem schwarzen, gigantischen Raum auf eine Erde zu, die mit hundertfacher Anziehungskraft an ihrem Körper zog. Sie war eine Tonne schwer und fiel und fiel. Gleich würde sie aufprallen und zerschmettert werden. Und da war niemand, der sie hielt. Ihre Hände spürten nur den Luftzug, das Reiben der Luft auf ihrer Haut und das unwiderstehliche Ziehen nach unten.

»Stimmt, eine goldene Kette mit einem Jesus am Kreuz«, sagte Georg.

»Ich bring Sie ins Hotel«, sagte Nils, nachdem sie alles bürokratisch vollständig ausgefüllt und emotional vollständig zerschlagen hatten.

Er sah die trauernden, beschwerten Rücken von Georg und Nina vor sich, als er sie aufs Zimmer begleitete, und legte behutsam eine tröstende Hand auf Ninas Haar, so wie er liebend gern auch seine Hand auf Annas Kopf gelegt hätte, um sie zu trösten und sich zu entschuldigen. Um sie zu versöhnen mit dieser schrecklichen Situation und zu sagen, es wird alles gut, auch wenn er wusste, dass es nicht so war. Gut war gleichbedeutend mit »wie früher«, doch wie früher würde nichts mehr werden. Die Zukunft sah anders aus. Im Moment war sie ein Sturm, tausendfach größer als die Insel, mit schweren granitfarbenen Wolken, die sich über den Himmel wälzten. Eine Faust aus kondensiertem, aufgeladenem Wasser und Lawinen von Windmassen, die auf sie zurasten.

Nils war bewusst, dass er, Anna, Georg und Nina der gleichen Zukunft entgegensahen. Sie hatten unterschiedliche Vergangenheiten, aber die gleiche Zukunft, die gleiche dunkle Aussicht. In dieser Sekunde, im Flur vor der geöffneten Hotelzimmertür stehend, mit schmerzhaften Fragen und Gedanken im Kopf, fühlte er sich den beiden unglaublich nah.

»Nina?«

»Ja?«

»Wie heißt eigentlich deine Giraffe?«

»Frau Knickebein.«

Nils musste lachen. Und sogar Nina und Georg lachten mit, weil Lachen das einzig greifbare Ventil war für all das, was sich in ihnen aufgestaut hatte.

★★★

Die Suche nach Anita Bohn war am Vorabend ergebnislos beendet worden. Da sie wenig soziale Kontakte und keine weiteren Familienangehörigen hatte, war schnell geklärt, dass sie auch nicht bei einer Freundin untergetaucht war. Die Vermisstenmeldung in den Medien hatte keine verwertbaren Ergebnisse geliefert. Alles deutete darauf hin, dass Anita Bohn die Insel nie verlassen hatte. Mit Anbruch des neuen Tages wurde die Suche daher ausgeweitet. Zwei Hubschrauber mit Wärmebildkameras und Hundertschaften der Bereitschaftspolizei und der Bundeswehr durchkämmten in erster Linie die Dünen und das Waldgebiet im Westteil der Insel. Schiffe der Küstenwache patrouillierten mit Sonar und Radar vor der Küste und versetzten Amrum in Ausnahmezustand. Die Touristen reckten ständig ihre Köpfe zum Himmel, wo die Hubschrauber unterwegs waren, und blinzelten sonnengeblendet auf die Schiffe, die ein paar hundert Meter hinter ihren Sandburgen auf und ab fuhren. Bei Spaziergängen und Wanderungen begegneten sie den Hundertschaften und trafen immer wieder auf Absperrungen. Jeder wusste inzwischen, dass man eine Frau suchte, die wahrscheinlich ertrunken war. Jungs mit Taucherbrillen und Schnorcheln tauchten im kniehohen Wasser nach ihr und schrien zehnmal am Tag: »Ich hab sie, ich hab sie!«, wenn sie einem Knäuel aus Seetang begegneten.

Georg nahm das Angebot von Elisabeth mehr und mehr in Anspruch. Er und Nina verließen das Zimmer nicht mehr, sondern lauschten nur den Suchgeräuschen, während sie versuchten, sich abzulenken.

Die Kripo Niebüll schickte zur Aufklärung, ob es sich um einen Badeunfall oder um ein Verbrechen handelte, eine Beamtin, die aus Flensburg abgestellt war, nach Amrum. Sie kam, was schon eine schicksalhafte Zeit zu werden schien, mit der Zwölf-Uhr-Fähre von Dagebüll.

In Wittdün und speziell im Hafen merkte man dem Ort eine Nervosität und Geschäftigkeit an, die sehr untypisch und in jeder Weise beunruhigend war. Man konnte den Menschen ansehen, wie sie sich in die Lage der Angehörigen der Verschwundenen versetzten und ängstlich, aber auch froh waren, nicht in deren Haut zu stecken.

Nils hielt wie immer auf dem Taxiparkplatz und begrüßte Piet mit einem wortlosen Handschlag.

Aus all den Touristen stach Sandra Keller so deutlich hervor wie ein Möwenklecks auf einem schwarzen Anzug. Ihr Ausdruck, ihr Gang, ihr Aussehen, alles ließ darauf schließen, dass sie nicht hierhin gehörte, dass sie beruflich gezwungen war, die Fähre zu betreten. *Sie sieht aus wie diese Business-Typen mit ihren kleinen Rollkoffern und schwarzen Mänteln überm Arm,* dachte Nils, *die am Flughafen ankommen und sich mit dem Taxi in irgendein nichtssagendes Hotel fahren lassen.*

Sandra Keller trug ein graues Kostüm über einem schlichtweißen, eng anliegenden Baumwolloberteil, dazu schwarze Sneaker aus glänzendem Glattleder, die sie sportlich aussehen ließen und von einer Geschäftsfrau oder Versicherungsmitarbeiterin unterschieden. Ihr Gang war kräftig, aber nicht klobig, und hatte die harte Anmut einer Sprinterin. Sie trug eine schwarze, prall gefüllte Laptoptasche so locker, dass man ihr ein regelmäßiges Training ansah. Ihr blondes Haar, das Nils an regennasses Stroh erinnerte, war an den Schläfen kranzartig zu zwei Zöpfen gebunden, die am Hinterkopf wie magisch zusammengehalten wurden. Sehr dunkle Augenbrauen erhoben sich wie die Umrisse eines Berges über kleinen dachsgrauen Augen, die zwischen den unteren und den oberen Augenlidern eingeklemmt waren wie Perlen in einer Muschel. Ihre spitze, vorn leicht eingekerbte Nase zielte wie eine Waffe auf den Betrachter, und ihr kleiner pflaumenförmiger Mund wurde von einem spitzen Kinn eingerahmt. Der Lippenstift, den sie trug, war von einem dunklen Lila und korrespondierte mit ihren lackierten Fingernägeln. Helle, durchscheinende Haare, die sich nicht bändigen lassen wollten, flirrten wie eine Aura um ihren Kopf. Der erste Eindruck entscheidet, doch Nils konnte sich nicht entscheiden, ob er diese Frau sympathisch fand oder nicht. Irgendwie passte nichts an ihr zusammen, sie schien aus hundert autarken Einzelteilen zu bestehen, Kopf, Haare, Oberkörper, Arme, Beine, Hüften, Füße, die sich einfach nicht zu einer Einheit zusammensetzen wollten.

»Frau Keller?«, fragte Nils und ging auf sie zu, während sich der bunte Urlauberstrom um sie herum teilte und seitlich an ihnen vorbeifloss.

»Ja, richtig. Kripo Niebüll, eigentlich Flensburg. Sie sind …«

»Nils, hallo.« Nils drehte sich um, und es war klar, dass sie ihm bitte folgen sollte. Hier, zwischen all den Menschen, wollte er kein Gespräch beginnen.

Sandra Keller klapperte verwundert mit den Augenlidern. So war das also mit den Inselleuten. Stellten sich nur mit Vornamen vor und taten, als sei bereits alles gesagt, was gesagt werden musste. Sie heftete sich an seine rechte Seite und stieg schon mal ins Auto ein, während Nils einen Anruf entgegennahm. Wartend blickte sie in das halbrunde Hafenbecken und entdeckte zwei kleine Boote, die in der von dünnen Birkenstämmen gekennzeichneten Fahrrinne nebeneinander auf einen Hafen weiter nördlich zufuhren. Sie fragte sich, ob das überhaupt erlaubt war, so dicht nebeneinander zu fahren. Aber hier war es ihr merkwürdigerweise egal. Zu Hause in Flensburg hätte sie ihren Kollegen gefragt, doch jetzt sagte sie nichts, als Nils einstieg und den Wagen startete.

»Die haben am Strand was gefunden. Wir fahren gleich hin«, sagte er, ohne sie anzuschauen. Natürlich war sie einverstanden, dennoch fühlte sie sich gerade wie eine unnütze und unbequeme Last, und sie war sich sicher, dass, wenn nicht sie das Gespräch begann, es nie zu einem zwischen ihnen kommen würde.

»Haben Sie auch einen Nachnamen?«, fragte sie daher, nicht zuletzt, um ihm zu signalisieren, dass er sich nicht nach Vorschrift, ja noch nicht mal nach Protokoll verhielt.

»Mich nennt schon seit Jahren keiner mehr beim Nachnamen«, sagte er. Sandra hätte seinen Namen dem kleinen Schild auf seiner Brust entnehmen können, doch es war ihr zu dumm, sich so weit nach vorn und zu ihm rüberzubeugen, um es zu lesen.

»Sie haben am Telefon den Verdacht geäußert, dass es sich um ein Verbrechen handeln könnte.«

Nils zögerte mit der Antwort. Im Grunde hatte er dafür keinen einzigen Anhaltspunkt. Sein Verdacht basierte auf einem Gefühl, einem unbestimmten, orakelhaften Gefühl, das er dieser Person neben ihm nie vermitteln könnte. So wie sie neben ihm saß, dünstete sie förmlich Korrektheit, Logik- und Ordnungsliebe aus. Trotzdem wollte er seine Ansichten nicht verstecken.

»Ein Badeunfall liegt zwar nahe, aber ich glaube nicht daran. Irgendetwas sagt mir, dass die Frau …« Nils beendete den Satz nicht, weil er glaubte, dass es nicht nötig sei.

»Was? Ermordet wurde? Entführt wurde?« Sandra ging langsam die Geduld aus. Sie wollte Fakten. Erstens, zweitens, drittens. Spuren, Indizien wenigstens.

»Getötet.«

»So, so, und ich soll mich jetzt auf Ihre innere Stimme verlassen?«

»Ich werd Ihnen schon die Beweise liefern«, sagte Nils und war selbst erstaunt darüber, mit welcher Überzeugung er das vorbrachte. Der Satz hatte sich völlig selbstständig auf die Reise gemacht.

»Zunächst einmal werde *ich* klären, ob Beweise überhaupt notwendig sind. Und dann werde ich mich selbst beziehungsweise wird sich die Kripo Niebüll um ihre Beschaffung kümmern. Aber vielen Dank.«

»Das mit der Zuständigkeit hab ich schon verstanden, keine Angst.«

Darauf gab es nichts mehr zu sagen. Nils fuhr in der engen Kurve in Nebel geradeaus in den Strandweg, während Sandra sich im Wagen umsah. Das Auto konnte innen wie außen eine Wäsche vertragen, schließlich war das ein Dienstwagen. In den

Seitentaschen lagen irgendwelche Zettel und Prospekte und in der Mittelkonsole ein Feuerzeug, zwei Packungen TicTac, Kleingeld, ein Taschenmesser und ein paar Kassenbelege von der Tankstelle. Sandra schnupperte. Entweder hatte er Mundgeruch oder ein anderes Problem, das konnte sie mit Bestimmtheit noch nicht sagen. Mitten auf dem Armaturenbrett lag ein schwarzes Notizbuch.

Durch die Windschutzscheibe konnte sie sehen, dass der Weg auf einen Parkplatz mündete, hinter dem sich der lange gelbe Wall der Dünenlandschaft erstreckte. Durch eine Einkerbung in den Dünen verlief ein Bohlenweg aufs Meer zu. In der direkten Verlängerung konnte man an der Wasserkante eine Ansammlung von Menschen erkennen. Über dieser Szene schwebte ein Hubschrauber, der Gischtkreise produzierte und eine Vertiefung ins Wasser drückte.

Wortlos stiegen sie aus und näherten sich nahezu im Laufschritt der Menschenmenge. Zwei Polizisten vom Festland hatten vergeblich versucht, die Leute vom Geschehen fernzuhalten. Nils schnitt wie ein Messer durch sie hindurch auf das schwarze, im Wasser treibende Objekt zu. Sein Hemd begann, heftig im Wind der Rotoren zu flattern.

»Was ist das?«, fragte er den Polizisten zu seiner Rechten.

»Wir wissen es noch nicht, die Schiffe müssten gleich hier sein.« Der Hubschrauber drehte plötzlich ab.

»Ihr habt nicht nachgesehen?«

»Nein, wir wollten warten.«

»Auf was?«

Der Polizist antwortete nicht. Er hatte keinen dringenden Anlass und vielleicht auch keinen dringenden persönlichen Auftrag gesehen, doch dieser Gedanke war jetzt, da Nils sein Verhalten in Frage stellte, ebenso leise geworden wie die Luft nach dem Rotorenlärm.

Nils klickte den Verschluss seines Holsters auf und gab Sandra seine Waffe. Sein Handy steckte er in seine Brusttasche. Dann watete er unter den Augen der Urlauber los, die sich aus lauter Angst schon fast aneinanderklammerten. Viele verdeckten mit einer Hand ihre zum Staunen und Bangen geöffneten Münder. Das Wasser war bräunlich. Es wechselte hier so schnell seine Farbe.

Das darin treibende Ding sah aus wie eine aufgeblähte schwarze Goretex-Jacke. Ein beigefarbenes T-Shirt, hatte Georg gesagt. Vielleicht hatte der Mörder ihr vor der Tat seine Jacke geliehen. Vielleicht hatte sie ihn mit sich gerissen. Vielleicht war es nicht Anita Bohn, sondern eine andere Person. Vielleicht sogar der Junge. Dennis.

Nils war auf Armlänge herangekommen. Alle in seiner Vorstellung sich manifestierenden Bilder von dem, was er gleich berühren würde, ließen ihn zurückschrecken, sich dieser Handlung erwehren, doch er wusste, es musste gemacht werden, und es war sein Job. Das wollte er allen hinter ihm wartenden Leuten zeigen. Er wollte Stärke demonstrieren. Er berührte das kalte Ding, und es tauchte unter, er drehte es, und eine graue Öffnung, ein fleischlicher Krater, trat zutage. Graue Fleischfetzen hingen an schwarzer Haut und erinnerten Nils an das Innere einer vergammelten Zucchini. Er konnte nur raten, was diese Wunde verursacht hatte. Eine Schiffsschraube oder ein Tier.

Nils packte eine Schwanzflosse und zog die tote Kegelrobbe hinter sich her auf seine an Land wartenden Kollegen zu. Er hätte erleichtert sein sollen über das Ergebnis dieses Funds. Aber er wusste, dass es nur ein Aufschub war, bis er den Körper von Anita Bohn aus dem Wasser fischen würde.

»Mein Gott, muss das denn sein?«, fragte Sandra Keller, vor Ekel ihr winziges Kinn in den Hals drückend.

»Das gehört in meine Zuständigkeit«, sagte Nils und warf den Kofferraumdeckel zu, unter dem der mit der toten Kegelrobbe gefüllte Plastiksack neben dem Holzpferd seiner Tochter lag.

»Ich würde jetzt gerne mit *meiner* Arbeit beginnen«, sagte Sandra, während sie sich anschnallte.

»Dann hätten *Sie* ja reingehen können«, konterte Nils.

★★★

Draußen regnete es. Ein typischer Schauerregen trommelte unregelmäßig gegen die Scheiben, angetrieben von böigen Winden, die die Häuserecken zum Pfeifen brachten. Ein dunkelbauchiges

Raumschiff aus Wolken schwebte schwer und träge über der Insel, und aus den geöffneten Schotten des Kreuzers zogen sich feine schmutzig blaue Schlieren bis zum Boden.

Nils kritzelte eine kurzhalsige Giraffe mit einer dicken Nase auf ein Blatt und fügte einen viel zu fülligen Körper und zu kurze Beine hinzu. Das Tier sah aus wie eine Kreuzung aus einer Giraffe, einem Nashorn und einem Dackel. Frau Knickebein, die auf einem kleinen Tisch im Flur des Polizeibüros Modell stand, schaute Nils enttäuscht aus ihren schwarzen Knopfaugen an. Nina hatte die Proportionen besser getroffen. Sie saß ihm gegenüber, ihre linke Hand fingerspreizend auf dem Blatt abgelegt, und malte mit der rechten angestrengt die braunen Flecken auf den Körper und den Hals ihrer Giraffe. Nils erinnerte sich an die Zeit, als Anna eingeschult worden war und wie sie zusammen Hausaufgaben gemacht hatten. Er war, wenn nicht etwas Außergewöhnliches vorlag, jeden Mittag nach Hause gekommen und hatte mit seiner Tochter oben in ihrem Zimmer am Schreibtisch gesessen. Elke hatte zuvor versucht, die Betreuung zu übernehmen, doch das hatte immer in einem völligen Desaster geendet, und so saß Nils mittäglich in seiner Uniform neben seiner Tochter. Er tat nichts weiter, als dort zu sitzen und ihr zuzuschauen, wie sie hampelnd und fahrig und ständig abgelenkt, aber sekundenweise hochkonzentriert ihre Hausaufgaben erledigte. Ab und zu hatte sie ihn gefragt, ob sie diesen Buchstaben oder jene Zahl schön geschrieben habe, und Nils antwortete immer ja, das A sehe wunderschön aus und die Vier sei unglaublich hübsch. Sein Herz blutete in seinen Bauchraum, als er so neben Nina saß und ihr zusah, doch gleichzeitig fühlte er sich ungeheuer aufgehoben und genau an der richtigen Stelle.

»Du malst wie Picasso«, sagte er. »Kennst du Picasso?«

»Ist das der mit der Glatze?«

»Stimmt.«

»Hab mal ein Foto von ihm gesehen, und Mama hat ein Bild von ihm zu Hause. So eine komische Frau, aber es steht nur im Keller.« Nina schielte auf Nils' Blatt und fing an zu kichern.

»Was ist?«, fragte er, doch sie lachte nur, obwohl sie sich zwingen wollte, es nicht zu tun.

Nils tat entrüstet. »He, man lacht niemanden aus! Besser kann ich's nicht. Das ist eine schöne Giraffe!«

»Das ist doch keine Giraffe …« Nina gluckste vor Lachen.

»Was denn?«

»Das ist ein Monster!«

»Na, vielen Dank auch.« Nils' Freude darüber, sie zum Lachen gebracht zu haben, war ungeheuer. Allerdings würde sie nur von kurzer Dauer sein. Er wollte Nina ein oder zwei Fragen zu dem Abend stellen, jetzt, wo ihr Vater nicht dabei war.

»Nina?«

»Was denn?«, fragte sie und lächelte auf ihr Blatt. Sie malte gerade die Augen der Giraffe. Nils schluckte. Es war das erste Mal, dass er Nina hatte lachen sehen. Und es würde nicht so schnell wieder passieren, vermutete er. Sie würde eine lange Zeit nicht mehr lachen. Selbst wenn er etwas herausfinden sollte, es würde nichts daran ändern. Es würde höchstens schlimmer werden.

»Gibst du mir mal Rot?«, fragte er leise.

»Was?«

»Rot.«

»Wozu?«

»Ich will einen Papagei malen.«

»Papageien leben nicht in Afrika!«

»Ach so.«

»Willst du Gelb?«

»Wofür?«

»Einen Löwen.«

»In Ordnung, dann mal ich einen Löwen.«

»Ein Löwe hat vier Beine.«

»Ja, und viele scharfe Zähne.«

»Aber dann kann er die Giraffe fressen!«

»Nein, mein Löwe ist ein Giraffenfreund, er liebt Giraffen über alles.«

»Okay, hier«, sagte Nina und hielt ihm den Stift hin.

Nils nahm ihn entgegen, als die Tür zum Büro aufging. Georg und Sandra kamen heraus und blieben stehen, als sie die beiden da am Tisch hocken sahen.

»Papa, wir haben Frau Knickebein gemalt, aber Nils hatte ein

paar Probleme, jetzt will er einen Löwen malen, hier, guck mal!«
Sie hielt ihm ihr Bild hin, und Georg bedachte es mit einem
müden, freundlichen Nicken.

»Ich hab überhaupt keine Probleme, mein Stift war nur nicht
richtig angespitzt«, verteidigte sich Nils.

»Blöde Ausrede!«, rief Nina.

»Vorsicht, junge Dame, nicht solche Worte«, mahnte Georg, wie
Väter es tun müssen, wenn ihre Kinder sich solche sprachlichen
Ausrutscher leisten, und half Nina, ihre Stifte einzupacken.

»Haben Sie etwas von der Kleinen erfahren können?«, fragte
Sandra. Sie standen dicht beisammen, während Georg und Nina
Hand in Hand nach draußen gingen. Nils schüttelte den Kopf,
seine Augen starr auf das Mädchen gerichtet. »Der Mann ist völlig
am Ende. Es wäre besser, wenn er einfach nach Hause fahren
würde«, sagte Sandra.

»Damit würde er zugeben, dass seine Frau tot ist. Das macht er
nicht.«

»Tot ist sie mit Sicherheit. Es sei denn, sie ist schwer gestört und
kann ihren Mutterinstinkt überwinden.«

»Haben Sie ihm das so gesagt?«

»Was denken Sie?«

»Keine Ahnung. Ich kenne Sie nicht.«

Nils ging Georg und Nina hinterher, um sie ins Hotel zu bringen. Der Tag hatte keine weiteren Ergebnisse gebracht. Anita Bohn
blieb spurlos verschwunden.

ACHT

Sandra entdeckte ein paar Fingerabdrücke auf dem Glas im Gegenlicht der Esszimmerlampe. Sie entschied sich, nichts zu sagen. Im Lokal hätte sie das Glas zurückgegeben. Nils kam aus der warm dünstenden Küche und zog eine Wolke Kartoffel-Zwiebel-Speck-Geruch wie ein kulinarisches Eau de Toilette hinter sich her. Er schenkte ihr Bier in das Fingerabdruckglas ein. Eine schmale Schaumzunge leckte einmal über die Seite des Glases.

»Ist sofort fertig«, rief er im Weggehen und zog sich blaue Ofenhandschuhe an, die mit Backrändern markiert waren.

Sandra wartete geduldig seit einer knappen Dreiviertelstunde und hatte sich zur Genüge im Ess- und Wohnzimmer umsehen können. Im CD-Regal hatte sie ein Album von Tom Waits gefunden, »Blue Valentine«, und es aufgelegt. Eine dreiteilige, orange gefärbte Lampe schüttete ein warmes Licht über dem Eichentisch aus. Die Bierflaschen leuchteten angenehm grün, und vor den Fenstern zum Garten stand ein tiefes Blau. Sandra musste sich eingestehen, dass sie sich hier wohlfühlte, auch wenn etwas im Haus nicht im Gleichgewicht stand.

Eine grauweiße Dampfrolle wälzte sich aus dem Ofen, als Nils die Klappe öffnete, und hob sich bis unter die Decke. Er zog die Auflaufform heraus und tat ihnen beiden eine ordentliche Portion mit einem gewinkelten Pfannenheber auf, den er aus einer auf dem Herd stehenden Pfanne genommen hatte. Er sah dennoch recht sauber aus, und Sandra ließ sich davon nicht weiter stören.

»So, guten Appetit«, sagte Nils und stellte den Teller vor ihr ab. Er setzte sich ihr gegenüber an den Tisch und goss sich ebenfalls ein Bier ein. Beide waren unsicher, ob sie sich zuprosten und vielleicht anstoßen oder nur Prost sagen sollten. Das hier war ja kein Rendezvous oder dergleichen, sondern ein Geschäftsessen, eine Besprechung. Es hatte einfach kein Restaurant mehr geöffnet gehabt, als sie das Büro verließen, und Nils hatte kurzerhand gesagt, dass er schnell was machen würde. Die »Blaue Maus« in Wittdün hätte noch Küche gehabt, aber das war nicht der richtige Ort, fand Nils.

Sie hoben kurz die Gläser auf Augenhöhe und tranken einen ersten Schluck. Den hatte Nils dringend nötig. Hoffentlich war sie eine schnelle Esserin, sodass er bald wieder seinen Trinkgewohnheiten nachgehen konnte.

Sandra, die zwei Handys wie Besteck neben ihrem Teller abgelegt hatte, begann zu essen. Es war ein Kartoffelauflauf mit einer undefinierbaren weißen Soße, Speck, Zwiebeln, Lauch und Fisch, vermutete sie.

»Gar nicht übel«, urteilte sie kauend.

»Wie viele Handys braucht man denn so?«, fragte Nils und steckte einen Bissen in den Mund.

»Eins privat und eins für den Job. Wie sind Sie denn erreichbar?«

»Hier auf der Insel trommeln wir.«

»Und man kennt sich ja auch. Ich hätte jeden fragen können, um zu Ihnen zu finden, stimmt's?«

»Sie haben doch sicher ein Navi.«

»Ja, in meinem Dienstwagen.«

»Was halten Sie von Georg Bohn?«, fragte Nils und legte leise seine Gabel ab. Sandra entschied sofort, als der Name fiel, dass sie die falsche Musik gewählt hatte. Der Song »Kentucky Avenue« passte so wenig hierher wie sie selbst.

»Er sieht aus und verhält sich, wie jemand in seiner Situation aussehen und sich verhalten sollte. Ich denke nicht, dass er seine Frau getötet hat.«

»Das ist gut. Das wäre das Letzte, was ich gewollt hätte.«

»Haben Sie jemand Bestimmtes im Blick?«

»Nein, leider nicht.«

»Die Kleine hat Vertrauen zu Ihnen. Sehr bemerkenswert.«

Nils zuckte mit den Schultern und aß weiter.

»Sie haben sicher selbst Kinder. Das Haus ist zu groß für Sie allein, trotzdem haben Sie Teller und Gläser für mindestens sechs Personen hier. Sie leben getrennt oder in Scheidung, stimmt's?«

»Getrennt.«

»Wie lange schon?«

»Zwei Tage.«

»Oh. Tja, der Fettnapf war wohl unvermeidbar, was?«

»Stimmt. Stellen Sie immer so viele Fragen?«

»Das ist mein Beruf.«

Sie widmeten sich wieder dem Essen.

»Wie geht's jetzt weiter?«, fragte Nils mit vollem Mund.

»Jetzt stellen aber Sie die Fragen!«

»Ich muss wissen, was ich tun kann.«

»Bis jetzt haben Sie alles richtig gemacht. Im Moment sehe ich kein Indiz für ein Verbrechen. Wenn wir die Leiche gefunden haben, können wir weitersehen.«

»Was, wenn wir keine finden? Wäre das nicht ein Indiz dafür, dass sie beseitigt wurde?« Nils konnte sich die Frage selbst beantworten. Es war völliger Unsinn, da einen Zusammenhang herstellen zu wollen. Er musste nur an den Jungen von der Nordspitze denken. Das Wasser hier war tückisch. Trügerisch.

»Wann hatten Sie den letzten Mord hier auf der Insel?«

»Keine Ahnung. Vor zwanzig, dreißig Jahren.«

»Sehen Sie? Die Frau ist wahrscheinlich einfach nur ertrunken. So etwas passiert. Ich werde morgen noch ein paar Befragungen vornehmen, und dann ist meine Arbeit hier erledigt.«

»Das reicht mir nicht«, sagte Nils und hörte auf zu essen. Auch Sandra legte ihr Besteck nieder, und sie sahen sich lange an, ohne ein Wort zu sprechen.

Später im Auto, als Nils sie ins Hotel fuhr, spürte Sandra eine ihr unbekannte Größe zwischen ihnen, die wohl so etwas wie Nähe oder Vertrautheit sein musste, so genau konnte sie das nicht benennen. Dieser Mann neben ihr, er war alles, was sie nicht war. Er hatte einen Verdacht, der eher einer Vision ähnelte, aber er ging damit so bodenständig um, dass sie ihn nicht für verrückt hielt, sondern ihm eigentlich wünschte, dass er recht behielt. Sie kannte Nils erst ein paar Stunden, und trotzdem wünschte sie ihm das. Sandra wunderte sich über sich selbst. Das klang nicht nach ihr, die von jeher immer eine gesunde Distanz zu den Dingen und auch zu den Menschen gesucht hatte. »Ich will gar nicht zu euch gehören.« Das war wohl der zentrale Satz in Sandra Kellers Weltvorstellung. Sie war Misanthropin, nicht aus Überzeugung, sondern aus … Tja, warum wusste sie selbst nicht. Es war immer da gewesen, dieses Gefühl, mit Menschen nichts anfangen zu können. Sie hasste Menschenansammlungen und ging daher auch nie auf Partys, in

Diskotheken, ins Theater, auf den Rummel, zum Flohmarkt. All das waren Orte, die nicht ihre waren. Sie lebte allein und hatte im Beruf viel mit Menschen zu tun, gegenüber denen sie ihre Distanz gut gebrauchen konnte. Vielleicht war sie auch nur deshalb zur Polizei gegangen, weil es immer ihre Überzeugung gewesen war, dass Menschen böse waren, Böses taten und Böses dachten. Der Mensch war so schrecklich schwach, dass er sich immer wieder verführen ließ. Und sie war eine Putzfrau, die den menschlichen Dreck aufspürte und ihn beseitigte, eine Putzfrau der Gesellschaft. Sie wischte, putzte, saugte und räumte auf. Doch das änderte nichts. Alles wurde immer wieder schmutzig.

Eigentlich war diese Insel ein Paradies für sie. Weit ab von all dem Schmutz. Und doch gab es ihn auch hier. Aber im Prinzip hätte das hier ihr Zuhause sein können. Sie war eine Insel. Warum sollte sie nicht auf einer leben?

Nils hielt vor dem Haupteingang.

»Da sind wir.«

»Wollen Sie morgen bei der Befragung dabei sein?«

»Zimmer 96, 233, 133 und 135.«

»Was soll das?«

»Das sind die an das der Bohns angrenzenden Zimmer.«

»Oh, wow. Vielen Dank. Kann ich also morgen mit Ihnen rechnen?«

»Ja, bis dann.«

Sandra stieg aus, warf die Tür hinter sich zu und wollte sich gerade bücken, um noch einmal durch das Beifahrerfenster zu Nils reinzuschauen, da fuhr er schon los.

Nils verstörte sie. Er war so abwesend und anwesend zugleich, zerrissen und kompakt, fremd und … Sie ging ins Hotel, weil es keinen Sinn machte, abends um elf Uhr sinnierend auf der Treppe eines Hotels zu stehen.

Es hatte gutgetan, mal wieder jemanden im Haus zu haben. Gott, er war erst drei Tage allein, aber fühlte sich wie Robinson Crusoe, der Freitag zum Kartoffelauflauf eingeladen hatte. Dennoch hatte ihn die Ungeduld in jedem Moment in die Seite gestoßen und ihn aufgefordert, seinen Gast endlich rauszuschmeißen, damit er

allein sein konnte mit sich und den verbliebenen vier Flaschen
Bier im Kühlschrank. Und, noch viel wichtiger, mit dem Jack
Daniel's im Küchenschrank. Beim Kochen war ihm siedend heiß
eingefallen, dass Sandra unter Umständen um einen Kaffee bitten
könnte, und dann hätte er die Schranktür öffnen müssen und sie
hätte den verdammten Whiskey dort stehen sehen. Es wäre ihren
Adleraugen sicher nicht entgangen und wahrscheinlich auch nicht
ihrem Verstand, wenn sie es nicht schon längst wusste. Nils fühlte
sich unter ihrem analysierenden Blick wie eine Glasfigur. Sie hatte
erkannt, wer er war, schon in dem Moment, als sie von der Fähre
gekommen war, und nur ihre Höflichkeit verbot es ihr, ihn direkt
darauf anzusprechen. *Ach was, sie hat dich nicht darauf angesprochen,
weil du völlig unwichtig für sie bist, du bist ihr vollkommen gleichgültig.
Morgen fährt sie zurück, und schon auf dem Festland hat sie dich wieder
vergessen. Nimm dich nicht zu wichtig, alter Knabe.*
　　Ohne Umschweife ging er zum Kühlschrank und öffnete eine
Flasche Bier. In fünf Zügen hatte er sie geleert und öffnete die
nächste. Jetzt wurde es etwas besser. Was? Alles irgendwie. Sein
Gefühl, seine Probleme. Es war so, als sei er hundemüde, zerschlagen vom Tag, mit schmerzenden Knochen, und legte sich in
ein weiches, warmes Bett. Er nahm noch ein paar Schlucke und
trank sich tiefer in die warmen Daunen hinein, bis sein Magen
prall gefüllt war. Die Bierflaschen waren geleert, jetzt konnte er
zum Hauptgang übergehen. Mit der Whiskeyflasche in der Hand
ließ er sich aufs Sofa fallen und schloss die Augen. Das Knacken des perforierten Verschlusses ließ sein Herz in einem süßen
pawlowschen Reflex hüpfen. Mit der rechten Hand fand er die
Fernbedienung, die Sandra hierhergelegt hatte. Das Album von
Tom Waits war noch im CD-Player. Ein schlimmer Fehlgriff.
Jetzt hingegen wäre die Musik perfekt. Jetzt würde sie ihm den
Rest geben. Er drückte auf Play und setzte die Flasche an. Pure
Energie lief in ihn hinein und verbreitete sich in seinem ganzen
Körper. Es knackte und rumpelte im CD-Wechsler. Nils legte
seinen Kopf auf der Sofalehne ab. Dann erklang die Titelmusik von
Annas »Hanni und Nanni«-CD. Die Schallwellen drangen durch
sein Ohr in seinen Körper ein und machten sich wie Fresszellen
über den Alkohol her. In Sekundenbruchteilen war er wieder

nüchtern. Er hätte die Stopptaste drücken können, aber er tat es nicht, sondern kasteite sich mit dem Kinderhörspiel und befüllte sich mit Alkohol. Nach einer Viertelstunde war er in einen unruhigen, holprigen Schlaf gefallen. Seine Gliedmaßen zuckten und er schnitt Grimassen, während er den Traum träumte, den er immer träumte, seit seiner Kindheit. Er war zu einer Konstante in seinem Leben geworden wie der Anblick seines Gesichts im Spiegel oder die ständige Anwesenheit von Wasser auf der Insel.

Er lag in seinem Bett in dem alten Reetdachhaus, in dem er geboren worden war. Es war ein puppenhauskleines, schlichtes Zimmer im ersten Stock mit einem Schrank und einem Bett direkt vor dem winzigen Fenster, das hinaus in den seitlichen Garten führte. Es war Nacht, und draußen in der Schwärze vor dem Fenster tobte ein Wintersturm. Regen schlug abwechselnd mit den von Windböen geschüttelten knorrigen Zweigen eines Apfelbaums gegen die mit einem Holzkreuz unterteilte Scheibe. Nils lag warm unter einer dicken Daunendecke, doch im Zimmer war es feucht und kalt. Er spürte den Luftzug, der durch das schlecht abgedichtete Fenster gepresst wurde, auf seinem Gesicht wie den Atem eines fleischgewordenen Unwetters. Mundgeruch aus feuchtem Holz, Kaminrauch und Meer. Dann hörte er den ersten Donnerschlag irgendwo über den Dünen. Er zählte. Eins, zwei, drei … und ein zuckendes Licht erhellte den Himmel, sodass er die riesigen Wolken, die über die Insel walzten, wie von innen leuchten sah. Wieder donnerte es. Ein Krachen und Splittern wie von Holz. Eins, zwei … Der nächste Blitz war so hell, dass die Scheibe nur noch aus weiß glühendem Glas bestand. Die Schatten in seinem Zimmer schlugen wild um sich. Dann, plötzlich, hörte er einen Schrei. Es war ein furchtbarer, markerschütternder Schrei, und er kam aus diesem Haus. Es war seine Mutter, die schrie. Nils wusste nicht, was ihm mehr Angst machte, der Schrei an sich oder der Gedanke, dass seiner Mutter gerade etwas Schreckliches zugestoßen war. Sein Herz klopfte wie ein kleines panisches Tier in seiner Brust. Er wollte, dass das schnell aufhörte, dass seine Mutter reinkam und ihn tröstete, dass sein Vater sagte, er müsse sich keine Sorgen machen, es sei alles in Ordnung. Aber sie kamen nicht. Nils konnte sich nicht bewegen, jeder Muskel seines kleinen Körpers war angespannt, er lag steif wie Treibholz unter seiner Decke. Wieder donnerte es. Diesmal war der Donner direkt über ihrem Haus. Die Luft bebte, und Nils fühlte sich wie im Innern einer riesigen Pauke, auf die jemand wütend einschlug. Die Fensterscheiben wackelten, und dann kam der nächste Schrei. Nils spürte, wie seine Muskeln erschlafften und er unkontrolliert ins Bett pinkelte. Es wurde warm und nass um seine Beine.

Nils schreckte vom Sofa hoch und fasste sich in den Schritt. Die Hose war trocken. Er atmete erleichtert aus und sank in sich zusammen wie ein Schlauchboot, aus dem die Luft entwich. So langsam erinnerte er sich, warum er hier auf der Couch einge-schlafen war. Sandra, Kartoffelauflauf, Hanni und Nanni. Wo war der Whiskey? Nils beugte sich vor und sah die Flasche auf dem Boden liegen. Unter dem Hals hatte sich ein dunkler Fleck im Teppich ausgebreitet. Mit einer raschen Handbewegung nahm er die Flasche hoch. Sie war noch fast zu einem Drittel gefüllt. Sicher hatten die Hersteller kluge, kreative Köpfe engagiert, die sich der Form der Flasche angenommen hatten, um das völlige Auslaufen zu verhindern. Es war ein Tribut an alle Säufer, die gerne einmal über ihren Problemen einschliefen und beim Aufwachen keinen Trost mehr in den trockenen Glasbehältern vorfinden konnten. Der Trostschluck, so wollte Nils den letzten Rest Feuerwasser nennen, der ihm noch geblieben war. Mit ihm an seiner Seite würde er jetzt noch pissen gehen und sich dann ins Bett legen. Der Trostschluck würde ihn zudecken, sich an ihn kuscheln und ihm die Kopfhaut kraulen, bis er eingeschlafen war.

★★★

Sandra klopfte an die Tür von Zimmer 135. Es war das letzte Hotelzimmer auf ihrer Liste. Die anderen Gäste waren am fragli-chen Abend nicht auf ihren Zimmern gewesen und hatten zum Verschwinden von Anita Bohn keine Aussage machen können. Jemand schlurfte zur Tür und öffnete. Frau Döhring, eine kleine, gebeugte alte Dame, sah die beiden mit weit geöffneten Augen und ebenso weit geöffnetem Mund an.

»Ja, bitte?«

»Frau Döhring, mein Name ist Keller von der Kripo Niebüll. Guten Morgen. Das ist mein Kollege von der Polizei hier auf Amrum. Vorgestern Abend ist eine junge Frau aus dem Hotel und von der Insel verschwunden. Könnten wir Ihnen ein paar Fragen dazu stellen?«

»Ah, ich hab mich schon gewundert, was dieses Theater da unten am Strand soll. Und die Hubschrauber, die hier ständig rumfliegen. Aber kommen Sie doch bitte rein.«

Frau Döhring führte sie in das Zimmer und bot Sandra den Stuhl an, der links in der Ecke neben der Terrassentür stand. Sie wollte ihn hochheben, als Nils ihr zu Hilfe kam.

»Das mach ich schon«, sagte er und griff an die Lehne und den Sitz. Frau Döhring richtete sich wieder auf. Ihre offenen weißen Haare wehten wie Zuckerwatte um ihre Ohren.

»Ich setz mich aufs Bett, und der junge Mann könnte sich den Hocker aus dem Bad holen«, sagte Frau Döhring.

»In diesem Bad gibt es keinen Hocker.«

»Ach ja? Sind Sie sicher?«

»Ja, wahrscheinlich haben Sie letztes Jahr ein anderes Zimmer gehabt. Sie sind doch Stammgast hier, nicht wahr?«

»Na, jetzt schlägt's aber dreizehneinhalb! Werde ich etwa observiert?«

»Nein, ich kenne mich hier nur ganz gut aus, ich bin der Sohn von Herrn Petersen«, sagte Nils und erntete überraschte Blicke nicht nur von Frau Döhring, sondern auch von Sandra, die das bis jetzt nicht gewusst und auch nicht vermutet hatte.

»Sie sind Herr Petersen junior?« Frau Döhrings Augen begannen zu leuchten, und sie musterte ihn mit Inbrunst, als stünde mit einem Mal ein komplett anderer Mann im Raum.

Nils kannte diese Reaktion, und er verabscheute sie. Er wünschte, das blöde Hocker-Thema wäre nie aufgekommen, und sie könnten sich einfach nur dem Fall widmen.

»Ja, aber junger Mann, warum sind Sie denn dann Polizist geworden?«

Sie und Hauke würden sich wunderbar verstehen, dachte Nils. Er setzte ein verteidigendes Lächeln auf. »Das hier ist nicht meine Welt. Ich mag meinen Beruf.«

»Wie auch immer«, unterbrach Sandra die Unterhaltung. »Wir möchten Ihnen nur kurz ein paar Fragen stellen, und dann sind Sie uns auch schon wieder los.«

»Aber sicher«, sagte Frau Döhring und ließ sich auf dem Bett nieder. Nils blieb stehen und verschränkte die Hände hinter dem Rücken.

»Frau Döhring, haben Sie vorgestern Abend etwas Ungewöhnliches bemerkt oder gehört, einen Streit im Nebenzimmer oder auf dem Flur vielleicht, Türenschlagen, Krach, irgendwas?«

Frau Döhring hob die Hände, als wollte sie Sandras Kopf in die Hand nehmen oder einen Ball fangen.

»Wie war Ihr Name doch gleich?«, fragte sie.

»Keller.«

»Frau Keller, es ist so, ich bin eine alte Frau mit einem Hörgerät.« Sie fummelte an ihrem Ohr herum und holte einen kleinen fleischfarbenen Knopf heraus. »Früher waren die Dinger viel größer, wissen Sie? Jetzt wird alles kleiner und kleiner. Man sieht es nicht, aber es ist trotzdem, wie es ist.«

Ihre Stimme war beim Sprechen etwas lauter geworden. Jetzt steckte sie sich den Knopf wieder ins Ohr und fuhr in normaler Lautstärke fort: »Ich stehe um neun Uhr morgens auf und gehe an den Strand. Dort brate ich bis mittags in der Sonne, esse, mache einen Spaziergang, und abends schwimme ich zwanzig Minuten. Um neun gehe ich ins Bett, lege mein Hörgerät auf den Nachttisch, lese zwei oder drei Seiten, und dann bin ich auch schon weg. Funkstille bis morgens um neun. Sie fragen einen Maulwurf, ob er was gesehen hat, Kindchen.«

»Na gut, Frau Döhring. Trotzdem vielen Dank«, sagte Sandra.

»Wie geht es der Familie? War die Frau denn am Strand?«

»Wir versuchen noch, das zu rekonstruieren.«

»Vielleicht taucht sie wieder auf.«

»Das hoffen wir«, sagte Sandra und erhob sich.

»Wenn Ihnen noch irgendwas einfallen sollte, ich bin hier jederzeit erreichbar«, sagte Nils und gab Frau Döhring seine Karte.

»Danke. Hören Sie, Sie erben doch sicher mal das Hotel, nicht wahr? Sie sind ein echter Glückspilz, junger Mann. Das ist doch eine Goldgrube hier! Ein wunderschönes Haus.«

»Darüber habe ich noch nicht nachgedacht.«

Die alte Dame klopfte ihm mit ihren gichtkrummen Fingern begütigend auf den Arm.

Sie gingen zur Tür und verabschiedeten sich. Sie waren bereits im Flur, als Frau Döhring ihnen nachrief: »Junger Mann! Sie werden sehen, es wird sich alles auflösen.«

Nils nickte ihr zu und fragte sich, ob er wirklich so verzweifelt wirkte, dass die Alte sich dazu berufen sah, ihn zu trösten.

Die Sonne schien heiß hinter dünnen, wie mit leichten Pinselstrichen hingewischten Wolken, als sie aus dem Hotel hinaustraten.

»So, so, Herr Petersen junior«, sagte Sandra mit einer spöttischen Falte im linken Mundwinkel.

»Bitte verschonen Sie mich damit.«

»Wir können bei Nils bleiben, wenn dir das lieber ist.«

Sie hatte ihn geduzt. Nils hatte keine Ahnung, warum sie das getan hatte. Doch, natürlich hatte er eine Ahnung, sogar zwei oder drei, er war jetzt nur nicht in der Stimmung, darüber nachzudenken. Schweigend gingen sie den roten Gehweg entlang.

Am linken äußeren Rand seines Gesichtsfeldes tauchten Elke und Anna auf. Zwei Schemen, zwei Umrisse, zwei Konstanten, die er sofort erkannte. Annas Kette schepperte immer noch am Schutzblech. Sie hatte ein orangefarbenes Paket von Bäcker Schult in der Hand und hielt direkt vor Nils an. Elke fuhr ein Stück weiter, bevor sie stoppte.

»Hallo, Maus«, sagte Nils und küsste seine Tochter auf die hingehaltene Wange. Anna schlang den freien Arm um seinen Hals und drückte so fest, dass es schmerzte.

»Hallo, Papa! Du, wir haben gerade Kuchen gekauft, ich treffe mich mit Tina am Strand. Mama hat uns erlaubt, einen Surfkurs zu machen!«

»So, hat sie das?«, fragte Nils und adressierte die Frage zu einer Hälfte an seine Tochter und zur anderen an seine Noch-Ehefrau, die jetzt rückwärts zu ihnen kam. »Hallo, Elke.«

»Morgen, Nils.«

Er sah Elke lange an, bevor er bemerkte, dass sie ihn wortlos bat, ihr seine Begleitung vorzustellen. Die Begegnung, die bis jetzt von Überraschung, Freude und Schmerz geprägt war, erhielt in diesem Moment eine neue Komponente: Peinlichkeit. Nils war es peinlich, hier von seiner Familie mit einer fremden Frau erwischt zu werden. *Jetzt komm mal wieder klar, Alter, sie hat dich verlassen und ist mit deinem Freund ins Bett gestiegen. Sie ist das Flittchen! Herrgott, du hast beruflich mit Sandra zu tun!*

»Oh, entschuldigt. Das ist Frau Keller von der Kripo Flensburg. Das ist meine Tochter Anna und meine ... Frau.«

»Hallo«, sagte Sandra und gab beiden die Hand.

»Sie suchen also die ertrunkene Frau?«, fragte Elke.

»Schön, dass hier bereits jeder weiß, was mit ihr passiert ist«, fuhr Nils sie an.

»Ist sie denn nicht ...?«

»Wir wissen es nicht. Deshalb ist Frau Keller hier. Alles andere sind Gerüchte«, sagte Nils.

»Sie sind auch Polizistin? Warum haben Sie denn keine Uniform an?«, fragte Anna.

»Anna«, ermahnte Elke sie.

»Ich brauche zum Glück keine zu tragen in meiner Abteilung, weißt du? Bei so einem Wetter ist das wirklich von Vorteil. Dein armer Papa muss schwitzen!«

»Geh doch auch in ihre Abteilung, Papa«, schlug Anna vor.

»Dann kann ich aber nicht mehr auf der Insel sein. So, wir müssen jetzt los, ich rufe heute Abend mal an, in Ordnung?«

»Aber nicht mehr nach neun, bitte«, sagte Elke.

»Natürlich nicht. Mach's gut, Maus, und viel Spaß beim Surfen.« Er gab Anna einen Abschiedskuss.

»Tschüss, Papa.«

Die beiden stiegen wieder auf ihre Fahrräder und machten sich auf den Weg zum Strand. Nils sah ihnen nach. Es tat weh, körperlich weh. Sandra legte behutsam eine Hand auf seinen Arm.

»Komm, wir gehen«, sagte sie.

NEUN

»Kommst du mit?«

Elisabeth war mit Hilfe eines silbernen Schuhlöffels in ihre Pumps gestiegen und hatte sich ein Tuch um die Schultern gelegt. Schon den ganzen Morgen war ihr kalt gewesen. Es kündigte sich wieder eine Migräne an, noch lag sie wie eine Sonne hinter morgendlichem Hochnebel verborgen, und trotzdem konnte sie jetzt nicht hierbleiben und darauf warten, vom Schmerz überrollt zu werden.

»Lass die Leute in Ruhe«, sagte Hauke und sah aus dem Fenster.

»Das kann ich nicht. Bitte komm mit.«

»Das ist nicht meine Aufgabe«, sagte er steif. Er war jetzt so bewegungsunfähig, wie sie es sonst war.

Sie ging, er blieb im Zimmer. Das waren umgekehrte Rollen. Elisabeth konnte keine Energie darauf verwenden zu ergründen, was mit ihrem Mann geschehen war, es interessierte sie auch nicht. Ihr war nur eins wichtig, und darum würde sie sich jetzt kümmern.

»Hat Herr Bohn sich mal hier unten sehen lassen?«, fragte sie Karla und hielt dabei das Tuch mit einer Hand vor der Brust zusammen.

»Nein, er hat das Frühstück aufs Zimmer bekommen.«

»Danke, Karla. Könnten Sie mir jetzt bitte ein Taxi rufen?«

Karla sah ihre Chefin erstaunt an, nahm aber gleichzeitig den Hörer ab und bestellte das Taxi. Elisabeth wartete an der Rezeption, bis der Wagen vor die Tür gefahren kam. In dieser Zeit wechselten sie kein Wort. Elisabeth war es egal, was Karla dachte und welcher Klatsch und Tratsch sich im Hotel verbreiten würde. Was sie vorhatte, fühlte sich richtig an, und mehr zählte für sie nicht. Geredet wurde immer, erst recht über sie und Hauke. Das lag in der Natur der Sache. Wenn sie oben mit Kopfschmerzen im Bett lag, störte sie sich manchmal daran. Jetzt stieg sie ins Taxi und fühlte sich fast euphorisch. Traurig und euphorisch.

»Moin, Elisabeth. Is lange her, dass ich die Ehre hatte. Is Hauke seinen Führerschein los?«, fragte Steffen, der seit fünfzehn Jahren

116

eines von vier Taxis auf der Insel fuhr. Er war ein Ein-Mann-Betrieb mit einem Sharan Baujahr '98 und fuhr oft Gäste ins Hotel oder holte sie ab.

»Nein, er ist krank. Und ich hab was zu erledigen.«

»Wo soll's denn hingehen?«

»Wittdün.«

»Geht klar«, sagte er und schaltete das Taxameter ein.

Sie fuhren über die in blassgelbes Licht getauchte Insel. Von Westen her waren dünne, milchige Wolkenschleier aufgezogen, die wie zerrissener Stoff am Himmel hingen. Elisabeth war ganz in Gedanken und bemerkte nicht, dass Steffen ihr Schweigen als unangenehm empfand. Als sie in Wittdün zuerst die Kirche und dann die Verkehrsinsel passiert hatten, bat Elisabeth ihn anzuhalten.

»Ich steige hier aus. Könntest du bitte warten?«

»Sicher.«

Sie betrat ein Spielzeuggeschäft, vor dem bunte Drachen und Windräder im Wind flatterten. Der Laden war eng und dunkel. Die mit Spielsachen vollgestopften Regale standen ohne jegliches System an den verschachtelten Wänden. Elisabeth blickte an sich herunter und stellte fest, dass sie zwischen all den Plastikbooten, Holzschwertern und Pappschachteln lächerlich aussehen musste. Sie war heillos overdressed und hätte nur noch mehr fehl am Platze wirken können, wenn sie sich gegenüber in der »Brutzelbutze« ein Fischbrötchen gekauft hätte.

»Guten Morgen«, sagte sie zu einem Mann in den Vierzigern mit lockigen, langen Haaren, die, so schien es, bereits vorzeitig ergraut waren. Er war nicht von hier, sie meinte sich erinnern zu können, dass er aus dem Süden kam, vielleicht sogar aus der Schweiz.

»Kann ich Ihnen helfen?«, fragte der Mann und legte einen Arm auf die alte Kasse.

»Ich brauche etwas für ein Mädchen. Acht Jahre alt. Ein paar Spiele vielleicht, Brettspiele.«

Er kam hinter seinem Tresen hervor und ging zu einem überladenen Kiefernholzregal, das sich nur noch durch das Gewicht der darin übereinandergestapelten Sachen auf den Beinen hielt.

»Möchten Sie eine Spielesammlung oder ein Einzelspiel?«

»Eine Sammlung wäre gut, und dann noch etwas Neues, was Sie empfehlen können. Ich kenne mich da nicht aus.«

Sie dachte daran, dass sie Anna zu Weihnachten einen Umschlag mit fünfzig Euro geschenkt hatte. Ein schlechtes Gewissen kroch wie eine kalte Hand unter ihr Tuch und über ihren Nacken.

»Haben Sie auch Bücher oder DVDs?«

»Ja, oben.«

Elisabeth suchte drei Bücher und zwei Filme aus, von denen sie wusste, dass Anna sie hatte, und ließ alles in eine große Tüte packen. Sie zahlte und verließ den Laden.

»Okay, und wieder zurück«, sagte sie, als sie sich neben Steffen gesetzt und die Tüte zwischen ihre Füße gestellt hatte.

Steffen wendete den Wagen an der Bushaltestelle und warf einen verstohlenen Blick in die halb geöffnete Tüte.

»Hat Anna Geburtstag?«, fragte er.

»Ja.« Elisabeth sah hinaus aufs Meer, das ruhig und geschützt in der Hafenbucht lag. »Sprichst du eigentlich noch Friesisch?«, wollte sie von Steffen wissen.

»Natürlich. Oft sogar.«

»Warum nicht mit mir?« Sie wandte sich ihm neugierig zu.

»Weil ... Irgendwie passt das nicht.«

Er lächelte, weil er das Gefühl hatte, sie verletzt zu haben. Elisabeth ließ nachdenklich ihren Blick sinken. Es dauerte eine ganze Weile, bis Steffen das Schweigen brach, das nun wie schlechte Luft im Innenraum stand.

»Schlimme Sache, was?«

»Bitte?«

»Na, das mit der jungen Frau. Sie hat doch bei euch gewohnt.«

»Ja. Kannst du mich bitte hier rauslassen?«, bat Elisabeth, kaum dass sie das Ortsschild von Norddorf passiert hatten.

»Hier?«

»Ja, bitte.«

Steffen setzte den Warnblinker und fuhr rechts ran. Es war nicht viel Platz, die Äste der Kiefern kratzten schon am Lack. Nervös blickte er in den Rückspiegel.

»Dreiundzwanzig achtzig«, sagte er.

Elisabeth gab ihm dreißig Euro. Als er das Wechselgeld rauskramen wollte, war sie bereits ausgestiegen. Ihr sandfarbenes Kostüm leuchtete vor der dunkelgrünen Kulisse des Kiefernwaldes. Steffen fragte sich, ob er etwas falsch gemacht hatte, da hörte er ein schnell näher kommendes Hupen hinter sich. Ein dunkelblauer Touran mit zwei Fahrrädern auf dem Dach fuhr auf ihn zu und dicht an ihm vorbei. Die Druckwelle des Fahrtwindes erschütterte sein Taxi. Er fuhr los, bevor noch mehr passierte, und überholte Elisabeth, die bereits ungewöhnlich weit vorausgeeilt war.

★★★

Sie musste dreimal klopfen, bevor sie Georgs dumpfe Stimme hinter der Tür hörte.

»Ja, bitte?«

»Hier ist Frau Petersen. Könnte ich Sie einen Augenblick sprechen?«

Georg öffnete. Seine Haare standen am Hinterkopf fächerartig ab. Er war wohl vor dem Fernseher eingeschlafen. Nina lag neben der Couch auf dem Boden und las ein Buch.

»Guten Tag, Frau Petersen.«

»Darf ich reinkommen?«, fragte Elisabeth vorsichtig.

»Oh, ja, aber sicher doch …« Georg winkte sie ins Zimmer. Nina sah misstrauisch auf die Tüte in ihrer Hand.

»Ich wollte nur hören, ob es Ihnen auch an nichts fehlt. Wenn doch, müssen Sie Bescheid sagen.«

»Es ist alles bestens, vielen Dank.«

»Nun, ich dachte, dass es … na ja, es ist doch sicher furchtbar langweilig, nicht?«, fragte Elisabeth in Ninas Richtung.

Nina mochte nicht antworten, weil sie nicht wusste, worauf die Dame hinauswollte und ob das, auf das sie hinauswollte, die Zustimmung ihres Vaters finden würde.

»Jedenfalls dachte ich, ich bringe dir ein paar Sachen vorbei. Zum Zeitvertreib. Ein paar Spiele, Bücher.« Elisabeth langte in die Tüte, holte alles heraus und legte es auf den Tisch. »Hier sind auch DVDs, wenn du magst. Ich habe unseren Hausmeister gebeten, einen DVD-Spieler zu besorgen und anzuschließen.«

»Das können wir doch nicht annehmen«, sagte Georg.

»Ach, papperlapapp!«

Es klopfte an der Tür.

»Siehst du, da kommt er schon.« Elisabeth lächelte Anna freundlich zu.

Georg ging zur Tür und öffnete. Draußen stand Karl, er trug das Gerät unter dem Arm. Kabelschlaufen liefen wie ein Lasso durch seine Hand.

»Also, das ist Karl. Karl, das ist Nina«, stellte Elisabeth die beiden einander vor.

»Wir sind uns schon mal begegnet«, sagte Karl nüchtern.

Elisabeth konnte gut nachvollziehen, dass Karl sich hier unsicher fühlte. Sie wusste selbst nicht, wie sie sich verhalten sollte gegenüber diesem Mann und seiner Tochter, die wahrscheinlich die Ehefrau und Mutter verloren hatten. Sie wollte aber keine Unsicherheit zeigen. Sie wollte die beiden aufbauen, ermuntern, etwas ablenken.

»Ihr kennt euch, schön, dann schließ doch bitte der jungen Dame den CD-Spieler an.«

»DVD-Spieler«, sagten Nina und Karl gleichzeitig und mussten lachen.

»Ach ja, ich kenn mich mit diesem Technik-Kram nicht aus. Ich wünsch dir jedenfalls viel Spaß damit«, sagte Elisabeth und strich Nina über die Wange.

»Sag danke, Nina«, ermahnte Georg seine Tochter.

»Danke schön«, sagte Nina, und Elisabeth traten die Tränen in die Augen.

»So, nun muss ich aber los. Karl macht das schon.«

»Auf Wiedersehen, und nochmals vielen Dank.«

»Machen Sie sich keine Gedanken, das lag alles noch bei uns rum. Wir haben eine Enkelin in Ninas Alter.«

Georg brachte Elisabeth zur Tür. Als sie gegangen war und ihre vom Teppich gedämpften Schritte sich entfernten, stellte er sich hinter Karl, der auf dem Boden kniete und auf die Rückseite des kleinen Schränkchens lugte, auf dem der Fernseher stand. Nina hatte ihre Giraffe auf den Tisch gelegt und las sich die Klappentexte der Bücher durch.

Karl stöpselte die Anschlüsse ein.

»Ich glaube, wir stellen das Ding besser *auf* den Fernseher. Der ist sonst zu schwer«, schlug er vor.

»Nicht, dass er runterfällt. Nina, da musst du gut aufpassen!«, meinte Georg, und sie schaute von ihren Büchern auf.

»Keine Angst, ich hab da einen kleinen Trick. Hab ich bei mir zu Hause auch gemacht.« Karl holte eine Rolle Teppichklebeband aus der Beintasche seines Blaumanns. Er wollte lächeln, aber es gelang ihm nicht. »Damit klappt's!«, sagte er, und seine Stimme klang so dunkel und heiser wie ein Knurren.

Er befestigte das Gerät am Fernseher und startete den Sendersuchlauf. Bilder und Töne prasselten wild auf sie ein.

»Darf ich fragen, woher Sie kommen?«, fragte Karl leise.

»Wir sind aus Hamburg.«

Karl schluckte einmal, bevor er antworten konnte. »Dann biste ja 'ne echte Hamburger Deern, was?«, sagte er zu Nina.

»Ja, ist sie. Ich bin nur ein Zugezogener. Ich komme aus Marburg. Und meine Frau … sie kommt ursprünglich aus Hamburg, hat früher aber mal in Flensburg gewohnt«, beendete Georg den Satz und räusperte sich.

»Drei Burgen, wenn das nicht passt«, sagte Karl und rang damit Nina ein kleines Lächeln ab.

Drei Burgen, dachte Georg, *genau das sind wir.* Er sah einen sehr irischen grünen Landstrich vor sich, mit zwei mittelalterlichen Burgen an einer Steilküste. Die eine war größer als die andere. Aber die größere war verfallen. Das Mauerwerk war von der feuchten, salzigen Luft zerfressen und porös. Hier und da fehlten Steine. Diese Burg hatte schon so manchen Angriff erlebt. Die kleinere hingegen war kompakter und besser in Schuss. Die dritte Burg fehlte. Sie war über die Klippen tief ins Meer gestürzt. Im Geiste ging Georg bis an den schroffen Rand des Steilhanges und blickte hinunter. Das Meer schlug gegen die Felsen. Aber nicht einmal im tiefsten Wellental konnte er die Überreste der Burg erkennen.

Nachdem er den DVD-Spieler installiert hatte, begegnete Karl im Treppenhaus Elisabeth. Sie war auf dem Weg nach oben zu Hauke.

»Ah, Karl! Alles fertig, hat's geklappt?«, fragte sie und blieb eine Stufe unter ihm stehen.

»Gut, dass ich dich treffe«, sagte Karl. Er trat herunter auf ihre Stufe.

»Gott, die Kleine tut mir so leid. Ich weiß gar nicht …«

»Elisabeth?«

Sie blickte auf, denn die Art, wie Karl ihren Namen aussprach, beunruhigte sie. »Was ist?« Seine Augen waren so dunkel. Die Pupillen glänzten wie nasse Steine. »Haben sie etwas gesagt? Ist noch was rausgekommen?«

Karl zögerte. »Nein …« Er stieg noch eine Stufe hinab. »Alles in Ordnung. Die DVDs laufen.«

»Gut«, sagte Elisabeth erleichtert.

»War nett von dir«, meinte Karl und ging weiter.

Ich fühle mich verantwortlich, wollte Elisabeth sagen, behielt es aber für sich. Sie fühlte sich furchtbar verantwortlich. Etwas Schlimmes war in ihrem Haus passiert. Das konnte sie nicht ignorieren. Sie musste sich doch darum kümmern.

★★★

Nils schloss die Schranke zum kleinen Jachthafen in Steenodde, die eigentlich zur Sperrung bei Sturm vorgesehen war. Jetzt diente sie dazu, die Schaulustigen fernzuhalten, während die Polizeitaucher das Hafenbecken nach der Leiche von Anita Bohn absuchten. Den Fährhafen und den Fischereihafen hatten sie bereits durchkämmt, doch dort war nichts weiter zutage getreten als ein alter Lederkoffer, ein Fahrrad, ein Dachgepäckträger und drei Fotoapparate sowie ein paar Eimer und Schaufeln. Nils ging auf die kleine Gruppe am Landungssteg zu. Der Kutter, der sonst hier lag und seinen Fang verkaufte, war draußen auf See. Ein Boot der Küstenwache hatte am Molenende festgemacht, und zwei Polizeiwagen standen bereit, für was auch immer die Taucher finden würden.

Sandra stand so weit an der Kante, dass ihre Schuhe über den Rand hinausragten. Nils stellte sich neben sie, sodass sich ihre Schultern berührten, und beide starrten hinunter ins bleigraue Wasser, das in unregelmäßigen kleinen Wellen klatschend gegen den Beton schlug. Luftblasen stiegen in großen Trauben empor. Es war inzwischen Abend, jedoch immer noch warm und völlig windstill. Wieso das Wasser trotzdem so in Bewegung war, konnte Nils sich nicht erklären. Er war schrecklich nervös. In den beiden großen Häfen war er sich sicher gewesen, dass sie nichts finden würden, doch hier war es anders. Die Angst vor einem Schrecken aus der Tiefe machte sich in seinem Herzen breit. Es war, wie auf offener See zu schwimmen und nicht zu wissen, was unter einem war. Man bekam Angst vor dem Ungewissen, das einem plötzlich den unteren Teil des Körpers abbeißen konnte.

Die Taucher blieben ungewöhnlich lange unten. Nils entfernte sich von der Kante und schaute sich um. Es war ein so friedlicher Abend. Mild und vollkommen still. Rechts lagen die kleinen Segelboote an der hölzernen Mole vertäut. Man konnte die Stimmen der Gäste im Garten des Fischrestaurants »Likedeeler« hören. Irgendwo spielten ein paar Kinder Fußball. Nils erkannte in der Ferne den schiefen Schornstein von Karls kleinem Häuschen. Sicher lag seine alte »Diana« auch noch hier im Hafen. Er und Karl waren früher oft mit dem kleinen Segelboot rausgefahren, als Nils zehn, zwölf Jahre alt gewesen war.

Eine Möwe flog fast auf Kopfhöhe an Nils vorbei und schaute ihn mit ihrem starren schwarzen Auge an. Dann hörte er das Auftauchen der beiden Froschmänner. Sie schüttelten die Köpfe. Einer hielt etwas in den Händen und warf es auf die Mole. Alle beugten sich zu dem kleinen Ding hinunter, unter dem sich eine dunkle Pfütze bildete. Es war eine Puppe. Nur eine Puppe.

Die Taucher fanden auch unter dem Holzsteg und unter all den schaukelnden Segelbooten nichts. In dem tiefen, dunklen Schlamm unter der Insel war nichts verborgen. Nils war so erleichtert, dass er hätte schreien können, selbst wenn ein winzig kleiner Teil von ihm wusste, dass dies nur ein temporärer Erfolg war, dass der Schlamm nicht alles freiwillig preisgab. Er hatte ein Gedächtnis. Der Schlamm war wie ein Elefant, er vergaß nichts. Aber wie, um alles in der Welt, konnte man dieses Gedächtnis ergründen?

Sie aßen im »Klabautermann« in Wittdün zu Abend. Es war ein Kellergewölbe mit niedriger Decke und dunklen Essnischen. Der richtige Ort für eine Unterhaltung zwischen Kollegen, die nicht für alle Ohren bestimmt ist, fand Nils. Das Essen war günstig und gut und tröstete über die zahlreichen Plastikschollen, Krebse und Heringe hinweg, die man in alten Netzen an der Decke gefangen hielt. Die Fenster, die in einen ebenfalls mit Meereskitsch geschmückten Lichtschacht hinausführten, waren mit blauem und violettem Licht illuminiert und ließen die Gesichter wie schwache Erscheinungen wirken. Sandra saß nach vorn über dem Tisch gebeugt und stieß fast mit der Nasenspitze an die Flamme der blauen, fast zerflossenen Kerze zwischen ihren Tellern.

»Es ist doch so. Wir haben keine Zeugen für irgendwas. Wir haben keine Leiche. Wir haben kein Indiz, keinen einzigen Anhaltspunkt. Die Frau ist wie vom Erdboden verschluckt. Und ich fürchte, dass niemand etwas dafür kann. Nils, du darfst dich da nicht in etwas verrennen.«

Nils sah sie schweigend an.

»Die Suche hat nichts ergeben, und meine Arbeit hier auf der Insel ist damit beendet. Ich werde mit den Kollegen in Hamburg sprechen, die sollen im Umfeld der Bohns Befragungen durchführen. Aber wenn du mich fragst … das wird alles umsonst sein.«

»Tja«, sagte Nils und lächelte gezwungen.

»Nils?«, Sandra sah ihm fest in die Augen. »Wir können ja in Kontakt bleiben.«

In der heißen Luft über der Kerze verschwammen ihre Gesichtszüge. Es war, als kämpften mehrere Personen in ihrem Körper um die Vorherrschaft. Nils stellte die Kerze zur Seite.

»Es steckt mehr dahinter, du wirst sehen«, sagte er knapp. »Wollen wir fahren?«

Sandra nickte, und Nils winkte dem Kellner.

»Ich werde Georg Bohn morgen sagen, dass seine Frau höchstwahrscheinlich tödlich verunglückt ist. Willst du dabei sein?«, fragte Sandra, als sie mit dem Auto zum Hotel fuhren.

»Sicher will ich das.«

Sie erreichten Nebel, fuhren an der dunklen Mühle vorbei, um die Kurve und passierten die Post. Nils konnte die Umrisse seines Hauses hinter der großen Kiefer erkennen. Er fuhr sehr langsam. Falls Sandra etwas gesagt hätte, wäre er sofort abgebogen, aber sie sagte nichts. Also fuhr er weiter nach Norddorf und setzte sie vor dem Hotel ab.

»Bis morgen«, sagte sie.

Ja, nur noch bis morgen, dachte er. Trotz ihrer Fremdheit hatte Nils angefangen, ihre Anwesenheit zu mögen. Solange sie da war, schien ihm alles leichter zu ertragen zu sein.

Zu Hause füllte er sich Whiskey in einen Flachmann ab, den er vor ein paar Jahren Hauke hatte schenken wollen, steckte ihn in die Innentasche seiner Jacke und ging los. Er musste einen Spaziergang machen. Er brauchte Luft und Raum. Er wollte runter zum neu gebauten Steg in Nebel, der raus ins Watt führte.

Der Ort lag ruhig und warm unter dem jetzt klaren Himmel. Irgendwo schien hell der Mond, doch Nils konnte ihn nicht entdecken. In den kleinen verhangenen Fenstern der Häuser brannte warmes Licht. Fernseher liefen. Auf einigen Terrassen hörte er noch leise Stimmen, die im Kerzenschein gen Himmel schwebten. Die runde Plattform am Ende des Stegs war verlassen, obwohl sie für junge Pärchen ein idealer Platz gewesen wäre, um sich in einer so wunderbaren Nacht unter freiem Himmel zu lieben. Er setzte sich auf die Bank und nahm einen großzügigen Schluck. Kleine Lichtpunkte flackerten im Hafen drüben auf Föhr wie vom Himmel gefallene Sterne. Das Dünengras zischte in einer leichten Brise. Nils legte sich auf die Bank und blickte in den Himmel. *Wo ist sie?,* fragte er ihn stumm. *Wo? Sag mir doch, wo sie ist!* Aber der Himmel schwieg. Nur ein Flugzeug glitt lautlos durch das Schwarz und zog einen silbrigen zweigeteilten Schweif hinter sich her.

Nils erwachte, als er von der Bank fiel. Er brauchte ein paar Sekunden, um sich zurechtzufinden und zu ergründen, woher dieses merkwürdige Geräusch kam. Es waren seine Zähne, die klapperten. Die Kälte war eine enge eiserne Rüstung und hatte seinen ganzen Körper steif werden lassen. Es musste kurz vor Sonnenaufgang sein. Schnell rappelte er sich auf und ging zurück ins Dorf, bevor ihn hier jemand entdeckte. Er nahm eine ihm wohlvertraute Abkürzung über die Schafweiden und kam zu einem kleinen Schotterweg auf der Südseite der Kirche. Das hier war sein Weg. Hier kannte er alles, jeden Stein, jeden Baum, jeden Zaunpfahl. Links von ihm, hinter wuchernden Hecken und hüfthohem Unkraut, stand ihr altes Haus. Hier war er geboren worden, dort oben in dem kleinen Zimmer. Die Fenster waren dunkle, leblose Augen. Das Moos, das sich in den Ritzen des Mauerwerks, unter den kleinen Fenstersimsen und in der Dachrinne gebildet hatte, konnte man sogar im Dunkeln erkennen. Nils umfasste das kleine gusseiserne Tor und schob es auf. Es pflügte sich knackend durch hohes, vertrocknetes Gras.

Hallo, da bin ich wieder, sagte er zu dem Haus, während seine Augen fast liebevoll über die wettergeplagte Fassade strichen. Humpelnd vor Kälte ging er zur Haustür und versuchte, sie zu öffnen. Sie war verschlossen.

Der knorrige Apfelbaum, hinter dem sich der Mond verbarg, schien mit seinen Ästen das Haus abstützen oder einreißen zu wollen. Dort oben war sein Fenster, sein Zimmer. Das Zimmer, von dem er noch immer träumte. Mit zwei Handgriffen und drei großen Schritten kletterte er den Baum hoch und stand nun im Zentrum des Astgeflechts. Es reichte aus, um in sein Zimmer blicken zu können. Er glaubte, die Umrisse seines alten Schrankes und den hinteren Bettpfosten im Nachtschatten zu sehen. Der Baum roch so gut und furchtbar vertraut. Er trug eine Menge Äpfel dieses Jahr. Nils nahm sich einen und biss hinein. Er war sauer, aber er schmeckte unglaublich süß, so süß, dass Nils weinen musste. Er stand auf dem Baum seiner Kindheit und weinte, während er den Apfel aß. *Ich bin verrückt geworden,* dachte er, *ich weiß nicht mehr, was ich tue.* Aber aufhören konnte er nicht.

ZEHN

Am nächsten Morgen klopfte Nils an die Zimmertür seiner Eltern. Elisabeth öffnete.

»Nils«, sagte sie etwas erschrocken, als sie ihn in Begleitung von Sandra vor sich stehen sah.

»Hallo, Mama. Das ist Frau Keller von der Kripo Niebüll«, sagte er, und die beiden Frauen schüttelten sich die Hände. Nils spürte, dass sein Vater auch da war, aber er kam nicht zur Tür. »Mama, wir würden gern mit Herrn Bohn sprechen, allein. Könnte sich jemand solange um Nina kümmern? Mit ihr irgendwas machen?«

»Habt ihr die Mutter gefunden?«

»Nein, sie ist aller Wahrscheinlichkeit nach nicht mehr am Leben. Wir wollen nur die Kleine nicht unnötig ... verängstigen«, sagte Sandra.

»Ich mache das«, entschied Elisabeth und ihre Augen bewegten sich für einen Sekundenbruchteil zu der Stelle, wo Hauke jetzt hinter der Zimmerwand stand und das Gespräch belauschte.

»In Ordnung«, sagte Nils überrascht. Gemeinsam mit seiner Mutter traten sie auf den Flur hinaus.

»Es ist vielleicht besser, wenn ich erst allein gehe. Wenn wir weg sind, könnt ihr ja ...«

»Gut«, sagte Sandra und blickte zu Nils. Der nickte.

Die beiden versteckten sich hinter einer Flurbiegung und hörten zu, wie Elisabeth bei Georg anklopfte.

»Hallo, guten Morgen. Ich schon wieder. Hat gestern alles geklappt?«

»Oh ja, wir haben schon zwei Filme geschaut, und Nina liest das eine Buch ganz eifrig«, sagte Georg.

»Ich wollte fragen, ob Nina Lust hätte, sich mit mir mal das Hotel anzuschauen, wie wäre das?«

»Nina?«, fragte Georg und machte die Tür weiter auf.

»Okay«, sagte Nina und kam zur Tür. Sie zog sich in Georgs Rücken die Schuhe an.

»Schön! Mal gucken, was wir so alles finden. Mein Sohn ist nämlich hier im Hotel groß geworden, weißt du?«, sagte Elisabeth und deutete Georg an, dass er nach rechts sehen sollte.

Georg entdeckte Nils, der halb hinter der Biegung zu sehen war. Georgs Gesicht verdunkelte sich augenblicklich.

»Bis nachher!«, rief Elisabeth und schob Nina vor sich her in Richtung Fahrstuhl.

Als Georg den beiden Beamten gegenübersaß, hatte er das Gefühl, sein Verstand würde unkontrolliert über spiegelglattes Eis rutschen, er war nicht mehr in der Lage, seinen Körper und seine Gedanken beieinanderzuhalten.

»Herr Bohn, wir haben keine Hoffnung mehr, dass wir Ihre Frau noch lebend finden. Die Suche wird eingestellt. Wir haben die gesamte Insel durchkämmt und sind mit Wärmebildkameras jeden Quadratmeter abgeflogen. Alles ergebnislos. Es tut mir leid.«

Georg versuchte, einen Punkt an der Wand zu fixieren, um nicht umzufallen. Er saß zwar auf einem Stuhl, doch lange konnte er sich nicht mehr halten. Die Übelkeit überkam ihn ganz plötzlich, wie ein Faustschlag in den Magen. Er rannte zur Toilette, stieß dabei heftig gegen den Türrahmen, spürte aber keinen Schmerz. Er kotzte seine Trauer in die weiße Schüssel, bis er völlig leer war.

»Brauchen Sie einen Arzt?« Nils stand mit besorgtem Gesichtsausdruck in der Tür.

»Nein, ich … ich komme klar.«

Nils half Georg, sich aufzurichten, und Georg hielt sich dankbar an seinem Arm fest.

»Schon gut«, krächzte er und wusch sich den Mund am Waschbecken aus. Nils stand hinter ihm, jederzeit bereit, ihn aufzufangen, wenn er umkippen sollte. Gemeinsam gingen sie zurück ins Wohnzimmer.

»Tut mir leid«, sagte er leise und kratzig.

»Ich bitte Sie …«, wehrte Sandra ab.

Sie ließ ihm einen Augenblick Zeit, und Nils reichte ihm ein Glas kaltes Wasser.

»Herr Bohn, meine Kollegen von der Hamburger Polizei würden sich morgen gern mit Ihnen treffen. In Hamburg. Ich werde Sie begleiten, in Ordnung?«

»Wir sollen abreisen?«, fragte er erstaunt.

»Nun, ich sagte ja, die Suche ist beendet. Es gibt keine Spur von Ihrer Frau und keine Anzeichen, dass sie die Insel verlassen hat. Natürlich haben wir ihre Beschreibung an die Medien weitergeleitet, aber auch hier gab es keine brauchbaren Hinweise. Sie können hier nichts mehr tun.«

»Aber ich kann doch nicht einfach abreisen. Ohne meine Frau.«

Sandra sah Nils hilflos an. Der legte eine Hand auf Georgs Schulter.

»Georg, Ihre Frau ist tot. Wir beide wissen das. Sie können nicht hierbleiben, sosehr ich das auch verstehe. Aber glauben Sie mir, es ist wichtig, dass Sie zurückfahren. Für die Ermittlungen vor Ort, und auch für Ihre Tochter. Sie müssen mit ihr reden und Hilfe suchen, für sie und auch für sich selbst. Dabei wird Frau Keller Ihnen behilflich sein. Sie wird sich darum kümmern.« Den letzten Satz sagte Nils in Sandras Gesicht.

»Ich bin doch mit ihr hergekommen, wie kann ich ohne sie wieder fahren? Was würden Sie denn tun, wenn Ihre Frau plötzlich nicht mehr da wäre?«, fragte Georg hilflos.

Ich würde trinken wie ein Loch und einige Räume nicht mehr betreten, ich hätte Filmrisse, würde im Freien schlafen und Dinge zerschlagen. Ich würde völlig außer Kontrolle geraten.

»Ich würde versuchen, es zu akzeptieren, weil ich es leider nicht ändern kann.«

Georg blickte auf seine im Schoß zu einer Schale zusammengelegten Hände und begann zu weinen. Er weinte, und seine Tränen fielen in die Schale. Sein Körper zuckte im Rhythmus des hustenden Jammerns, das er ausstieß.

Während ihr Vater zusammenbrach, sah Nina zu, wie der Koch unten in der großen Hotelküche gedünsteten Dorsch in Weißweinsoße zubereitete.

★★★

So, wie das Haus auf dem kleinen Hügel mit der dahinterliegenden weiten Ebene stand, hatte es etwas sehr Majestätisches oder zumindest Anmutiges. Aber von innen war es auch nicht mehr als ein gewöhnlicher Wohnraum mit vier Wänden, rechten Winkeln, Abflüssen, Gas- und Stromleitungen. Es war nur ein stinknormales Haus, in dem jetzt seine Frau wohnte.

Stefans Wagen stand nicht in der Auffahrt, und in der Küche brannte Licht, also waren entweder Elke oder Anna zu Hause oder beide.

Nils nahm das Holzpferd aus dem Kofferraum. Als er den Deckel zuwarf, schob Elkes Schatten im Küchenfenster die Tüllgardine zur Seite. Sie kannte das Geräusch also noch. Nils musste lächeln. Gleich darauf öffnete sich die Tür, und Elke trat auf die Schwelle wie ein Hund, der seinen Hof verteidigen will. Das Flurlicht fiel ihr auf die Schultern und fing sich in ihren Haaren. Sie stutzte, als sie das Ding unter Nils' Arm sah.

»Hallo, Elke.«

»Was ist das?«

»Ich wollte Anna ihr Pferd bringen.«

»Das Pferd? Was soll das?«

»Es ist ihr's.«

»Was willst du?«

Nils zuckte mit den Schultern und stellte das Pferd zwischen sich und Elke. »Es ist etwas lädiert.«

»Anna ist nicht zu Hause, sie schläft heute bei Tina.«

»Ich hab versucht, es zu reparieren.«

Elkes Augen wanderten über die Verletzungen. »Was ist passiert?«

»Es ist die Treppe runtergefallen.«

»Welche?«

»Die zum Keller.«

»Sieht böse aus.«

Sie hatte recht. Jetzt erst wurde Nils bewusst, wie schlimm das Pferd aussah. Er hätte ihm einen neuen Anstrich verpassen sollen.

»Sie surft also jetzt?«

»Ja, zumindest versucht sie es. Du weißt ja, sie ist nie ganz bei der Sache, so aufgeregt ist sie.«

»Ja«, sagte Nils. Er wusste es.

»Sie vermisst dich«, sagte Elke leise.

Nils blickte auf.

»Sie will dich besuchen.«

»Gern. Sehr gern. Ich … morgen fährt Frau Keller wieder zurück.«

»Habt ihr was gefunden?«

»Nein, die Frau ist tot, da sind wir uns sicher. Es muss allerdings noch einiges geprüft werden, um ein Verbrechen auszuschließen.«

»Du meinst Mord?«, fragte Elke ungläubig.

»Ja. Es gibt da ein paar Ungereimtheiten.«

»Sie sah sehr selbstbewusst aus.«

»Wer?«

»Na, diese Kommissarin.«

»Ja. Das war mir unangenehm heute«, sagte Nils und scharrte mit der Fußspitze im Kies.

»Mir auch. Ich werd Anna sagen, dass du da warst. Ich muss jetzt wieder rein.«

»Sicher. Mach's gut«, sagte Nils und konnte ihr dabei nicht in die Augen sehen. Nicht, weil er in ihren Augen nicht mehr das sehen konnte, was einmal zwischen ihnen gewesen war. Sondern damit sie nicht erkannte, dass es bei ihm noch da war.

Elke schloss die Tür und spürte eine ungeheure Last auf ihren Schultern, die sie fast in die Knie zwang. Sie stützte sich an der Tür ab. Jegliche Kraft war aus ihrem Körper gewichen, ihre Beine waren wie Pudding. Schwer atmend hörte sie, wie Nils in den Wagen stieg und unendlich lange brauchte, um den Motor zu starten.

Sie konnte ihn förmlich sehen hinter dem Lenkrad mit diesem abwesenden, verlorenen Ausdruck in den Augen, den er immer schon scheinbar grundlos gehabt hatte. Jetzt hatte er einen Grund. Sie hatte ihm einen gegeben. Sie versteckte sich vor ihm. Gott, sie hatte seinen Namen so geliebt. Nils. Er war so einfach und so wunderschön. Er ging einem so leicht über die Lippen, dieser Nils.

Der Motor sprang an, und knisternd begannen sich die Reifen zu drehen, ganz langsam. Elke stieß sich von der Tür ab und löschte in der Küche das Licht. Sie ging zum Fenster und sah zu, wie er im Schritttempo den schmalen Weg in Richtung Watt fuhr und an der kleinen Kreuzung am Deich anhielt. Die Bremslichter leuchteten hell auf. Sie wartete darauf, dass er den Blinker setzte, aber er tat es nicht. Aus dem Auspuff schoben sich weiße Gaswölkchen vor die Rücklichter und die schwarze Heckscheibe. Er fuhr einfach nicht weiter. *Was tut er da? Er kommt doch nicht zurück? Bitte, lass ihn nicht zurückkommen!*

Die Lichter gingen aus, und die Fahrertür öffnete sich. Nils stieg aus, sah sich um und ging rüber zum Deich. An dem Münzfernglas blieb er stehen, sah sich erneut um und fischte aus seiner Hosentasche eine Münze heraus, die er in den Schlitz fallen ließ. Er schwenkte das Fernglas raus aufs Watt, das jetzt, in der blauen Stunde kurz vor Nachtanbruch, ruhig und dunkel dalag. Wenn überhaupt, konnte er nur mit sehr viel Glück etwas erkennen da draußen. Aber was? Wonach hielt er Ausschau?

Was tust du da, Nils? Elke riss sich von der Szene los, indem sie das Rollo herunterzog. Was er dahinter auch immer tat, ging sie nichts mehr an.

Es gab ein kurzes, schabendes Geräusch und dann ein metallisches Klicken, als am Fernglas die Zeit abgelaufen war. Es wurde schwarz. Nils stieg von der kleinen Plattform und dachte an Georg Bohn, der seiner Tochter inzwischen wahrscheinlich vom Tod ihrer Mutter erzählt hatte, was die Kleine aber sicher die ganze Zeit schon selbst geahnt hatte.

Anna wusste immer, wenn etwas nicht stimmte. Sie hatte einen sechsten Sinn für so etwas, und Nils glaubte, dass vielleicht alle Kinder so einen Sinn besaßen, eine Intuition. Eigentlich wussten sie alles, aber sie sprachen nie darüber. Anna hatte gewusst, dass Elke und er sich trennen würden. In ihren Augen war keine Überraschung zu sehen gewesen, als sie es ihr mitteilten, sondern nur traurige Bestätigung und Entsetzen. *Wir versuchen immer, unsere Kinder zu schützen, aber wir kennen sie gar nicht. Eigentlich beschützen sie uns.*

Morgen würden sie abreisen. Dann hatte er keine Gelegenheit mehr, mit Georg Bohn zu sprechen. Doch es ließ ihm keine Ruhe, er musste noch mehr erfahren.

Nach einem letzten Blick auf Stefans Haus, in dem jetzt kein

Licht mehr brannte, setzte er sich in den Wagen und fuhr erneut zum Hotel.

★★★

»Es tut mir leid, dass ich Sie so spät noch störe«, sagte Nils.

»Ich habe nicht geschlafen, kommen Sie rein.« Georg setzte sich auf die Couch, als habe er ein Rückenleiden. Nils griff in die Innentasche seiner Jacke und holte den Flachmann heraus.

»Ich hab uns was mitgebracht.« Nils nahm zwei Gläser vom Tisch, setzte sich neben Georg und schenkte ihnen drei Finger breit Whiskey ein.

Sie tranken stumm und ohne sich anzusehen. Kaum standen die Gläser wieder auf dem Tisch, schenkte Nils nach. »Ich hab Sie gesehen, als Sie auf der Insel ankamen«, sagte er.

Georg erinnerte sich. Ein brennender alkoholischer Dunst schwebte in seinem Kopf, und er sah alles wie durch einen kupferfarbenen Nebel. Das schien in einem anderen Leben gewesen zu sein. Er konnte sich kaum noch an die Gefühle erinnern, die er zu Beginn dieses Urlaubs seiner Frau gegenüber gehabt hatte. Damals. Bevor das alles passiert war.

»Ihre Frau … sie … kennen Sie das, wenn man jemanden sieht und denkt, man kenne ihn schon ganz lang? So was wie ein Déjà-vu.«

»Ich glaube nicht. Ist auch völlig egal«, sagte Georg düster und trank sein Glas aus.

»Ich will Sie nicht so gehen lassen. Ich will Ihre Frau finden, und ich will wissen, was passiert ist in der Nacht. Wissen Sie, es geht mir nicht gut zurzeit, und irgendwie ist dieser Fall das einzig Sinnvolle in meinem Leben.«

Georg hielt Nils sein Glas hin, und Nils goss ein.

»Frau Keller ist eine Spezialistin. Aber ich, ich bin hier auf Amrum zu Hause. Das ist meine Insel. Und ich habe das Gefühl, dass sich alles über diesen Fall entscheiden wird. Auch für mich. Ich *muss* rausfinden, was Ihrer Frau zugestoßen ist.«

Zum ersten Mal sahen sich die beiden Männer direkt an. Georg atmete tief ein und ließ die Luft zitternd entweichen.

»Es war die Hölle«, sagte er und biss förmlich in sein Glas beim nächsten Schluck. »Sie war krank. Sie war völlig kaputt. Verstehen Sie mich nicht falsch: Sie war eine wunderbare Frau, aber wenn sie ihre Phasen hatte, war sie ein Scheusal. Und diese Phasen wurden immer häufiger und dauerten immer länger. Ich konnte nichts dagegen machen. Es war auch immer gegen mich gerichtet. Nein, doch nicht. Ich … ach, Scheiße, sie hat mich fertiggemacht. Sie wollte jedem Mann gefallen, hat sich hingeschmissen und weggeworfen, nur um bewundert zu werden. Sie hat die Männer benutzt. Immer wieder, immer wieder. Und ich musste mir das alles anschauen. Wie sie sich gezeigt und angeboten hat wie eine Hure. Das meiste war gespielt. Eigentlich war sie tieftraurig, ich glaube, sie hat vielleicht nie richtige Freude empfinden können. Ich hab auch keine Ahnung, warum sie sich gerade mich ausgesucht hat. Wahrscheinlich, weil ich alles mitgemacht habe. Als ob sie das vorher gewusst hätte.«

Georg lachte, und seine Augen fielen ihm zu. Das Sprechen fiel ihm schwer, aber das machte jetzt auch nichts mehr.

»Wenn sie mich nicht gewollt hätte, säße ich heute nicht hier. Scheißspiel.« Er trank sein Glas aus und stellte es etwas zu laut auf den Tisch zurück. Dann lehnte er sich zurück und schloss die Augen. »Sie war nicht fähig zu leben.«

Der Satz stand wie ein Betonklotz im Raum. Sperrig und kalt.

»Glauben Sie, sie könnte …?«

»Hör auf, mich zu siezen. Du bist mein einziger Freund hier, und überhaupt.« Wieder lachte Georg, die Augen noch immer geschlossen. »Ja. Es kann sein. Das macht es aber auch nicht besser. Sie hätte mir wenigstens etwas dalassen können, damit ich es weiß. Einen Brief, nur ein paar Worte.«

»Warum hast du mir das nicht schon früher gesagt?«

»Hätte das was genützt? Nein, die Suche hätte dann gar nicht erst stattgefunden.«

Nils ließ den Kopf hängen. In der verdammten Flasche war kaum noch was drin. Er würde mehr brauchen.

»Georg, ich will wissen, mit wem ihr alles Kontakt hattet auf der Insel«, sagte Nils und hob seinen Kopf wieder.

»Wozu? Hast du mir nicht zugehört?«

»Ich kann es trotzdem nicht glauben. Ihr plant den Urlaub, kommt hierher, und dann bringt sie sich einfach um? Das macht doch keinen Sinn. Und wenn es eine Kurzschlussreaktion war, dann frage ich mich, worauf? Alles kommt so aus dem Nichts heraus. Das macht keinen Sinn!«

»Ich glaube, das muss es nicht. Logik gibt es nicht in solchen Fällen«, meinte Georg und sah im Kupfernebel sich, wie er seine Frau da drüben gegen die Wand drückte. Er war schuld. Sie hatte sich seinetwegen umgebracht.

»Wem seid ihr begegnet?«, fragte Nils beharrlich. »Mag sein, dass du den Personen keine Bedeutung zumisst und damit sogar recht hast, aber jede noch so flüchtige Begegnung könnte der Schlüssel sein. Oder es vielleicht werden, wenn wir irgendwann doch noch ihre Leiche finden.«

Georg wollte es ihm sagen, damit er von seiner Schuld ablenken konnte. Doch damit würde er andere zu Verdächtigen machen. Nun, vielleicht hatten sie es verdient.

»Da war dieser Kerl auf der Fähre. So ein Platzanweiser.«

»Wie sah der aus?«

»Groß, dunkle Haare, Mütze, kariertes Hemd, rundes Gesicht.«

»Wie alt?«

»So um die vierzig.«

»Jürgen. Hat er mit ihr gesprochen?«

»Nein, nur angeschaut.«

»Okay, weiter. Wer noch?«

»Die junge Frau an der Rezeption. Am Nachmittag war Anita in dem Geschäft hier nebenan und hat sich was gekauft. Da haben wir aber draußen gewartet. Dann war da der Strandkorbvermieter ... und sein Sohn. Beide blond, sportlich.«

»Ich weiß schon.«

»In dem Restaurant am Strand gab's diesen Kellner. So ein Schmächtiger, sah aus wie ein Wiesel.«

»Ja, stimmt.«

»Wer noch ... Ach ja, da war noch der Hausmeister vom Hotel, der uns den DVD-Spieler angeschlossen hat. Der hatte sich irgendwie mit Nina unterhalten, als wir ankamen.«

»Karl?«

»Ja, ich glaube. Ach, und natürlich Herr Petersen.«

»Herr Petersen?«

»Ja, er hat uns begrüßt, als wir ankamen. Anita hat ihm schöne Augen gemacht, sie hat allen schöne Augen gemacht, bis auf diesen Karl natürlich, da hat sie nur Nina reingeholt. Kennst du Herrn Petersen?«, wollte Georg wissen.

»Er ist mein Vater.«

»Bitte?«

»Er ist mein Vater.«

»Dann ist Frau Petersen deine Mutter?«

Nils musste lächeln.

»Natürlich, ja.«

»Oh, das hab ich nicht gewusst.«

»Und, ändert das was?«

»Nein, ich glaube nicht.«

Teil 3
Allein

Now I don't know what it always was with us
We chose the words and yeah we drew the lines
There was just no way this house could hold the two of us
I guess that we were just too much of the same kind.

Bruce Springsteen, »Independence Day«

ELF

Sie nahmen die Neun-Uhr-Fähre. Nils brachte Sandra zum Hafen, Georg und Nina fuhren in ihrem Auto. Sandra trug die Haare heute zu einem Pferdeschwanz zusammengebunden, sodass ihre kantige Stirn und ihre Ohren deutlicher hervortraten. Ihr Gesicht wirkte schmaler und irgendwie fremd. Und diese Ohren. Nils wusste nicht, ob er sie mochte. Sie waren länglich, liefen oben spitz zu und waren ständig wie von zu großer Kälte oder Hitze gerötet. Aber es waren die Windungen der Ohrmuscheln, die Nils irritierten. Sie sahen aus wie eine Wunde.

»Gut, dass du dabei bist«, sagte er, nachdem er den Motor ausgeschaltet hatte. Sie sahen zu, wie Georg und Nina aus dem Wagen stiegen. Piet sprach Georg an und lochte die Fahrkarten.

»Sie hätten nie herkommen dürfen«, meinte Sandra abwesend, und Nils wunderte sich über diesen Satz. Er studierte ihre Ohren, bis sie ihre Laptoptasche am Henkel packte. »Lass uns gehen, komm.« Sie sah ihm in die Augen, und Nils meinte, so etwas wie Bedauern darin lesen zu können.

Sie verließen das Auto und gesellten sich zu den beiden.

Nils verabschiedete sich von Sandra, Georg und Nina, als seien sie Familienbesuch gewesen, der nun wieder abreisen musste. In jedem Händedruck schwang so viel mehr mit als nur ein Abschied. Ihr Leid berührte ihn so sehr, dass es ihm die Kehle zuschnürte.

Nils konnte nicht ein Wort sagen. Er sah zu, wie der Rest der Familie Bohn mit einem leeren Platz im Wagen auf die Fähre fuhr und wie Sandra über die Brücke ging. Dann schwebte das Schiff auf dem blauen Wasser davon. Um ihn herum winkten und riefen Menschen nach ihren Angehörigen und Freunden. Einige sangen sogar, das Amrumer Abschiedslied. Nils war hier fehl am Platz. Schnell stieg er in seinen Wagen und genoss die Stille um sich herum. Hier im plastikgedämpften Auto fühlte er sich besser. Hier drinnen war er nicht so allein. Er fühlte sich, als wären sie zu zweit. Er und das Auto.

Das Loch, in das er nun fiel, war tief und vollkommen schwarz.

Treibsand, so fein wie Kohlestaub, zerfloss unter seinen Füßen, ließ ihn rücklings fallen und sog ihn in sich hinein. Er fiel und fiel auf einen tiefen Boden zu. Ungeschützt, mit dem Rücken zuerst. Der Aufprall war hart und schmerzhaft. Über ihm, ungefähr zehn Meter hoch, war ein kleines Lichtloch, das ihn wie ein Auge anstarrte. In diesem Moment wurde ihm klar, dass er in sich selbst gefallen war. Das hier war sein Inneres. Er lag auf dem dunklen, kalten Boden seines Selbst, und das Licht der Welt drang durch ein zehn Meter entferntes Loch zu ihm herein. Jetzt war er ganz auf sich gestellt. Jetzt war er allein. Alle hatten ihn verlassen. Niemand war ihm mehr geblieben. Auf der Insel würde Ruhe einkehren, sie vergaß ungeheuer schnell. Aber er konnte das nicht. Und er glaubte, dass es hier irgendwo einen Ort gab, der das auch nicht konnte. Einen Ort, an dem es Spuren gab, Beweise. Den musste er finden. Das war jetzt sein Hauptziel. Er brauchte ein Ziel, so sehr wie nichts anderes auf der Welt. Darum würde er nicht aufhören, nach Anita Bohn zu suchen.

In den nächsten Wochen pendelte sich bei Nils so etwas wie eine tägliche Routine ein. Er stand morgens um sechs Uhr auf, trank seinen gespritzten Kaffee und machte einen Spaziergang. So nannte er das, obwohl er nichts anderes tat, als die Insel systematisch nach Anita Bohn abzusuchen. Er hatte Amrum auf einer Karte in Planquadrate eingeteilt, die er, jedes für sich, in zwei Stunden vollständig absuchen konnte. Er ging querfeldein durch den Kiefernwald, die Heide, die Weiden und später dann auch durch die Dünen, wobei er dort die Planquadrate kleiner bemessen musste, sonst wären sie wegen des Auf und Abs der Dünenberge nicht zu bewältigen. Danach war er meist klitschnass geschwitzt, verschmutzt und versandet. Er duschte, trank noch einen Kaffee und fuhr ins Büro, wo er seinen Aufgaben nachging bis zum Feierabend, an dem er sich zunächst etwas kochte oder mitunter auch mal essen ging und sich zu guter Letzt ein paar Gläser puren kupferfarbenen Erlöser gönnte. Dieser Abschluss des Tages machte jeden Vorsatz zunichte, sich endlich mit der Liste zu beschäftigen, die noch auf ihn wartete. Seine Angst, sich den Leuten zu stellen, wuchs mit jedem Schluck, den er nahm. Er wollte sich nur noch verkriechen und allein sein. Jegliche Art von Kontakt zu anderen Menschen machte ihn furchtbar nervös.

Jedes zweite Wochenende kam Anna zu Besuch, und wenn in der Woche mal Zeit war, schaute sie kurzfristig vorbei.

Nils hatte sein Lager inzwischen im Erdgeschoss aufgeschlagen. Von der gesamten oberen Etage nutzte er nur noch das Bad. Er nächtigte auf der Couch, auf der er sowieso allabendlich mit seinem Freund Jack Daniel's zusammen einschlief, also konnte er auch gleich unten bleiben. Das Haus säuberte er nur, wenn Anna kam, ansonsten ließ er den Abwasch tagelang stehen, bis er zu stinken begann. Seine Bettwäsche hatte er seit Wochen nicht mehr gewechselt.

Die Insel erfuhr von seiner Trennung von Elke. Für ein paar Tage waren sie das Hauptthema, und Nils musste sich mit dem Klatsch und Tratsch und den heimlichen Blicken und Tuscheleien arrangieren. Einige sprachen ihn auch an und bezeugten ihr Mitgefühl. Und plötzlich stand, an einem Freitagabend, als Nils den Rasen mähte, um sich Ablenkung zu verschaffen, Konrad vor ihm. Konrad von der Fleischtheke mit seinen tätowierten Unterarmen.

»Hey, Nils.«

»Hallo, Konrad, was ist los?«, fragte Nils, nachdem er den Motor ausgeschaltet hatte.

»Och, nichts weiter. Ich hab 'n bisschen Fleisch dabei und 'nen Kasten Bier. Ich dachte, wir könnten uns zusammen den Magen vollschlagen. Hast du 'nen Grill?«

»Sicher.«

»Wunderbar. Ich hol das Fleisch.«

Er fragte nicht, ob Nils Zeit oder gar Lust hatte. Er war einfach da, und so unverrückbar wie seine Gestalt war auch seine Anwesenheit.

Das war der beste Abend für Nils seit Langem. Sie saßen im Garten, grillten Unmengen an Fleisch, das Konrad aus der Schlachterei im Supermarkt mitgebracht und eigenhändig mariniert hatte, und tranken Unmengen an Bier. Sie schwiegen und sahen sich den Sonnenuntergang an. Manchmal redeten sie auch, aber nicht viel. Erst als es langsam kälter wurde und die Dunkelheit sie einzuhüllen begann, räusperte sich Konrad und setzte zu einer Geschichte an, wie man sie sich am Lagerfeuer erzählt. Die Glut in den Kohleresten im Grill pulsierte wie ein lebendiges Licht.

»Ich war mal aufm Touristenboot unten am Kap der Guten Hoffnung. Hatte als Mädchen für alles angeheuert. Wir haben Haitouren gemacht. So mit Käfig und so. Wir sind immer zu zweit da rein, ein Touri und einer von uns. Den einen Tag bin ich mit in den Käfig gegangen. Da war so 'ne Gruppe von drei Pärchen aus Italien an Bord. Beim ersten Tauchgang war noch alles in Ordnung. Dann kam der Mann von der zweiten Frau an die Reihe, und der hatte Schiss, mein Lieber. Mehr als alle anderen. Der zitterte schon vorm Reingehen. Als hätte er was geahnt. Wir stiegen also in den Käfig, und plötzlich hör ich so 'n helles Geräusch, *Ting!*, und wir rattern runter ins Wasser. Bei der Winde war der Feststellhaken gebrochen. Wir sinken langsam immer tiefer und tiefer, und die da oben können uns nicht mehr halten. Da sind weiße Haie um uns herum aufgetaucht, zwei Stück. An der Stelle waren es bestimmt dreißig Meter bis zum Meeresboden, und wir sinken und sinken. Das war das Gruseligste, was ich je erlebt habe. Unter uns alles schwarz. Über uns, neben uns die Haie. Und wir können nichts machen, gar nichts. Der Typ ist total in Panik ausgebrochen. Ich hörte ihn schreien unter Wasser und sah seine verrückten, großen Augen hinter der Brille. Die Luftblasen sprudelten wie irre. Und dann war das Seil zu Ende. In fünfzehn Metern Tiefe. Es ruckte einmal, und wir blieben stehen. Der Italiener geht richtig auf mich los, fuchtelt an mir herum, hält mich fest. Ich hatte dieses Messer dabei, für Notfälle, und dachte, ich steche ihn einfach ab, dann ist Ruhe. Der tickte völlig aus. Und dann biss ein Hai in den Käfig. Nur kurz, aber verdammt nah. Plötzlich war der Kerl wie erstarrt. Er konnte sich nicht mehr bewegen, und das war gut so. Der Sauerstoff reichte für 'ne halbe Stunde. Ich wusste, dass wir nichts anderes machen konnten, als in diesem Käfig zu warten und uns ruhig zu verhalten. Wir hätten hochschwimmen können. Dann hätten uns aber die Haie gefrühstückt. Und wenn ich auch in Panik geraten wäre, wären wir beide ertrunken. Also dachte ich: Lehn dich zurück. Das alles passiert ohne dein Zutun. Du kannst nur warten. Ich hab mich hingesetzt, die Augen geschlossen, und weißt du, woran ich gedacht habe?«

Nils schüttelte stumm den Kopf.

»An Amrum. Ich stellte mir vor, ich sitze mit ein paar Bierchen am Quermarkenfeuer und schaue aufs Meer. In diesem Moment war ich nur für mich da, mehr brauchte ich nicht. Kurz bevor der Sauerstoff zu Ende war, haben sie uns hochgezogen. Ein anderes Boot war gekommen und hatte geholfen.«

Konrad nahm einen letzten Schluck aus seiner zwölften oder dreizehnten Flasche und blickte auf das Stück Himmel über der Pferdeweide hinter dem Zaun.

»Wenn's noch länger gedauert hätte, hätte ich die Sauerstoffflasche von dem anderen genommen. Der war schon tot. Herzkasper.«

»Du willst mich verarschen!«, sagte Nils und versuchte eine Spur von Humor in Konrads Gesicht zu entdecken. Aber der war so ernst, wie er ihn noch nie gesehen hatte.

»Ohne Scheiß. Der Kerl war tot. Tja, da muss ich mir einen neuen Job suchen. Den Kapitän haben sie drangekriegt. Durfte nicht wieder fahren. Danach war ich Koch in so 'nem Ferienclub.«

»Alter, warum erzählst du mir so was?«, fragte Nils.

»Warum nicht? Hab's bis jetzt noch keinem erzählt.«

Nils sah Konrad mit großen Augen an. Der starrte nur auf den Himmel. Nils entspannte sich wieder und sank zurück in seinem Sitz. Sie tranken die letzten Biere.

»Glaubst du an so was wie Vorsehung?«, fragte Nils, als ein tiefblauer Wolkenstreifen sich quer auf den Horizont legte wie eine Augenbraue, unter der das Sonnenauge nach unten rollte und im unteren Lid verschwand. Das riesige Lichtauge schloss sich, und eine rot glühende Stirn blieb zurück.

»Weißt du, ich bin 'n einfacher Kerl. Mit 'n bisschen Grillfleisch und ein paar Bier kannst du mich glücklich machen. Ich denk nicht viel über so was nach. Du bist da ganz anders. Ich bin ein Bauer, du bist ein König.«

»So 'n Quatsch!« Nils lachte. »Ich bin 'n Polizist, mehr nicht.«

»Ja, das ist dein Beruf, aber du bist ein König, du weißt es nur nicht.«

»Ich bin kein König. Ich bin ein Verlierer. Ich verliere immer nur.«

»Auch Könige verlieren.«

»Du redest Stuss.«

»Nein, nein. Pass auf! Alle denken immer, der Löwe sei der König der Tiere, weil er stark und gefährlich ist und keine Feinde hat. Aber das stimmt nicht. Weißt du, wer der wahre König ist? Na? Die Giraffe! Sie ist größer als alle anderen. Sie ist die Schönste und Schlauste. Hast du schon mal eine gesehen? Nein? Aber ich! Das war unglaublich. Ein Löwe ist bloß 'ne fette, faule Katze mit scharfen Zähnen. Eine Giraffe ist majestätisch. Sie hat den Überblick. Sie ist so groß wie 'n Leuchtturm! Sie sieht alles.«

»Aber Löwen fressen Giraffen«, warf Nils ein.

»Ich sag ja: Auch Könige verlieren.«

Nach einem Moment des Schweigens warf Nils plötzlich seinen Kopf zurück und begann lauthals zu lachen. Es klang wie ein Bellen, das er in den Nachthimmel keifte. Er konnte gar nicht mehr aufhören.

»Was ist?«, fragte Konrad.

»Ich mein … ein Kerl wie du, so 'n Riesenkerl, mit Tattoos und hat gegen Haie gekämpft. So 'n Kerl steht auf Giraffen!«, schrie Nils und bog sich in seinem Stuhl, dass es knarzte.

»Lach nur. Wenn du deinen langen Hals mal ausstrecken würdest, würdest du 'ne Menge sehen.«

»Was willst du damit sagen?«, fragte Nils, der jetzt wieder ganz ernst war, weil er vermutete, dass Konrad etwas wusste. Vielleicht etwas über Anita Bohn, etwas über ihr Verschwinden oder über ihren Mörder.

»Ich sage nur, dass dein Hals zu kurz ist«, sagte Konrad und stand auf.

»Weißt du irgendwas?«

»Was meinst du?«

»Über den Mord.«

»Welchen Mord?«

»An Anita Bohn.«

»Es war Mord?«

»Vielleicht.«

»Tut mir leid. Da kann ich nicht helfen.« Nils stand schwankend im Garten, während Konrad, so als hätten sie nur Cola getrunken,

143

den leeren Kasten nahm und zum Haus ging. »Mach's gut, Nils! War 'n schöner Abend.«

»Konrad?«

Er blieb stehen und blickte sich um.

»Ja, ich fahre noch nach Hause. Und der Herr Polizist wird nichts dagegen unternehmen.«

»Eigentlich wollte ich nur Danke sagen.«

»Das Fleisch hab ich geklaut und das Bier auch. Wir sehen uns.« Konrad grinste und verschwand im Schatten des Hauses. Nils fragte sich, ob er wirklich nur ein einfacher Bauer war. Er hatte einen guten Abend gehabt. Besser hätte er nicht sein können. Konrad hatte alles richtig gemacht. Ob mit Absicht oder ohne. Nils wollte zur Abwechslung auch mal etwas richtig machen. Er musste aufhören, sich zu verstecken, und anfangen zu handeln. Er dachte an sein Elternhaus in Nebel und wie es langsam vor sich hin rottete. Vielleicht wäre ein Tapetenwechsel das Richtige. Zumindest wäre es ein guter Anfang. Und er würde auch endlich mit seinen Befragungen beginnen, egal, ob er sich damit ins Abseits manövrierte und Unfrieden stiftete.

In dieser Nacht schlief Nils fest wie ein Stein. Er träumte von dem Käfig. Nicht Konrad, sondern er selbst stand in dem Haikäfig, der immer tiefer im Meer versank, bis er schließlich auf dem Meeresboden aufschlug. Nils öffnete die Luke und schwamm hinaus. Er sah sich um, doch außer dem dunstigen Blau des Wassers war nichts zu erkennen. Als er sich wieder zum Käfig umdrehte, entdeckte er Anita. Sie stand darin und schaute ihn an. Vor Schreck wachte er auf, aber nur für ein paar unwirkliche Sekunden. Er schlief gleich wieder ein, jedoch nur, um sich in seinem altbekannten Traum wiederzufinden. Das Gewitter vor seinem kleinen Fenster. Der furchtbare Schrei seiner Mutter.

***

»Was machen wir jetzt?«

»Keine Ahnung. Wollen wir was spielen?«

»Nee, keine Lust.«

»Wir könnten … irgendwohin fahren.«

»Wohin denn?«

»Weiß nicht. Ins Kino?«

»Nee.«

»Mach du doch 'nen Vorschlag.«

»Weiß nicht.« Anna schaute gelangweilt auf die Ringe, die seine Kaffeetassen auf dem Esstisch hinterlassen hatten. »Der Tisch ist schmutzig.«

»Was? Ja, ich weiß.«

Nils stand auf und holte einen Lappen. Anna deutete mit dem Zeigefinger auf die Ringe, die man nur in einem bestimmten Winkel sehen konnte, und nur, wenn sie das Sonnenlicht reflektierten. Es war ihr erster Besuch bei ihrem Vater seit dem Auszug. Nils wischte die Ringe weg, wusch in der Spüle den Lappen aus, drehte sich um und starrte auf den schmalen Rücken seiner Tochter. Sie hatte die Haltung ihrer Mutter, wie sie überhaupt fast alles von ihrer Mutter geerbt hatte. Die Augen, die Haare, die Füße und Hände. Nichts an ihr zeigte ihm, dass sie auch seine Tochter war. War sie es überhaupt noch? Sie hatte jetzt einen anderen Vater. Nils war einfach ausgetauscht worden. Wie eine Zündkerze.

»Was ist los, Papa?«, fragte Anna, die ihn besorgt ansah.

»Mmh?«

»Bist du traurig?«

So sehr, dass du es dir nicht vorstellen kannst. So traurig, wie das Meer groß ist, wollte er antworten.

»Nein ... ich hab nur ...« *Was hast du? Keine Tochter mehr?* »Ich weiß nicht ... es ist alles so komisch. Ich weiß gar nicht, wie ich mich verhalten soll. Früher ging alles von selbst, und jetzt ...«

Anna nickte und stand auf. »Wir können ins Kino gehen.«

»Nein. Ist schon gut.«

»Soll ich dir beim Saubermachen helfen?«

»Damit will ich unsere Zeit nicht verschwenden. Wir machen auf keinen Fall sauber.«

Sie standen sich ratlos gegenüber. Nils dachte an die Flaschen im Küchenschrank. Flüssige Denkhelfer. In einer der Flaschen würde er sicher ein paar Ideen finden.

»Ich mach mir erst mal einen Kaffee.«

»Ich helf dir«, sagte Anna und ihre Hand war schon unterwegs zum Küchenschrank.

»Nein, schon gut! Willst du nicht noch die Sachen aus deinem Zimmer mitnehmen?«

»Was ist denn da noch?«

»Ich weiß nicht genau.«

»Na gut, ich guck mal.«

Anna lief nach oben. Endlich hörte er wieder ihre Schritte auf der Treppe. Endlich. Endlich. *Bitte, lass das nicht aufhören,* flehte er in Gedanken. Er steckte einen Filter in die Kaffeemaschine und wusste, dass es zu lange dauern würde, bis der Kaffee durchgelaufen war. Also goss er zwei Fingerbreit Whiskey in die leere Kanne, damit er gleich darauf laufen und die braune Flüssigkeit sich mit der schwarzen verbinden konnte.

»Willst du die hier behalten?«, fragte Anna, als sie wieder herunterkam. Sie hielt ihm ihre Zeichnungen hin.

»Doch, ja.«

»Du musst aber nicht.«

»Ich will aber. Leg sie einfach hin.«

Nils kostete von seinem homöopathischen Heißgetränk.

»Was machst du jetzt mit dem Zimmer?«, wollte Anna wissen.

»Ich weiß noch nicht. Vielleicht … vielleicht zieh ich hier ganz aus.«

»Was?«

»Ja, ich meine … es war unser Haus. Jetzt bin ich hier allein. Es ist zu groß für mich. Vielleicht sollte ich umziehen.«

Anna kam ohne ein Wort auf ihn zu und schlang ihre Arme um seinen Körper. Sie drückte ihren Kopf ganz fest gegen seinen Bauch. Nils stellte seine Tasse ab und erwiderte die Umarmung.

»Es tut mir so leid«, flüsterte er in ihr Haar hinein.

Nachdem sie einen Spaziergang am Strand gemacht hatten, fuhren sie nach Wittdün und kauften sich ein Eis. Es war bereits Abend. Von Westen her ging heute ein recht starker Wind, den man jedoch auf der Ostseite der Insel nicht spürte. Die Bucht von Wittdün schmiegte sich still und verlassen in die offene Hand des kleinen Ortes. Die Luft, das Meer und die Landschaft schimmerten wie helles Gold. Das Meer war so glatt wie ein Spiegel, und jede Bewegung zeigte sich sofort in einem dunkelblauen Riss. Ein einzelnes Ruderboot lag in der sichelförmigen Bucht. Nils und Anna setzten sich in den Sand und schauten aufs Meer hinaus.

»Meine Nase tut weh«, sagte Anna.

»Zu viel Eis. Zwei Kugeln reichen völlig.«

»Ja, aber Brombeere, Haselnuss und Joghurt sind meine Lieblingssorten, und wenn ich morgen oder irgendwann wieder ein Eis kaufe, gibt's die nicht mehr. Es gibt sie fast nie zusammen.«

»Ich nehm immer Vanille und Erdbeer. Die gibt's immer.«

»Ich weiß.«

Sie schwiegen eine Weile und leckten an ihren Eiskugeln. Bis Nils plötzlich aufsprang und Anna seine Hand hinhielt.

»Komm mit.«

Er ging mit ihr an die Wasserkante und stapfte, ohne zu zögern, ins Wasser hinein.

»Wo willst du hin?«

»Zum Boot.«

Anna blickte abschätzend zu der kleinen Nussschale rüber.

»Aber das gehört uns nicht.«

»Es gehört Hunne. Der hat nichts dagegen. Komm!«

Nils kriegte das Seil zu fassen, das an der kleinen gelben Boje vertaut war, und zog das Boot zu sich heran.

»Papa, lass das doch!«

»Ach, hab dich nicht so.« Er schob den Kahn an seine Seite und streckte beide Arme aus, während er seine Eiswaffel in den Mund steckte. »Kmmh!«

Anna lachte. »Du siehst aus wie eine Möwe.«

»Kmmh!«

Sie ging ihm entgegen und ließ sich von ihm in das Boot hieven. Er kletterte hinterher, griff sich die Ruder und machte zwei Züge.

»Dir läuft alles runter!«, rief Anna und deutete in sein Gesicht.

Nils nahm das Eis aus dem Mund und wischte sich das Kinn ab. Die rosa Erdbeereissoße wusch er sich im Wasser von den Händen. Dann glitten sie lautlos und wie in Zeitlupe in die kleine Bucht hinaus und zogen ein immer länger werdendes Dreieck blauer, wie von einer Spindel gedrehter Wellen hinter sich her. Nils leckte an seinem Eis und blickte dabei ins Wasser.

»Papa?«

»Mmh?«

»Hasst ihr euch?«

»Wer?«

»Mama und du?«

Nils ließ die Luft aus seinen Lungen entweichen und sackte zusammen wie ein Beutel.

»Nein. Ich denke nicht. Ich zumindest nicht. Ich hab Mama immer noch lieb.«

Anna rollten Tränen übers Gesicht. Sie tropften auf ihr Brombeereis.

»Anna, ich weiß, das muss alles schrecklich für dich sein, aber wahrscheinlich ist es besser so. Sieh mal, wenn ihr dageblieben wärt …« Nils fiel nichts mehr ein, was er sagen konnte. Er kramte in seinem Kopf, doch da waren keine Worte mehr. Sein Kopf war absolut leer. Vor ihm saß seine Tochter, die Qualen erleiden musste seinetwegen, und er konnte ihr nicht helfen. Konnte nichts tun, um ihre Schmerzen zu lindern, um sie abzustellen. Er musste doch etwas sagen. Aber es kam nichts. Nichts. Es war, als müsste er Anna beim Ertrinken zuschauen. Plötzlich, ganz ohne sein Zutun, beschrieb sein Arm einen Bogen und setzte ihm das Eishörnchen auf den Kopf. Annas Blick wanderte nach oben und blieb dort haften. Nach ein paar langen Sekunden fing sie endlich an zu lachen, und kleine Waffelstückchen flogen aus ihrem Mund.

»Papa!«

»Was denn?« *Es hat funktioniert, Gott sei Dank, es hat funktioniert!*, dachte Nils erleichtert. Aber er wusste, Annas Qualen waren dadurch nicht verschwunden, nur aufgeschoben.

»Du siehst aus, wie 'n Clown!«

»Ich bin einer.«

»Nein, bist du nicht«, sagte sie so ernüchternd, dass Nils die Waffel wieder von seinem Kopf nahm. Er warf sie ins Wasser, wo sie behäbig mit der Spitze nach oben davontrieb.

»Du musst deine Haare waschen«, stellte Anna fest.

»Magst du Stefan?«

Anna war so überrascht über die Frage, dass sie ganz rot wurde. »Nein.«

»Das ist nett von dir«, sagte Nils und lächelte. Dann nahm er die Ruder in die Hand und paddelte zurück.

ZWÖLF

Das Polizeiauto ließ er auf dem Platz vor der Vogelkoje stehen. Von hier aus startete er seine morgendliche Erkundungstour durch das Planquadrat, das für heute anstand. Ein böiger Wind schob sich in unregelmäßigen Abständen durch den Wald und ließ die Bäume wanken und ächzen. Die dunklen, aber fadenscheinigen Wolken am Himmel sahen aus wie Rauch, so, als ob irgendwo weiter nördlich der Wald brennen würde. Um nicht jedem, dem er begegnete, gleich den Grund seiner so frühen Anwesenheit hier draußen auf die Nase zu binden, hatte Nils sich mit Trainingsanzug und Joggingschuhen bewaffnet. Außerdem war es reine Zeitersparnis, wenn er den Weg lief, anstatt zu gehen, und er tat etwas für seine Fitness.

Inzwischen war es Spätsommer geworden. Die Sommerferien waren zu Ende, sodass die Fähren von der Insel zum Festland voller waren als die vom Festland zur Insel.

Nils folgte den Zeitrechnungen auf dem Bohlenweg, die die wichtigsten Daten der Inselgeschichte markierten, bis zu den Ausgrabungen der alten Häuserruinen, die in einem breiten Dünental von der ersten menschlichen Besiedlung auf der Insel zeugten. Es ging rechts an einer sehr hohen Düne vorbei, dann lag der gesamte Bohlenweg wie eine silbrig glänzende Schlange vor ihm auf dem grünen Land. Er führte bis hin zu dem Quermarkenfeuer, das nichts weiter war als ein kleiner Leuchtturm am Rande der Dünenlandschaft.

Heute musste Nils den Hügel, auf dem das Quermarkenfeuer stand, unter die Lupe nehmen, und irgendwie versprach er sich einiges davon. Diese Stelle hatte etwas Magisches, fand er, sie zog einen an wie ein warmes Haus, wenn man allein durch die kalte Nacht irrte. Nicht alle Leuchttürme hatten diese hoffnungsvolle Ausstrahlung. Es war für ihn einer der schönsten Orte auf der Insel. Nils arbeitete sich in Längslinien über den Berg und wieder zurück vorwärts. Wenn er meinte, etwas zu sehen, griff er danach und untersuchte es, doch nach knapp einer Stunde, als er völlig außer Atem am Fuß der verschachtelten Treppe zum Quermarkenfeuer stand, hatte er nichts weiter gefunden als Bierflaschen und Taschentücher, mit denen Mütter vom Festland die Hintern ihrer Kinder abgewischt hatten. Zum Abschluss stieg er die Treppen hinauf und stellte sich unter den rot-weißen Turm. Er blickte auf den Strand hinab, über die den die Wolkenschatten jagten, und sah die Festung unten auf einer kleinen grünen Insel im Sand dem Wind trotzen. Sie war von Karl in jahrelanger Arbeit aus Treibgut gebaut worden. Ein paar ausgefranste Seile und zwei Plastikkanister schlugen gegen die Holzmasten, an denen sie befestigt waren.

Die Insel war riesig. Er würde Jahre brauchen, um Anita Bohn zu finden oder einen Hinweis auf das, was mit ihr passiert war. Jahre. Aber wenn er es nicht tat, würde sie einfach in Vergessenheit geraten. Und das wollte er nicht.

★★★

Die Fähre stieß blubbernd und sprudelnd gegen die gummiummantelten Pfähle an der Anlegestelle. Die Brücke fuhr herunter und legte sich krachend auf das Deck. Schon strömten die Menschen auf die Insel. Nils stand in Uniform am Steg. Er wartete, bis der Großteil der Abfahrenden an Bord gegangen war, und folgte ihnen dann. Im dunklen Bauch der Fähre sah er die Einweiser winken und gestikulieren. Er verharrte links an der Treppe, die auf die Decks hochführte, und wartete, bis sie abgelegt hatten. Das Schiff drehte sich einmal um hundertachtzig Grad, als Nils auf Jürgen zuging, der gerade das armdicke Tau festmachte.

»Moin, Jürgen.«

»Ah, der Herr Polizist! Na, auf Verbrecherjagd?« Er richtete sich auf und atmete laut durch seine Nase ein.

»Kann ich dich kurz sprechen?«

»Dat klingt aber nich gut.«

»Weiß nicht. Es geht um die junge Frau, die vor ein paar Wochen verschwunden ist.«

»Ja, und?«

»Ich hab gehört, dass du ihr begegnet bist.«

»Sagt wer?« Jürgen zog langsam seine ölgetränkten Arbeitshandschuhe aus.

»Ihr Mann.«

»Und?«

»Stimmt das?«

»Ich hab sie ausm Auto steigen sehen. Das Frauchen war ganz schön läufig.«

»Wie meinst du das?«

»Na ja, du weißt schon. Hat mitm Arsch gewackelt und so weiter.«

»Hast du mit ihr gesprochen?«

»Nein. Was soll der Quatsch? Ist das 'n Verhör, oder was?«

»Ich hab einfach nur ein paar Fragen an dich.«

»Gefallen mir nicht, deine Fragen! Die Kripotante ist doch längst weg, also was soll das?«

»Lass das mal meine Sorge sein.«

»Ach!« Jürgen wandte sich mit einer verächtlichen Handbewegung ab. »Frag lieber Reinhard, der hatte mehr Kontakt.« Er verschwand durch eine eiserne Tür, die krachend ins Schloss fiel.

Nils überlegte. Reinhard war Kellner im Bordrestaurant. Die Fahrt würde noch zwei Stunden dauern, also konnte er ruhig einen Kaffee trinken gehen.

Das Sonnendeck war gut gefüllt. Die Leute wollten die letzten Sonnenstrahlen ihres Urlaubs genießen, und so waren im Restaurant noch einige Sitznischen frei. Nils nahm auf einer Bank hinter der Bordküche Platz. Nach fünf Minuten kam Reinhard mit seinem kleinen Aufnahmecomputer vor dem Bauch an den Tisch.

»Guten Morgen, Nils.« Sein Blick wanderte zur Tischnummer, die über der Nische angebracht war.

»Ich hätt gern einen Kaffee.«

»Sehr wohl.«

Reinhard war ein fülliger, weichgesichtiger Mann mit merkwürdig schmalen Händen. Das fiel Nils auf, als Reinhard ihm den Kaffee servierte.

»Hast du einen Augenblick Zeit?«, fragte er ihn.

»Ich muss noch …«

»Ich weiß, es dauert auch nicht lange. Setz dich kurz.« Nils deutete mit einem Kopfnicken auf den Sitz ihm gegenüber, und Reinhard nahm etwas widerwillig Platz. Er sah sich um, als täte er etwas Verbotenes.

»Es geht um Anita Bohn. Die Frau, die verschwunden ist.«

»Ach ja?« Reinhards kurze hellbraune Wimpern klapperten aufeinander.

»Du hast mit ihr gesprochen?«

»Ich ...« Er sah Nils ertappt und ratlos an. »Ja.«

»Wo war das?«

»Hier drin. Sie hat was gekauft, am Tresen. Eine Cola. Nein, zwei.«

»Und, habt ihr geredet?«

»Was meinst du?«

»Habt ihr über irgendwas gesprochen? Manchmal kommt doch ein Gespräch zustande.«

»Nein.«

Nils nahm einen Schluck Kaffee, was Reinhard noch nervöser machte.

»Wie hat sie sich verhalten?«

»Ich versteh nicht.«

»Na, war sie lustig, war sie traurig oder wütend?«

»Sie war ... normal.«

»Normal?«

»Ja.«

»Was ist normal?«

»Na, sie hat bestellt. Wollte was umsonst.«

»Umsonst?«

»Ja, sie wollte, dass ich ihr die Cola spendiere.«

»Du solltest ihre Cola spendieren? Ist das normal für dich?«

»Nein.«

»Also hat sie sich doch ungewöhnlich verhalten.«

»Vielleicht, ja.«

»Hat sie geflirtet mit dir?«

»Mit mir? Nein!« Reinhard lachte auf und blickte verschämt auf seinen Bauch, der die Tischplatte berührte.

»Und, hast du ihr die Cola spendiert?«

153

»Nein!«

»Was hast du ihr gesagt?«

»Tut mir leid oder so. Ich weiß nicht mehr.«

»Und dann ist sie gegangen?«

»Ja, sie hat bezahlt und ist nach oben gegangen.«

»Hast du ihren Mann gesehen?«

»Nein. Ich muss jetzt wirklich …«

»Ja, ja. Ich bin schon fertig. Hast du sie danach noch mal gesehen?«

»Nein.«

»Wo hast du den Abend verbracht?« Reinhard lebte auf dem Festland, aber Nils wusste, dass er manchmal bei seiner Schwester, die hier auf der Insel einen Töpferladen besaß, übernachtete.

»Auf der Insel.«

»Okay, das war's schon. Weißt du, wo Jürgen an dem Abend war?«

Reinhard war schon im Weggehen. Jetzt wandte er sich wieder um.

»Der war auch auf der Insel.«

»Ach? Wart ihr zufällig zusammen?«

»Ja. Ich muss jetzt …«

»Wo denn?«

»In der ›Blauen Maus‹.« Reinhard tapste Richtung Küche, als würde er von einem Seil gezogen werden.

»Wie lange?«, rief Nils ihm nach.

»Bis zehn?«

»Danke, Reinhard.«

Nils machte sich einige Notizen in seinem Büchlein, während Reinhard in der Küche verschwand.

★★★

Es war halb zehn. Nils saß an der Bar im Hotel seiner Eltern und trank einen irischen Whiskey, der heute im Angebot war. Fast hoffte er darauf, dass er seinem Vater hier begegnen würde, dann würde es mehr wie ein Zufall aussehen, und wenn das so war, würde es vielleicht leichter werden. Er nahm noch einen Schluck. Zu spät durfte er es nicht werden lassen.

»Toni?«

Der Barkeeper, ein junger, rundköpfiger Kerl mit einem netten Lächeln und zu kleinen Ohren, sah zu ihm herüber. Nils legte das Geld auf den Tresen und winkte ihm zu. Toni nickte, und Nils ging nach vorn zum Empfangstresen.

»Hallo, Karla.«

»Nils, wie geht's dir?« Es war eine sehr innige Frage. *Offenbar hat sie Mitleid mit mir, nachdem sie von meiner Trennung erfahren hat,* dachte Nils.

»Geht schon.« Er blieb stehen und legte einen Ellbogen auf den Tresen. Karla stand auf und beugte sich zu ihm rüber.

»Kann ich was tun für dich?«

Willst du mich trösten?, dachte Nils verwundert. *Dann mach es doch. Komm mit mir mit. Aber erst muss ich noch was erledigen.*

»Ich will noch mal nach oben.«

»Ach so.«

Nils ging auf die Treppe zu.

»Nils?«

Er blieb stehen. »Was ist?«

»Bis gleich.«

»Ja. Sag mal, Anita Bohn, ist dir da noch irgendwas Wichtiges zu eingefallen?«

»Das hab ich doch schon gesagt, nein. Tut mir leid.«

»Schon gut.«

Nils ging nach oben. Er würde auch seinen Vater noch befragen müssen, doch jetzt war nicht der rechte Zeitpunkt. Es wäre taktisch höchst unklug für sein Vorhaben. *Ich bin berechnend,* dachte er. *Ich bin ein Scheißkerl. Was soll's.* Er klopfte an.

Elisabeth öffnete.

Sein Vater saß mit einer Zigarre zwischen den Fingern vor dem Fernseher. Seine Mutter hatte nicht neben ihm gesessen, sondern musste auf dem Bett liegend gelesen haben. Neben einer faltigen Mulde in der Tagesdecke lag ein aufgeklapptes Buch.

»Nils. Setz dich doch«, begrüßte Hauke ihn, ohne sich zu bewegen.

Nils nahm auf der Bettkante Platz, und seine Mutter setzte sich an den Tisch.

155

»Wie geht's dir?«, fragte Elisabeth mütterlich fürsorglich.

»Ich bin hier, weil ich eine Bitte habe.«

»Dann geht's um Geld«, sagte Hauke mit der Zigarre im Mund.

»Ich möchte kein Geld, Papa.«

»Kannst du das nicht ausmachen?«, fragte Elisabeth genervt und deutete auf den Fernseher.

»Ich will das sehen«, antwortete Hauke.

»Ich möchte unser altes Haus haben.«

Seine Eltern drehten sich erstaunt zu ihm um. Hauke drückte auf den Power-Knopf der Fernbedienung, und das Bild implodierte zu einem kleinen weißen Punkt auf dem Schirm.

»Bitte was?«, fragte er.

»Ich möchte unser altes Haus haben. Ich kann nicht mehr in Elkes und meinem Haus wohnen. Da fällt mir die Decke auf den Kopf. Und unser Haus steht da und verrottet langsam. Es ist die richtige Größe für mich, und ich würde es wieder herrichten.«

»Auf keinen Fall!«, bellte Hauke und nahm den nassen Zigarrenstummel aus dem Mund.

»Warum nicht?«, wollte Nils wissen. Er sah seine Mutter an, doch auch sie schien von der Idee nicht sonderlich begeistert zu sein.

»Ach, Junge, das Haus ist doch nichts für dich. Man sollte es abreißen.«

»Die Substanz ist doch noch gut! Ich muss innen natürlich eine Menge machen, aber das krieg ich hin. Außerdem brauche ich jetzt ein wenig Ablenkung und vor allem einen Tapetenwechsel. Ich mag das Haus. Ich bin da groß geworden. Warum sollte es leer stehen?«

»Und was hast du dir gedacht, was du dafür bezahlen willst?«, fragte Hauke. Elisabeth ließ den Kopf hängen.

»Eigentlich dachte ich, du gibst es mir einfach, aber du willst natürlich mit allem Geld machen«, schimpfte Nils. »Nun gut. Ich habe welches, nicht viel, aber immerhin. Ich hab unser Haus verkauft.«

»Du hast es verkauft? Warum machst du nicht ein Ferienhaus daraus? Jeder auf der Insel macht sein Geld damit. Und du verkaufst dein Kapital!«

»Ich will es nicht vermieten. Ich will da nur noch weg, Papa. Was willst du für unser Haus haben?«

Hauke starrte unschlüssig vor sich hin, seine Kiefer mahlten.

»Dreihunderttausend.«

»Bitte? Dreihundert? Ich muss auch noch die Sanierung bezahlen, da bin ich schon bei fünfhundert insgesamt. Verdammt! Ich bin dein Sohn. Warum musst du nur immer den Scheißkerl spielen?«

»Pass auf, was du sagst.«

»Ist doch so! Das Haus geht dir am Arsch vorbei. Es steht da seit Jahrzehnten rum wie bestellt und nicht abgeholt. Aber wenn ich es haben will, ziehst du mich blank! Was soll das?«

»Wenn er es haben will, dann gib es ihm«, sagte Elisabeth leise.

»Deine Mutter hält natürlich wieder zu dir. Aber das ist beste Lage, so was kriegt man nicht hinterhergeworfen!«

»Ich kann dir hundertfünfzig zahlen. Mehr nicht.«

»Gib's ihm einfach«, wiederholte Elisabeth und ging auf den Balkon.

»Nein, ich will dafür bezahlen. Ich will nichts von dir geschenkt haben. Hundertfünfzig!«

Hauke blickte auf die dicke Asche an der Zigarrenspitze. Die Glut war wohl aus.

»In Ordnung.«

★★★

Nils wollte so schnell wie möglich umziehen, am liebsten sofort. Er plante, zuerst die Küche in Angriff zu nehmen und sich darin häuslich einzurichten. Noch maximal einen Monat hatte er Zeit, bis es kalt wurde, und in der Küche stand der alte Ofen, der den Raum noch gut heizen würde. So konnte er im Winter peu à peu die restlichen Räumlichkeiten sanieren. Das Dach musste neu gedeckt und elektrische Leitungen verlegt werden. Er brauchte außerdem neue sanitäre Anlagen. Für diese Arbeiten musste er auf professionelle Hilfe zurückgreifen. Alles andere würde er schon irgendwie selbst schaffen. Er war nicht übermäßig handwerklich begabt, aber zwei linke Hände hatte er auch nicht.

Seine Tage wurden jetzt länger. Er hatte so viel zu tun, dass er zwischenzeitlich manchmal stehen blieb und zu seiner eigenen Verwunderung feststellte, dass er einige Stunden nicht an Anna und Elke gedacht hatte. Oder an Anita Bohn. Selbst wenn alles, was er jetzt tat, unmittelbar mit diesen drei Personen zusammenhing. Manchmal verselbstständigten sich Handlungen und lösten sich von ihrem kausalen Ursprung ab. So war das mit Anna, Elke, Anita Bohn und dem Haus. Das war etwas sehr Erleichterndes für ihn. Es machte alles erträglicher.

Karl hatte ihm nicht nur seinen Pick-up für den Umzug geliehen, sondern auch angeboten, ihm bei den Arbeiten im alten Familienhaus zu helfen. Und obwohl Nils ein schlechtes Gewissen hatte und den alten Karl nicht zu sehr strapazieren wollte, nahm er seine Hilfe gerne an.

Es dauerte nur eine Woche, bis er und Karl die Küche einzugsfertig hergerichtet hatten. Sie hatten die Wände geweißt und rote Steinfliesen verlegt. Die Anschlüsse für Wasser und Abwasser waren zuvor erneuert und Leitungen verlegt worden. Das alles war abends geschehen, während tagsüber die Dachdecker helles, frisches Reet in das alte einflochten.

Die Möbel, die seine Eltern im alten Haus zurückgelassen hatten, waren allesamt von Feuchtigkeit und Schimmel zerfressen. Nils hatte sie vom Sperrmüll abholen lassen und lagerte seine eigenen Möbel auseinandergebaut in der Küche. Das Sofa und den Beistelltisch, den Kleiderschrank aus ihrem Schlafzimmer, eine Kommode, den Esstisch und ein Bücherregal aus dem Wohnzimmer. Bis auf einen Teil der Küchenmöblierung war alles andere ebenfalls in den Sperrmüll gegangen.

Am Dienstagabend gegen neun Uhr, Karl war bereits gegangen, klopfte es an der Tür. Nils hatte gerade eine Fertigpizza aus dem Backofen geholt und sich auf der Couch zwischen all den Brettern niedergelassen. Mit vollem Mund ging er zur Tür und suchte dabei nach etwas, das Karl vergessen haben könnte, aber als er die ungewohnt niedrige Tür öffnete, stand Elke vor ihm.

»Oh«, sagte er nur.

»Stör ich?«

»Nein, nein, komm rein.«

Elke duckte sich und trat in den vollgestellten Flur. Nils deutete in die Küche, und Elke ging voran.

»Ist alles noch sehr wüst hier drin«, entschuldigte er sich.

Elke sah sich um und erkannte die Küchenzeile und den Herd, den sie und Nils zusammen gekauft hatten. Und sie erkannte das Sofa und den kleinen Eichentisch. Es war sonderbar, diese Dinge jetzt in einem anderen Haus zu sehen. Wie ein verkleideter Freund, den man kaum wiedererkannte.

»Tja, ich bin ja nie hier gewesen.«

»Stimmt. Wir haben immer nur von draußen geguckt.« Nils erinnerte sich an die Tage und Gelegenheiten, an denen er und Elke ums Haus geschlichen waren. Sie taten so weh, diese Erinnerungen, dass er sich unwillkürlich ans Herz griff.

»Ist nett geworden«, sagte Elke.

»Wir sind ja überhaupt noch nicht fertig. Ich wollte nur schon mal einziehen, damit ich nicht ...« *In unserem Haus verrotten muss.*

»Wir?«, fragte Elke, und in ihrer Stimme klang eine Angst mit, die Nils' Herz für einen winzigen Augenblick frei von allem Kummer werden ließ. Sie hatte Angst, er könnte mit einer anderen Frau hier einziehen.

»Karl und ich. Er hilft mir ein bisschen. Das heißt, eigentlich helfe ich ihm. Willst du dich setzen? Ich hab grad 'ne Pizza fertig.«

»Iss du nur. Ich hab schon.« Elke setzte sich ans linke Ende der Couch und strich mit der flachen Hand über den Stoff. Nils' Hunger war augenblicklich vergangen.

Sie saßen eine Weile schweigend nebeneinander.

»Warum hast du's verkauft?«, fragte Elke nach einer Ewigkeit, in der Nils nur auf diese Frage gewartet hatte.

»Es ging nicht anders.«

»Anna hat es mir erzählt.«

»Was?«

»Dass du nur noch unten gewohnt hast.«

»Elke, ich ... tut mir leid, wenn du glaubst, dass ich etwas verkauft habe, was auch dir gehörte, aber ... ich konnte da nicht mehr wohnen. Ich werde dir natürlich deinen Anteil zurückzahlen, aber ich muss erst mal hier ...«

»Nils.«

Er hörte auf zu reden und bemerkte, wie angespannt er war.

»Es geht mir nicht ums Geld. Deswegen bin ich nicht hier.«

»Warum denn dann? Ich meine, was …?«

»Ich mache mir Sorgen«, sagte Elke und beugte sich leicht zu ihm rüber.

»Ich zieh doch nur um. Was ist daran so schlimm?«

»Anna hat mir erzählt, dass du … na ja, versteh das nicht falsch, aber sie sagt, du riechst manchmal nach Alkohol.«

»Bitte? Hast du den Verstand verloren?«

»Nils.«

»Nein, nicht Nils! Willst du mir sagen, dass ich trinke? Bist du deswegen hergekommen, um mir das vorzuwerfen? Das ist lächerlich!«

»Ist es das?«

»Ist es das?«, äffte er sie nach.

»Nils, vor ein paar Wochen hab ich eine leere Flasche bei uns im Garten gefunden.«

»Und? Was soll das heißen? Sag schon!«

»Warst du bei uns und hast uns beobachtet?«

»Hör doch auf mit dem Scheiß!« Er stand auf.

»Warst du da?«

Nils rieb sich die Stirn, als wollte er jegliche Erinnerung, die er jemals dort gespeichert hatte, ausradieren.

»Ich will dir doch gar keinen Vorwurf machen. Aber wenn es so ist … macht es mir Angst, Nils. Ich hab das doch so nicht gewollt!«

»Nicht gewollt? Du wusstest ganz genau, was du willst. Und zwar nicht mich, sondern meinen besten Freund, den wolltest du. Wolltest *ihn* ficken statt mich.« Nils war selbst erstaunt, dass diese Worte so hart aus ihm herauskamen.

Elke vergrub das Gesicht in ihren Händen. »Bitte, Nils, bitte nicht«, schluchzte sie dumpf zwischen ihren Fingern hindurch.

»Warum nicht? Weil es das für dich einfacher machen würde? Was ist mit mir? Wann denkt mal jemand daran, wie es mir geht? Ich bin doch immer der Arsch! Immer nur ich! Am Ende hab immer ich …« Weiter kam er nicht, seine Stimme brach weg.

Er setzte sich wieder und versuchte, seine Tränen zu ersticken, in dem er ein Stück kalte Pizza aß. Aber das half nicht.

»Warum, Elke? Warum? Ich dachte, wir beide wären … wir würden das alles schaffen.«

»Das hab ich auch gedacht. Aber immer hab ich mich ganz allein wiedergefunden.«

»Allein?«

»Du warst nie da! Körperlich schon, aber du warst nicht wirklich anwesend. Du hast nur in deinem Kopf gelebt. Und ich bin nie an dich rangekommen. Ich weiß immer noch nicht, was da drin vor sich geht. *Du* hast *mich* ausgeschlossen. Und das mit Stefan … Es war ein dummer Zufall. Wenn ich da nicht hätte arbeiten müssen, wäre das nie passiert. Aber wir waren einfach den ganzen Tag zusammen, und er hat mir zugehört.«

»Hör auf! Ich will diesen Scheiß nicht hören! Das ist jetzt auch noch meine Schuld, ja? Weil du da arbeiten musstest? Weil ich nicht genug verdient habe?«

»So ist es nicht.«

»Doch, genau das willst du sagen. Sicher hat Stefan mehr Kohle. Der hat die Fressbude und 'n paar Häuser. Das alles kann ich nicht bieten. Ich bin nur 'n scheiß kleiner Polizist, der seinen Vater um Geld anbetteln muss. Sogar um dieses verdammte Haus musste ich betteln. Aber um dich werde ich nicht betteln! Es war *deine* Entscheidung.«

Elke wandte ihren Kopf zur Seite, damit er ihre Tränen nicht sah. Sie fielen ungehemmt durch ihre Finger hindurch auf die neuen Steinfliesen.

»Warum bist du hier?«, fragte Nils mit kohletrockener Stimme.

»Weil ich Angst um dich habe! Ich will nicht, dass es dir schlecht geht.«

Nils lachte, und es klang fast aufrichtig.

»Dann hättest du dich geringfügig anders verhalten müssen. Meine Frau ist weg, meine Tochter auch. Alles, was ich hatte und auf was ich mich gestützt habe, ist weg. Sicher trinke ich. Ich trinke, damit ich besser einschlafe, damit ich überhaupt schlafe. Aber es ist schon besser geworden, seit ich das hier angefangen habe.« Er blickte sich im Raum um.

»Gut«, sagte Elke. »Zeigst du's mir?«

»Was?«

161

»Na, das Haus.«

»Okay.«

Sie standen auf, und Elke wischte ihre salzig feuchten Hände an der Jeans ab.

»Das hier ist die Küche«, sagte Nils feierlich und erntete ein vertrautes Lächeln seiner Frau. »Nun gehen wir über den Flur ins Wohnzimmer.« Er verschwand im Dunkel des gegenüberliegenden Raumes. Seine Stimme klang hohl und hallte blechern nach.

Er betätigte den Schalter eines Deckenfluters, der rechts in der Ecke stand.

»Den Boden haben wir weggestemmt. Morgen kommt der Estrich drauf, und danach verputzen wir die Wände neu. Ich will alles nur verputzt haben. Keine Tapeten.«

»Schön.«

»Ja, und dann geht's nach oben.«

Nils drückte sich an Elke vorbei und stieg die ächzende Treppe hinauf in den ersten Stock. Das Haus war klein wie ein Puppenhaus. Nils hatte alles viel größer in Erinnerung. Von einem schmalen Flur mit dunklen Holzdielen gingen drei Türen ab.

»Mein altes Zimmer, das Bad und das Zimmer meiner Eltern. Ich weiß noch nicht, wo ich einziehen werde, aber eins soll Annas Zimmer werden.«

Er öffnete zuerst die Tür zu seinem alten Kinderzimmer, und Elke betrat den dunklen, muffigen Raum. Sie erkannte den Apfelbaum vor dem Fenster.

»Vielleicht kann man die Dielen noch retten«, sagte Nils und federte mit einem Fuß auf einer Diele herum, dass es knackte.

»Das ist also das Zimmer aus deinem Traum.« Elke drehte sich zu ihm um und sah ihm in die Augen.

»Hab ich dir das erzählt?«

»Natürlich, weißt du nicht mehr? Kurz nachdem Anna geboren wurde. Du hattest schlecht geschlafen, und Fieber hast du auch ein paar Tage lang gehabt.«

»Weiß ich nicht mehr.« Nils legte die Stirn in Falten.

»So, ich muss jetzt los. Ist schon spät«, sagte Elke sehr leise.

»Ja.«

Sie gingen hinunter und verabschiedeten sich an der Tür. Kein

Kuss, keine Umarmung, kein Handschlag. Nur ein einfaches Wort. Nils schloss die Tür und lauschte ihren Schritten nach, bis sie vorn auf dem Parkplatz vor der Kirche verstummten. Es waren die richtigen Schritte, die richtige Frau, aber der falsche Motor, der ansprang. Er warf sich völlig erschöpft auf die Couch, schloss seine Augen und genoss den letzten Rest der Moleküle seiner Frau, die noch in der dunklen Luft hingen. Als er sie vollständig absorbiert hatte, war nichts mehr von ihr da, und der Schmerz begann von Neuem. Er brauchte jetzt einen Freund. Also rief er nach Jack, der im Schrank auf ihn wartete.

Elke fuhr nicht auf die Hauptstraße. Sie wollte den Weg für die Fußgänger und Radfahrer nehmen. Den Weg, auf dem Karl Nils an dem Morgen gefunden hatte, was sie aber nicht wusste. Sie wusste nur, dass ihr Mann in ihrem neuen Garten gestanden hatte in dieser Nacht. Er war da gewesen.

Sie fuhr den Hügel hinauf und konnte im Mondschein das Meer schimmern sehen. Der Wind wurde plötzlich stärker und erschütterte den Wagen. Das Maisfeld raschelte laut. Sie fuhr nach Hause, doch wenn sie ganz ehrlich mit sich war, war ihr dieses Zuhause viel fremder als die Baustelle, auf der sie eben gewesen war.

DREIZEHN

Am Tag darauf stapfte Nils durch die Dünentäler südlich des Norddorfer Strandwegs. Der Sand hatte eine feuchte, dunkle Kruste gebildet, nachdem es in den frühen Morgenstunden aus weitläufigen, diffusen Wolkenformationen einen feinen Nieselregen gegeben hatte. Die Flut rollte sich wie alte, graue, zerrissene Teppichlagen auf den Strand. Nils konnte das Rauschen hören. Er strich seine nassen Haare mit seiner zu einer Kralle geformten Hand zurück, bevor er die nächste Düne erklomm. Wie eine monströse Welle baute sich der Sandberg vor ihm auf, steil und massiv, und dennoch tauchten seine Schritte in den feinen Sand ein, und er glitt ab. Es war ein Laufband aus Sand, und er fiel auf seine Hände, die ebenfalls versanken. Der Berg wehrte sich.

Ich krieg dich schon, dachte Nils. Aufgeben war für ihn keine Option. Wenn er jetzt aufgab, würden sie in ein paar Monaten sein Skelett hier finden. Ein Toter auf der Suche nach einer Toten. Nein, er durfte sich von diesen Bergen nicht unterkriegen lassen, die unentwegt in seinem Leben auftauchten. Sein ganzes Leben war wie diese Insel. Noch war er in dem unendlich scheinenden Reich der Dünen gefangen, aber er würde hier rauskommen, hinaus auf einen Weg, der ihn zurück in die Zivilisation brachte, zurück in vier Wände und unter ein schützendes Dach, zurück zu Menschen, zurück zu seiner Tochter und zurück zu …

Auf allen vieren arbeitete er sich bis zur Spitze empor. Sandströme glitten unter ihm hinweg und flossen lautlos und nur für Sekunden sichtbar nach unten, wo sie sich wieder in den Berg eingliederten. Nils bekam ein Büschel Gras zu fassen und zog sich daran hoch. Endlich war er oben. Wind hauchte ihm kalt ins Gesicht, und Regenstaub legte sich auf seine Haut. Er hatte es fast geschafft. Auf der anderen Seite führte der Dünenweg hinter dem alten Freibad runter zum Strand. Von hier oben konnte Nils bequem in das seit Jahren geschlossene und mit einem blickdichten Zaun umfasste Grundstück schauen.

Der Sprungturm ragte müde über das leere, grasüberwachsene

Becken. Unkraut schoss aus den Ritzen zwischen den Fliesen und Platten und hob diese zu unregelmäßigen tektonischen Formationen empor. Man hatte das wie ein Tier verendete Bauwerk einfach zum Verwesen daliegen lassen. Der Zaun, der ursprünglich die in Badesachen gekleideten Schwimmgäste vor den Blicken der Passanten schützen sollte, schützte nun den vorbeigehenden Betrachter vor dem Anblick des Verwesungsvorgangs von Beton und Keramik. *Wie schnell etwas so Lebendiges so tot aussehen kann,* dachte Nils verwundert.

Wie auf einer Rolltreppe glitt er die Düne hinab und ging über den Weg zum Strand. Ein neues Planquadrat war durchkämmt, wie immer erfolglos. Es war halb acht Uhr morgens. Er wollte mit Claas sprechen, der mit Sicherheit schon mit der Arbeit begonnen hatte. Der Parkplatz und die Fahrradständer lagen völlig verwaist im Nieselregen. Am Strand schleppten die Strandkorbmänner eifrig Körbe von der Wasserkante hoch bis zum Dünenrand. Die Flut würde heute stärker ausfallen. Der Trecker raste über die weiße Fläche und zog den noch leeren Holzschlitten hinter sich her. Nils ging runter ans Wasser und genoss den Geruch, den das Meer ausdünstete. Er stand neben einer Gruppe Strandkörbe, die noch versetzt werden mussten. Claas kam mit Shorts und Sweatshirt bekleidet auf ihn zu. Seine feinen blonden Haare waren nass und hatten die Farbe von Mahagoni angenommen.

»Moin, Nils.«

»Moin. Na, alles wieder hochschleppen? Scheißjob, was?«

»Ach, macht doch alles der Trecker. Aber ja, das Wetter wird langsam heftiger.« Er blickte abschätzend in die Wolken, und einige Mahagonisträhnen kratzten über seine Stirn.

»Stimmt's, dass Anita Bohn bei euch einen Strandkorb gemietet hat?«

»Wer?«, fragte Claas, aber er wusste ganz genau, von wem Nils sprach.

»Anita Bohn. Du weißt schon.«

»Ach die. Ja, stimmt.« Er trat von einem Bein aufs andere und legte den Kopf schief.

»Wie war sie so?«, fragte Nils.

»Ich versteh nicht.«

»Wie würdest du sie beschreiben?«

»Hübsch. Für ihr Alter.«

»Ich hab sie nur im Vorbeifahren gesehen, aber du hast recht, ja. Hat sie mit dir geredet?«

»Geredet? Ja, schon.«

»Und was?«

»Was man so redet.«

»Und hat sie dir schöne Augen gemacht? Du weißt schon.«

Claas legte seinen Kopf zur anderen Seite und kniff die Augen zusammen. Seine Lippen waren spröde und wirkten fransig.

»Sie ...«, er blickte lächelnd zur Seite, als bräuchte er eine Pause von Nils und sei zu nett, um es ihm zu sagen. »Sie hat ihr T-Shirt ausgezogen und war völlig nackt darunter«, sagte er und starrte auf das DLRG-Häuschen.

»Wieso?«

»Keine Ahnung, wieso. Es war mir unangenehm, weil ihr Mann noch dabeistand und ihre Tochter.«

»Wie kam das denn?«

»Ich hatte den Korb umgestellt, und als ich fertig war, plupp, zog sie das Ding aus, und ich konnte ... na ja, ihre Dinger sehen.«

»Glaubst du, sie wollte dich anmachen?«

»Auf jeden Fall wollte sie, dass ich es sehe. Keine Ahnung, was das sollte.«

»Und ihr Mann?«

»Hat so getan, als ob nichts wäre. Tat mir irgendwie leid, der Kerl. Wenn deine Frau sich so auspackt ... mir würde da bestimmt 'ne Sicherung durchbrennen.«

»Und später hast du sie nicht noch mal getroffen, allein vielleicht?«

»Nein.«

»Was war abends? Wo warst du da? Hier am Strand?«

Claas sah ihm drei Sekunden lang in die Augen, was genau zwei Sekunden zu lang war.

»Nein. Ich war zu Hause. Bin früh gegangen an dem Tag.«

Nils beließ es vorerst dabei.

»In Ordnung. Danke, Claas.«

»Warum willst du das alles wissen?«

»Na ja, ich muss rausfinden, ob man ein Verbrechen ausschlie-
ßen kann.«

»Was meinst du?«

»Du weißt, was ich meine.«

»Scheiße!«, rief Claas plötzlich und lief an Nils vorbei. Zwei
Strandkörbe standen bereits im Wasser. Er zog sie eilig zurück und
pfiff dann nach dem Trecker.

»Viel Spaß noch«, sagte Nils, während Claas die restlichen Körbe
von der Wasserkante wegschleifte.

Als Nils die DLRG-Zentrale erreicht hatte, kam ihm Sven,
Claas' Vater, auf dem Fahrrad entgegen.

»Nils, schon so früh auf den Beinen?«

»Mach 'n bisschen was für meine Fitness. Die alten Knochen
mal wieder auf Touren bringen.«

»Ich kenn das. Ich sitz mir hier den ganzen Tag den Hintern
platt. Ist nicht gut für den Rücken.«

»Dein Sohn arbeitet schon fleißig da unten.«

»Richtig so. Vaddern darf ruhig 'n bisschen später kommen.«

»Sag mal, kannst du dich erinnern, wann Claas an dem Abend,
an dem die Frau verschwand, nach Hause kam?«

»Wieso?«

»Ich muss da noch einiges klären.«

»Ich dachte, das sei alles schon erledigt. Die Polizei ist doch
schon lange weg.«

»Ich bin noch hier. Wann ist Claas nach Hause gekommen?«

»Früh. Wir haben früh Feierabend gemacht. So um sechs.«

»Sechs Uhr, alles klar. Ist dir vielleicht was an Frau Bohn aufgefallen? Wie hat sie sich verhalten?«

»Ich hab sie gar nicht gesehen, ihr Mann hat bei mir den Korb
bestellt.«

»Ach so, na dann ...«

Nils hob zum Abschied die Hand und setzte sich joggend in
Bewegung. Von hier bis nach Hause hätte er es wahrscheinlich nie
geschafft. Zum Glück hatte er sein Auto in Norddorf geparkt.

★★★

Karl und Nils knieten im Wohnzimmer des alten Hauses und verteilten den Estrich, den Karl in einem alten Mayonnaise-Eimer angerührt hatte. Im Lichtkegel des Deckenfluters schwirrte eine Motte, die einen nervös flatternden Schatten auf die Wände projizierte.

»Wir hatten zwei Fische gefangen, zwei Makrelen, das weiß ich noch. Und als du den zweiten Fisch rausgeholt hast, hast du 'nen Satz ins Wasser gemacht. Der Fisch war im Boot, aber du warst draußen!« Karl lachte hustend. »Zum Glück hattest du immer 'ne Rettungsweste an, da hat deine Mutter drauf bestanden.«

»So 'n Quatsch. Ich bin bestimmt niemals rausgefallen.«

»Sicher bist du das. Hab dich wieder reingezogen und 'nen Höllenärger gekriegt, als ich dich klitschnass zu Hause abgeliefert hab.«

»Niemals!«, sagte Nils mit Nachdruck und klatschte eine Fuhre Estrich auf den nackten Boden.

»Hast du wieder vergessen, warst ja auch noch klein.«

Nils schüttelte den Kopf. Er war überzeugt, sich an jede einzelne Bootstour mit Karl erinnern zu können, aber dieses Ereignis war in seiner Erinnerungskiste einfach nicht zu finden.

Sie arbeiteten eine Weile, ohne zu sprechen. Auftragen, glatt streichen, ein Stück nach hinten rücken und wieder auftragen. Nils konnte sich nur wundern, dass Karls Rücken und Knie das alles noch mitmachten.

»Ich glaub, ich war seit vier, fünf Jahren nicht mehr draußen. Die alte ›Diana‹ langweilt sich sicher. Willst du sie nicht haben? Ich bin inzwischen zu alt.«

Sie setzten sich auf ihre Fersen und sahen sich an.

»Im Ernst?«

»Warum nicht? Das Boot tut's noch, nur ich nicht mehr.«

»Eigentlich … ja! Ich könnte mit Anna rausfahren. Ich hab beim Umzug auch meine alte Angel gefunden. Was willst du dafür haben?«

»›Diana‹ ist unverkäuflich. Ich schenk sie dir.«

»Aber das geht doch nicht.«

»Jeder Cent, den ich dir dafür abluchse, wäre Betrug. Der Kahn ist nichts mehr wert. Warum sollte ich gerade dich übers Ohr hauen?« Karl setzte seine Arbeit fort und kaute dabei auf seinen Zähnen herum. Nils sah seinen knorrigen Rücken und überlegte, ob er ihm einen freundschaftlichen Klaps geben sollte. Er tat es nicht.

»Danke, Karl.«

»Mach lieber weiter, ich will heute noch fertig werden.«

Das Telefon klingelte. Es stand auf dem Flur und war in eine noch nicht abgedeckte Buchse eingestöpselt.

»Petersen?«, meldete sich Nils.

»Hallo, Nils. Ich bin's, Sandra.«

»Sandra, hallo!« Nils setzte sich auf den staubigen Boden und lehnte sich gegen die Wand. »Was gibt's?«, fragte er.

»Ich wollte nur einen kurzen Bericht durchgeben. Ich war noch mal in Hamburg. Die Kollegen haben alles untersucht. Aber nichts gefunden. Anita hatte nur wenige Kontakte. Zwei Freundinnen, keine Familie mehr. Keine der Aussagen konnte irgendetwas Neues beitragen. Augenscheinlich gab es keine nennenswerten Konflikte, niemand wusste was von etwaigen Eheproblemen oder hatte Kenntnis von einer Affäre. Es bleibt alles, wie es ist.«

»Und Georg und Nina?«

»Von polizeilicher Seite her werden wir Frau Bohn für tot erklären, um den Fall abzuschließen. Ihr Mann will das nicht wahrhaben. Er sträubt sich und will die Hoffnung nicht aufgeben, was ich auch verstehe, aber … du weißt ja. Ich hab mich drum gekümmert, dass sie eine psychologische Betreuung bekommen. Es ist alles organisiert, mach dir keine Sorgen.«

»Gut.«

»Und bei dir?«, wollte Sandra wissen.

»Hier gibt's auch nichts Neues. Ich … ich mach einfach so weiter wie vorher.«

»Du klingst komisch. Es hallt so bei dir.«

»Ja, ich bin umgezogen. Wohne jetzt im alten Haus meiner Eltern. Wir renovieren hier noch eifrig.«

»Wir?«

»Ja, ich und Karl, ein alter Freund.«

»Das klingt gut, sehr gut.«

Es entstand eine lange Pause, in der keiner so richtig wusste, was er sagen sollte. Das Berufliche war bereits abgehakt, was sollten sie jetzt besprechen?

»Deine Nummer hast du also behalten.«

»Ja, zum Glück. Muss man sich nichts Neues merken.«

»Dann will ich dich auch nicht weiter stören.«

»Du störst nicht.«

Wieder entstand eine Pause.

»Vielleicht komm ich im Urlaub mal wieder auf die Insel.«

»Ja, das solltest du.« Nils dachte an ihre Ohren.

»Mal sehen, im Herbst kann ich vielleicht ein paar Tage freinehmen.«

»Das wär klasse. Dann zeig ich dir mein neues Haus.«

»In Ordnung, ich muss jetzt Schluss machen.«

»Ist gut. Bis bald.«

»Ja, bis bald.

Nils wartete, bis es in der Leitung klickte, und legte dann auf. Er wischte sich den Staub vom Hintern und gesellte sich wieder zu Karl. Die Fensterscheiben waren beschlagen vom feuchten Estrich, und die Motte flatterte in schnellen Kreisen über dem Lampenschirm.

»Ist ganz nett, oder?«

»Sieht sehr gut aus«, sagte Nils mit einem Blick auf die getane Arbeit.

»Ich meine die Dame von der Polizei.«

»Ach so … ja, sie ist ganz nett.«

Karl grinste, und seine schlaffen Wangen legten sich in Falten wie eine Ziehharmonika.

Nach einer weiteren halben Stunde Arbeit hatten sie das Zimmer fertig. Sie tranken ein Bier zusammen und standen dabei im Flur.

»Das muss jetzt erst mal vier Tage trocknen. Also nicht im Schlaf da reinlatschen, verstanden?«, ermahnte Karl Nils.

»Keine Angst, ich bin kein Schlafwandler.«

»Und warum hab ich dich dann auf der Wiese da draußen gefunden?« Karl drückte ihm seinen stockdünnen Zeigefinger auf die Brust.

»Ja, ja. So, jetzt aber raus mit dir, ich will auch noch mal los.«

»Wo geht's hin?«

»In die ›Blaue Maus‹.«

»Nils!«, sagte Karl mit warnender Stimme.

»Nein, keine Sauftour, ich will nur 'n paar Fragen stellen.«

»Fragen?«

»Ja, wegen der verschwundenen Frau.«

Karl senkte den Blick und schlüpfte in seine Jacke.

»Jürgen und Reinhard waren in der Nacht da. Ich will nur wissen, wie lange.«

»Du glaubst doch nicht, dass die beiden …?«

»Nein, ich muss nur sichergehen.«

Sie verließen das Haus, und Karl schlich leise und gebückt davon.

Die »Blaue Maus« war kaum besucht. An der Bar saßen drei Gestalten, Insulaner, und weiter hinten im Raum, an einem runden Tisch, ein Mann und zwei Frauen, die Nils schon oft hier gesehen hatte, die aber nicht hier lebten. Der Mann war Schriftsteller und ging in den Sommermonaten in seinem Ferienhaus der Schreiberei nach. Die beiden Frauen mussten seine Frau und ihre Schwester sein, der Ähnlichkeit nach zu urteilen. Nils setzte sich in die kleine Nische rechts neben der Bar. Aus den Lautsprechern drang das stählerne Klingen von Westerngitarren an sein Ohr. Eine ausländische Bedienung mit undefinierbarem Akzent kam an seinen Tisch, kaum älter als achtzehn Jahre, und Nils bestellte sich einen Jack Daniel's.

»Kannst du Jonas mal bitten, zu mir zu kommen?«, fragte er. Das Mädchen sah ihn irritiert an, und Nils hoffte, dass sie überhaupt die Frage verstanden hatte. Doch nach einem kurzen Flüstern hinter der Bar ließ Jonas seine Zapfanlage allein und humpelte zu Nils herüber. Sein Bein war nach einem Unfall hier in der Bar böse zugerichtet. Er hatte im Lager Bierfässer gestapelt, und ein Hundert-Liter-Fass war so unglücklich auf sein Bein gefallen, dass die Kniescheibe nicht mehr zu retten gewesen war.

»Was ist so wichtig?«, fragte er ungehalten. Es gefiel ihm nicht, dass Nils ihn zu sich gebeten hatte. Er hatte seinen Stolz, und in seinem eigenen Lokal von einem Gast herumkommandiert zu werden, passte ihm ganz und gar nicht. Aber Nils wollte nicht in aller Öffentlichkeit mit ihm sprechen.

»Setz dich«, sagte Nils.

Schnaubend blieb Jonas vor ihm stehen.

»Keine Zeit. Was ist?«

»Es geht um den Abend, an dem die Frau verschwunden ist. Du hast das ja sicher mitgekriegt.«

»Ja, und?«

»Jürgen und Reinhard waren hier, stimmt's?«

Jonas antwortete nicht, er starrte Nils unter seinen buschig-drahtigen Augenbrauen nur an wie ein missgelaunter Riesenterrier.

»Wann sind die beiden gegangen?«

»Wieso willst du das wissen?«

»Weil ich den Fall aufklären muss.«

»Und wenn ich es noch wüsste, warum sollte ich es dir sagen?«, fragte er und kam mit seinem Gesicht näher. Er roch nach Sauerbraten und Bier. Seine gelben Augäpfel waren wässrig.

»Du müsstest es mir sagen. Wenn die beiden vielleicht etwas damit zu tun haben …«

»Auch dann würde ich es dir nicht sagen.«

»Selbst, wenn sie der Frau etwas angetan hätten?«

»Selbst dann. Ich verrate keinen, den ich kenne.«

»Du würdest also einfach so für jemanden lügen? Nur aus Loyalität? Das ist nicht dein Ernst.«

»Ich lüge nicht. Ich kann mich nur nicht erinnern.«

»Wenn du's aber kannst, ist es lügen.«

»Ich kann mich nicht erinnern. Ich kann mir nicht merken, wann jeder Gast hier ein und aus geht. Unmöglich.«

»Das war's?«

»Das war's.«

»Vielen Dank, Jonas.« Nils grinste ihn übertrieben an, und Jonas schob sich wieder zum Tresen. »Der Whiskey ist zu kalt«, sagte Nils, nahm seine Jacke und verschwand aus der Bar.

★★★

Ende August war das Dach fertig. Das Haus sah aus wie ein Pilz, dessen pfifferlingsfarbener Hut in der Sonne leuchtete, während der lila schimmernde Stamm einem überwässerten Steinpilz glich.

Die untere Etage war nun vollständig bewohnbar. Die Küche, in der jetzt nur noch wenige Schrankteile unter dem Fenster lagerten, sah großzügig und aufgeräumt aus. Nils hatte den Esstisch in die Mitte des Raumes gestellt, sodass er aus beiden Fenstern nach vorn in den Vorgarten und seitlich zum Wasser hinausblicken konnte, wenn er aß. Im Wohnzimmer und im Flur hatten sie dieselben roten Steinfliesen verlegt wie in der Küche. Die geweißten Wände reflektierten das durch die kleinen Fenster einfallende Licht, sodass der Raum hell und freundlich wirkte. Gleich rechts in der Ecke sorgte ein Ofen für Wärme. Die Couch stand links an der hinteren Wand. Auf Deckenbeleuchtung hatte Nils ganz verzichtet und stattdessen nur den Deckenfluter und zwei kleine Stehlampen installiert. Der Fernseher und die Anlage waren in einem Kiefernholzregal untergebracht. Ein paar Bilder fehlten noch, doch das hatte Zeit. Zuerst sollte vor Winteranbruch die obere Etage bewohnbar gemacht werden.

Es war Sonntag, und Nils und Karl schliffen oben die Dielen ab. Nils in seinem alten Kinderzimmer, Karl im Schlafzimmer der Eltern. Feiner Holzstaub schwebte im Raum wie Nebel. Die Partikel hatten sich in einem blassgelben Film auf Nils' Schultern, Kopf und Schutzbrille abgesetzt. Er sah aus wie ein angestaubtes Relikt aus diesem alleingelassenen Haus, ein menschliches Stück Möbel, das nun langsam aus seinem Dornröschenschlaf erwachte. Nils schaltete die Maschine ab, blickte zum geöffneten Fenster. Der Holzstaub schwebte wie eine Wolke winzig kleiner Insekten hinaus und wurde draußen vom Herbstwind mitgerissen. Der Apfelbaum hatte den Großteil seiner Blätter bereits verloren, und zwischen den im Wind zitternden Ästen konnte man das granitfarbene Meer mit seinen weißen Schaummützen in der Bucht zwischen Amrum und Föhr erkennen. Nils nahm seine Atemmaske vom Mund, und ein roter kreisrunder Abdruck wurde sichtbar, wodurch seine Mundpartie der Schnauze eines Tieres glich.

»Karl!«, rief er rüber ins andere Zimmer, und kurze Zeit später erstarb auch dort das Geräusch der Schleifmaschine.

»Hast du gerufen?«, schallte es von drüben zurück.

»Wir machen Schluss für heute. Ist schon acht!« Die beiden hatten heute Morgen bereits um halb neun angefangen.

Nils schickte Karl nach Hause und schüttelte sich den Staub aus den Haaren und aus seinen Klamotten. Die letzten Tage hatte er immer wieder mal bei Thore, dem Wiesel, geklingelt, war aber jedes Mal enttäuscht worden. Heute Abend wollte er es im Restaurant versuchen, auch wenn das bedeutete, dass er Stefan begegnen würde. Dieses Zusammentreffen hatte er eigentlich vermeiden wollen. Er war nicht scharf darauf, die Wunde wieder aufreißen zu lassen, die ihm Stefan zugefügt hatte und die bis auf den Knochen seiner Selbstachtung und seines Stolzes ging. Darum entschied er sich, seine Uniform anzuziehen. Sie machte ihn irgendwie stärker und weniger verletzbar, wie der Umhang eines Superhelden. Das Gewicht seiner Dienstwaffe an seiner rechten Hüfte beruhigte ihn zusätzlich. *Wenn es keine Gesetze gäbe, würde ich dich einfach über den Haufen knallen, Freund!*

Gerade als Nils den Parkplatz am Strand erreichte, begann es in dicken Tropfen zu regnen. Er stieß die Autotür auf und sprintete zum Eingang des Restaurants, wobei er das Holster festhielt, damit es nicht gegen sein Bein schlug. Auf dem Abtreter in der kleinen Eingangsnische rubbelte er sich die Nässe aus den Haaren.

Das Lokal war gut besucht. Er hörte das Fett in der Pfanne in der Küche zischen, begleitet vom Klirren von Besteck auf Tellern. Zwei Kellnerinnen hasteten mit voll beladenen Armen durch den Raum, aber Thore war nicht zu sehen. Nils ging langsam weiter und bemerkte die ersten unsicheren Blicke der Gäste. Stefan muss irgendwo hinten sein, dachte er, doch kaum hatte er den Gedanken beendet, hörte er den Kühlschrank unter der Theke zuschlagen, und Stefan erhob sich aus seinem Versteck. Nils' Anblick traf ihn wie ein Schlag. Seine Gesichtszüge fielen in einer bündigen Lawine herab und mit ihnen der geschäftige Ausdruck in seinen Augen. Nils spürte eine plötzliche Beklemmung im Brustkorb, sein Puls rauschte laut und quengelig in seinen Ohren.

»Hallo, Stefan.«

Stefan sah ihn mit weit geöffneten Augen an. Auch sein Mund stand offen, so, als müsse er den Schreck wie eine giftige Gasblase aus seinem Körper atmen. Das Geräusch der Espressomaschine holte ihn wieder in die Gegenwart zurück, und er zog missmutig die Augenbrauen zusammen, als er Nils' Uniform musterte.

»Was willst du?«, fragte er mit dünnen Lippen und so barsch, wie es ihm eigentlich nicht zustand. Nils stand dieser Ton zu. Schließlich war er derjenige, der seine Frau an ihn verloren hatte.

»Ich suche Thore«, sagte Nils und kam näher an den Tresen. Stefans Blick sprang wie die Kugel in einem Flipper durch sein Lokal. Alle Gäste glotzten zu ihnen rüber.

»Nils, musst du hier in dem Aufzug auftauchen, verdammt?« Schon wieder dieser Ton. Nils verstand nicht, wo diese Wut herkam.

»Ich bin beruflich hier. Ist Thore da?«

»Komm mit nach hinten.« Stefan ging voraus in die Küche. Zwei Köche und zwei Küchenhilfen fuhrwerkten in dem feuchtwarmen Dunst herum. Stefan stellte sich in die linke hintere Ecke vor die große Gefriertruhe. Als die Männer Nils bemerkten, sahen sie von ihrer Arbeit auf und schauten ihn an, als meinten sie, gleich verhaftet zu werden. »Also?«, sagte Stefan und verschränkte die Arme vor der Brust.

»Ich will Thore sprechen. Zu Hause erreiche ich ihn nicht.«

»Er hat Urlaub.«

»Ach. Wie lange?«

»Zwei Wochen.«

»Wann kommt er wieder?«

»Mittwoch ist sein erster Arbeitstag.«

»Weißt du, wo er hin ist?«

»Türkei, glaub ich.«

»Stefan?«, rief eine der Kellnerinnen vorne am Tresen. Sie lugte durch die Durchreiche. »Stefan?«

»Jetzt nicht! Ich komme gleich.«

Mürrisch zog sie sich wieder zurück.

»Und was willst du von ihm?«, fragte Stefan.

»Es geht um die verschwundene Frau. Er hat sie bedient an dem Tag. Hast du davon was mitgekriegt?«

»Gesehen hab ich's, ja. Aber was soll das jetzt noch?«

»Alles Routine.« Nils versuchte, nicht an Elke zu denken oder an Anna oder an das, was Stefan ihm angetan hatte. Er war auf Thore konzentriert und auf den Fall. Nur so konnte er überhaupt mit diesem Mann sprechen, den er einmal so gut gekannt hatte. Zu kennen geglaubt hatte.

»Die Leute denken sonst was, wenn du hier mit deiner Uniform aufkreuzt«, beschwerte sich Stefan.

»Ich geh gleich wieder. Dir ist also nichts aufgefallen zwischen den beiden?«

»Was soll mir da aufgefallen sein? Er hat sie bedient und aus! Wie jeden anderen auch.«

»Wirklich?«

»Wovon redest du eigentlich? Ich versteh nicht …«

»Schon gut. Wie lange warst du an dem Abend hier?« Nils holte seinen Notizblock heraus und schlug ihn auf.

»Bitte?« Stefan sah ihn an, als glaubte er, Nils erlaube sich einen schlechten Scherz. »Hör zu, ich muss wieder nach vorn.«

»Wie lange, ungefähr?«

»Ich … ich glaub, ich bin so gegen neun nach Hause.«

»Neun Uhr. Und war Thore da noch hier?«

»Ja. Wir sind zusammen gegangen.«

»Wie war er da?«

»Mit seinem Fahrrad.«

»Und du?«

»Mit dem Auto.«

»Du hast also nicht gesehen, ob er auch wirklich nach Hause gefahren ist.«

»Nils, hör mal, was soll das? Meinst du das ernst?«

»War noch jemand am Strand, als du gegangen bist?«

»Ich geh jetzt nach vorn.« Stefan wollte sich abwenden.

Nils hielt ihn am Arm fest. »Nur diese Frage noch.«

»Keine Ahnung. Claas war noch unten beim Surfen.«

»Claas?« Nils machte sich eine kurze Notiz. Als er aufschaute, war Stefan aus der Küche verschwunden, und die beiden Küchenhilfen blickten verstohlen zu ihm herüber. Nun verließ auch er die heißen Dämpfe, ging an der Bar vorbei, ohne Stefan anzusehen, und trat hinaus in den pladdernden Regen. Es war vorbei. Die erste Begegnung war geschafft. Als er wieder im Auto saß, begann er zu zittern.

VIERZEHN

Nils lag auf der Couch im Wohnzimmer und hatte die Augen geschlossen. Neben ihm auf dem Boden stand ein halb volles Glas Whiskey. Die Flasche stand unter dem Tisch. Er hatte sich nicht gut gefühlt, die letzten zwei Tage. Vielleicht war eine Erkältung im Anmarsch, oder es war einfach nur Erschöpfung.

Er versuchte, sich Anita Bohn vorzustellen. Und tatsächlich sah er sie vor sich, doch ihr Gesicht war unkenntlich, eine plane fleischfarbene Fläche. Sie verließ das Hotelzimmer, um einen Spaziergang zu machen. Sie trug ein beigefarbenes T-Shirt mit einer Kordel auf der Brust und flache Ballerinas zu einer weißen Hose, ihren Ehering und eine goldene Kette mit einem Kreuz. Sie nahm den Fahrstuhl und fuhr nach unten. Dort stieg sie die Eingangsstufen des Hotels hinab und ging in die Fußgängerzone. Sie sah sich die dunklen Schaufenster an und schlenderte weiter in Richtung Strand. Sie erreichte den Weg, der hinunter zum Wasser führte. Ein helles Licht fiel ihr in den Rücken. Ein Auto. Es näherte sich und hielt dich hinter ihr. Reinhard und Jürgen stiegen aus. Sie waren betrunken. Sie lächelten wie Schakale, als sie sich ihr näherten. Was dann geschah, konnte Nils nicht mehr sehen. Plötzlich war Anita wieder allein, das Auto verschwunden oder nie aufgetaucht. Claas kam mit seinem Surfbrett unter dem Arm vom Strand herauf. Auch er lächelte breit, als er sie sah. Dann war auch Claas wieder verschwunden. Dafür sah Nils, wie Anita aufs Meer starrte und im Dunkeln vor sich eine glimmende Zigarette entdeckte. Thore saß dort an eine Düne gelehnt und rauchte eine Zigarette. Sein Fahrrad stand am Zaun. Anita kam auf ihn zu. Thore grinste, als er aufstand und ihr entgegenging.

All diese Möglichkeiten konnte er sich vor Augen führen und wie einen Film abspulen. Er konnte sogar die kleinsten Details dabei erkennen. Doch sein innerer Filmprojektor versagte, wenn es um den Schluss des Films ging. Der war wie ein überbelichteter Filmstreifen: Das Bild blieb ungegenständlich und weiß. Nils trank sein Glas aus, um dadurch mehr Kontrast und Schärfe ins Bild zu bringen, aber auch das war zwecklos. Vielleicht musste er erst alle Befragungen hinter sich gebracht haben. Dann würde sich Claas' Lüge auch besser deuten lassen. Morgen würde er mit Thore sprechen können, und dann blieb noch sein Vater. Dieses Gespräch schob er sich nicht umsonst auf den allerletzten Platz einer langen Bank. Dieses Gespräch würde vieles verändern, glaubte er, zumindest was die Beziehung zu seinem Vater anbelangte. Es würde einen Bruch geben. Er wusste nur nicht, ob er schon bereit dafür war.

Nils schnappte sich Glas und Flasche und ging nach oben. Er hatte ein Bett gekauft und es in seinem alten Kinderzimmer aufgebaut, genau an derselben Stelle vor dem Fenster, an der es früher schon gestanden hatte. Hier oben konnte er ungeniert aus der Flasche trinken. Er legte sich mit T-Shirt und Shorts bekleidet ins Bett und ließ das flüssige Kupfer in sich hineinlaufen. Es gluckste in der Flasche. Draußen war es ungewöhnlich hell. Der Mond beleuchtete die wattebauschdicke nächtliche Wolkendecke und ließ sie gelblich schimmern. Die Äste des Apfelbaums zeichneten sich schwarz und scharfkantig gegen diesen baumwollenen Hintergrund ab. Nils stellte die Flasche auf den Boden und zog ein Buch unter dem Bett hervor, das er im obersten Fach seines alten Kleiderschrankes gefunden hatte. Es war der »Struwwelpeter«. Er schlug die dicken Seiten auf und sah diese merkwürdig vertrauten Zeichnungen, diese mutierten Menschen in ihren mutierten Bewegungen. Als Kind hatte er die Geschichten gar nicht richtig begriffen und anscheinend auch nicht realisiert, wie schrecklich sie waren. Die letzte Geschichte vom fliegenden Robert hatte er immer am liebsten gehabt. Er hatte die Vorstellung, fliegen zu können, gemocht, auch wenn Robert vom Wind unwiederbringlich weggetragen worden war. Wenn einem ein solches Schicksal widerfahren konnte, dann nur hier auf dieser Insel.

Nils sank mit dem Buch auf seinem Bauch in den Schlaf. Und wurde irgendwann unweigerlich in seinen Traum manövriert.

Vor dem nächtlichen Fenster stand das Unwetter und atmete durch die Scheiben. Nils versteckte sich unter seiner Decke, und nach Blitz und Donnerschlag erklang wie immer der Schrei seiner Mutter. Eiseskälte kroch in seine Knochen. Er hörte seine Gelenke quietschen, wenn er sich auch nur einen Millimeter bewegte, so sehr angespannt war sein Körper. Er hatte schreckliche Sorge um seine Mutter. Sie würde sterben, sicher würde sie bald sterben. Jemand würde ihr etwas Schreckliches antun. Warum sonst sollte sie so fürchterlich schreien? Nils zog die Decke höher. Dann teilte ein weiterer Schrei messerscharf die Luft im Haus. Jemand tötete seine Mutter, da war er sich nun ganz sicher. Wo sein Vater war, wusste er nicht. Also musste *er* ihr helfen. Mit zitternden Gliedern stieg er aus dem Bett. Die Kälte war immens, und seine Haut zog sich schmerzhaft zusammen. Auf halb tauben Füßen arbeitete er sich mit steifen Schritten vor bis zur Tür, legte seine kalte weiße Hand auf die Klinke und drückte sie hinunter. Die Tür sprang auf und gab den Blick in den Flur frei. Ein rechteckiger Lichtrahmen markierte die Tür zum Zimmer seiner Eltern. Darin hörte er seine Mutter wimmern. Er musste ihr helfen, musste wissen, was dort hinter der Tür geschah. Langsam ging Nils näher darauf zu.

Er erwachte, weil etwas ihn geweckt hatte. Ein Geräusch hatte sich in seinen Traum geschummelt, ein Geräusch, das dort nicht hingehörte. Aber er kannte es. Er richtete sich auf, legte das Buch beiseite und horchte. Draußen dämmerte es bereits, und die Vögel begannen zu zwitschern. Da waren Schritte vor der Haustür. Das Geräusch war das Quietschen der Gartenpforte gewesen. Blitzschnell schoss er aus dem Bett und stand oben an der Treppe. Es raschelte. Dann schob sich ein Brief durch den Briefschlitz und fiel mit einem lauten Klacken zu Boden. Nils stieg hinunter und öffnete die Tür. Karla war bereits wieder im Begriff zu gehen.

»Karla?«

Sie wollte nicht, doch sie musste sich umdrehen.

»Hallo, Nils«, sagte sie piepsig. Ihre Hände spielten nervös an ihren Ärmeln herum.

»Was machst du hier?«

»Ich muss zur Arbeit und wollte nur …« Sie blickte ängstlich auf die Stelle, an der der Brief hinter der Tür liegen musste. Es war ein Blick von nur einer halben Sekunde, aber er verriet Nils, dass dieser Brief sie nervös machte, dass er ihr gefährlich werden könnte. Er bückte sich, hob den Umschlag auf und hielt ihn senkrecht in die Luft.

»Was steht da drin?«, fragte er.

»Nichts«, sagte sie. Ihre Stimme klang wie vertrocknetes Leder.

»Warum hast du ihn dann geschrieben?«

Sie blickte in seine Augen. Ein langer, sehnsüchtiger Blick.

»Karla, was soll das? Was steht in dem Brief?«

Sie antwortete nicht, sie schämte sich, für was auch immer.

Nils musterte den nicht beschrifteten Umschlag und riss ihn schließlich auf. Er zog ein zusammengefaltetes Blatt heraus. Es war ein Foto. Ein pixeliges, schwarz-weiß ausgedrucktes, unscharfes Foto. Es zeigte Hauke und Anita Bohn nah beieinander im Fahrstuhl. Darunter, in weißer Schrift, standen Datum und Uhrzeit. Nils' Nackenhaare stellten sich auf.

»Wo hast du das her?«, fragte er mit zitternder Stimme. Ihm war plötzlich schrecklich kalt.

»Das ist aus der Überwachungskamera im Fahrstuhl. Ich wusste nicht, was ich damit machen soll. Vielleicht bedeutet es ja gar nichts. Ich hab an dem Abend jedenfalls nur Frau Bohn unten im Foyer gesehen«, sagte Karla und kam näher. »Sie hat das Hotel allein verlassen, ganz bestimmt.«

»Es war trotzdem gut, dass du das Bild ausgedruckt hast.«

»Aber bitte sag deinem Vater nichts davon. Ich brauche die Arbeit ...«

»Keine Angst, Karla.«

Sie stand jetzt ganz nah bei ihm.

»Ich will dir helfen. Ich weiß, wie sehr dich das beschäftigt. Und was du jetzt gerade durchmachst. Wenn du willst, komme ich zu dir. Du musst es nur sagen. Ich komme und bleibe, so lange du willst. Du musst es nur sagen.« Ihre Lippen führten ein zuckendes Eigenleben, als sie sprach. Wie vom Wind geschüttelte Himbeeren. Nils musste eine Ewigkeit auf sie gestarrt haben, bis er verstand, was sie ihm sagte.

»Karla, das ...«

»Schon gut«, sagte sie und steckte ihre Hände in die Jackentaschen. »Vergiss es einfach.«

»Nein, ich ...«

Doch Karla hatte sich bereits umgedreht und hastete eilig vom Grundstück. Er sah ihr wortlos hinterher und ließ sich dann auf der Treppe nieder. Das Unkraut neben dem Treppenabsatz reichte ihm bis zu den Knien. *Was ist bloß los? Warum wird alles plötzlich anders? Nichts ist mehr, wie es war.*

Nils hatte das Gefühl, Teil einer gigantischen Kettenreaktion zu sein. Er war der letzte Dominostein in einer langen Reihe und musste zusehen, wie einer nach dem anderen umkippte und den nächsten mit sich riss. Anita war der erste Stein gewesen. Und am Ende würde unweigerlich er fallen.

FÜNFZEHN

Nach Feierabend fuhr Nils zum kleinen Hafen in Steenodde. Er wollte sich die alte »Diana« ansehen, die Karl ihm geschenkt hatte. Thores Schicht im »Strand 33« würde erst um achtzehn Uhr beginnen. Bis dahin konnte er sich hier noch umsehen.

Der Wind kam heute stetig mit einer Stärke von vier bis fünf aus nordöstlicher Richtung. Es war sonnig, aber kühl, und draußen auf dem Wasser konnte man schon eine Winterjacke gebrauchen.

Nils parkte links am Hafenkai und ging mit Gummistiefeln bekleidet auf den hölzernen Steg. Die »Diana« war das dritte Boot von rechts. Nils erkannte sie gleich. Er ging an Bord des alten Kahns, der aber gar nicht den Eindruck machte, ein alter Kahn zu sein. Das Boot war sehr gut erhalten. Es sah besser aus als seine Nachbarn, die bestimmt zwanzig Jahre jünger waren. Karl hatte es immer gut in Schuss gehalten. Nils untersuchte das Segel, das unter einer Schutzplane lag. Es war weiß und die Ösen frei von Rost. An diesem Boot musste er nichts mehr tun. Er hätte sofort damit starten können.

Er ließ sich am Ruder nieder und blickte hinter sich ins Wasser. Das Meer spiegelte den blauen Himmel wider, doch in seinem eigenen Schatten konnte Nils einige Zentimeter tief ins Wasser sehen. Er beugte sich weiter vor. Das Wasser war braun in seinem Umriss.

»Moin«, hörte er plötzlich eine Stimme hinter sich sagen. Er fuhr auf. Da stand Thore in gefütterter Lederjacke und Segelschuhen vor dem Boot.

»Hallo«, sagte Nils überrascht.

Thore sprang mit einer unauffälligen Bewegung auf das benachbarte linke Boot und kramte in einer Seekiste herum.

»Was machst du hier?«, fragte er, ohne Nils eines Blickes zu würdigen.

»Ich sehe mir das Boot an.«

»Karl schraubt und putzt an dem Ding rum, als wollte er damit irgendwann mal bis nach Afrika fahren.« Thore richtete sich auf und sah zu Nils herüber. Er hielt einen Akkuschrauber und einen Messinghaken in der Hand. Nils fiel die leichte Bräune in seinem sonst eher blassen, sommersprossigen Gesicht auf.

»Er hat's mir vermacht«, sagte Nils.

»Oh, herzlichen Glückwunsch! Dann sind wir jetzt Nachbarn.« Thore hielt Nils seine Hand hin, und Nils griff vorsichtig zu. Thores Finger waren schrecklich weich.

»Warst du im Urlaub?«, fragte Nils.

»Ja, Türkei. Mit 'nem Kumpel zusammen.« Thore kramte zwei Schrauben aus seiner Jackentasche und steckte sie sich in den Mund. Dann schraubte er das Messingstück achtern in die Bordwand unterhalb der Reling.

»Komisch, dass wir uns hier treffen«, sagte Nils.

»Mmh?«, machte Thore mit nur noch einer Schraube im Mund.

»Wie es der Zufall so will, wollte ich eh mit dir sprechen.« Thore versenkte die zweite Schraube.

»Warum?«

»Wegen Anita Bohn. Du hast sie bedient, an dem Tag, als sie verschwunden ist.«

»Ja, richtig.« Thore stand auf, immer noch mit dem Akkuschrauber in der Hand.

»Wir haben noch keine Leiche gefunden. Gar nichts. Ich bräuchte ein paar Informationen von dir«, sagte Nils. Er musste jetzt etwas lauter sprechen. Zwischen ihm und Thore waren ungefähr drei Meter Distanz, und der Wind rauschte wie eine kaputte Tuba.

»Was willst du wissen?«, fragte Thore ohne die kleinste Unsicherheit in seinen Augen. Dieses eigenartige Selbstbewusstsein gefiel Nils nicht. Es war nicht positiv, nicht gradlinig, sondern irgendwie hinterhältig.

»Was hat sie für einen Eindruck auf dich gemacht?«

Der Wind klappte Thores lammfellbesetzten Kragen hoch, doch er schien es nicht zu bemerken.

»Sie war unzufrieden.«

»Mit was? Dem Essen?«

»Nein, mit ihrem Leben.«

Diese Antwort ließ Nils einen Schritt nach vorn machen.

»Wie kommst du darauf?«

»Na ja, wenn du da so deine Gäste sitzen hast, weißt du irgendwann ganz genau, wie sie ticken. Ob da ein Streit am Laufen ist, ob sie sich nichts mehr zu sagen haben, ob das ihr letzter Urlaub ist und so weiter.«

»Und bei Frau Bohn?«

»War es ihr letzter Urlaub«, sagte Thore, und sogleich fiel ihm die Zweideutigkeit seiner Antwort auf. »Ich meine, ich hätte den beiden kein halbes Jahr mehr gegeben, dann hätten sie sich getrennt.«

»Ach ja? Haben sie sich gestritten?«

»Nein, aber da passte einfach nichts mehr zusammen bei den beiden. Sie hat ihm eins auswischen wollen, und er war kurz vorm Explodieren.«

»Wieso?«

»Na, sie hat rumgeschäkert mit mir. Anzügliche Sachen gesagt und so.«

»Und du?«

Er lachte.

»Was soll ich schon gemacht haben? Ich war jedenfalls nicht abweisend zu ihr, hab versucht, nett zu sein.«

»Nett?«

»Ja, nett. Zu ihr, zu ihm, zu allen. Man muss sich immer auf sein Gegenüber einlassen. Wenn du täglich zweihundert Leute bedienst, lernst du das schnell.«

»Fandest du sie attraktiv?«

»Ja, keine Frage!«

»Hast du sie noch mal gesehen an dem Abend?«

»Nein.«

»Wann hast du Feierabend gemacht?«

»Keine Ahnung, so gegen neun.«

»Warst du allein?«

»Nein, ich bin mit Stefan gegangen. Tut mir leid, übrigens.«

»Was?«

»Na, ich hab gehört, dass deine Frau jetzt bei ihm wohnt.«

Nils' Augäpfel begannen plötzlich zu brennen. Er musste blinzeln. Thore beobachtete ihn aufmerksam.

»Nett von dir. Was hast du an dem Abend noch gemacht?«, fragte Nils gegen eine aufkommende Übelkeit an.

»Bin ich ein Verdächtiger?«

„ »Beantworte bitte einfach die Frage.«

»Ich war zu Hause. Allein.« Er lächelte wieder, diesmal breiter, und entblößte dabei seine nach vorn geschobenen Eckzähne. Nils nickte.

»Wie ist der Haken abgebrochen?«, wollte er wissen und deutete auf die Bordwand hinter Thore.

»Oh, da ist mir 'ne Angelkiste gegengeknallt. Wir können ja mal zusammen rausfahren und die Rute auswerfen.«

»Ich angle nicht«, sagte Nils.

»War's das?«, fragte Thore.

»Ja, ja, mach ruhig weiter. Wir sehen uns.« Nils stieg vom Boot herunter und spürte dabei Thores Blick in seinem Rücken.

Er fuhr mit einem kräftigen Gegenwind nach Norddorf und hielt vor dem Kino. Anita hatte bei Jannen etwas gekauft. Vielleicht konnte er hier noch etwas erfahren, was ihn weiterbrachte, obwohl er nicht so recht daran glaubte. Er betrat das Geschäft kurz vor Ladenschluss durch den vorderen Eingang. In der Herrenabteilung stand die Tür zum Lager offen, es war niemand zu sehen. In der Damenabteilung stand Tine hinter dem Tresen und stellte eine Rechnung aus. Zwei Kinder hatten auf dem Boden vor der Kasse Legosteine und Bahnschienen verteilt, die sie jetzt lautstark in die Spielzeugkiste zurückwarfen. Nils wartete, bis sie die Kunden mit einem Vielen-Dank-für-Ihren-Einkauf-Lächeln verabschiedet hatte.

»Moin, Nils.«

»Moin, Tine. Hast du einen Augenblick Zeit?«

»Willst du was für Anna kaufen oder für dich?«, fragte sie und machte ihm damit bewusst, dass er nichts mehr für Elke kaufen würde.

»Nein, ich bin hier, um dir ein paar Fragen zu der verschwundenen Frau zu stellen.«

»Ach so.«

»Sie hat doch hier eingekauft?«

»Ja, ja.«

»Und ist dir irgendwas Ungewöhnliches an ihr aufgefallen?«

Tine presste ihre Lippen aufeinander, als schluckte sie gerade eine bittere Medizin herunter. Sie atmete unzufrieden durch die Nase aus.

»Was ist?«, wollte Nils wissen. Offensichtlich hatte Anita Bohn bei Tine einen deutlichen Eindruck hinterlassen. Tine beugte sich über den Tresen näher zu Nils.

»Sie hat einen Bikini anprobiert.«

»Und?«

»Na ja, ich bin an der Kabine vorbei, und da … ich denke, sie hat da drin … sie hat's sich gemacht.«

»Bitte?«

»Sie hat sich … befriedigt da drin.«

»Befriedigt?«, fragte Nils etwas durcheinander.

»Ja, mas–tur–biert. Du verstehst?«

»Bist du sicher?«

»Ziemlich.«

»Das ist recht ungewöhnlich, nehme ich an.«

»Ja. Ich hab's schon öfter erlebt, dass Pärchen sich da drinnen vergnügt haben, aber ein Soloauftritt, das war auch mir neu.«

»Wie hast du reagiert?«

»Ich hab sie gelassen. Herrje, was sollt ich machen? Sie kam ja dann auch gleich wieder raus und hat den Bikini gekauft.«

»Hat sie noch was gesagt?«, fragte Nils und machte sich wieder Notizen.

»Ich hab sie nicht abkassiert, das hat Peter gemacht, weil sie noch Sonnencreme haben wollte.«

»Ist Peter noch da?«

»Der muss vorne sein.«

»Alles klar, danke.«

»Grüß schön«, sagte Tine, verschluckte die letzten Buchstaben und berührte mit zwei Fingern erschrocken ihre zu schnellen Lippen.

»Schon gut«, sagte Nils und lächelte müde. Er ging zurück in die Herrenabteilung, wo Peter gerade die Eingangstür abschloss.

»He, lässt du mich noch raus?«, rief Nils, und Peter drehte sich zu ihm um. Er war Insulaner, aber irgendwie verhielt er sich nicht so. Die meisten hier hatten ein Gesicht für die Touristen und ein zweites für die Einheimischen. Peter besaß nur ein Gesicht, es war für alle gleich. Nils hätte auch aus Duisburg kommen können, Peter hätte ihn nicht anders angesehen.

»Nils«, sagte er leicht überrascht, fing sich aber sogleich wieder und drehte den Schlüssel herum. Er zog die Tür auf. »Ich hab dich gar nicht reinkommen sehen.«

»Mach ruhig noch mal zu, ich wollte kurz mit dir sprechen.«

Peter ließ die Türklinke los und griff mit beiden Händen in den Schlüsselbund. Die Tür fiel nach einem föhnartigen Luftzug wieder zu.

»Ja, was gibt's?«

»Tine sagte mir, dass Anita Bohn ihren Einkauf damals bei dir bezahlt hat.« Nils sah Peter an, dass er einen Moment darüber nachdachte zu fragen, wer Anita Bohn war. Dann fiel es ihm wohl wieder ein.

»Das stimmt.«

»Erinnerst du dich noch, was sie gekauft hat?«

»Sonnencreme. Und einen Bikini.«

»Hast du sie beraten, oder hat sie einfach alles auf den Tresen gelegt?«

Peters Finger zählten die Schlüssel ab.

»Sie hat nur kurz gefragt ... und ich ... wir waren da drüben am Ständer mit der Sonnencreme, und ich hab sie beraten, ja.« Er atmete einmal tief durch.

»Und war sie nett zu dir, höflich, oder eher schroff oder abweisend?«

»Sie war sehr ... nett, doch, ja.«

»Irgendwie auch seltsam?«

»Seltsam? Wieso, nein!«

»Na ja, ich hab jetzt schon von einigen gehört, dass sie sich ungewöhnlich benommen hätte.«

»Nein, überhaupt nicht.«

»Hat Tine dir erzählt, was sie in der Umkleide gemacht hat?«, fragte Nils und setzte ein joviales Lächeln auf, wie Männer es tun, wenn sie über die körperlichen Vorzüge einer Frau sprechen.

»Ich … ja, doch, hat sie.« Kleine Schweißperlen wuchsen auf Peters Oberlippe, und seine Zunge lugte zwischen seinen Lippen hervor wie eine schüchterne Moräne, die sich aber nicht heraustraute. Die Schlüssel klimperten wie Hufgetrappel.

»Bei dir war sie aber wieder ganz normal? Hat sie nicht irgendwie mit dir geflirtet oder so? Ein paar andere Männer haben so was erzählt.«

»Ach ja? Wer denn? Hier war doch niemand.«

»Nein, jetzt hast du mich falsch verstanden. Sie hat auch mit anderen Männern geflirtet, und da du ja nicht gerade hässlich bist, dachte ich …«

»Ach so, ja gut, sie … aber das war normal, nichts Besonderes.«

»Nein?«

»Nein!«

»War sie denn grundsätzlich eher in guter Laune, oder war sie bedrückt?«

»Kann ich nicht sagen, gut, glaub ich.« Er ließ kraftlos seine Hände sinken, und der Schlüsselbund klingelte wie eine Pausenglocke, die er jetzt dringend benötigte.

»Tja, dann will ich dich nicht länger vom Feierabend abhalten. Danke.«

»Alles klar.«

»Ach so, was hast du eigentlich an dem Abend noch gemacht? Wo warst du?«

»Zu Hause.«

»War jemand bei dir?«

»Nein.«

»In Ordnung. Mach's gut.«

Nils verließ den Laden und hörte hinter sich das Schloss zweimal klacken. Peter hatte doch ein zweites Gesicht, stellte er fest. Es sah aus wie ein Hund. Wie ein Hund, der ins Wohnzimmer gepinkelt hatte und jetzt auf seine Strafe wartete.

Als Nils in seinen Wagen steigen wollte, blendete ihn ein gleißendes Licht. Die letzten Sonnenstrahlen schossen über die Dünen und die Häuserspitzen hinweg und trafen auf das große Wappen über dem Eingang des Hotels Petersen. Das »P« reflektierte das Licht und schleuderte es in einem blanken weißgoldenen Schwall

188

direkt in sein Gesicht. Nils bedeckte mit einer Hand seine Augen und schielte in das schwarze Loch unter dem Wappen, wo Karla hinter ihrem Tresen sitzen musste. Er spürte den Umschlag mit dem Foto seines Vaters im Fahrstuhl in seiner hinteren Hosentasche. Er musste Hauke einen Besuch abstatten. Nur ein einziges Mal noch, dann wäre er hier sicher nicht mehr willkommen.

»Nils!«, rief jemand hinter ihm, und er erkannte Holger, der auf den Eingangsstufen seines Kinos stand und ihm fröhlich zuwinkte.

»Moin, Holger«, rief Nils zurück, und Holger kam auf ihn zu.

»Na, wie geht's?«, fragte er, senkte dabei seine Stimme und kniff ein Auge gegen die Sonne zu. Nils wusste, dass er fragte, weil er von Elke und Stefan gehört hatte, aber Nils wollte jetzt nicht darüber reden. Nicht jetzt und nicht hier.

»Und selbst?«, gab er ausweichend zurück. Holger akzeptierte das anstandslos.

»Die Schaufenster sind alle heil.« Er lächelte, ein Auge immer noch geschlossen.

Nils schaute über Holgers Schulter und auf die Plakate. Sein Blick blieb an der Druckerschwärze einer Zahl hängen. Es war die Uhrzeit der Spätvorstellung. Er erinnerte sich an die randalierenden Jungs aus dem Schullandheim.

»Holger? An dem Abend, als die Frau verschwand, da gab's doch eine Spätvorstellung, oder?«

»›Transformers 3‹, in 3-D.«

»Warst du die ganze Zeit drinnen, oder bist du auch mal …?«

»Ich hab draußen eine geraucht.«

»Du hast nicht zufällig die Frau gesehen, oder?«

»Keine Ahnung. Ich hab 'ne Frau gesehen, aber ob das *die* war …«

»Sie hatte eine weiße Hose und ein T-Shirt an. Beige. Mit einer Kordel vorn. Dunkle Haare. Flache Schuhe.«

»Ja, die kam ausm Hotel.«

»Bitte? Warum, zum Teufel, sagst du mir das nicht?«

»Ich wusste doch nicht, wer das war. Hier gehen tausend Leute lang.«

»Aber das Foto war überall in den Zeitungen und im Fernsehen!«

»Ich hab mein Kino. Das reicht. Einen Fernseher brauch ich nicht.«

»Herrgott, Holger!«

»'tschuldigung!«

»Also, jetzt mal ganz von vorn. Um wie viel Uhr war das?«

»So kurz vor zehn.«

»Und wie lange hast du draußen gesessen?«

»Ich hab gestanden. Vielleicht zehn Minuten. Waren drei Zigaretten.«

»Wie viele Leute hast du gesehen? Wer ging ins Hotel und wer kam raus?«

»Also, da war ein Pärchen, das kam aus der Bar und ging über den Rasen in Richtung Hauptstraße. Karl hab ich auch gesehen, na ja, eigentlich nur seinen Pick-up, der stand auf dem Hotelparkplatz. Und die Frau. Sie kam allein raus und ging in die Fußgängerzone.«

»Noch was? Hast du Hauke gesehen?«

Holger senkte für eine Weile den Blick, so als läge die Antwort vor ihm im gelben Kies.

»Nee, Hauke nicht, aber Claas.«

»Bitte?«

»Claas kam aufm Fahrrad vom Strand hoch. Aber da war der Film schon aus, und ich hab die Leute rausgelassen.«

»Wann war das?«

»Genau um dreiundzwanzig Uhr. Das weiß ich sicher.«

»Du hast mir sehr geholfen.«

Holger lächelte, und Nils klopfte ihm auf die Schulter. Diese Information war wie Koffein für seinen Organismus. Nils fühlte sich so wach wie lange nicht mehr. Wach und aufgestachelt. Er würde Claas einen Besuch abstatten müssen. Er hatte gelogen, und sein Vater auch. Mit Holger hatte er nun einen zweiten Zeugen. Was war zwischen einundzwanzig und dreiundzwanzig Uhr geschehen?

SECHZEHN

Am nächsten Morgen würde Nils eine weitreichende Entdeckung machen, die vieles verändern, verschieben und beschleunigen sollte. Als Nils aber an diesem Abend, nachdem er mit Holger gesprochen hatte, das Restaurant »Dat Achterdeck« in Nebel betrat, um etwas zu essen und sich wenigstens in Gesellschaft, wenn auch fremder, zu befinden, ahnte er noch nichts von den Veränderungen, die ihn nach dieser Nacht erwarteten.

Er begrüßte Lisa, die Bedienung, die mit ihm zur Schule gegangen war und Herm, den Wirt, der mit hochgekrempelten Hemdsärmeln und poliert glänzender Kopfhaut unter vier bis fünf Haaren hinter der Bar Bier zapfte. Im großen Raum waren bis auf einen noch alle Tische frei, während in dem kleineren Raum, der nach links abging und etwas heimeliger und gemütlicher war, die Gäste an fünf voll besetzten Tischen um einen in der hinteren Ecke stehenden Ofen herumsaßen, der warmes Licht und warme Luft in den Raum beförderte. Dort setzte sich Nils an einen Tisch ganz rechts am Fenster, sodass er den Raum und die Bar im Blick hatte, und legte sein Notizbuch neben sich. Während er darin blätterte, kam Lisa an seinen Tisch und strich sich ihre geröteten Hände an ihrer blauen Schürze ab.

»Moin, Nils, lange nicht gesehen«, sagte sie freundlich, aber unverbindlich. Natürlich fragte sie nicht, warum er hier allein saß.

»Moin, Lisa. Ich hätte gern ein großes Bier und einen Klaren. Was gibt's denn heut an Fisch?«, fragte Nils und nahm die Speisekarte, die sie ihm reichen wollte, gar nicht erst entgegen. Wenn sie nicht unerwartet Besuch von einem dieser Fernsehköche bekommen hatten, dann war die Karte immer noch dieselbe wie vor zwanzig Jahren.

»Heut ham wir Steinbeißerfilet, Scholle und ...« Ihre Stimme klang plötzlich dünn, und Nils, der schon wieder in seine Notizen vertieft war, blickte auf. Er registrierte ihre Irritation beim Blick auf das Büchlein. Offensichtlich hatte sie einige bekannte Namen darin entdeckt. Nils klappte es wieder zu.

»Und …?«

»Und Steinbutt.«

»Den nehm ich. Danke schön.« Er schickte sie mit einem Lächeln zurück in die Küche.

Es war das erste Mal seit seiner Trennung von Elke, dass er so etwas wie die Chance auf einen Neuanfang verspürte, hier in dem schummrigen, urigen Lokal, in dem es nach gebratenem Fisch und Bierschaum roch. Seine Frau und seine Tochter hatten ihn verlassen. Doch er würde das durchstehen. Er hatte den Fall, den er einfach nicht ad acta legen konnte, und wollte ihn lösen. Er hatte ein neues Haus, in dem es ein Zimmer für Anna gab und in dem er alles genau so einrichten und organisieren konnte, wie es ihm passte. Er würde sich dort selbst neu erfinden. Es versetzte ihn in die Lage, hier zu sitzen und allein zu Abend zu essen, ohne im Elend zu versinken. Soweit er sich erinnern konnte, hatte er das noch nie getan. Ein Gefühl von Stolz und Vorfreude wühlte in seinem Zwerchfell und erhellte seine Laune wie ein Licht, das jemand hinter seinen Augen angezündet hatte. Lisa kam und stellte ihm ein kondensnasses Glas Bier und ein eingefrorenes Schnapsglas hin.

»Danke, Lisa. Wie geht's dir so?«, fragte Nils, als sie sich erneut ihre wunden Hände an der mit dunklen Flecken gespickten Schürze abwischte.

»Och, ganz gut, danke.«

Nils wusste, dass sie sich schon lange ein Kind wünschte, dass es aber mit ihrem derzeitigen Freund nicht klappte. Vielleicht lag es an ihm, vielleicht an ihr. Sie hatte zwar schon einmal ein Kind geboren, war aber inzwischen nicht mehr die Jüngste. Vor drei Jahren hatte sie sich nach fünfzehn Jahren Ehe von Sven scheiden lassen. Lisa war Claas' Mutter, das ging Nils jetzt erst richtig auf. Man sah immer nur Vater und Sohn zusammen. Die beiden waren eine Einheit, wegen der Strandkorbvermietung und auch, weil sie sich so ähnlich sahen. Mit seiner Mutter hatte Claas keinerlei Ähnlichkeit. Sie hatte dunkelbraunes, fast schwarzes lockiges Haar und eine füllige Figur. Eine schöne rundliche Nase und volle lachsfarbene Lippen.

»Was ist?«, fragte sie, nachdem Nils sie einen Moment zu lang angestarrt hatte.

»Nichts, du siehst gut aus«, log er. *Und ich denke, dass dein Sohn vielleicht eine Frau umgebracht hat. Er und Sven haben mich angelogen. Morgen werde ich ihn befragen, und wenn er keine plausiblen Antworten gibt, wird er ins Gefängnis kommen.*

»Dein Fisch ist gleich fertig«, sagte sie und entfernte sich.

»Danke, Lisa.« Nils nahm das Glas und spülte seine Gedanken mit vier großen Zügen hinunter. Das Bier schmeckte herrlich. Der eiskalte Schnaps rauschte gleich hinterher und verteilte sich warm in seinem Magen. Nebenan hörte er die Stühle auf dem dunklen Dielenfußboden quietschen. Eine Gruppe von vier Personen brach auf und ging an seinem Tisch vorbei, kurze Zeit später folgte eins dieser Jack-Wolfskin-Pärchen. Nils bestellte sich noch ein Bier und einen Schnaps, als Lisa den Steinbutt servierte. Es war halb neun, als er mit dem Essen begann. Kaum hatte er den Fisch und die etwas zu sehr angebräunten Bratkartoffeln probiert, öffnete sich die Tür, und ein kalter Windstoß blies Regen in den Eingangsbereich des Lokals. Vier mit Kapuzen bedeckte Gestalten drängten sich lachend und hustend herein. Nils kannte sie. Es waren Stefan, Gregor, Andreas und Sven. Die Feuerwehr-Kombo. Sven gehörte zumindest theoretisch noch immer dazu, er war bis zu seiner Scheidung dienstältester Feuerwehrmann der Insel gewesen. Seine sonst so gelassene, entspannte Art hatte er heute Abend gänzlich abgelegt, stattdessen war er laut und polterig, was, wie bei seinen ehemaligen Kollegen auch, die deutlichsten Symptome fortgeschrittenen Alkoholkonsums waren. Beschwingt taumelten die vier an die Bar und begrüßten Herm mit Handschlag. Die weniger erfreute Lisa erschien. Sie sah aus, als hätte sie am liebsten Feierabend gemacht. Sven wäre mit Sicherheit nie auf die Idee gekommen, hier einzukehren, wenn er allein unterwegs gewesen wäre. Doch jetzt, im Rudel mit seinen Freunden, war er ein mutiger grauer Wolf, und die Anwesenheit seiner Exfrau konnte ihm nicht die Laune verderben. Herm zapfte wie an einem einarmigen Banditen vier Bier und schenkte vier Schnäpse ein, ohne abzusetzen. Sie stellten ihre Füße auf die chromfarbene Stange, die die Bar schienbeinhoch umlief, stützten ihre Ellbogen auf den Tresen und ließen die Gläser klirren. Sven bestellte noch eine Runde.

Stefan war der Erste, der Nils entdeckte. Er flüsterte etwas, und alle drehten sich zu Nils um. Er hielt ihren Blicken stand, sagte aber nichts. Seit sie reingekommen waren, hatte er sein Essen nicht mehr angerührt. Das Rudel war nun stiller geworden. Sie tranken ihre Biere, kippten ihre Schnäpse und lachten hin und wieder. Nur Sven war weiterhin ganz auf Nils konzentriert.

»Na, schmeckt's?«, fragte er laut.

»'n Abend, Sven.«

Jetzt wandten sich auch die anderen drei der Unterhaltung zu.

»Andreas, Gregor, Stefan«, grüßte Nils der Reihe nach. Bei Stefans Namen rutschte seine Stimme aus wie auf Schotter.

»Ob's dir schmeckt, hab ich gefragt!«, rief Sven.

»Danke gut, ja.«

»Schön für dich. Weißt du, was mir nicht schmeckt?«

Nils antwortete nicht, sondern starrte nur auf die milchig-gläsernen Gräten seines inzwischen kalten, halb geöffneten Steinbutts.

»Dass du hier herumschnüffelst wie ein dreckiger Straßenköter!« Sven wartete auf eine Reaktion, und als keine kam, legte er nach. »Du bringst die ganze Insel in Verruf! Überall verbreitest du deine Hirngespinste, und die Leute fangen zu quatschen an. Jeder unschuldige Bewohner wird zum Verdächtigen bei dir. Ich rate dir, lass diese Schnüffelei bleiben. Du machst dir keine Freunde damit.«

Die übrigen Gäste zahlten bei Lisa ihre Rechnung und verließen das Restaurant. Nils war jetzt allein mit dem Wolfsrudel und ihren aufgestellten Nackenhaaren.

»Nils, Sven hat schon irgendwie recht«, sagte Andreas, in der Hoffnung, etwas schlichten zu können. »Auch wenn er 'n bisschen aufgebracht ist. Aber schließlich ist er ja auch ein Beteiligter. Ist denn diese komische Fragerei überhaupt nötig? Die Kripo war doch da und hat alles untersucht.«

Sven beugte sich vor und zeigte seine gelben Zähne. »Das liegt doch alles nicht in deiner Kompetenz«, schimpfte er. »Du machst das nur, weil du langsam durchdrehst! Elke ist jetzt bei Stefan, und das macht dich völlig meschugge. Besoffen und meschugge!«

»Halt die Schnauze!«, zischte Nils. Er schlug so hart auf den Tisch, dass das Schnapsglas umfiel. Die Männer nahmen ihre Füße von der Chromstange.

»Siehst du? Du drehst durch!«, züngelte Sven.

»Was glaubst du, was Lisa gerade von dir denkt?«, fragte Nils, und prompt erschien sie in der Küchentür. »Glaubst du, sie hält deine Einmischung in Polizeiangelegenheiten für eine gute Sache? Und wie viel Sprit hast du denn selbst schon intus?«

»Komm mir bloß nicht so«, fauchte Sven.

»Vielleicht glaubst du ja, es sei vernünftig, mich zu belügen? Von Thore und Stefan weiß ich, dass dein Junge an dem Abend um neun noch am Strand war.«

Sven drehte sich zu Stefan um, der nur den Kopf schüttelte und seine Schultern hochzog.

»Komm, Nils, lass gut sein«, sagte Andreas.

»Nein, nein, Sven hat damit angefangen, also lass es uns ausdiskutieren. Claas war um neun noch im Wasser und ist um elf mit dem Fahrrad zurückgefahren. Das hat Holger ausgesagt. Um zehn Uhr, also innerhalb dieser zwei Stunden, hat Anita Bohn das Hotel verlassen und ist spurlos verschwunden. So, und jetzt kommt der witzige Teil: Du hast mir erzählt, dein Sohn sei schon um sechs zu Hause gewesen.«

Sven stieß sich von der Bar ab und war plötzlich an Nils' Tisch. Mit beiden Händen schlug er darauf und streckte sich Nils entgegen. Sein Atem stank nach Bier und gebratenem Schweinefleisch. Er bleckte die Zähne, als wolle er knurren.

»Du mieser kleiner Verliererarsch. Verpiss dich ins Haus deiner Eltern, wo du hingehörst, und regle den verdammten Verkehr oder kratz Kadaver von der Straße!«

»Ich werde morgen deinen Sohn befragen. Sollte er keine bessere Ausrede haben, kommt er in Untersuchungshaft«, sagte Nils ruhig.

Svens Arme schossen nach vorne und packten Nils am Hals, so heftig, dass dieser fast vom Stuhl fiel. Schon waren die anderen zur Stelle und rissen ihn von Nils weg.

»Schluss jetzt!«, hörte man Herm mit seiner tiefen, durchdringenden Stimme brüllen. Er hatte ein nasses Spültuch in ihre Mitte geworfen wie ein Boxtrainer das Handtuch in den Ring und stand jetzt zwischen Nils und dem Rudel. Seine vier Haupthaare standen wie Antennen zu Berge.

»Schon gut. Ich hau ab«, sagte Nils, rieb sich den Hals und nahm seine Jacke. Er zog das Portemonnaie aus der Tasche.

»Das geht aufs Haus. Mach's gut«, sagte Herm. Mit einem letzten Blick in Lisas Richtung, die stocksteif vor Angst in einer dunklen Ecke stand, ging Nils hinaus. Er hätte ihr gern auf andere Art erklärt, dass ihr Sohn ein Verdächtiger in diesem Fall war. Aber es war nicht seine Schuld, dass es anders gekommen war.

Mit offener Jacke stapfte er durch den Regen. Er hatte es nicht weit bis zu seinem Haus, doch statt heimzugehen, setzte er sich in seinen vor der Kirche geparkten Wagen und versuchte, die Wut wegzuatmen. Ein und aus, ein und aus. Auf der Scheibe bildete sich ein rauchiger Kondensfleck. Es ging nicht. Es war zwecklos, gegen die Wut anzukämpfen. So vieles kam jetzt zusammen und traf sich in einem Schnittpunkt, der seinen Wutmotor anwarf wie ein Zündfunke. Langsam lief er warm. Nils presste seinen Fuß aufs Gas und fuhr mit quietschenden Reifen in Richtung Norddorf. Er trat den Wagen über die nasse Landstraße. Der Regen trommelte wie tausend kleine Hände auf das Autodach. Er fuhr bis vor die Tür des weißen Hauses, das Stefan gehörte. Licht brannte im Wohnzimmer. Elke war jetzt allein. Nils griff ins Handschuhfach, wo er eine volle Flasche Whiskey versteckt hatte, und nahm drei gierige Züge. Heißer Sprit für seinen Motor.

Elke öffnete die Tür und lächelte, als sie ihn erkannte.

»Nils!«

»Weißt du eigentlich, was du mir antust, weißt du, was für eine verdammte Scheiße ich durchmachen muss?«, schrie er sie an und schlug damit ihr Lächeln aus dem Gesicht.

»Was ist …?«

Nils kam näher. »Du kleine dreckige Hure!«

So kannst du sie nicht nennen, ermahnte er sich selbst, *es klingt einfach nicht richtig aus deinem Mund.* Doch er war zu sehr in Fahrt.

»Sie lachen mich alle aus! Alle pissen auf mich! Du fickst meinen Freund, und über *mich* lachen sie!«

Nils kamen die Tränen. Elke erstarrte im Angesicht seines Angriffs auf sie. Sie zog sich in ihre Festung zurück und lugte durch die Schießscharten hinaus auf den Feind.

»Wieso glaubst du eigentlich, mich so behandeln zu können?

Das steht dir verdammt noch mal nicht zu! Du hast mich betrogen und belogen von vorn bis hinten. Du hast alles geplant mit ihm und mich eiskalt abserviert, hast deine Beine für diesen Scheißkerl breitgemacht!«

Jedes Wort traf ihre Festung wie eine Bombe, die riesige Löcher in das Mauerwerk riss. Aber sie ließ es geschehen. Es war die Strafe, die sie schon lange erwartet hatte. Anna war nicht zu Hause, sie würde es nicht hören. Stefan auch nicht. Alles hatte sich gefügt für diesen Augenblick. Nils machte ein Geräusch, das nichts Menschliches mehr an sich hatte.

»Du verdammte Hure!«, schrie er wieder. Speichel flog aus seinem Mund wie glasige Giftfäden. Seine Augen waren rot und nass, und dicke grüne Adern zogen sich wie Narben über seine Stirn.

Elke kam langsam näher und nahm sein Gesicht in die Hände. Was sie da sah, war schrecklich und schmerzhaft, aber es tat unglaublich gut, es endlich zu sehen. Sehen zu können, was Nils empfand, wie getroffen er war, wie zutiefst verletzt. Es war wie eine Offenbarung. Sie schlang ihre Arme um seinen Hals und ergab sich in ihr Gefühl, ihren Mann wiedergefunden zu haben, ihn plötzlich ganz klar und scharf vor sich zu sehen, wo sie jahrelang nur verwaschene, abstrakte Formen und Farben hatte wahrnehmen können. Nils drückte sie so fest an sich, dass es wunderbar schmerzte. Ihre Füße berührten kaum noch den Boden, und er weinte in ihre wollene Strickjacke hinein. Sie rieben ihre feuchten Wangen aneinander, fanden die Lippen des anderen und küssten sich. Als sie danach ihre Gesichter in den Händen hielten und sich tief in die Augen schauten, rutschte Elkes Blick von Nils ab und glitt zum Gartentor, das noch immer offen stand. Stefans Erscheinung schwebte wie ein Geist halb im Dunkel der Nacht und halb im Lichtschein der Außenbeleuchtung. Elke ließ langsam ihre Hände sinken, ihre nutzlosen, schändlichen, verfluchten Hände, die zu nichts anderem zu gebrauchen waren als dazu, Schmerzen zuzufügen. Sie war ein verkehrter König Midas. Kein Gold, nur Schmerz und Leid.

Nils drehte sich müde um. Er war völlig erschöpft und wusste doch, dass er für diese Konfrontation all seine Kraft brauchen würde. Wie lange Stefan schon dagestanden hatte, wussten beide nicht. Wenn er ihren Kuss gesehen hatte, würde alles vorbei sein. Elkes Umzug zu Stefan, ihr kurzes Leben zu zweit in seinem Haus am Watt, das alles würde zu einem bedeutungslosen Intermezzo werden, einer winzigen Unterbrechung in der Skala auf Nils' und Elkes Lebenslineal.

»Was soll das hier?«, fragte Stefan, und seine Stimme klang wie Sandstein in einer Presse. Nils wusste, dass seine Zukunft von Elkes Antwort auf diese Frage abhing. Ihrer aller Zukunft.

»Es ist nichts«, sagte sie und senkte ihren Blick. Nils sah auf ihren Kopf, auf das in einem weißen Strich gescheitelte Haar. Eine Spalte in ihrem Kopf. Zwei Hälften, aber eine Antwort.

»Es ist nichts«, wiederholte Nils.

»Das war nicht nichts«, zischte Stefan. »Du stehst hier in meinem Haus, also lüg mich nicht an.«

»Du lebst hier mit meiner Frau.«

»Sie hat dich verlassen, du musst das endlich akzeptieren! Keiner kann etwas dafür. Es ist einfach so.«

»Nichts ist einfach so. Alles hängt irgendwie zusammen. Alles ist miteinander verbunden. Wir waren das auch mal. Du hast mich betrogen, genau wie sie.«

»Hör doch auf! Meinst du, mir ist das leichtgefallen, meinst du, ich hab es mir so ausgesucht?«

»Hat dich jemand gezwungen?«

»Quatsch! Du weißt, was ich meine. Dinge passieren einfach. Das mit uns ist einfach so passiert.«

»Aber warum? Wozu ist das gut? Es kann doch nicht einfach nur passieren, um alles kaputt zu machen, oder?«, fragte Nils.

»Es war vorher schon alles kaputt«, sagte Stefan fest. »Elke hat sich entschieden. Also, was willst du hier?«

»Ihr könnt mich nicht einfach alle so rausschmeißen aus euren Leben«, sagte Nils.

»Du spinnst! Sven hat recht. Du drehst völlig durch. Dieser ganze Quatsch mit dieser Frau, das findet alles nur in deinem Kopf statt! Es tut mir leid, Nils, aber du bist krank, krank im Kopf.«

»Das würde es einfacher machen für dich, was?«

»Es geht nicht um mich. Du bist der Verrückte, der nachts hier im Garten rumgeistert. Du bist der Säufer!«

»Das wissen wohl auch schon alle auf der Insel.«

»Wenn ich dich erwische, wie du hier nachts ums Haus schleichst, ich schwöre dir, ich bringe dich um.«

»So schnell geht das bei dir? Der beste Freund wird also bereitwillig zum Mörder.«

»Was willst du machen, willst du mich jetzt auch verhaften, wie Sven, Claas und all die anderen? Du hältst doch jeden hier für einen Mörder. Ausgerechnet du! Weißt du überhaupt noch, was *du* in der Nacht gemacht hast? Vielleicht bist du's ja selbst gewesen!«

Nils dachte an den Morgen zurück, an dem er von Karl auf dem Feld aufgelesen worden war. Stefan hatte recht. Was war in der Nacht passiert? Was hatte er getan?

»Ich geh jetzt«, sagte er und sah Elke an, die fast hinter ihrem Scheitel verschwunden war. Sie nickte vertraut.

»Es wird Zeit, dass du dich bei einigen Leuten entschuldigst«, sagte Stefan, als Nils bereits an der Straße war.

Nils antwortete nicht. *Entschuldigen? Wofür sollte ich mich entschuldigen? Jeder hier wird sich bei mir entschuldigen müssen. Du zuallererst, mein Freund.*

Elke und Stefan saßen in der Küche. Zwischen ihnen war Schweigen und Dunkelheit. Nur die Lampe in der Dunstabzugshaube spendete etwas Licht. Es dauerte fast eine halbe Stunde, bis Stefan das Wort an sie richtete.

»Liebst du ihn noch?«

Elke konnte ihm nur in Gedanken antworten.

★★★

Nils wachte am nächsten Morgen von den Sonnenstrahlen auf, die ihm ins Gesicht fielen. Er war im Sitzen auf der Couch eingeschlafen, sein Kopf lag auf seiner Brust, und er hielt eine leere Flasche Jack Daniel's in der Hand. Sein Nacken schmerzte, als er den Kopf hob und hinausblinzelte. Es war fast sieben Uhr. Er hatte verschlafen. Von oben aus dem Schlafzimmer hörte er das endlose Piepen seines Weckers.

Eine Viertelstunde später verließ Nils das Haus und fuhr, mit einem Trainingsanzug bekleidet, an den Norddorfer Strand. Zwar bestand die Gefahr, dass er hier Sven begegnen würde. Aber er wollte sich nicht verstecken, sich nicht für seine Fragen oder gar für seine Person entschuldigen. Er war nicht verrückt. Er trank, aber er war nicht verrückt.

Heute lief er die Strecke am Strand entlang, bis zur Höhe des Quermarkenfeuers. Die Sonne schien von dem wie mit weißer Gaze verhangenen Himmel. Ein leichter Wind kam aus Südwest. Die Flut zog sich gerade wieder zurück und hinterließ weiß glänzende Flächen und Reihen von Muscheln und Seetang im feuchten Sand. Nils joggte direkt an der Wasserkante. Die kleinen Muscheln knackten unter seinen Füßen. Er hörte seinen Atem in dem schmalen Raum, den die aufgestellte Kapuze um seinen Kopf bildete. Seine Blicke scannten jede Form im Sand auf menschlichen Ursprung, siebten sie aus und kategorisierten sie. Nur zwei Dinge erachtete er als so wichtig, dass er sich nach ihnen bückte. Einen Kamm und ein Kehrblech. Den Kamm steckte er ein.

Links tauchte das Quermarkenfeuer auf, und Nils kletterte auf die flache Düneninsel, auf der die Treibholzfestung thronte. Sein Mund war schrecklich trocken und seine Knie schmerzten. Er pflügte sich durch das hügelige Gras, den Kopf gesenkt wie ein Hahn auf Körnersuche. Aber da war nichts. Absolut nichts. Vom oberen Ende der Festung stieg Nils über den Hügel und befand sich nun auf der Aussichtsplattform. Ein zerpflücktes, aufgeweichtes, verblasstes Sofa stand hier auf einer Art Terrasse und blickte hinaus aufs Meer. Rechts führte eine steile Treppe mit einem armdicken Tau als Geländer hinunter in die windgeschützte untere Etage. Graues, vom Meersalz glatt geschmirgeltes Holz in allen Größen und Formen bildete einen ungefähr fünf Quadratmeter großen, umzäunten Raum, der neben ein paar schrumpeligen Sitzgelegenheiten auch eine Art Wohnzimmerschrankwand bot, die verwachsen und verschachtelt tausend kleine Schätze des Meeres in sich barg, die von Insulanern wie Touristen gleichermaßen hierhergebracht worden waren. Muscheln, Seegras, Tang, Holz, Plastik, Taue, Metall, alles war vom Meer zu etwas gemacht worden, was seine ursprüngliche Form und Funktion noch erahnen ließ, und doch etwas ganz anderes war. Eine wunderbare Metamorphose hatte Gegenstände und Kunstgebilde entstehen lassen. Das alles wirkte wie ein hingeworfenes und trotzdem in jedem Detail organisiertes, gewachsenes, lebendiges Museum. Man staunte über den Reichtum und die ungeheure Masse an Dingen, die das Meer mit sich brachte. Nils öffnete eine Schublade in diesem Schrank und fand darin eine alte verrostete Trompete und eine Fischgräte. In einer anderen Schublade entdeckte er einen Lampenschirm, ein stumpfes Küchenmesser und einen Teil einer Computertastatur. Über seinem Kopf hing ein Windspiel aus Schlüsseln, Haken und Ösen. Auf dem Schrank standen wellige Lederstiefel, in denen Zweige steckten. Und wie an einem Tannenbaum hingen dort Angelköder, Reflektoren, CDs und andere glänzende Gegenstände, die das Sonnenlicht in hundert kleinen Punkten durch den Raum tanzen ließen. Nils kniete sich auf den Boden und öffnete einen Bastkoffer. Ein Telefon mit Wählscheibe stand darin. Nils musste lächeln. *Ich könnte jemanden anrufen,* dachte er. *Ich könnte Anita anrufen. Vielleicht sagt sie mir dann, wo sie ist.*

Er ließ sich nach hinten in den Sand fallen, blickte in den Himmel über der Festung und sah eine Möwe wie einen Drachen in der Luft stehen. Sie schwebte da oben mit leicht gekrümmten Flügeln und schaute zu ihm herab. Dann kam eine Bö, die Möwe drehte ab und verschwand lautlos. Nils senkte den Blick und starrte auf die blinkenden Zweige in den Stiefeln. Wie Sterne leuchteten die reflektierten Lichter auf und verglühten gleich wieder, wenn sie sich im Wind bewegten. Ein schmaler, kaum erkennbarer Gegenstand weckte sein Interesse. Er hob den Kopf, aber das reichte nicht, und richtete sich auf, ohne den Blick von dem Ding in den Zweigen zu nehmen. Als er stand, griff er mit einer Hand in den Lichterstrauß und bekam das glitzernde Ding zu fassen. Es war ein Kreuz. Ein goldenes Kreuz an einer goldenen Kette.

Nils sprintete den Strand zurück. Die Kette hielt er fest in seiner Faust. Nicht einmal im Auto legte er sie aus der Hand. Er fuhr bis direkt vor sein Gartentor und stürzte ins Haus. Hier legte er die Kette auf den Küchentisch und untersuchte sie von allen Seiten mit einer Lupe. Auf dem Rücken des Kreuzes fand er eine Gravur. »St. Maria«. Nils riss das Notizbuch aus seiner Jackentasche und schlug die zweite Seite auf. Dort waren die Inhalte seiner ersten

Unterhaltung mit Georg notiert. Ganz unten standen Adresse und Telefonnummer der Bohns. Er tippte mit zitternden Fingern die Nummer ein und atmete schwer in die Muschel, während er das Freizeichen hörte.

»Bohn?«, erklang es am anderen Ende.

»Georg? Hier ist Nils.«

»Nils!«

»Bitte entschuldige, dass ich dich so damit überfalle, aber hatte die Kette deiner Frau eine Gravur?«

Es entstand eine Pause. In der Leitung knisterte es.

»Ja. ›St. Maria‹.«

Eine glühend heiße Hand packte Nils am Nacken. Das Blut, das in seinen Kopf stieg, kochte.

»Ich hab sie gefunden.«

Teil 4
Besuche

Now the rooms are empty down at Frankie's joint
And the highway she's deserted down to Breaker's Point
There's a lot of people leaving town now
Leaving their friends and their homes
At night they walk the dark and dusty highway alone.

Bruce Springsteen, »Independence Day«

SIEBZEHN

Es regnete, als Nils am nächsten Tag am Hafen stand und die Fähre näher kommen sah. Sie zog ein mattsilbriges Band verwirbelten Wassers hinter sich her, und die Möwen kreisten in einem ständigen Auf und Ab um das Hinterteil des Schiffes.

»Ihre Fahrkarte, bitte«, sagte Piet, der plötzlich hinter Nils stand. Nils hatte ihn durch das ständige *Tock, Tock, Tock* der Regentropfen auf seiner Kapuze nicht kommen hören.

»Moin, Piet.«

»Na, wie läuft der Hase denn so im Pfeffer?«

»Bin umgezogen in unser altes Haus.«

»Hab ich schon gehört. Man hört so einiges von dir.«

»So, was denn?«

»Na, dass du rumläufst und so 'ne Columbo-Nummer abziehst. Fehlt nur noch 'n Trenchcoat.«

»Hab auch schon gehört, dass manch einer nicht gut auf mich zu sprechen ist.«

»Mach dir nicht so viele Probleme vor dem Winter. Schietwetter und Dunkelheit reichen schon.«

»Ich mache nur meine Arbeit.«

»Mensch, Jung, lass die Männer in Ruh, die tun doch keiner Fliege was.«

»Sicher? Würdest du für jeden hier auf der Insel deine Hand ins Feuer legen?«

»Ich kenn die Leute ganz gut.«

»Niemand kennt irgendwen. Nicht mal sich selbst kennt man wirklich. Also hör auf, mir so 'nen Quatsch zu erzählen. Ich bin Polizist und kein Priester.«

»Ich wollt ja nur, dass es dir gut geht.«

»Bist du jetzt auch 'n Arzt, oder was? Da, deine Patienten warten«, sagte Nils und deutete mit der Nasenspitze zu den Neuankömmlingen in der Parkreihe für die Abfahrt. Dann drehte er sich weg. Piet klopfte ihm auf den Rücken und ging.

Ihr seid alle Betrüger. Ihr steckt alle unter einer Decke. Die ganze

Insel hatte sich gegen ihn verschworen. Gegen ihn und gegen die Wahrheit. Denn die Wahrheit würde viele Dinge zum Kippen bringen. Sie würde die Insel auf den Kopf stellen, bis sie Kiel oben in der Nordsee trieb. *Ich komme dahinter, keine Angst. Ich komme schon dahinter.*

Sandra trug einen kurzen Trenchcoat über ihrem anthrazitfarbenen Kostüm. Ihre langen blonden Haare hatte sie diesmal in einem Knoten am oberen Hinterkopf zusammengesteckt. Ihre weiße Stirn leuchtete unter dem blauschwarz gewölbten Himmel, aus dem sich lose Wolkenflocken lösten wie die Füllung eines zerschlissenen Kuscheltieres. Nils hätte sie beinah in den Arm genommen, als sie von der Brücke kam.

»Hallo, Nils«, sagte sie und lächelte. Ihre Zähne standen leicht nach innen, und ihr Zahnfleisch war rosa wie das einer gekochten Forelle.

»Hallo«, sagte Nils. Er berührte ihre Schulter mit der rechten Hand und deutete mit der linken auf das Auto. Sie stiegen ein, und Sandra fegte sich mit der flachen Hand die Regentropfen von den Haaren, die wie kleine Glasperlen aussahen.

»Auf einen Regenschirm hab ich verzichtet hier oben.«

»Die landen alle im Mülleimer früher oder später«, meinte Nils.

»Mützen stehen mir nicht, also muss ich nass werden.«

»Wo wohnst du?«, fragte Nils.

»Bei euch.«

»Wie bitte?«

»Also bei euch im Hotel«, ergänzte sie schnell, und auf ihre Wangenknochen legte sich eine verlegene Röte.

»Das ist nicht mein Hotel«, sagte Nils und fuhr aus der Parklücke.

»Schön, wieder hier zu sein. Eigentlich wollte ich ja Urlaub machen. Aber wir haben gerade drei Morde am Laufen. Zwei im Rotlichtviertel und eine Beziehungstat. Nach dem Mann suchen wir noch. Ist irgendwo abgetaucht.«

Nils sagte nichts, und Sandra sah aus dem Fenster.

»Wo wohnst du jetzt?«, fragte sie leise.

»In Nebel. Ich zeig's dir nachher. Wir können bei mir essen.«

»Schön.«

Im Polizeibüro legte Nils die Kette vor Sandra auf den Tisch. Sie setzte ihr Arbeitsgesicht auf, zog sich Handschuhe an und begann, das Schmuckstück zu untersuchen.

»Es hing im Freien, sagst du?«

»Ja, in der Festung am Strand. Da gibt's kein Dach.«

»Und wer hat das alles angefasst?«

»Nur ich. Ohne Handschuhe.«

Sandra nickte und hielt sich das Kreuz näher vor die Augen, als sie die Gravur inspizierte.

»Ich hab Georg Bilder davon gemailt. Es ist ihre. Sie hat die Kette aus dem katholischen Kinderheim, in dem sie aufgewachsen ist«, sagte Nils.

»Dann gibt es noch andere, die als Besitzer in Frage kommen«, meinte Sandra und schob ihre Augenbrauen nach oben, wo sie zwei feine, bedauernde Falten warfen.

»Ach, komm schon!« Nils stöhnte und ließ seine Hände auf die Oberschenkel fallen.

»Tut mir leid. Aber ich nehme es mit und lass es untersuchen. Dafür brauche ich auch eine Probe von dir, damit wir deine DNA-Spuren identifizieren können, und deine Fingerabdrücke.«

»Natürlich.« Nils dachte unwillkürlich an seinen Filmriss. *Wenn sie die Leiche finden und meine DNA-Spuren auf der Kette zum Vergleich haben, besteht die Möglichkeit, dass ich zum Verdächtigen werde.* Er hustete zweimal, um diese Stimme aus seinem Kopf zu vertreiben.

»Gut. Dann würde ich jetzt gern die Stelle sehen, wo du's gefunden hast.«

Sie fuhren runter zum Strand. Der Wind war hier um ein Vielfaches stärker als im Hafen und wurde alle zehn Meter, die sie dem Wasser näher kamen, noch um eine Windstärke erhöht.

»Gott, ich bin völlig falsch angezogen. War denn Sturm angesagt?«, rief Sandra gegen den Wind.

»Es ist bald Herbst! So ist das hier immer.«

»Wie weit ist es noch? Ich friere!«

Nils zeigte auf die grüne Insel auf der sandigen, endlosen Ebene, die wie eine kalte Wüste vor ihnen lag. Kniepsand wehte wie flache Rauchfahnen über den Boden und knisterte, wenn er gegen ihre

Schuhe und Hosenbeine flog. Nach zwanzig Minuten erreichten sie die Treibholzfestung. Sandra zitterte, während sie sich in dem pfeifenden, nach oben offenen Häuschen umsah. Ihr Arbeitsgesicht wechselte sich ständig mit ihrem Privatgesicht ab. Mal ging sie einfach nur mit einem Freund spazieren und sah sich eine verwunschene Festung an, mal inspizierte sie einen vermeintlichen Tatort. Nils stellte sich in eine windgeschützte Ecke und sah ihr zu. Sie machte Fotos.

»Ist das der Strauß?«, fragte sie. Nils nickte. Der Sand kam durch alle Ritzen geflogen, und manchmal mussten sie ihre Augen schützen.

»Wie weit kommt das Wasser hier ran, wenn Flut ist?« Sandra spähte zwischen den langen Zaunpfählen hindurch.

»Hängt vom Wind ab. Aber es werden wohl zehn oder zwanzig Meter gewesen sein«, sagte Nils.

»Die Insel selbst steht also nicht unter Wasser?«

»Nein, höchstens bei Sturmflut.«

»Ist das heute eine Sturmflut?«

»Nein!« Nils lachte laut.

»Wer hat das hier gebaut?«

»Karl.«

»Wer ist das?«

»Karl ist Hausmeister im Hotel. Ein alter Freund. Hilft mir auch beim Renovieren.«

»Ich würde gern mit ihm sprechen.«

»Kein Problem.«

Auf dem Rückweg kehrten sie auf Sandras Wunsch im »Strand 33« ein. Sie nahmen einen Tisch am Fenster, und Sandra setzte sich ganz nah an die Heizung. Sie prüfte nochmals die Bilder, die sie eben geschossen hatte, und pustete den Sand aus der Kameralinse. Nils spähte in die Küche. Stefan war nicht zu sehen. Dafür aber Thore. Er kam eilig zu ihnen und stoppte nur einmal kurz in der Bewegung, als er in Sandra die Polizistin vom Festland erkannte.

»Moin, Nils. Guten Tag, die Dame. Was darf ich Ihnen bringen?«

»Ich möchte einen großen Kaffee mit Schuss«, sagte Sandra.

»Möchten Sie Amaretto, Rum, Wodka oder Whiskey?«, hakte Thore nach.

»Ähm … Whiskey.«

»Darf ich Ihnen dann gleich einen Irish Coffee empfehlen mit irischem Whiskey, braunem Zucker und frisch geschlagener Sahne?«

»Nimm den. Ist gut«, riet Nils ihr.

»Für dich auch?«, fragte Thore.

»Ich nehm einen Tee. Ist Stefan da?«

»Nein, der kommt erst gegen Abend.«

Thore verschwand, und Sandra berührte Nils' Hand.

»Tut mir leid. Dieser Stefan, ist das der …?«

»Ja, ist er.«

»Willst du lieber gehen? Wir können auch …«

»Nein, nein, ist in Ordnung. Ich muss mich ja sowieso dran gewöhnen.«

Er musste sich daran gewöhnen, dass seine Frau einen anderen Mann liebte. Und daran, dass er dabei zusehen musste. Aber das war nicht der wahre Grund, warum Nils hierbleiben wollte. Nein, da war noch etwas anderes. Sandras Anwesenheit goss Beton ins Fundament seines Verdachts. Ihre Anwesenheit war seine Baugenehmigung. Was einige nervös, vielleicht sogar ängstlich werden ließ, denn sie wussten, dass in dem Haus ein Zimmer für sie reserviert war. Nils saß hinter dem großen Fenster des Strandrestaurants und konnte ihre Reaktionen darauf erkennen. Er beobachtete jeden Handgriff, jeden Blick von Thore. Sie alle sollten Sandra sehen. Claas, Peter, Reinhard, Jürgen. Und sein Vater. Die Kette bewies es. Er war nicht verrückt.

ACHTZEHN

Karl und Nils hatten das Schlafzimmer seiner Eltern tapeziert, während Sandra im Hotel eingecheckt und sich geduscht hatte. Nils sah sich zufrieden um. Der Raum wirkte hell und freundlich. Er beschloss, ihn von nun an nicht mehr das Schlafzimmer seiner Eltern zu nennen. Es war jetzt Annas Zimmer. Es war sein Haus. Sein neues Leben. Eine neue Jacke auf einem alten Körper.

Nils hatte es bis jetzt vermieden, Karl von dem Fund in der Festung zu berichten und dass Sandra auf der Insel war und mit ihm sprechen wollte. Er hatte ihn einfach nicht beunruhigen wollen. Seit einer halben Stunde stand ein Nudelauflauf im Ofen, und der fettig-salzige Geruch von gebackenem Käse stieg zu ihnen herauf. Gleich würde Sandra kommen. Er musste es ihm sagen.

»Karl, ich … Sandra Keller kommt gleich noch vorbei. Meine Kollegin von der Kripo.«

Karl wischte sich seine vom Leim glänzenden Finger an der schmutzig weißen Latzhose ab.

»Ja, und?«

»Sie würde bei der Gelegenheit gern kurz mit dir sprechen. Es hat sich etwas Neues ergeben im Fall der verschwundenen Frau.«

Karl sah Nils unsicher an.

»Keine Angst, es hat nicht direkt was mit dir zu tun. Ich hab nur die Kette der Frau unten in der Strandfestung gefunden.«

»In meiner Festung?«, fragte Karl und senkte besorgt seinen Blick auf den Tapeziertisch.

»Jemand hat die Kette dorthin gehängt.«

»Ich …« Ein Klopfen ließ Karl verstummen.

Nils ging nach unten und öffnete. Sandra trug eine royalblaue gefütterte Regenjacke, Jeans und Trekkingschuhe.

»Hallo. Hab mich neu eingekleidet«, sagte sie, spreizte die Arme und drehte sich einmal um die eigene Achse. In der rechten Hand hielt sie eine Flasche Rotwein.

»Sieht gut aus. Perfekt! Komm rein.«

Sandra trat ein und blickte sich um. Nils sprang in die Küche und öffnete die Backofentür.

»Essen ist auch schon fertig«, sagte er.

»Schön hast du's hier! Das sieht wirklich toll aus.«

»Alles Eigenarbeit. Das meiste hat Karl gemacht. Oh, der ist auch da, warte.«

Nils wollte hochgehen, um ihn zu holen, doch da hörte man schon Karls Schritte auf der Treppe. Sandra zog ihre Jacke aus und hängte sie zu den anderen an einen Haken.

»Karl? Das ist Frau Keller von der Kripo Niebüll.« Nils drehte sich zu Sandra um und stutzte, als er plötzlich in ihr Arbeitsgesicht blickte.

»Hallo, schön, Sie kennenzulernen. Sie sind also die gute Fee hier im Haus.«

»Och, ich hab nur 'n paar Handgriffe gemacht.«

»Wollen wir uns an den Tisch setzen? Ich hab zwei, drei Fragen an Sie bezüglich Ihrer Burg dort am Strand.«

Die beiden setzten sich an den Tisch, während Nils die Teller holte und zu decken begann.

»Für mich nicht. Ich muss gleich wieder«, wehrte Karl ab.

»Diese Burg ist also auch Ihr Werk?«, fragte Sandra.

»Ja. Ich hab in den Siebzigern damit angefangen. Sachen am Strand gesammelt und so. Und irgendwann dachte ich, warum nicht was Nettes draus bauen?«

»Wirklich beeindruckend. Wie lange haben Sie gebraucht?«

»Hat schon ein paar Jahre gedauert.« Karl wusste nicht so recht, wohin mit seinen großen Arbeitshänden.

»Kann ich mir vorstellen. Gehen Sie oft da raus? Ich hab dort eine Couch gesehen.«

»Ja, manchmal, wenn nichts los ist, also außerhalb der Saison. Aber nicht mehr so oft wie früher.«

»Sammeln Sie immer noch?«

»Wenn ich am Strand bin.«

»Haben *Sie* die Kette gefunden?«

»Nein.«

»Sie hing an einem der Zweige in dem Stiefel. Wann waren Sie das letzte Mal dort?«

»Oh, das muss im Frühjahr gewesen sein. Hab die Sturmschäden beseitigt.«

»Hing die Kette da schon am Zweig?«

»Keine Ahnung. Hab ich nicht drauf geachtet.«

»Legen denn auch andere Leute dort etwas rein?«

»Ja, Touristen. Die tun mal was in die Schubladen oder so. Manchmal finde ich auch Bierflaschen und Kronkorken von den Jugendlichen.«

»Sie können sich also nicht erinnern, diese Kette schon mal dort gesehen zu haben?« Sandra legte das Kreuz in einem Plastikbeutel auf den Tisch. Karls Blick blieb daran haften, als fänden seine Augen nicht wieder aus dem Beutel hinaus.

»Nein, da nicht«, sagte er atemlos.

»Wo denn?«, hakte Sandra nach.

»Am Hals von Frau Bohn.«

»Sie sind ihr begegnet?«

»Ja. Als sie ankamen.«

»Und dabei ist Ihnen die Kette aufgefallen?«

»Ja.«

»Da haben Sie aber genau hingeschaut.«

»Ich hatte mich mit ihrer Tochter unterhalten«, sagte Karl abwesend.

»Mit Nina?«

»Ja.«

»Nettes Mädchen.«

»Ihre Mutter kam, um sie reinzuholen. Als sie sich bückte, sah ich die Kette.«

»Tja, ich glaub, das war dann schon alles, vielen Dank.«

Karl blickte zu Nils. Er sah aus wie … Nils wusste nicht genau, wie, aber anders als sonst.

»Ich bring dich raus«, sagte er, und Karl und Sandra verabschiedeten sich.

An der Tür sagte Karl: »Morgen fahr ich aufs Festland. Großeinkauf fürs Hotel. Ich kann erst wieder übermorgen kommen.«

»Kein Problem. Streichen kann ich ja allein.«

»Schönen Abend noch.«

»Dir auch. Ach, Karl? Ich hab neulich mit Holger gesprochen,

211

der hat gesagt, er hätte deinen Pick-up in der Nacht, als Frau Bohn verschwand, vorm Hotel gesehen.«

»Ja. Wieso?«

»Du hast sie da nicht zufällig noch mal gesehen, oder?«

»Nein. Ich war in Zimmer 98. Da war der Kühlschrank ausgelaufen.«

»Okay. Mach's gut.«

Nils schloss die Tür und setzte sich zu Sandra, die bereits die Flasche entkorkt hatte.

»Netter Kerl«, meinte Sandra.

»Ja, die gute Seele des Hotels. Er und mein Vater haben damals das Hotel zusammen gebaut.«

»Sie waren Partner?«

»Ja, Freunde und Partner.«

»Und jetzt ist er Hausmeister? Wieso das?«

»Weiß ich auch nicht.«

»Ist doch komisch, findest du nicht?«

»Ja, aber ich hab nie gefragt, warum.«

Nils schaufelte beiden eine fast quadratische Portion Auflauf auf die Teller, die dann aber seitlich abschmierte wie ein öliger Stapel Karten. Sandra goss ihre Gläser zu einem Viertel voll, und sie stießen an.

»Guten Appetit«, wünschte Nils, und sie begannen mit dem Essen. Wieder konnte Sandra nicht genau entschlüsseln, was sich in diesem Auflauf an Zutaten befand, doch es schmeckte.

»Du glaubst, dass die Kette deine Theorie beweist, stimmt's?«, fragte sie nach zwei weiteren Bissen.

»Sicher. Und sie zeigt, dass jemand mit uns spielt.«

»Wie meinst du das?«

»Ich bin sicher, wir *sollten* die Kette finden. Der Mörder hat sie ausgestellt wie eine Trophäe.«

»Das halte ich für unwahrscheinlich. Wir sollten uns nicht in abenteuerliche Spekulationen verirren.«

»Was soll es denn sonst bedeuten?«

»Da gibt's andere, plausiblere Möglichkeiten. Irgendein Urlauber hat die Kette am Strand gefunden und in die Burg gehängt. Oder Anita hat sie selbst dort aufgehängt.«

»Warum das?«

»Vielleicht wollte sie abends tatsächlich noch baden gehen. Sie zog sich dort aus und hängte die Kette auf.«

Nils' Augenlider klimperten über seinem verrutschten Auflauf.

Dann hätten da auch ihre Kleider gelegen.

»Sandra, ich hab mich hier in der Zwischenzeit ein bisschen umgehört. Es gibt da bei einigen Leuten ein paar Ungereimtheiten.«

»Wen meinst du und *was* meinst du?«

»Ich habe nach und nach all die Leute befragt, die Anita Bohn an ihrem Tag auf der Insel begegnet sind.«

»Verstehe«, sagte sie mit ihrem nun wieder aus dem Nichts aufgetauchten Arbeitsgesicht.

»Ich kenne die Leute hier, und irgendwas stimmt da nicht. Alle weichen mir aus, verheimlichen mir was oder lügen!«

Sandra schüttelte lächelnd den Kopf, und ihr Privatgesicht kehrte zurück. »Okay, erzähl's mir.«

»Also. Anita Bohn war eine Frau, die wahrscheinlich unter Depressionen litt, so, wie Georg sie beschrieben hat.«

»Ach ja?«

»Ich hab mit ihm noch mal in Ruhe gesprochen.«

»Schön, dann mal weiter.«

»Ich hatte Georg gefragt, wem sie hier begegnet ist. Und was ich überall gehört habe, was Georg auch völlig fertiggemacht hat, ist, dass sie sich den Männern an den Hals geworfen hat. Sie hat geflirtet, kokettiert, sie angemacht. Doch angeblich ist nie was passiert. Zuerst Jürgen. Er arbeitet auf der Fähre. Sie hat mit dem Hintern gewackelt, und er ist ihr an den Haken gegangen. Hat aber nur geglotzt und nicht mit ihr gesprochen. Dann Reinhard, der Kellner im Bordrestaurant. Sie schäkert mit ihm herum und will, dass er ihr einen ausgibt, was er aber nicht tut. Und sie haut wieder ab. Reinhard und Jürgen waren an dem Abend auf der Insel. Bis zehn waren sie zusammen in der ›Blauen Maus‹, das ist 'ne Kneipe.«

»Und?«, fragte Sandra.

»Du weißt, wie Männer sind. Erst werden sie gereizt, und dann trinken sie was. Sie sind zu zweit. Vielleicht wollen sie die Frau …«

»Was? Umbringen, weil sie mit dem Hintern gewackelt hat?«

»Nein, aber vielleicht sind sie ihr zufällig begegnet, und es hat sich eine Situation ergeben, in der sie die Kontrolle verloren. Der Wirt der ›Blauen Maus‹ wollte jedenfalls nicht mit mir reden. Kam mir komisch vor. Dann geht sie einkaufen in der kleinen Boutique am Hotel, und … also, eine Mitarbeiterin hat gesagt, sie hätte sich in der Umkleide selbst befriedigt.«

»Was?«

»Ja. Bezahlen tut sie aber bei Peter, dem sie bei der Gelegenheit auch ein wenig den Kopf verdreht. Er wollte es nicht wirklich zugeben, aber er wurde unglaublich nervös, als ich mit ihm sprach.«

»Und sein Motiv?«

»Weiß ich nicht. Wir wissen ja nicht, was in der Nacht passierte. Jedenfalls hat er kein Alibi.«

»Kein Alibi«, wiederholte Sandra und entwertete damit das Wort. Nils machte unbeeindruckt weiter.

»Am Strand gehen sie essen, und Anita Bohn macht den Kellner an, Thore. Der gibt das offen zu, aber er ist so … glatt, der Typ ist aalglatt. Der weiß genau Bescheid, aber man weiß nie, was er denkt. Er ist mir unheimlich. Und nun zum letzten Kandidaten. Claas, der Strandkorbvermieter. Er sagt, Anita Bohn habe sich vor ihm ausgezogen. Er stellt ihnen den Strandkorb hin und sie entblößt ihre …« Er konnte das Wort aus Respekt vor der Toten nicht aussprechen. Er brauchte es auch nicht auszusprechen.

Sandra sah ihn betroffen an.

»Das alles geschah direkt vor Georg und der Kleinen. Als ich Claas fragte, wann er vom Strand weg sei, sagte er, sehr früh. Sein Vater meinte, es sei sechs Uhr gewesen. Es gibt aber zwei Personen, die was anderes behaupten. Stefan und Thore haben unabhängig voneinander ausgesagt, Claas sei um neun Uhr noch surfen gewesen. Und Holger, der Kinobesitzer, hat ihn um elf mit dem Fahrrad vom Strand kommen sehen. Ich bin Sven, dem Vater von Claas, in einem Lokal begegnet. Er ist auf mich los, weil ich Claas deswegen noch mal sprechen wollte. Das müssten wir nebenbei noch erledigen, ich bin nicht mehr dazu gekommen.«

Schweigen schob sich wie eine Wand aus Styropor zwischen Nils und Sandra. Als Nils weitersprach, sirrte seine Stimme wie ein unsauberer Gitarrenakkord.

»Bleibt noch mein Vater. Dem ist sie auch begegnet. Offenbar hatte er auch ein Auge auf sie geworfen. Und ich weiß, was das bei ihm bedeutet.«

»Hat *er* ein Alibi?«, fragte Sandra und sprach das Wort Alibi wieder so bedeutungsentwertend aus.

»Ich hab noch nicht mit ihm gesprochen.« Nils beschloss, sich von ihrem offensichtlichen Unglauben nicht irritieren zu lassen.

»Und was bedeutet es bei ihm, wenn er ein Auge auf jemanden wirft?«

Dass er sie im Fahrstuhl bedrängt hat, dachte Nils. *Ich hab es schwarz auf weiß.*

»Mein Vater ist ein … sehr eitler Mensch. Eitel und selbstverliebt. Er hatte während der Ehe mit meiner Mutter unzählige Affären. Sie hat das einmal hingenommen, dann noch einmal. Inzwischen ist es Routine geworden. Er holt sich Bestätigung, wo er will. Und er nimmt sich, was er will. Da gibt's kein Pardon. Meine Mutter wird unterdessen immer kleiner und hat ihre Migräne. Der eine lebt, der andere leidet. Er ist ein geiler alter Bock.« *Warum zeigst du ihr nicht das Foto? Zeig's ihr doch! Dann wird sie dir glauben!*

»Und verdächtig?«

»Ehrlich gesagt, kann ich's mir bei meinem Vater am ehesten vorstellen. Wenn er ihr nachgestiegen ist und sie ihn abserviert hat, dann könnte er …«

»Aber befragt hast du ihn noch nicht? Wolltest dir wohl das Beste für den Schluss aufheben, was?«

Nils lachte durch die Nase.

»Mein Vater und ich. Das hat noch nie gepasst. Er hasst mich, weil ich dieses beschissene Hotel nicht übernehmen will. Er kann mich nicht leiden, und erst recht nicht das, was ich tue. Wenn ich ihn jetzt verdächtige, würde er mir das nicht verzeihen.«

»Sagen wir mal, er hätte es aus irgendeinem Grund getan. Es kommt zum Streit, und er bringt sie um. Vielleicht noch nicht mal mit Absicht. Meinst du, er würde danach die Kette in die Burg hängen? Ein Beweisstück, das ihn als Mörder entlarven könnte?«

»Wenn er sich absolut sicher ist, dass wir sie nicht finden, schon.«

Sandra ließ aus ihren dick aufgepusteten Backen die Luft entweichen.

»Und Claas?«

»Keine Ahnung. Er ist definitiv ein Abschlepper. Der pflückt sich die Mädchen hier im Urlaub wie reife Früchte.«

»Nils, Nils, Nils«, stöhnte Sandra.

»Was ist?«

»Du bist ein sehr, sehr merkwürdiger Mensch. Irgendwie fremdgesteuert, aber nett. Prost«, sagte sie und hob ihr Glas. Nils sah ihre hübschen, perlmuttglänzenden Fingernägel. Er stieß sein Glas gegen ihres, und sie nahmen einen großen Schluck. Das Essen war inzwischen kalt geworden.

»Soll ich's noch mal warm machen?«, fragte er.

»Nein. Lass uns rübergehen«, antwortete sie und nahm ihr Glas und die Flasche. Nils wusste, worauf das hinauslief. Sie würden Sex haben heute Nacht. Sie war nur aus dem einen Grund gekommen. Dieses Treffen zwischen Kollegen wegen eines neuen Beweisstücks war ein Vorwand. Was er glaubte oder was tatsächlich passiert war, war ihr egal. Sie mochte ihn. Das spürte er. Und er mochte sie. Auch wenn so vieles an ihr fremd und fragwürdig war. Was sprach dagegen? Sie waren zwei erwachsene Menschen, die sich wollten.

»Ich mach uns Musik an«, sagte sie.

Nils dimmte das Licht des Deckenfluters und legte Holz im Ofen nach. Warm musste es sein und schummrig.

»Elvis Costello. Wollte ich immer mal hören«, sagte Sandra, die vor der Anlage stand und Nils' CDs begutachtete. »Welche soll ich nehmen?«

»North«, sagte Nils und setzte sich seitwärts auf die Couch. Er nahm sein Glas, trank einen Schluck und sah durch das Glas hindurch verzerrt, wie Sandra die CD einlegte. Die wie Filmmusik klingenden Streicher drangen voll und tief aus den Lautsprechern und füllten den kleinen Raum mit der niedrigen Decke bis in den letzten Winkel.

»Ich dachte, der macht eher schnellere Sachen«, sagte Sandra und setzte sich wie ein Spiegelbild zu Nils auf das Sofa.

»Ja, schon. Aber die Platte besteht nur aus Balladen.«

»Oh. Gut. Diesmal passt es besser«, meinte sie und blickte ihn über den Rand ihres Glases an, als sie trank. Nils wurde warm.

Wie von einer Fußbodenheizung, die man voll aufgedreht hatte, stieg die Hitze an ihm hoch.

»Der Wein ist gut«, stellte er aus Mangel an Ideen fest und weil er den Drang verspürte, etwas zu sagen, etwas Banales, Abkühlendes. In seiner Hose hatte jemand die Reißleine einer Schwimmweste gezogen. Sie blähte sich immer praller und schmerzhafter auf.

»Ich mag Rotwein, wenn es draußen kalt ist«, sagte Sandra.

Nils versuchte, ein lockeres, entspanntes Lächeln aufzusetzen, doch seine Gesichtsmuskeln arbeiteten nicht mit. Jetzt erst bemerkte er, was Sandra heute Abend für Klamotten trug. Zu den hellen, ausgewaschenen Jeans hatte sie ein zedernbraunes, enges T-Shirt und einen sehr flauschigen beige-weißen Bolero angezogen, der sich nur durch zwei Knöpfe um die Rundungen ihrer Brüste zusammenhielt. An den Füßen trug sie passende braune Baumwollstrümpfe. Ihre Schuhe hatte sie ausgezogen, ohne dass Nils es bemerkt hatte. Er musste sich räuspern. Dabei fiel ihm ein, dass er noch seine Klamotten vom Tapezieren trug. Jeans, T-Shirt und einen abgewetzten grau melierten Sweater.

»Shit! Ich hab ja noch meine Arbeitssachen an«, rief er und setzte sich auf. »Ich sollte mich vielleicht schnell duschen und umziehen.«

»Ist mir egal. Du siehst gut aus«, sagte sie und ließ ihre rechte Hand auf die Lehne fallen, sodass sie ganz nah bei Nils lag. Sie hatte schöne, gerade, wenn auch etwas kurze Finger. Das feine Netz aus Falten auf ihrer cremefarbenen Haut mochte Nils irgendwie. Unwillkürlich musste er zu ihren Ohren sehen. Sie waren rot, wie immer. Die Muscheln bildeten fast konzentrische Kreise, die wie bei einem Tornadotrichter ins Innenohr führten. Die Gipfel der Wölbungen waren unregelmäßig weiß, die Ohrläppchen klein und flach. Ein Schweißtropfen löste sich aus Nils' Achsel und lief an seiner Seite hinunter bis zum Hosenbund. Er musste den Sweater ausziehen. *Sweater, wie passend!*, dachte er, drehte sich zur Seite und entledigte sich des Kleidungsstücks. Seine Haare standen zu Berge, und Sandra lachte plötzlich los, wie er sie noch nie hatte lachen hören. Eigentlich hatte er sie noch gar nicht lachen hören.

»Was ist?«

»Deine Haare sehen komisch aus.«

Deine Ohren auch, dachte Nils und strich sich die Haare zurück, doch Sandra wuschelte gleich wieder in ihnen herum und lachte erneut.

»Die bleiben einfach stehen! Hast du Gel drin?«

»Nein, das liegt am Tapetenkleister.«

Jetzt lachte sie laut und mit offenem Mund, sodass Nils ihre weißen, inwärts gewachsenen Zähne und ihre hellrosa Zunge sehen konnte.

»Ich wollte duschen, du hast gesagt, ich soll nicht.«

»So hab ich wenigstens was zu lachen.« Sie lehnte sich wieder zurück. Als sie gegen die Sofalehne stieß, schaukelten ihre Brüste unter dem weichen Cashmere-Bolero. Links, rechts, links. Nils schluckte heftig und riss seinen Blick von ihrem Dekolleté weg hoch zu ihren Augen.

Sie hatte es natürlich bemerkt, lächelte süß und setzte ihre Lippen wieder ans Weinglas.

Ich will das Glas sein oder der Wein oder beides, dachte Nils. Er griff ebenfalls zum Glas und trank aus. Und schenkte sofort nach.

»Huuh. Ich merk schon was«, sagte Sandra.

Nils dachte nur an diese verdammte Rettungsweste in seiner Hose. Er brauchte einen Drink. Einen richtigen, anständigen Drink. Der würde ihm helfen, wieder die Kontrolle zu erlangen. Er hatte das Gefühl, auf Seife über einen nassen Boden zu gehen.

»Ich hol uns noch was anderes«, sagte er und stand schnell auf, damit sie nichts sehen konnte.

In der Küche goss er zwei Fingerbreit Whiskey in zwei Gläser und zupfte an seiner zu engen Hose herum.

»Oh, nein, nicht für mich«, wehrte Sandra ab, als er zurückkam.

»Doch! Der tut gut«, beharrte Nils, und sie nahmen beide einen Schluck.

»Wow, jetzt wird mir aber warm«, meinte Sandra und fächelte sich Luft zu.

Dann lass mich dir deinen Bolero ausziehen, ihn abstreifen, runter-reißen!, dachte Nils.

Als ob sie ihn gehört hätte, öffnete sie die beiden Knöpfe und schlüpfte zuerst mit der rechten, dann mit der linken Schulter aus dem weichen Stoff.

Das halt ich nicht mehr aus! Nils kippte seinen Drink herunter, und diesmal streckte *er* seinen Arm auf der Rückenlehne aus, sodass seine Hand nur wenige Zentimeter von Sandras Schulter entfernt liegen blieb. Mit einer nur geringfügigen Bewegung seiner Finger hätte er sie berühren können. *Wenn sie mir ein Zeichen gibt, tu ich's!,* dachte er.

Nach einem ruhigen Klavierintro, das die warme, stehende Luft zum Schwingen brachte, sang Elvis Costello »You turned to me«, und dieses Lied klang so aufdringlich passend auf ihre Situation, dass es Nils förmlich peinlich war, dem Text zuzuhören. Er hoffte inständig, Sandras Englisch würde nicht ausreichen, um die Zeilen zu übersetzen. Doch Elvis hauchte die Worte in ihr Ohr, und sie lächelte. *»You turned to me and all at once I knew that you had seen how I was lost ...«*

»Noch Wein?«, fragte er, um Elvis zu übertönen. Sie nickte mit lustig zusammengekniffenen Lippen, und Nils goss ihr nach.

»Manchmal kommst du mir vor wie ein Hund«, sagte sie dann.

»Ein Hund?«

»Ja, deine Augen. Weißt du, diese Hunde, die man vor dem Geschäft anbindet und die dann draußen warten und die ganze Zeit die Tür anstarren. So siehst du manchmal aus.«

»Soll das ein Kompliment sein? Oder muss ich dich jetzt auch mit einem Tier vergleichen?«

»Oh, ja, mach mal!« Sie setzte sich in Positur, so als wollte Nils sie porträtieren. Dabei drückten sich ihre Brüste gegen den Stoff ihres T-Shirts, und Nils konnte den Ansatz ihrer Brustwarzen erkennen. »Ziege und Kuh lasse ich aber nicht gelten«, meinte sie.

»Dann muss ich noch mal von vorn anfangen«, sagte Nils, und Sandra schlug ihm strafend mit der flachen Hand aufs Bein. Und *Zack!* war sie da, die erste Berührung.

»Du siehst aus wie ... wie eine ... eine ... Fledermaus.«

»Na, vielen Dank.«

»Eine sehr hübsche Fledermaus.«

»Hast du schon mal eine hübsche Fledermaus gesehen? Warum ausgerechnet eine Fledermaus?«

»Wegen der Ohren.«

Sandra griff sich schützend an ihre Ohren.

»Sie sind rot, stimmt's?«

»Ja.«

»Ich weiß, sie sind immer rot.«

»Fledermausohren«, konstatierte Nils. Und wieder bekam er einen Klaps aufs Bein.

»Die Biester haben aber schwarze Ohren.« Gespielt beleidigt trank sie einen Schluck Wein.

»Let me tell you about her, the way that she makes me feel …«, drang es aus den Lautsprechern. *Ich fühl mich gut,* dachte Nils. Sein Zeigefinger zuckte unbewusst und berührte Sandra an der Schulter. Er hätte sich jetzt entschuldigen können, er hätte so tun können, als wäre es nicht passiert. Doch er tat es wieder. Zuerst mit dem Zeigefinger, dann folgte der Mittelfinger. Und als sie nicht zurückschreckte, sondern ihren Kopf leicht der Berührung entgegenneigte und die Augen schloss, ließ Nils seine Hand über ihre Schulter bis zu ihrem Hals und ihrer Wange gleiten. Sie hatte weiche, zarte Haut, doch ihre Gesichtsform fühlte sich ungewohnt kantig in seiner Hand an. Dann beugten sich beide vor und küssten sich. Ungewohnte Lippen, ungewohnte Festigkeit, ungewohnte Zähne, als sie den Mund öffnete. Und eine ungewohnte, zurückhaltende Zunge. Sie schlangen die Arme umeinander, und Nils streichelte und tastete zugleich ihren Körper ab. Der Kopf sagte ihm *Liebe,* doch *Liebe* war in seinen Synapsen unweigerlich mit *Elke* verbunden. Es war, als äße er einen Apfel, der sich im Mund wie eine Banane anfühlte. Er erinnerte sich an die Schule, wo sie eine Kurzgeschichte gelesen hatten. *»Ein Tisch ist ein Tisch …«*

»Lass uns raufgehen«, hauchte sie in sein Ohr. Als er ihren Atem spürte, zog eine Gänsehaut über seinen Körper. Sie fassten sich bei den Händen und gingen nach oben. Vor seinem Bett blieben sie stehen und küssten sich erneut. Diesmal fuhren ihre Hände unter den Stoff ihrer Kleidung. Sie drückten ihre Unterkörper fest aneinander, und Nils dachte, dass er bald ohnmächtig würde. Dann stieß sich Sandra eilig von ihm ab und zog ihr T-Shirt über den Kopf. Sie trug einen weißen Sport-BH, durch den sich kleine Rosinen durchdrückten. Nils riss sich das T-Shirt vom Leib und öffnete seine Hose. Endlich war er dieses verdammte Ding los. Sandra zog nach. Sie ließ ihre Brüste aus Marzipan aus dem BH springen. Der Warzenhof war eine hummerfarbene Landschaft aus weichen, zusammengeschobenen Canyons. In der Mitte ragte das um eine Nuance dunklere Hochplateau auf und zeigte direkt auf Nils. Das Wippen und Schaukeln war herrlich, als sie sich ihren Slip auszog und nun völlig nackt mit einem sprießenden Beet feinen blonden Grases zwischen ihren Beinen vor ihm stand. Nils entledigte sich seiner Unterhose und bemerkte in diesem Moment, dass seine schon seit über einer Stunde andauernde Erektion mit einem Mal verschwunden war. Er stand vor einer nackten, wunderschönen Frau, die ihn wollte, und sein Penis war ein schlaffes Paradoxon geworden, für das er sich augenblicklich schämte. Was musste Sandra denken? Diese Deflation war eine Beleidigung. Nils umarmte Sandra und unterbrach so ihren fragenden Blick zwischen seine Beine. Wenn er ihre Haut und die weiche, wunderbare Masse ihrer Brüste erst spürte, würde die Härte schon zurückkommen. Sie küssten sich, doch untenrum tat sich nichts. Nils versuchte, etwas zu empfinden an dieser Stelle, doch sie war taub. Er hätte nicht mal mehr sagen können, ob er überhaupt einen Penis besaß. Also schob er Sandra sachte aufs Bett, wo sie sich auf den Rücken legte und er sich auf sie. Sie spreizte ihre Beine, und Nils spürte ihre warmen Schenkel an seinen Hüften. Er schob sich langsam an ihr herunter, küsste ihren Hals, ihre Brüste und den Bauch, und dann sah er ihr süßestes Geheimnis direkt vor sich. Doch das Einzige, was ihm dazu einfiel, war, dass es aussah wie ein belegtes Brötchen hinter einem Knäuel aus Holzwolle. Schnell rückte er wieder nach oben, wo Sandra ihre Augen geschlossen und den Kopf nach hinten gelegt hatte. Er sah ihre Halsschlagader bläulich pulsieren. Sie roch nach Karamell und säuerlichem Schweiß.

Als Nils sich neben sie legte, wusste er, dass es vorbei war. Bei ihm würde sich nichts mehr regen. Aus, Schluss, Ende. Wenn ihn das nicht in Erregung versetzte, dann war alles andere zwecklos.

Sandra spürte seine Enttäuschung und versuchte noch ein oder zwei andere Optionen unter Zuhilfenahme ihrer Hände und ihres Mundes, doch auch das blieb nutzlos und peinlich. Sie kam wieder nach oben und streichelte sein Gesicht.

»Tut mir leid, ich weiß auch nicht …«, sagte er.

»Schon gut. Alles in Ordnung. Vielleicht ist es besser so.«

War es besser, wenn er sich als Versager fühlte? Wenn dieser Abend in einer peinlichen Katastrophe endete?

»Kann sein«, brummte er.

Sie legte ihren Kopf auf seine Brust, und er roch ihr blumiges Shampoo. Es fühlte sich falsch an. Aber er konnte sie nicht wegschicken. Das brachte er nicht fertig.

»Ich hätte dir noch was sagen müssen«, meinte sie, und er fühlte die Vibration ihrer Stimme auf seiner Brust.

»Du bist ein Mann?«, fragte Nils. Sandra sollte lachen, tat es aber nicht.

»Ich bin noch Jungfrau.«

Darauf konnte Nils nichts erwidern.

»Ich bin komisch, was?«, fragte sie heiter bis bitter.

»Nein. Du bist sehr schön und ich … warum mit mir?«

»Ich dachte, du bist der Richtige. Es fühlte sich richtig an. Bis jetzt habe ich noch niemanden getroffen, von dem ich das hätte sagen können. Ich bin nicht sehr … offen für andere Menschen.«

Nils fühlte sich geschmeichelt und deswegen noch schäbiger.

»Das hatte ich mir anders vorgestellt. Dieser Abend sollte ganz anders laufen. Aber es liegt nicht an dir. Ganz und gar nicht.«

»Sei still. Darf ich noch hierbleiben?«

»Natürlich.« Er nahm sie fester in den Arm, und sie zog die Decke über ihre Körper. Zwei Minuten später waren beide eingeschlafen.

★★★

Nils erwachte von einem Klopfen. Jemand war unten an der Tür. Für einen Moment hatte er völlig die zeitliche Orientierung verloren. Er zog seinen Arm, der immer noch um Sandra gelegt war, unter der Decke hervor. Es war kurz nach acht Uhr morgens. Wieder klopfte es. Nils stahl sich vorsichtig aus dem Bett. Sandra schlief ruhig weiter. Er zog sich nur seine Jeans und das T-Shirt an und tapste auf nackten Füßen hinunter. *Bitte, lass es nicht Karla sein.* Er zog die Tür auf. Es war Elke.

»Oh, hast du noch geschlafen?« Jemand schüttete einen Eimer heißen Wassers über Nils' Kopf aus.

»Ja«, sagte er und hielt den Atem an.

»Kann ich reinkommen?«

Nein, kannst du nicht! Da oben liegt eine jungfräuliche Kripobeamtin in meinem Bett!

»Sicher.« Nils ging zur Seite und ließ Elke herein. Ängstlich lugte er die Treppe hinauf.

»Gehen wir in die Küche«, sagte er leise und erschrak, als er die beiden Teller dort stehen sah. Kalte, wellige, an den Rändern verhärtete Nudeln lagen darauf.

»Hast du Besuch?«

»Nein, Karl und ich haben gestern Annas Zimmer tapeziert.«

»Hat wohl nicht geschmeckt«, meinte Elke und setzte sich.

»Versalzen«, sagte Nils und stellte die Teller in die Spüle.

»Tut mir leid, wenn ich hier so reinplatze, aber ich dachte, wir sollten noch mal über neulich Abend reden.«

»Ja.«

Nils setzte sich lautlos und legte seine Arme auf den Tisch. Er sah auf seine Hände, die gestern eine andere Frau angefasst hatten. Er leckte sich über die trockenen Lippen.

»Weißt du, ich war sehr durcheinander. Das war das erste Mal, dass du so ... so laut geworden bist mir gegenüber.«

»Entschuldige, da hatte sich so viel Ärger aufgestaut ...«

»Nein, ich fand das eigentlich ganz gut. Nicht, dass ich es mag, angeschrien zu werden, aber ich habe zum ersten Mal gesehen, was du mir gegenüber empfindest.«

»Wut?«, fragte Nils scheinheilig.

»Nein, das war keine Wut. Weißt du, das hat mir all die Jahre so gefehlt. Zu sehen, was du empfindest. Du warst wie versteinert manchmal. Auf der Suche. Ich wusste nur nicht, wonach. Ich war es jedenfalls nicht. Das hat mich sehr verletzt. Ich wollte gern das Wichtigste in deinem Leben sein.«

»Du bist das Wichtigste«, sagte Nils mit so tiefer Stimme, dass es ihn selbst erschreckte. Elke sah ihn schmerzvoll und forschend an.

»Nils, dieser Kuss ... Das war eine Kurzschlussreaktion. Ich war so ... durcheinander.« Sie lachte verlegen. »Ich weiß, dass ich dir jetzt wieder wehtun muss.«

»Du brauchst es nicht zu sagen. Es war ein Fehler, du liebst Stefan und bleibst bei ihm, aber möchtest mit mir gut Freund bleiben.«

»Ja, so ungefähr.«

»Elke, das geht nicht. Ich kann nicht zusehen, wie du ihn liebst und mich nicht mehr. Ich ertrag es nicht, wenn du ihn so ansiehst, wie du mich früher angesehen hast. Ich kann nicht dein Freund sein. Ich bin dein Mann! Wir sind unser halbes Leben zusammen gewesen. Ich kenne nur dich. Und ich will auch nur dich kennen. Du bist die Mutter unseres Kindes. Ich kann nicht dein Freund sein. Ich kann nicht aus einem Kreis ein Quadrat machen, unmöglich!«

Elke rollten lautlos die Tränen aus den Augen.

»Ich akzeptiere, dass du mich verlässt. Aber bitte komm nicht zu mir und sag mir, dass der Himmel nicht mehr der Himmel ist, und ich soll das doch bitte auch so sehen.«

»Nils«, sagte Elke gequält.

»Okay. Wenn du schon mal hier bist, will ich ehrlich mit dir sein. Du hast recht, wenn du sagst, dass ich abwesend bin, das merke ich selbst, aber ich kann nichts dagegen tun. Ich weiß auch nicht, wonach ich suche. Vielleicht nach meinem Weg oder was auch immer. Aber ich weiß, und das weiß ich ganz bestimmt, dass du mich auch noch liebst! Stefan ist für dich da, aber du liebst ihn nicht. Und er liebt dich auch nicht. Es wird nicht funktionieren mit euch. Und das sag ich nicht, weil ich wütend bin oder eifersüchtig. Das glaube ich wirklich. Ich bitte dich auch nicht zurückzukommen. Ich sage nur: Vergiss nicht, wer ich bin. Meine Tür steht dir immer offen.«

Elke sprang auf und rannte hinaus. Nils versuchte nicht, ihr nachzulaufen. Er fühlte sich erleichtert. Es war gut, dass er das losgeworden war. Jetzt musste er sich um Sandra kümmern.

Als er leise die Tür zu seinem alten Kinderzimmer aufschob, saß Sandra bereits angezogen auf dem Bett.

»Ich habe hier nichts verloren«, sagte sie. »Du bist ein guter Kerl. So einen wie dich würd ich gern finden. Eine Mischung aus dir, George Clooney und Robert Downey jr.«

»Das ehrt mich. Ich in einer Reihe mit diesen beiden.« Nils lächelte stolz.

Sandra kam auf ihn zu und küsste ihn.

»Ich fahr dann mal ins Hotel. Sonst verpass ich mein Frühstück.«

»Du kannst doch hier …«

»Nein, schon gut. Ist alles in Ordnung so.«

Sie gingen hinunter, und Sandra nahm ihre Jacke vom Haken.

»Treffen wir uns in einer Stunde? Dann kannst du deinen Vater selbst zu dem Abend befragen.«

»Ich … ja, okay.«

Sie öffnete die Tür.

»Also, bis gleich. Ach, Nils? Ich glaub, du hast recht. Sie liebt dich noch.«

Damit zog sie die Tür zu und ließ Nils im Flur stehen. Er brauchte fünf Minuten, bis er sich wieder bewegen konnte.

NEUNZEHN

Nach einer überlangen, sehr heißen Dusche zog sich Nils seine Uniform über. Es sollte offiziell aussehen, wenn er seinem Vater gegenübertrat.

Karla sprach zum Glück gerade mit einem Hotelgast, der ein Problem mit einem Fenster hatte, als Nils im Hotel ankam. Er grüßte flüchtig und vermied den Augenkontakt, wie er einen Scherbenhaufen mit dem Fahrrad vermeiden würde, um sich keinen Glassplitter in den Reifen zu fahren.

Sandra saß noch im Speisesaal und blätterte in der Tageszeitung.

»Da bist du ja«, sagte sie erfreut, als sie Nils bemerkte. Keine Glassplitter, kein Scherbenhaufen lag in ihrem Blick. Nils hatte freie Fahrt. »Wollen wir es gleich hinter uns bringen? Ich bin fertig.«

»Ist gut.«

Gemeinsam gingen sie nach oben in das königliche Zimmer des Schlosses.

»Nils!«, sagte seine Mutter, als glaubte sie, dass er sich eigentlich in Südafrika aufhielt und völlig überraschend zurückgekehrt war. Ihr Blick schwenkte zu Sandra und hielt sie wie mit einer Eisenstange auf Distanz.

»Morgen, Mama. Ist Papa da? Ich würde gern mit ihm sprechen.«

»Ja«, sagte sie irritiert, und die beiden traten ein. Hauke stand auf dem Balkon und rauchte. Natürlich hatte er sie reinkommen hören, doch er ließ sich zu keiner Regung herab.

»Hauke? Nils ist da. Und Frau …«

»Keller. Kripo Niebüll«, ergänzte Sandra und verschränkte die Hände hinter dem Rücken. Sie sah sich aufmerksam im Zimmer um, während Hauke sich umdrehte, sie einen Augenblick durch den seinen Kopf verschleiernden Zigarrenrauch beobachtete und dann ins Zimmer kam.

»Guten Tag. Petersen«, stellte er sich vor und reichte Sandra die Hand. »Moin, Nils«, fügte er hinzu, setzte sich auf seinen Platz und schlug ein Bein über das andere.

»Papa, ich hätte da ein paar Fragen an dich.« Nils nahm auf Elisabeths Stuhl Platz.

»Wie läuft's im neuen Heim? Hast du unser Haus schon auf Vordermann gebracht?«, fragte Hauke mit der Zigarre im Mund.

»Es ist wirklich schön geworden«, sagte Sandra und erntete einen Ich-hab-Sie-nicht-gefragt-Blick. Sie mochte den Blick nicht, zog sich aber dennoch mit einem Schritt zurück, ohne etwas darauf zu erwidern.

Das hier war Nils' Angelegenheit, auch wenn sie damit vom Protokoll abwich.

»Karl und ich haben ganze Arbeit geleistet. Ihr solltet es euch mal ansehen.«

»Karl hat dir geholfen?«, fragte Hauke.

»Ja. Mehr ich ihm als er mir. Aber deswegen bin ich nicht hier. Wir versuchen immer noch, den Abend zu rekonstruieren, an dem Anita Bohn verschwand.«

»Und was willst du da von uns?« Ein Zug an der Zigarre, und eine grauweiße Wolke nahm Nils' Anliegen mit sich und löste es in ein kräftig riechendes Nichts auf.

»Nun, ihr Mann sagte, dass du bei ihrer Ankunft mit ihnen gesprochen hast.«

»Was soll die Frage?«

»Stimmt das?«

»Und wenn es so wäre?«

»Dann möchte ich gern einige Dinge von dir wissen.«

Hauke nahm seine Zigarre aus dem Mund.

»Die da wären?«

»Worüber habt ihr gesprochen?«

»Ich habe sie begrüßt.«

»Und was für einen Eindruck hat sie auf dich gemacht?«

»Ich habe schon gehört, dass du auf der Insel rumschnüffelst wie ein Hund und alle beschuldigst, sie hätten etwas mit dem Verschwinden zu tun.«

»Das ist nur Klatsch und Tratsch. Ich beschuldige niemanden, ich mache meine Arbeit. Also, welchen Eindruck hat sie auf dich gemacht?«

»Den einer Frau, die in ein Hotel eincheckt.«

»Und war sie deiner Meinung nach fröhlich, traurig, ernst, oder wie würdest du sie beschreiben?«

Haukes untere Augenlider verhärteten sich und zogen feine Falten auf seinen Tränensäcken.

»Fröhlich. Sie war schließlich im Urlaub.«

»Ich hab von vielen Seiten gehört, dass sie gern mit Männern flirtete. Hat sie mit dir geflirtet?«

Zischend stieß Hauke ein Lachen durch seine Vorderzähne aus.

»Nein, hat sie nicht.«

»War sie hübsch?«, fragte Nils.

»Warum fragst du?« Haukes Gesicht verdunkelte sich wie eine Gewitterwolke.

»Fandst du sie hübsch?«

»Ich verstehe den Sinn deiner Frage nicht«, knurrte Hauke.

Nils blickte zu seiner Mutter. Die Frage war auch für sie Salz in einer offenen Wunde. Nils wartete und sah, wie die Asche von Haukes Zigarre auf den Teppich fiel. Sein Vater wischte mit seinen Budapestern darüber.

»Sie war eine gut aussehende Frau. Wenn du mir jetzt bitte erklären würdest, was das mit mir zu tun hat?«

»Was hat sie zu dir gesagt?«

»Das weiß ich nicht mehr.«

»Bist du ihr danach noch mal begegnet? Vielleicht allein?«, fragte Nils und dachte an das Foto, das sich in seiner Hosentasche befand.

Nun war Hauke gezwungen zu lügen.

»Nein, ich bin ihr nicht noch mal begegnet.«

Jetzt musste er das Foto anbringen, genau jetzt. Dann hätte er ihn. Und alle würden sehen, was er getan hatte. Nils könnte seinen Vater einer Lüge bezichtigen. Einer schwerwiegenden Lüge.

»Hast du das schon mal gesehen?« Nils zog nicht das Foto, sondern den Beweisbeutel mit der Kette aus seiner Tasche und hielt ihn vor Haukes Augen in die Luft.

»Was soll das sein?«

»Kennst du diese Kette?«

»Nein, tue ich nicht.«

Nils beobachtete seinen Vater genau.

»Das ist die Kette von Anita Bohn. Sie trug sie an dem Abend, an dem sie verschwand.«

Hauke zählte hinter gläserner Stirn eins und eins zusammen. »Aber wie bist du ...?«

»Ich hab sie am Strand gefunden. In der Festung. Sie hing dort an einem Zweig. Papa, was hast du an dem Abend gemacht?«

»Willst du mich nach meinem Alibi fragen, Junge? Willst du mich tatsächlich in meinem eigenen Haus zu einem Verdächtigen machen, nur weil irgendeine Touristin von der Flut überrascht wurde? Willst du deinen eigenen Vater erniedrigen?«

»Ich will nur wissen, was passiert ist. Weißt du noch, was du gemacht hast?«

»Überleg dir gut, was du jetzt tust! Niemand, und schon gar nicht mein Polizistensohn, kommt hier rein und beschuldigt mich!«

»Ich beschuldige dich nicht. Ich frage lediglich.« Nils' Ruhe stieg mit der sich auftürmenden Wut seines Vaters.

»Warst du nicht schwimmen?«, fragte Elisabeth plötzlich mit dünner, aber stabiler Stimme.

»Bitte?« Hauke drehte seinen massigen Kopf zu seiner Frau.

»Du warst schwimmen. Bis neun oder halb zehn, glaube ich. Danach waren wir zusammen hier auf dem Zimmer.«

»Ach ja. Das ist richtig«, sagte Hauke nach einem Moment der Erstarrung. Nils und seine Mutter tauschten einen Blick. Stimmte das tatsächlich, oder log sie für Hauke? Nils war sich nicht sicher.

»Gut. Mehr wollte ich nicht wissen«, sagte Nils. Sie erhoben sich.

»Wenn du glaubst, dass ich vor dieser Person mit meiner Meinung hinter dem Berg halte, hast du dich schwer geirrt, mein Junge. Ich lege keinen Wert mehr darauf, dich hier im Haus zu sehen, verstanden? Um das alte Haus hast du mich bereits betrogen, aber hierher setzt du deinen Fuß nicht mehr.«

»Hauke!«, rief Elisabeth, doch er hob nur die Hand, hinter der seine Frau fast vollständig verschwand.

»Ich hoffe, ich habe mich klar ausgedrückt. Diese Insel war in bester Ordnung, bis du Opfer deiner kranken Hirngespinste geworden bist. Das wird sie dir nicht vergessen. Einen schönen Tag noch, Frau Keller.« Hauke begab sich wieder auf den Balkon, und Nils und Sandra verließen das Zimmer. Elisabeth brachte sie zur Tür. Behutsam legte sie eine Hand auf Nils' Rücken.

»Ich bin sehr stolz auf dich, mein Junge«, sagte sie und küsste ihn auf die Wange. Als sie die Tür hinter ihnen schloss, hatte Nils das Gefühl, sie in der Kabine eines sinkenden Schiffes zurückgelassen zu haben.

Elisabeth trat hinaus auf den Balkon und setzte sich auf einen Stuhl in Haukes Rücken. Eine Weile sah sie zu, wie die Rauchfahnen über seinem Kopf aufstiegen.

»Du bist Frau Bohn begegnet, nicht wahr? Als du vom Schwimmen kamst. Es war zehn Uhr, ich weiß es noch. Deshalb verhältst du dich so in letzter Zeit. Du hast Angst, ich spüre das.«

Hauke drehte sich um. Seine Absätze knarzten auf dem gefliesten Balkon.

»Deshalb konntest du auch nicht zu ihrem Mann gehen und zu ihrer Tochter.«

»Willst du mich etwa auch beschuldigen?«, raunte er bedrohlich.

»Ich habe dich gerade beschützt, falls es dir entgangen ist. Und du hast meine Frage nicht beantwortet.«

»Probst du jetzt den Aufstand, so wie Nils? Kommt jetzt eure große Rebellion?«

»Hast du Angst davor?«, fragte sie so keck, wie sie es selbst nicht für möglich gehalten hätte. Als wäre sie sich soeben ihres Eizahns bewusst geworden und würde nun die Schale ihres Eis von innen durchbrechen.

»Ich brauche deinen Schutz nicht.« Er drückte die Zigarre mit drehenden Bewegungen in dem Aschenbecher auf dem Tisch aus.

»Du lebst seit Jahren von meinem Schutz, Hauke. Glaubst du im Ernst, dass der Name Hauke Petersen hier noch etwas wert wäre, wenn ich publik machen würde, was ich weiß? Wenn ich erzählen würde, mit wie vielen Frauen du mich schon betrogen hast?«

Hauke blickte seine Frau an, und sie rechnete jeden Moment damit, dass er explodieren und sich auf sie stürzen würde, so wie er es vielleicht bei Anita Bohn … Nein, das durfte nicht sein.

»Hauke, hast du dieser Frau etwas angetan?«

Er richtete sich kerzengerade auf. Ein menschlicher Baumstamm, eine alte, selbstgerechte Eiche.

»Du bist verrückt«, flüsterte er.

»Ich weiß nicht, was ich glauben soll. Dein Verhalten nach dieser Sache ist ...« Sie hob kraftlos die Arme. »Hauke, bitte, sag es mir. Das müssen wir wieder in Ordnung bringen.«

»In Ordnung bringen? Wir? Was geht eigentlich in deinem Kopf vor? Wir müssen nichts in Ordnung bringen! Diese Frau ist ertrunken. Was haben wir damit zu schaffen?«

»Ich hab ein ganz ungutes Gefühl.«

»Dann geh zur Beichte«, sagte er und stampfte hinaus.

★★★

»Ist er nachtragend?«, fragte Sandra, als sie im Auto saßen und die Strandstraße entlangfuhren.

»Er hat's erfunden. Wenn ihn jemand verletzt, vergisst er es nicht.«

Sandras Augen klebten an Nils' Schläfe.

»Und, macht dir das was aus? Oder war das gut eben?«

»Beides.«

Sie erreichten den Parkplatz, und Nils hielt an. Die Sanddornbüsche über dem geflochtenen Zaun bewegten sich wie eine unruhige, nervöse Herde Tiere. Sandras Anwesenheit beim Gespräch mit seinem Vater hatte ihm Selbstbewusstsein gegeben. Doch er zweifelte an ihren Motiven. Er wollte auf keinen Fall, dass sie hier nur die barmherzige Samariterin spielte.

»Glaubst du, dass ich das hier als Therapie gegen meinen Vater mache, oder glaubst du, dass an der Sache tatsächlich was dran ist?«

»Beides«, sagte Sandra, und Nils musste grinsen. »Du bist witzig.«

»Das hat mir bis jetzt noch niemand gesagt.«

»Weißt du, wenn das alles hier nicht wär, wenn wir uns irgendwo anders kennengelernt hätten, dann hätte das mit uns was werden können, denk ich«, sagte er und schaute auf die salzverkrustete Windschutzscheibe.

»Hätte, wenn und wäre. Lass uns aussteigen, bevor ich noch

anfange zu heulen«, sagte sie, und das letzte Wort wurde bereits durch das dumpfe, schmatzende Geräusch vom Öffnen der Autotür übertönt.

Sie gingen gegen einen steten Wind an, der feucht und klamm unter ihre Kleidung kroch. Unten auf dem anbrandenden Meer hob sich ein roter Kitedrachen gegen das stahlgraue, aufgeraute Wasser und den festen, wie der Rücken einer Makrele gemusterten Strand ab. Sie brauchten Claas nicht zu rufen. Er fuhr noch zwei, drei Minuten, dann hatte er sie bemerkt und sofort verstanden, warum sie hier waren. Der bauchige rote Drachen schlug auf den Strand auf und fiel in sich zusammen. Claas hielt noch die Seile und das Brett in der Hand, als er aus dem hüfthohen Wasser gewatet kam. Er trug einen schwarzen Neoprenanzug. Seine Wangen waren kaltrot, die Lippen hatten eine violette Farbe angenommen. Die Wassertemperatur betrug heute vierzehn Grad.

»Moin, Claas«, rief Nils ihm entgegen.

»Was ist?«, fragte Claas ängstlich und ohne zu grüßen.

»Nichts, wir haben nur noch ein paar Fragen. Es hat sich da was Neues ergeben.«

Zitternd und schwer atmend stand er vor ihnen.

»Ist 'n bisschen kalt. Wollen wir in deinem Bauwagen reden?«, fragte Nils.

»Ist gut.« Claas nickte und sammelte den Drachen ein.

Nils und Sandra gingen den Weg wieder zurück, den sie gekommen waren, während Claas die Abkürzung über die Dünen nahm. Er stand bereits im Wagen und trocknete sich seine Haare mit einem alten abgewetzten Handtuch, als sie ankamen.

Nils schloss die Tür, und nun standen sie sich in dem engen, überheizten Raum ganz dicht gegenüber.

»Ich hab gehört, was Papa da im Lokal verzapft hat. Tut mir leid, aber du weißt ja, wie er ist. Die Jungs hatten wohl auch schon gut einen im Kahn«, begann Claas.

»Schon gut. Vergiss es.«

»Kann ich wirklich verhaftet werden?«, fragte Claas, und seine Stimme klang wie noch vor ein paar Jahren, als er ein kleiner Junge gewesen war.

»Nein«, sagte Nils, um die Wellen erst mal zu glätten und bei

Sandra nicht den Eindruck zu hinterlassen, er könnte vielleicht Druck ausgeübt haben, um eine Aussage zu erzwingen.

»Zwei Dinge. Erstens: Ich habe das hier am Strand gefunden. Hast du das schon mal gesehen?«

Nils hielt den Beutel mit dem Kreuz unter die nackte, staubige Glühbirne, die an einem krummen Kabel von der Decke hing.

»Nein.«

»Das ist die Kette von Anita Bohn. Jemand hat sie in der Strandfestung deponiert.«

»Ja?«, Claas ächzte und zitterte. Ob vor Kälte oder vor Angst, war nicht auszumachen.

»Weißt du etwas darüber?«

»Nein!«

»Ich hab aber doch das Gefühl, Claas. Sei ehrlich, kennst du die Kette, hast du sie an ihr gesehen?«

Er nickte und schluckte trocken.

»Tatsächlich? Wann?«

»Sie hat sich doch ... ausgezogen, da ist sie mir aufgefallen.«

»Aber berührt hast du sie nicht, oder? Wenn wir sie nach DNA-Spuren oder Fingerabdrücken untersuchen, finden wir nicht zufällig deine?«

»Nein, ich hab sie nicht angefasst.«

Nils nickte und steckte das Beweisstück wieder ein.

»Dann gibt es noch eine zweite Sache. Wir haben da einen Zeugen, der aussagt, dass du um neun noch surfen warst. Und wir haben einen Zeugen, der sagt, dass du gegen elf vom Strand nach Hause fuhrst. Was du mir erzählt hast, von wegen früh nach Hause gegangen, stimmt nicht, oder?«

Claas schüttelte den Kopf und presste die Lippen so fest aufeinander, dass sie fast weiß wurden.

»Claas, was ist passiert?«

»Nichts! Ich hab nichts getan. Aber ich dachte, alle würden glauben, dass ich es war, wenn ... Sie war hier. Hier am Bauwagen. Aber ich hab nichts gemacht!«

Nils' Gesichtszüge entspannten sich angesichts dieser neuen Information.

»Sag mir einfach, was passiert ist. Es ist alles in Ordnung.«

»Ich kam vom Strand hoch und wollte mich hier umziehen. Es war dunkel draußen, und irgendwann hab ich ihr Gesicht am Fenster gesehen.«

»Und?«, hakte Nils nach, weil Claas in seiner Erinnerung festzustecken schien.

»Ich hatte keine Ahnung, was sie hier wollte, aber sie machte auch keine Anstalten reinzukommen. Ich weiß auch nicht. Irgendwie gefiel es mir, dass sie da stand und mich beobachtete. Ich hab so getan, als würde ich sie nicht sehen, und hab mich ausgezogen. Aber irgendwie war mir das dann auch zu heiß, ich wollte mir keine Probleme einhandeln. Sie war ja schon irgendwie durchgedreht und mit ihrem Mann und ihrer Tochter da. Das wollte ich alles nicht. Also hab ich gewartet, und nichts ist passiert. Irgendwann war sie einfach weg.«

Nils atmete einmal tief durch.

»Warum hast du mir das nicht früher gesagt?«

»Ich hatte Panik, Mann!«

»Haben Sie sonst noch jemanden am Strand bemerkt?«, fragte Sandra.

»Nein. Ich hab hier noch 'n paar Bier getrunken und bin dann nach Hause.« Claas liefen die Tränen über die kalten Wangen. Seine violetten Lippen bebten.

»Okay. Gut. Ist alles gut«, meinte Nils und lächelte aufmunternd.

Teil 5
Die neue Welt

Well Papa go to bed now it's getting late
Nothing we can say can change anything now
Because there's just different people coming down here now
And they see things in different ways
And soon everything we've known will just be swept away.

Bruce Springsteen, »Independence Day«

ZWANZIG

Die Fähre rollte von links nach rechts über die schlammfarbene See. Nils beobachtete Jürgen durch die schmierige Windschutzscheibe seines Wagens. Es gab ein Problem mit der Luke des Schiffes, die sich nicht vollständig schließen wollte. Trotzdem hatte die Fähre abgelegt, und hin und wieder ergoss sich ein weißer Schwall Gischt durch den kleinen Spalt, der noch offen stand, und spülte auf das grüne Deck. Sandra saß neben ihm und hatte keine Ahnung, wen er beobachtete. Das musste sie auch nicht. Das war jetzt seine Sache, sie war es immer gewesen. Sandra würde zurück nach Niebüll fahren und die Kette analysieren lassen. Mehr konnte sie nicht tun. Nils aber schon. Er wollte Georg besuchen.

Sandra hatte es sich auf dem Beifahrersitz gemütlich gemacht. Sie lauschte der Musik, die sie eingelegt hatte. Springsteen sang »You can look (but you better not touch)«, und sie wippte mit ihrem Kopf zum Takt der Musik. Irgendwie hatten sie beide nicht nach oben gehen wollen. Hier im Auto war es … intimer.

Jürgen hatte es endlich geschafft, die Luke zu schließen. Er wischte sich das Wasser aus dem Gesicht und verschwand nach links durch eine der eisernen Türen. Aus den Lautsprechern tönte das traurige Keyboard zu Beginn der Live-Aufnahme von »Independence Day«. Die Zuschauer jubelten auf. Nils' Zeigefinger schnellte nach vorn und drückte den Knopf mit den zwei Pfeilspitzen.

»Was soll das?«, fragte Sandra empört, die ihren Kopf zurückgelehnt und ihre Füße auf das Armaturenbrett gestellt hatte.

»Ich kann das Lied nicht ertragen«, sagte Nils dunkel.

»Aber es ist wunderschön!«

»Ja, ich muss fast immer heulen, wenn ich's höre.«

»Ehrlich?«

»Ja.«

»Warum?«

»Keine Ahnung.«

Sandra blinzelte zweimal und legte ihren Kopf wieder zurück.

»Schade, dann kannst du es nie genießen.«

»Nein, aber es gibt ja noch andere.«

»Ich kann ›Lovestory‹ nicht sehen. Dann zerfließe ich.«

»Aber doch nur am Ende«, meinte Nils.

»Ja, aber ich kenn doch das Ende, also ist der ganze Film traurig, weil ich weiß, dass sie sterben wird.«

»Ist der nicht 'n bisschen kitschig für dich? Du bist doch mehr der rationale Typ.«

»Das ist ein großer Trugschluss. Der Film ist nicht die Bohne kitschig, im Gegenteil! Er ist sogar recht nüchtern.«

»Ein nüchterner Liebesfilm?«, fragte Nils zweifelnd.

»Im Grunde ist es gar kein Liebesfilm, hab ich mal gelesen. Es geht um die Beziehung zwischen ihm und seinem Vater. Er emanzipiert sich durch sie von seinem Vater.«

»Und am Ende stirbt sie.«

»Ja. Wenn ich die Musik höre, muss ich auch weinen.«

»Oder die in ›Spiel mir das Lied vom Tod‹«, sagte Nils.

»Oh Gott, ja, wenn die da alle aufm Tisch liegen und Claudia Cardinale geht von einem zum anderen. Furchtbar!«

»Und das von einer Polizistin. Du bist eine sehr witzige Person.«

»Ja, weil bei mir sexuell nichts läuft, gleiche ich das mit Komik aus«, sagte Sandra, und Nils lachte ungefiltert los.

»Oh Gott, es tut mir leid.«

»Schon gut, so kann ich mir wenigstens keine Krankheiten einfangen. Jungfrauen sind gesund!«, sagte Sandra und hob stolz ihre Nase.

»Ich sag's ja. Du bist wirklich witzig«, meinte Nils und legte seine Hand auf ihre. Sie dachten darüber nach, sich zu küssen, ließen es aber doch lieber sein. Sie nahm einfach seine Hand und hielt sie fest, wie ein Kind ein kostbares Spielzeug festhält.

In Dagebüll fuhr Nils zu Sandras Wagen auf dem Parkplatz. Es regnete, als sie sich verabschiedeten.

»Mach's gut«, sagte Nils. *Letzte Möglichkeit, ihr das Fahrstuhlfoto zu zeigen.*

»Mach keinen Quatsch«, erwiderte Sandra und strich ihm über die nasse Wange. Sie drehte sich schnell um und stieg ein. Nachdem sie den Motor gestartet hatte, brauchte sie drei Versuche, um den ersten Gang einzulegen. Dann fuhr sie fort. Nils überlegte, ob er winken sollte, doch er ließ seine Hände in den Hosentaschen.

★★★

»Bohn« stand in verwaschenen schwarzen Filzstiftlettern auf dem Klingelschild. Es war ein kleines Reihenendhaus aus rotem Klinker, wie hier überhaupt alle Häuser aus rotem Klinker gebaut waren, mit einem länglichen Vorgarten und einer Steintreppe, die zu der überdachten Haustür führte. Als Georg öffnete, wollte sich Nils bereits entschuldigen. Er musste am falschen Haus sein. Erst auf den zweiten Blick erkannte er ihn. Georg war um mindestens zehn Kilo abgemagert. Sein Gesicht hatte vollkommen andere Züge angenommen. Nur seine dunklen Augen, die jetzt im Schatten tiefer Augenhöhlen lagen, waren noch dieselben. Unter dem stumpfen, zauseligen Haar schimmerte eine trockene, aschfahle Gesichtshaut wie Löschpapier. Georgs Lippen spannten sich zu einem Lächeln.

»Nils! Komm rein.«

Nils betrat den dunklen Flur. Es roch nach feuchter Kleidung und säuerlichem Essen.

»Einfach gerade durch«, wies Georg ihn an, und er betrat das Wohnzimmer. Nina saß an einem ovalen Esstisch links vor einem zweigeteilten Fenster wie ein Mädchen, das auf ihren Nachhilfelehrer wartet. Geradezu führte eine schmale Tür auf eine quadratische Terrasse aus Steinplatten hinaus. Die Blumenkästen, die die Fläche begrenzten, waren mit nicht mehr erkennbaren, verwelkten Pflanzen bestückt. Rechts stand eine schwarz-graue Sitzgruppe vor einer Schrankwand aus Buche und einem flachen Tisch aus Glas. In einem Fach des Schrankes waren acht gerahmte Bilder von Anita Bohn aufgestellt.

»Hallo, Nina«, sagte Nils so fröhlich es ging.

»Wir haben schon auf dich gewartet«, meinte Georg und zog ihm einen Stuhl vom Tisch weg.

Nils strich Nina über das warme Haar und tätschelte den Kopf der Giraffe, die sie im Arm hielt. Genau wie damals. Als hätte sie sie nie losgelassen.

»Hallo, Frau Knickebein.«

Nina freute sich, dass Nils den Namen nicht vergessen hatte.

»Setz dich. Wir haben Kassler und Sauerkraut zum Abendbrot«, sagte Georg.

»Prima.« Nils setzte sich und griff in die Plastiktüte, die er in der Hand hielt. »Das ist für dich«, sagte er und reichte Nina einen Kugelschreiber in Form des Amrumer Leuchtturms. Erst jetzt fiel ihm ein, dass Nina vielleicht kein Andenken von der Insel haben wollte, auf der ihre Mutter wahrscheinlich ertrunken war. Er hatte nur nett sein wollen, doch jetzt hätte er sich am liebsten geohrfeigt für dieses Geschenk.

»Danke schön«, sagte Nina brav und legte den Kugelschreiber neben das Besteck. Nils platzierte das Mitbringsel für Georg, das noch in der Tüte war, dicht neben seinem Stuhlbein. Georg kam mit einem Teller aus der Küche und stellte ihn vor Nils ab. Kassler, Sauerkraut und Kartoffeln. Nils' Portion war ungefähr dreimal größer als die von Georg und Nina, und er hatte keine Ahnung, wie er auch nur einen Happen davon essen sollte. Die Atmosphäre hier im Haus drückte wie ein riesiger Daumen auf seinen Kehlkopf.

Irgendwie brachten sie das Essen mit Erzählungen über Nils' neues Haus und die Renovierungsarbeiten hinter sich. Anschließend bot Georg Nils an, etwas Fernsehen zu gucken, während er Nina ins Bett brachte.

Nils saß auf der Zweiercouch, nippte an einem Bier und zappte sich durch das Programm. Von oben hörte er die Stimme von Georg, der Nina etwas vorlas. Es würde ein furchtbarer Abend werden, und Nils wusste, dass er ihn nur überstehen konnte, wenn er selbst von dem Mitbringsel kosten würde. Er ging zum Tisch und zog die Flasche Jack Daniel's aus der Tüte. Im Wandschrank fand er zwei runde, halbhohe Gläser und füllte sie zu je einem Drittel mit Whiskey. Anita Bohn sah ihm aus acht verschiedenen Bilderrahmen dabei zu, wie er das erste Glas auf ex hinunterschüttete und sich erneut eingoss. *Mehr, ich werde viel mehr brauchen.* Nach fast einer Stunde kam Georg leise die Treppe herunter und setzte sich Nils gegenüber.

»Tut mir leid, sie schläft so schlecht ein«, sagte er mit einem Blick auf die beiden Gläser. Nils hob seins, und Georg stieß an.

»Ich dachte, den können wir brauchen«, meinte Nils und trank seine Medizin vollständig aus.

»Darf ich die Kette sehen?«, fragte Georg.

»Tut mir leid. Frau Keller hat sie mitgenommen. Sie wird im Labor untersucht. Aber danach bekommst du sie selbstverständlich zurück.«

Georg senkte den Kopf. Seine Augen verschwanden fast völlig im Schatten seiner Stirn.

»Und sie hing einfach da?«

»Ja. Wir wissen noch nicht, wer es war, aber das finden wir raus.«

»Wir hatten einen furchtbaren Streit an dem Abend. Ich muss das endlich loswerden. Es ist alles meine Schuld«, sagte Georg plötzlich und schielte über seine Schulter, um sicherzugehen, dass seine Tochter ihn nicht gehört hatte.

»Mmh?«

»Ich hab sie … ich bin handgreiflich geworden. Sie hat mich wahnsinnig gemacht, und ich bin einfach durchgedreht.« Georg ließ den Kopf in seine Hände fallen. Er weinte fast lautlos.

»Georg.«

»So was ist mir noch nie passiert. Ich weiß nicht, was mit mir los war. Aber … es war alles zu viel für mich. Ich hab sie misshandelt.«

»Georg!«, sagte Nils lauter.

»Ja?« Er blickte auf. Seine Augen waren in schwarzem Wasser versunken.

»Bist du es gewesen?«

Georg sah ihn mit offenem Mund an. Er blinzelte nicht. Seine Augen fixierten etwas in ganz weiter Ferne.

»Nein. Aber es ist meine Schuld. Sie hat mich verlassen, weil ich sie so behandelt habe. Sie ist ohne ein Wort gegangen und nicht mehr wiedergekommen.«

Nils' Herz schlug gegen seinen Brustkorb wie ein Gefangener in einer Zelle. *Tröste ihn doch! Sag ihm, dass nicht er es war, sondern vielleicht du selbst. Du warst wütend, furchtbar wütend an dem Abend, und du hattest einen Filmriss von dem Zeug, das da auf dem Tisch steht!*

»Gut, dass du es sagst. Aber deswegen ist es noch lange nicht deine Schuld, Georg. Jemand war da unten am Strand. Und hat ihr etwas angetan. Nicht du.«

»Wer?«

»Ich weiß es nicht.« Nils ließ sich erschöpft nach hinten sinken und schloss die Augen. »Wir werden sie nicht mehr finden, Georg«, sagte er. Als keine Antwort kam, schlug er die Augen wieder auf. »Wenn jemand so lang nicht gefunden wird, wird er nie gefunden. Ich hab das schon öfter erlebt. Ich denke, es ist für euch das Beste, wenn ihr Abschied nehmt. Ihr müsst sie begraben.« Nils' Stimme riss ab wie ein Faden.

»Begraben? Was denn? Was soll denn im Sarg liegen? Eine Puppe? Kleidungsstücke? Was? Steine, Sandsäcke? Was soll Anita ersetzen?«, fragte Georg mit roten, brennenden Augen.

»Es ist tatsächlich so, dass ihr Dinge in den Sarg legen könnt, die Anita gehörten oder die ihr ihr mitgeben wollt. Frau Keller wird sich mit der Therapeutin in Verbindung setzen, und die wird euch dabei helfen.«

Georg lenkte seinen Blick auf die Bildersammlung im Wandschrank.

»Es ist besser so, glaub mir. Man muss sich verabschieden können.«

Georg regte sich nicht mehr. Auch wenn Nils es im Moment unpassend fand, er musste sich noch etwas zu trinken eingießen. Diesmal machte er das Glas fast voll.

»Ich weiß ja, dass sie tot ist. Es ist nur so schwer, das zu akzeptieren. Ich hab Angst, es zu akzeptieren. Irgendwie denke ich, dass ich ihr dann unrecht tue.«

»Du machst alles richtig. Jetzt musst du an dich und an Nina denken. Ihr müsst das verarbeiten.«

»Plötzlich ist das Leben einfach vorbei. Man lebt noch, läuft herum, aber eigentlich ist das Leben vorbei. Ich bin nicht tot, und ich bin auch nicht lebendig. Irgendwas dazwischen«, sagte Georg und starrte immer noch auf die Fotos. Nils wusste nichts darauf zu erwidern. Da war keine Idee in ihm, wie er diesen Mann wieder erwecken konnte.

»Lenk mich ab, ich dreh sonst durch«, bat Georg ihn.

»Trink. Dann erzähl ich dir eine lustige Geschichte.«

Kraftlos nippte Georg an seinem Glas.

»Ich wollte mit Frau Keller schlafen. Sie wollte auch. Und als sie komplett nackig vor mir stand, hab ich keinen hochgekriegt. Kannst du dir das vorstellen?«

»Du hast an deine Frau gedacht«, sagte Georg unbeeindruckt. Nils senkte den Kopf.

»Ja.«

★★★

Er wachte auf und saß noch auf der Couch. Im oberen Stock hörte er Schritte. Es war hell draußen. Die Vögel sangen. Georg saß halb zur Seite gekippt auf dem Sofa gegenüber und schlief. Die Flasche stand leer zwischen ihnen. Nina kam die Treppe herunter und blieb im Wohnzimmer stehen. Ihre Augen prallten von Georg zur Flasche, zu Nils, zur Flasche und zurück zu Georg.

»Morgen«, sagte sie.

»Morgen«, sagte Nils.

»Ich muss zur Schule.«

»Äh, ja. Dein Vater schläft noch.«

»Ach?«

»Soll ich dir Frühstück machen?«, fragte Nils, und es klang so wunderbar nach Familie und Zugehörigkeit, dass er für einen Moment vergaß, dass er ein Fremder in diesem Haus war.

»Nee, nee, schon gut. Ich muss jetzt los. Tschüss!«

»Tschüss.«

»Sag Papa, dass ich schon weg bin«, sagte sie noch, und war verschwunden. Nils erhob sich und berührte Georg am Bein.

»Georg? Wach mal auf.«

Georg öffnete seine kleinen trüben Augen und schielte Nils unverwandt an.

»Wir sind hier unten eingeschlafen. Nina ist schon zur Schule.«

»Oh«, sagte er und richtete sich auf. Er sah auf die Uhr. »Scheiße.«

»Musst du zur Arbeit?«

»Ja, seit fünf Minuten muss ich da sein.«

»Du kannst ja noch ganz in Ruhe frühstücken. Wurst und Marmelade sind im Kühlschrank, Brot ist in der Brotdose. Tut mir leid, ich muss jetzt los«, sagte Georg, nachdem er sich schnell geduscht und umgezogen hatte. Sie standen sich im Flur gegenüber.

»Schon gut. Grüß Nina noch mal von mir.«

»Mach ich.«

Sie gaben sich die Hand und drückten fest zu. Keiner der beiden sagte etwas von Wiedersehen. Sie würden sich wiedersehen, wenn Anitas leerer Sarg begraben würde. Georg sprang die Stufen hinunter und lief zu seinem Auto. Nils schloss die Tür, ging ins Wohnzimmer und stellte sich in die Mitte des Raums. Er ließ alles auf sich wirken. Und auch wenn es moralisch nicht in Ordnung war, öffnete er die Schubladen des Wandschrankes und stöberte darin herum. In der untersten Schublade fand er fünf Fotoalben. Auf der Couch blätterte er alle durch. Blätterte sich durch das Leben von Georg, Nina und Anita, die eine merkwürdige Ausstrahlung auf den Fotos hatte. Fröhlich, aber dennoch mit einer hinter ihren lustigen Augen verborgenen Sehnsucht oder Traurigkeit oder Verlorenheit. Nils legte die Alben zurück, ging in jedes einzelne Zimmer, um sich dort umzusehen, und machte sich schließlich in der Küche ein Sandwich, bevor er wieder nach Hause fahren wollte. Im Flur fiel sein Blick auf das Telefon. Es stand auf einem Stapel Telefonbücher. Nils steckte sich das Sandwich in den Mund und blätterte darin. Er suchte einen Buchstaben, fand ihn und fuhr mit dem Zeigefinger über die Einträge, bis sein Finger stoppte und unter einer Zeile verharrte. St. Maria, Katholisches Kindererziehungsheim. Er notierte sich die Adresse auf einem kleinen Block, riss das Blatt ab und zog die Tür von Anita Bohns Haus hinter sich ins Schloss.

★★★

Das Heim lag im Ortsteil Harburg am Rande eines Waldes. Die verwitterte Fassade und der ungepflegte Garten machten den Eindruck, als sei die Einrichtung längst geschlossen, doch als Nils an der Pforte klingelte, öffnete ihm ein junges Mädchen.

»Hallo, ich wollte fragen, ob ich jemanden sprechen kann?«

»Zu wem wollen Sie denn?«, fragte die Kleine.

»Zu einer … wie sagt man das hier?«

Sie antwortete nicht, sah Nils nur geduldig an. Ihm fiel die Kette auf, die sie um den Hals trug. Sie kam ihm schrecklich bekannt vor. Das Mädchen öffnete die Tür ganz und deutete mit dem Finger auf eine dunkle Eichentür, auf der mit goldenen Lettern »Büro« geschrieben stand.

»Da müssen Sie hin. Wollen Sie Ihr Kind anmelden?«

»Nein. Ich will nur etwas in Erfahrung bringen.«

»Sie suchen jemanden«, stellte die Kleine fest.

»Ja, genau.«

»Dann sind Sie da richtig. Viel Glück«, sagte sie und lief eine breite, abgewetzte Holztreppe hinauf.

Nils klopfte an der Tür, und von drinnen erklang ein dumpfes, abwesendes: »Ja, bitte?« Er trat ein und stand einer Frau gegenüber, die im Zimmer herumlief und offenbar nach etwas suchte.

»Guten Tag«, sagte Nils.

»Guten Tag, ich bin gleich für Sie da, ich muss nur schnell meine Brille finden.«

»Meinen Sie die da?«, fragte Nils und deutete auf die Brille, die ihr an einer Kette um den Hals hing.

»Oh! Das gibt's doch nicht«, rief sie und lachte schrill, »ich hab die Kette erst seit zwei Tagen, ich komme einfach nicht damit zurecht.« Sie schob sich die Brille auf den Nasenrücken und musterte Nils durch die dicken, mit Fingerabdrücken übersäten Gläser. »Was kann ich für Sie tun?«

»Nun, ich bin Polizist.« Als Nils das sagte, erschrak sie dermaßen, dass sie förmlich einen Sprung machte.

»Oh Gott, was …?«

»Nichts Ernstes. Ich ermittle im Fall einer verschwundenen Frau, die als Kind hier im Heim gewesen sein muss.«

»Ich finde, das klingt ziemlich ernst«, sagte sie und setzte sich auf ihren Bürostuhl. »Bitte, nehmen Sie Platz.«

Nils gesellte sich an ihren Tisch, der mit Formularen und Broschüren zugeregnet war.

»Vielleicht ist ja noch jemand hier, der sie gekannt hat«, meinte Nils, und die dicken Finger der Frau huschten wie wilde, hungrige Tiere über die Tastatur ihres Computers.

»Sagen Sie mir den Namen und wann diese Person hier gelebt hat, bitte.«

»Anita Bohn.« Nils fiel ein, dass das nicht ihr Mädchenname war. »Nein, Klein! Anita Sofia Klein.«

»Sie haben Glück. Wir haben vor ein paar Jahren angefangen, die ganzen alten Akten zu digitalisieren. Hier hab ich sie. 1966 bis 1984. Vollwaise. Eltern unbekannt.«

»Das muss sie sein«, sagte Nils. »Gibt es jemanden, den ich sprechen kann, der sie kannte?«

»Hier steht, Schwester Sarah habe sie aufgenommen. Schwester Sarah ist aber nicht mehr bei uns.«

»Oh, das tut mir leid«, sagte Nils bedauernd und gleichzeitig enttäuscht.

»Sie haben mich falsch verstanden. Sie ist nicht verstorben. Sie lebt jetzt in einem Heim.«

»Und meinen Sie, ich könnte sie sprechen?«

»Ich wüsste nicht, warum das nicht gehen sollte. Sie freut sich sicher über einen Besuch. Auch wenn es vielleicht kein schöner Anlass ist. Das Heim ist quasi über die Straße, vierzig, fünfzig Meter nach rechts, dann sehen Sie es schon.«

»Wie alt ist die Dame jetzt?«, wollte Nils wissen.

»Oh, Schwester Sarah muss so Mitte achtzig sein, schätze ich.«

»Vielen Dank.«

»Glauben Sie denn, Sie können diese Frau Klein noch finden?« Das klang, als fragte sie nach dem Ende eines Buches, das sie angefangen hatte zu lesen.

»Ja, vielleicht.«

Sie wünschte ihm viel Glück, und Nils verließ das Büro.

Das Altersheim war ein Bau aus den Siebzigern. Ein grauer, unansehnlicher Betonklotz mit vergitterten Fenstern und schweren Blumenkästen an den schmalen Balkonen.

Nils betrat eine kleine, mit rotem Teppich ausgelegte Halle. Links hinter einer Glasscheibe saß eine Dame am Empfang und studierte Kaugummi kauend eine Zeitschrift.

»Guten Tag. Mein Name ist Petersen. Ich möchte zu Schwester Sarah.«

»Wir haben drei Sarahs«, sagte die Dame und schob das Kaugummi von einer Seite auf die andere.

245

»Ja, also, den Nachnamen kenn ich nicht. Sie hat früher drüben im Kinderheim gearbeitet.«

»Also ist sie eine Bewohnerin.«

»Ja.«

Die Dame blickte auf den Bildschirm, während sie den Namen ins System eingab. Sie hörte auf zu kauen, als sie die dazugehörige Person gefunden hatte.

»Zimmer 46. Aber ich glaube, sie ist gerade im Garten.«

Nils sah sich um.

»Und wo ist der?«

»Sie gehen links, Richtung Speisesaal, kurz vorher geht ein Gang nach rechts ab. Steht auch dran.«

Nils nickte nur. Sich zu bedanken schien ihm übertrieben.

Es war still in der Einrichtung. Die Geschäftigkeit, die Nils erwartet hatte, gab es hier nicht. Fast war es so, als lebte hier niemand. Oder niemand mehr. Er folgte dem Gang mit der lackierten Raufasertapete und dem alten Teppich bis zum Speisesaal, den er auch menschenleer vorfand, und bog nach rechts ab, auf eine automatische Tür zu. Sie öffnete sich, nachdem der Bewegungsmelder ihn erfasst hatte.

Ein Kiesweg führte in Schlangenlinien durch einen kleinen Park, dessen Grünflächen von Maulwurfshügeln übersät waren. In der Mitte des Parks ragten zwei große Tannen auf einem kleinen Hügel auf, zwischen ihnen stand eine Holzbank. Eine in einen schwarzen Mantel gehüllte alte Dame hatte sich dort niedergelassen und fütterte einige Vögel mit Brotkrumen. Nils ging auf dem knarzenden Kies auf sie zu. Ihre weißen, kurzen Haare schauten an den Seiten ihrer schief sitzenden Wintermütze heraus. Sie hatte eine Plastiktüte auf dem Schoß, in der Unmengen zerbröselten Brotes sein mussten. Der Platz zu ihren Füßen war mit einem Krümelteppich ausgelegt, und die Spatzen, Meisen, Amseln und Rotkehlchen kamen aus den dunkelgrünen, hängenden Ästen der beiden Tannen heruntergeflogen und bedienten sich eifrig. Das Gesicht der alten Dame war weiß wie Büttenpapier, doch eine Unmenge an Altersflecken gab ihrer Haut den Anschein einer leichten Bräune, die von irgendeiner Creme fettig in der Sonne glänzte. Wie eine faltige Gardine aus sehr weichem Stoff hing sie von ihrer Stirn und ihren kräftigen Wangenknochen und erinnerte Nils an einen menschlichen Bluthund. Die Augenlider der alten Dame zogen sich nach unten. Im unteren Lid war das wässrig schimmernde Rot zu erkennen, ihre Augäpfel waren groß und gelblich. Mit ihren ebenfalls von Altersflecken bedeckten Händen warf sie mit geübtem Schwung in kurzen Abständen das Brot auf den Boden. Als Nils nur noch zwei Meter von ihr entfernt war, stoppte sie in der Bewegung und blickte müde zu ihm auf.

»Schwester Sarah?«

»Ja?«

»Die Dame an der Rezeption sagte mir, dass ich Sie wahrscheinlich hier draußen finde.«

»Frau Leineweber. Ich bin eigentlich immer hier draußen, wenn es das Wetter zulässt.«

»Mein Name ist Nils Petersen. Ich bin auf der Suche nach einer Frau, die als junges Mädchen bei Ihnen im Heim war. Die Dame aus dem Büro sagte mir, Sie hätten sie betreut.«

»Frau Dannert. Die etwas fülligere.«

»Genau die. Darf ich mich setzen?«

»Ich füttere die Vögel. Mal sehen, ob sie kommen, wenn Sie hier sind.«

Sie warteten ab, und schon nach kurzer Zeit wurden die Versorgungsflüge aus und in die Tannen wieder aufgenommen.

»Wen suchen Sie denn?«, fragte Schwester Sarah nach ihrem ersten Brotwurf.

»Es geht um Anita Bohn.«

Wieder ein Brotwurf.

»Ich kenne keine Anita Bohn.«

»Ich meine Klein. Anita Sofia Klein.«

Die alte Dame zuckte zusammen, als hätte Nils sie mit einer Stricknadel gepikst.

»Sie kennen sie?«

»Mein Name ist Sarah Klein. Anita hat meinen Namen bekommen, weil ich sie aufgenommen habe. Das ist schon sehr lange her.«

»Fünfundvierzig Jahre«, sagte Nils.

»Aber ich weiß nicht, wo sie heute ist.«

»Nun, die Sache ist die: Ich bin Polizist auf der Insel Amrum. Und Anita Bohn, so heißt sie heute, ist an ihrem ersten Urlaubstag dort spurlos verschwunden. Das ist jetzt bald zwei Monate her.«

Schwester Sarahs Augenbrauen hoben sich und gaben schwerfällig noch mehr von ihren großen Augen frei. Halb zu Nils gedreht, schaute sie ihm ins Gesicht. Ein prüfender, abschätzender Blick.

»Ich fand ihre Kette am Strand. Mit der Gravur des Kinderheims.«

Sie blickte wieder zu den Vögeln.

»Und ich dachte, Sie könnten mir vielleicht etwas über sie erzählen. Was sie für ein Mensch gewesen ist. Damit ich besser verstehen kann, was ihr passiert sein könnte.«

»Sie sind ein sehr pflichtbewusster Polizist, wenn Sie extra hier rauskommen. Soviel ich weiß, ist so etwas doch Sache der Kriminalpolizei.«

»Sie haben recht. Aber ich arbeite mit der Kripo Niebüll zusammen, und es ist meine Insel, wissen Sie? Bei uns passiert nicht viel, und ich möchte der Sache auf den Grund gehen.«

Schwester Sarah steckte ihre Hände in die Manteltaschen. Die Vögel sahen ihr ungläubig zu.

»Sie war fast achtzehn Jahre bei uns. Mit einigen Unterbrechungen, wenn sie bei Pflegeeltern untergekommen war, aber das hat nie richtig funktioniert. Gebracht wurde sie uns von einem Mann, der vorgab, sie gefunden zu haben. Die leiblichen Eltern konnten nie ermittelt werden. Wissen Sie, in einem Heim groß zu werden, ist nie einfach. Nicht mal dann, wenn das Heim alles richtig macht. So etwas prägt. Und ich möchte mir nicht anmaßen zu sagen, dass wir alles richtig gemacht haben. Im Gegenteil. Das war eine ganz andere Zeit damals, es herrschten andere Grundsätze und Überzeugungen als heute. Ich weiß, dass man nichts mit der Zeit entschuldigen kann. Da müssen wir alle bei uns selbst anfangen, auch ich. Anita hatte, wie alle anderen auch, unter dem System zu leiden. Es war streng, und die Kinder hatten nicht viele Freiheiten.«

Nils kam es vor, als lauschten auch die Vögel ihrer Unterhaltung. Sie pickten und sahen mit ihren kleinen Augen in irgendeiner Erwartung zu Schwester Sarah auf.

»Was meinen Sie, wenn Sie sagen, sie hatte zu leiden?«

»Es gab Schläge. Es wurde eingesperrt. Essensentzug. Manchmal auch andere körperliche Gewalt. Dazu die Gewalt unter den Kindern. Und die fehlende Elternliebe.«

Nils musste an Frau Dannert denken, die meinte, Schwester Sarah würde sich über seinen Besuch freuen. Im Moment bezweifelte er, dass das der Fall war. Dennoch schien sie sehr bereitwillig über all das zu sprechen, selbst wenn das ein schlechtes Licht auf sie warf.

»Ihr Mann glaubt, Anita könnte sich vielleicht das Leben genommen haben. Sie hatten Eheprobleme.«

»Ich wünschte, es wäre nicht so. Das ist alles, was ich weiß. Das ist alles, was ich sagen kann. Den Rest muss ich mit mir selbst ausmachen.« Sie lehnte sich nach vorn, und ihre vom Alter gekrümmte Gestalt bog sich noch mehr unter ihren Erinnerungen. Sie atmete tief ein. Die Vögel flogen auf und verschwanden in den Tannen. Die Sonne schien durch die feuchte, diesige Luft in den kleinen Park wie durch eine dünne Plastikfolie. Die beiden Tannen, die an die acht, neun Meter maßen, warfen ihre langen Schatten auf den Hügel. An einer Stelle berührten sich die Schatten fast.

»Hat sie, während sie im Heim war, jemals versucht, sich umzubringen?«

»Nein. Nicht, dass ich wüsste.«

»Danke«, sagte Nils und stand langsam auf. Die Brottüte rutschte ihr vom Schoß, doch sie bemerkte es nicht einmal. Nils hob sie auf und stellte sie neben sie auf die Bank. »Auf Wiedersehen«, sagte er und ging.

Als er im Auto saß und über die Autobahn in Richtung Norden fuhr, den Hafen auf der einen Seite und die Elbbrücken auf der anderen, stellte er fest, wie fremd ihm hier alles war. Diese Größe, diese Massen, diese unzähligen Menschen und Maschinen. Er tauchte in das gelbe Licht des Tunnels, der ihn drei Kilometer weit unter einem Fluss hindurchführte. Als er das Tageslicht auf der anderen Seite sah, fühlte er sich schon besser. Nachdem er die Ausfahrt auf die Autobahn 29 Richtung Heide und Husum genommen hatte und die Stadt hinter sich ließ, fühlte er sich fast befreit. Fast.

EINUNDZWANZIG

Nils entschied sich, die Fähre von Schlüttsiel aus zu nehmen. Die Überfahrt würde länger dauern, doch er wollte für sich sein und nachdenken. Er blieb im Auto, so wie schon auf dem Hinweg mit Sandra. Hunger oder Durst verspürte er keinen, doch er hatte immer noch den Geschmack vom alten Jack auf der Zunge, den er mit Georg geleert hatte. Und wenn er an Georg dachte, fühlte er, wie stählerne Widerhaken an seinem Herzen rissen. Das war ein Schmerz, den man nicht ohne Betäubung ertragen konnte. Hatte er nicht noch eine Flasche im Handschuhfach? War er tatsächlich so idiotisch gewesen und hatte eine Flasche Whiskey hier deponiert, während Sandra mit ihm im Auto fuhr? Er riss die Klappe auf und wühlte hinter einigen Papieren, bis seine Finger die wohlbekannte Form umschlossen. Er zog die Flasche heraus, sicherte sich mit einem Dreihundertsechzig-Grad-Blick ab und nahm einen herrlichen ersten Schluck. Sofort spülte eine schwere Welle durch seinen Kopf, die ihn sanft durchschüttelte, und eine brennende Wärme senkte sich in seinen Magen.

Die kleine Fähre schlug gegen die Wellen, Gischt spritzte auf die Seitenscheiben. Der Wind brachte das Wasser am Boden des Schiffes zum Zittern. Die Halligen standen hinter einem verwaschenen Grauschleier am Horizont, ihre Konturen verloren sich im windgetriebenen Regen.

Nils nahm noch einen Schluck und noch einen. Die Flasche war bereits über ein Drittel geleert. Jetzt, im Herbst und Winter, wenn die See sich aufbäumte und immer stärker auf den Strand auflief, würde vielleicht ihre Leiche angespült werden. Sie würde entsetzlich zugerichtet sein, so schrecklich, dass Georg und Nina sie niemals sehen durften. Aber dann wäre sie wenigstens zurück. Die Polizei in Niebüll könnte ihre Untersuchungen wieder aufnehmen. Wenn nur die Leiche endlich auftauchte. Es würde alles besser werden, alle Fragen würden sich auflösen. Nils dachte an Claas und Thore, an Stefan, Schwester Sarah, Georg, Nina … und dann schlief er ein. Mit zurückgelehntem Kopf im Sitz seines Wagens, die rechte Hand fest um den Hals der Flasche geschlossen, die ihn als schweren Alkoholiker entlarven würde, wenn ihn jemand hier so sah.

Er träumte von seinem Zimmer, von dem Sturm und von den Schreien seiner Mutter. Trotz seiner Angst stand er auf und kämpfte gegen alle bösen Geister, die einen kleinen Jungen heimsuchen konnten, wenn er einem solchen Schrecken ausgesetzt war. Es war ein gesichtsloser Schrecken, doch der kleine Nils wollte ihn sehen, wollte wissen, was seiner Mutter angetan wurde, wollte helfen, wenn er konnte. Er ging über den Flur. Einen Schritt, zwei Schritte, drei, vier ... Aus dem Lichtrahmen um die Tür drang klägliches Wimmern und Stöhnen zu ihm in die Dunkelheit. Und da war noch etwas. Ein Lichtstrahl fiel wie ein Pfeil auf Nils' Brust. Es war das Schlüsselloch, das groß genug war, um das ganze Zimmer zu überblicken. Er beugte sich vor und näherte sich mit einem Auge dem kleinen Ausschnitt in dem gusseisernen Beschlag der Klinke. *Schummm!*

Nils riss seine Augen auf und starrte auf die blinden, beschlagenen Scheiben seines Autos. Die Fähre hatte eine Kurve beschrieben, und der Wind drückte die Wellen nun seitlich übers Deck. Wasser und Gischt ergossen sich laut wie bei einer Kollision über die Oberfläche des Wagens. Mit seinem Ärmel wischte Nils den Belag von der Seitenscheibe und sah bereits schemenhaft den Hafen von Amrum und das Licht des Leuchtturms. Er nahm noch einen letzten Schluck, steckte die Flasche zurück ins Handschuhfach und startete den Wagen, damit die Lüftung die Scheiben klar pusten konnte. Er musste sehen können. Er musste endlich einmal sehen können.

Zu seiner Überraschung brannte Licht, als er nach Hause kam.

»Hallo?«, rief er, als er die Tür aufgeschlossen hatte.

»Ich bin's!«, antwortete Karls Stimme von oben.

»Was zum Teufel machst du da?«, fragte Nils und spähte die Treppe hinauf.

»Streichen! Der Schlüssel lag unter dem Abtreter.«

Nils erinnerte sich, dass er dort einen Zweitschlüssel für Karl deponiert hatte, falls sie sich einmal verpassen sollten. Aber für heute waren sie gar nicht verabredet gewesen.

»Wenn's dir jetzt nicht passt, geh ich wieder«, rief Karl.

»Nein, nein, schon gut« Nils ging nach oben und öffnete die Tür, durch die er im Traum hatte spionieren wollen. Karl stand mit einer Farbrolle in der Hand vor der hinteren Wand und starrte sie entrüstet an.

»Diese Flecken kommen einfach immer wieder durch. Keine Ahnung, was das ist. Feuchtigkeit im Mauerwerk wahrscheinlich.«

Nils nahm die zwei Flecken von der Größe eines Basketballs näher in Augenschein.

»Komisch. Waren die vorher auch da?«, fragte er.

»Kann mich nicht erinnern«, meinte Karl.

»Egal, lass es trocknen, wir streichen später noch mal drüber. Wenn ich hier die Heizung andrehe, ist das morgen schon wieder weg«, sagte Nils und nahm sich auch eine Rolle.

»Wenn's von außen kommt, funktioniert das nicht, dann müssen wir noch mal verputzen.«

»Alles, was du sagst.«

»Die Dame von der Polizei ist wieder weg?«

»Ja, gestern. Ich bin mit rübergefahren und hab Herrn Bohn besucht.«

»Wie geht's ihm?«

»Nicht gut.«

Sie strichen den Rest des Zimmers. Nils übernahm die Dachschräge, weil er größer war als Karl und ohne Hilfsmittel bis an die Decke kommen konnte. Die Rolle schmatzte über die feuchte Tapete. Als Nils sich bückte, um neue Farbe aus dem Eimer aufzunehmen, bekam er einen leichten Schwindelanfall. Als ob ihm jemand einen Magneten an die Schläfe hielt und sein metallenes Gehirn nach links zog. Fast hätte er die Balance verloren. Am Alkohol konnte es nicht liegen, er war mehr gewohnt. Er hatte allerdings nicht viel gegessen heute, und der letzte Tag hatte ihn mitgenommen. Egal, er wollte, dass das Zimmer jetzt fertig wurde und dieses Kapitel abgehakt war. Er setzte die Rolle an und fuhr damit nach oben. Wieder fühlte er den Magneten an seiner Schläfe, diesmal viel stärker. Mit leichter Schlagseite setzte er sich auf den Boden und schloss die Augen. Der Schwindel blieb. Er schlug sich mit dem Handballen gegen den Kopf, doch auch das half nichts.

»Was ist mit dir?«, fragte Karl.

Nils lachte verzweifelt und schüttelte den Kopf. Er lehnte sich zurück.

»Die Wand ist frisch gestrichen«, bemerkte Karl unsicher.

»Ist doch scheißegal. Dann färbt sie halt ab. Ist nicht einfach alles scheißegal?«

Karl ließ seine Hand mit der Farbrolle sinken. Die Farbe tropfte auf den mit Schutzfolie ausgelegten Boden.

»Ich brauch jetzt was zu trinken«, sagte Nils.

»Ist dir schlecht? Ich hol ein Glas Wasser.«

»Nein, nein! Geh an den Küchenschrank. Neben dem Kaffee steht der Whiskey. Bring den mit.«

Karl war nicht ganz überzeugt von dieser Maßnahme, doch er tat es. Nils sog dreimal kräftig am Flaschenhals und hielt Karl den Whiskey hin. Der schüttelte nur den Kopf.

»Guck nicht so. Hast du's nicht längst gewusst? Ich bin ein Säufer! Ich trinke ein, zwei Flaschen am Tag. Du kannst es ruhig wissen, weil alles scheißegal ist. Meine Frau ist weg. Scheißegal. Meine Tochter kommt jetzt zu Besuch zu mir. Auch scheißegal. Eine Frau verschwindet, und ich will wissen, warum, aber niemand auf dieser beschissenen Insel hilft mir. Scheißegal! Mein ganzes Leben ist scheißegal, also warum soll ich nicht saufen? Niemand schert sich drum. Mit Ausnahme von dir natürlich. Eigentlich bin ich gar nicht mehr da. Was wir hier machen, ist völlig nutzlos. Flecken sind auch scheißegal.« Er nahm noch einen Schluck und fing an zu lachen, dass ihm der Whiskey aus dem Mund spritzte. Er lachte, und seine Bauchmuskeln krampften sich zusammen. Sein Mund stand offen, doch es war kein Ton zu hören, und da bemerkte Nils, wie das Lachen plötzlich kippte und zu einem Weinen wurde. Er verstand nicht, warum, kämpfte dagegen an, doch seine Gesichtszüge gehorchten ihm nicht mehr. Sie taten, was sie wollten. Und sie wollten weinen.

Karl stand wie eine Statue aus Kalk da und sah zu, wie sich Nils unter Lach- und Weinkrämpfen bog. Es war, als würde er mit einer schrecklich großen Bauchwunde vor ihm liegen und verbluten. Die Eingeweide quollen aus der schwarzroten Öffnung in seinem sonst so völlig unversehrten, stabilen, funktionierenden

253

Körper. Der kleine Nils, den er von Kindesbeinen auf kannte, verblutete kläglich vor seinen Augen. Karl spürte die Farbrolle in der Hand wie eine schwere, scharfe Sichel, die er Nils in den Körper geschlagen hatte. Er hatte es getan. Es war seine Schuld, dass der Junge so litt.

»Was ist nur mit mir los?«, krächzte Nils, und Speichel troff ihm aus den Mundwinkeln. »Warum bin ich so? Warum?«

Karl öffnete seine Hand, und die Sichel fiel zu Boden. Er ging an den beiden Flecken an der Wand vorbei, kniete sich vor Nils hin und legte ihm beide Hände auf die Schultern.

»Es ist nicht deine Schuld, Nils. Du bist an nichts schuld, hörst du?«

Nils' Tränen fielen mit einem kurzen, zischenden Geräusch auf die Schutzfolie. Karl setzte sich mit einem so tiefen Stöhnen vor Nils hin, dass dieser aufblickte.

Karl betrachtete ihn lange, und in seinen Augen bewegte sich so unendlich viel.

»Nils, ich muss dir etwas sagen. Gott verzeihe mir, dass ich's tue, und du musst mir verzeihen, dass ich's bis jetzt nicht getan hab. Ich kann nicht länger zusehen, wie du leidest. Diese Frau. Ich hab sie zuletzt gesehen. Ich saß oben im Pick-up, als sie aus dem Hotel kam. Und bin ihr gefolgt.«

Nils' Tränen versiegten augenblicklich. Er hob seinen Kopf, und seine Haut begann zu glühen. Der Schwindel war fort.

»Ich habe ihr nichts angetan. Aber ich muss dir etwas über deinen Vater sagen. Er wird mir das nie verzeihen, aber es geht nicht mehr anders. Es gibt Dinge, die du wissen musst. Du hast ein Recht darauf. Es war in einer Nacht 1966. Es war Winter, und ein Sturm fegte über die Insel. Ich war zu Hause und sicherte die Fenster, als ich ein Krachen unten im Jachthafen hörte. Ich lief runter und sah, dass die Boote gegeneinanderschlugen. Sie waren nicht richtig vertäut. Keiner hatte damit gerechnet, dass es so schlimm werden würde. Der Wind brüllte, und ich versuchte mein Bestes, aber der Steg stand schon unter Wasser. Mir blieb nichts anderes übrig, als die Boote an den Strand zu ziehen, sonst wären sie verloren gewesen. Und plötzlich sehe ich zwei Scheinwerfer in der Nacht. Sie kommen auf den Landungssteg hinaus, und ich frage mich noch, wer zum Teufel bei diesem Unwetter hier rausfährt. Das Auto hielt an, und ich erkannte es sofort. Es war das Auto deines Vaters. Er stieg aus und sah mich nicht. Ich erkannte, dass er etwas im Arm trug. Ein Bündel. Er ging damit ans Molenende und warf es hinein. Einfach so. Dann lief er zurück zum Wagen und fuhr weg. Ich rannte zum Steg und sah hinunter. Das Bündel schwamm noch im Wasser, aber es wurde davongetrieben, schneller, immer schneller. Ich ahnte, was er getan hatte, und dachte, ich muss es da rausholen. Ich band mich mit einem Seil am Steg fest und schaffte es irgendwie, es rauszuholen. Nils, das kleine Bündel war ein Baby.«

Nils' Atem steigerte sich und rauschte durch seine sich aufblähenden Nasenlöcher.

»Es lebte noch. Ich nahm es mit zu mir nach Hause und wärmte und trocknete es. Aber ich wusste nicht, was ich dann tun sollte. Ich verstand nicht, was dein Vater getan hatte. Und behalten konnte ich es ja nicht, ich war ledig, woher sollte ich ein Baby haben? Versorgen konnte ich es schon gar nicht. Also beschloss ich, es wegzubringen. Es musste runter von der Insel. Sie. Es war ein Mädchen. Ich besorgte Milch, eine Flasche, packte die Kleine ein, so gut es ging, und nahm die erste Fähre. Wir blieben im Auto während der Überfahrt. Ich musste das Baby ja verstecken. Und dann brachte ich es nach Hamburg in ein Kinderheim.«

Das Wort Kinderheim explodierte wie eine Gasblase in Nils' Kopf. Gleißendes Licht stob auf.

»Weißt du, dieses kleine Geschöpf, es tat mir so furchtbar leid. Was es schon alles ertragen musste. Unterwegs hielt ich an zum Tanken. Und als ich bezahlte, stand neben der Kasse so ein Ständer mit Plüschtieren. Ich wollte dem kleinen Ding irgendwas schenken, ihm irgendwas mitgeben von mir, also kaufte ich eins. Es war eine Giraffe. Ich gab die Kleine im Heim ab und fuhr wieder nach Hause. Und vor zwei Monaten sehe ich dieses kleine Mädchen vorm Hotel. So schüchtern und unsicher. Und sie hält diese Giraffe in den Händen. Genau *diese* Giraffe. Ihre Mutter hatte sie ihr geschenkt. Nils, es tut mir so leid. Diese Frau, Anita Bohn. Sie war deine Schwester.«

Nils hörte ein klägliches, dröhnendes Geräusch und begriff erst

Sekunden später, dass er selbst es verursacht hatte. In seinem Kopf fügte sich alles zu einem schrecklichen, überwältigenden Ganzen zusammen. Die Giraffe, das Heim, die Kette, die Nacht vor fünfundvierzig Jahren. Anita Bohn war seine Schwester. Und plötzlich fielen auch die letzten Puzzlestücke an ihren Platz. Seine innere Kugel im großen Geduldspiel seines Lebens erreichte endlich das vorgesehene Loch. Und alles ergab einen Sinn. Er und sein Vater, er und Elke, er und Anna. Er und Anita. Er war nicht allein. Er hatte all die Jahre eine Schwester gehabt. Doch jetzt war sie tot.

»Nils ...«, sagte Karl flehend.

Doch Nils sprang auf und stürmte aus dem Zimmer. Der Wind schlug ihm entgegen, als er die Haustür öffnete. Der Regen hatte ihn bereits vollkommen durchnässt, als er an seinem Wagen ankam und losfuhr. Er fuhr zu seinen Eltern, um von ihnen die Wahrheit zu erfahren. Aus ihrem Mund. Aus *seinem* Mund. Hauke sollte reden. Auf der Landstraße tauchte sein Traum aus dem dunklen Regen vor ihm auf. Doch diesmal wachte er nicht auf, bevor er zu Ende war. Mit weit aufgerissenen Augen sah er, was er als kleiner Junge durch das Schlüsselloch beobachtet hatte. Sah seinen Vater in unglaublicher Rage durch das Zimmer schreiten und Decken aus der Truhe und dem Schrank an sich reißen. Er blickte weiter nach links. Dort lag seine Mutter im Bett. Sie war schweißgebadet. Ihre langen Haare klebten wie Schlangen an ihrem aufgedunsenen Kopf. Ihre Haut war rot und fiebrig. Auf ihrem Bauch lag ein blutiges Baby. Der kleine Nils schreckte vom Schlüsselloch zurück und hielt sich eine Hand vor den Mund, um einen Schrei zu unterdrücken. Dann zwang er sich, wieder hinzusehen. Seine Mutter streichelte das Baby und weinte und jammerte, doch Hauke riss ihr das Kind aus den Armen.

»Gib es her!«, sagte er, und seine Stimme grollte wie das Gewitter.

»Neeeeeiiiiiinn!«, schrie seine Mutter und streckte ihre Hände aus. Alles war voll Blut. Und seine Mutter hörte nicht auf zu schreien. Hauke wickelte das Kind in die Decken und nahm das Bündel an sich.

»Bitte nicht! Bitte!«, flehte seine Mutter, doch Hauke ging auf die Tür zu. Nils stolperte zurück und flüchtete in sein Zimmer.

Durch einen kleinen Spalt in der Tür sah er, wie sein Vater mit seiner kleinen Schwester im Arm die Treppe hinunterlief. Dann hörte er die Haustür zuschlagen.

»Neeeeeiiiiinn!«, schrie Nils und schlug wie besessen auf das Lenkrad ein. Er schrie und schrie, bis er nicht mehr konnte. Der Wald tauchte auf. Abgebrochene Äste und Zweige lagen auf der Straße. Er fuhr über sie hinweg, in den Ort hinein und hielt vor dem Hotel.

Seine Schritte polterten dumpf über den langen Teppich im Flur. Er klopfte nicht, sondern schlug mit der Faust so hart gegen die Tür, dass er drinnen seine Mutter vor Schreck aufschreien hörte.

»Macht auf!«, rief er. Und zum ersten Mal öffnete nicht seine Mutter die Tür, sondern sein Vater.

»Nils! Hast du den Verstand verloren?«

Nils' Augen blitzten wie die eines Wolfes. Hauke prallte zurück. Nils trat ein und schlug die Tür hinter sich zu. Der Fernseher lief. Eine Zigarre brannte im Aschenbecher auf dem Tisch. Seine Mutter stand barfuß neben dem Bett und hielt wie schützend beide Arme vor die Brust. Hauke ging rückwärts, bis er gegen den Tisch stieß. Beide starrten ihn entsetzt an, entsetzt über seinen Zustand, entsetzt über das Wissen in seinen Augen.

»Ich weiß alles«, sagte Nils dunkel.

»Was weißt du?«, fragte Hauke.

»Du bist ein Mörder! Du hast ein Kind getötet, dein eigenes Kind! Hast es ertränkt. Hast *sie* ertränkt! Sie war meine Schwester!«

Elisabeth sank auf das Bett. Ihr Atem zitterte. Tränen fluteten ihre Augen. Haukes Größe und Selbstsicherheit waren mit einem Mal verschwunden. Seine Augen waren weit und schuldig geöffnet, sein Körper schien geschrumpft. Ein vollkommen anderer Mann stand vor Nils, ein Mann, den er noch nie zuvor gesehen hatte.

»Der große Hauke Petersen, Besitzer des besten Hotels am Platze, Visionär, Vorreiter und Selfmade-Millionär ist ein Kindsmörder, weiter nichts. Und ich, sein Sohn, bin Polizist! Ist das nicht ein Witz? Das ist der beste Witz, den ich je gehört habe. Du hast meine Schwester getötet und gedacht, niemand würde es bemerken. Hast gedacht, du kommst damit davon und lebst trotzdem bis an dein Lebensende in Luxus! So wird es nicht kommen. In dieser Nacht, als du draußen in Steenodde dein Kind ins Meer geworfen hast, hat dich jemand gesehen.«

Haukes Augen wurden noch größer. Wie Krampfadern umschlossen dicke rote Blutäderchen seine Augäpfel. Seine Lippen waren weiß, seine Haut rot und fleckig.

»Ja, da staunst du! Man hat dich gesehen. Karl hat dich gesehen.«

Hauke fühlte mit seinen Händen nach dem Stuhl hinter sich und setzte sich schwerfällig wie ein Greis. Steif und mit leerem Blick saß er vor Nils. Der trat nah an ihn heran.

»Du wirst gleich noch viel mehr staunen. Es gibt nämlich etwas, was du auch nicht weißt. Karl hat dich nicht nur gesehen. Er hat auch das Baby gerettet.«

Nils sprach die Worte auf den Kopf seines Vaters und roch dabei das herbe Aftershave. Tabac, vermischt mit Zigarrenrauch. Er blickte zu seiner Mutter, die zitternd und wimmernd auf dem Bett saß. Sie sah aus wie eine alte Frau. Eine alte, traurige Frau.

»Er hat sie in ein Kinderheim gebracht. Wo sie aufwuchs. Sie ist erwachsen geworden. Eine Frau. Sie hat geheiratet und selbst eine Tochter bekommen. Und weil das noch nicht genug ist, kommt jetzt das Allerschönste: Ihr kennt diese Frau. Sie war bei euch im Hotel. Eure Tochter! Sie kam zurück auf die Insel. Du hast sie persönlich begrüßt. Und dann in der Nacht ist sie spurlos verschwunden.« Beide begriffen fast gleichzeitig. »Richtig. Es war Anita Bohn.«

Nils beugte sich immer tiefer zu seinem Vater herunter, sodass Haukes Haare von seinem Atem zu zittern begannen. Er erhoffte sich eine Reaktion, doch Hauke bewegte sich nicht. Er saß wie versteinert da und starrte ins Nichts. *Er hat den Verstand verloren,* dachte Nils.

Elisabeth weinte und wimmerte genau wie damals in der Nacht, als Hauke ihr ihr Kind wegnahm. Seltsamerweise hatte Nils kein Mitleid. Er fühlte nichts, als er seine Mutter so sah. Sollte sie ruhig leiden. Aber sein Vater sollte es auch spüren, den Schmerz, die Schande. Nils ging in die Hocke.

»Ich will wissen, warum. Hörst du? Ich will wissen, warum!«

Hauke blieb stumm, katatonisch.

»WARUM?«, schrie Nils ihm ins Gesicht, doch Hauke zwinkerte nicht einmal. »Warum nur, Papa?«, jammerte er und ließ sich kraftlos auf dem Teppich nieder.

»Dein Vater konnte nicht anders, Nils«, hörte er durch sein eigenes Schluchzen hindurch seine Mutter sagen.

»Hör auf, ihn noch in Schutz zu nehmen! Das tust du seit Jahren. Hör auf!«, schrie Nils. »Ich hab's gesehen! Jahrelang hab ich diesen Alptraum gehabt, aber es war gar keiner. Ich bin aufgewacht, weil ich Schreie gehört hatte. Da bin ich rüber zu euch und hab durchs Schlüsselloch geguckt. Ich hab gesehen, wie er sie dir weggenommen und sie eingepackt hat. Ich hab alles gesehen, Mama.«

Elisabeth streckte ihre Hände nach ihrem Sohn aus, ihrem einzigen verbliebenen Kind. Sie wollte ihn trösten für das, was er hatte sehen müssen, für das, was er hatte durchmachen müssen, für das, was er nicht vergessen konnte. Nur dass sie nicht so aussah wie eine Mutter, die noch genug Kraft hatte, ihrem Kind Trost zu spenden. Nils krabbelte zu ihr und drückte seinen Kopf gegen ihr Bein. Sie streichelte seine Haare, wie sie es immer getan hatte, als er klein war.

»Dein Vater war wütend auf mich. Weil ich einen schweren Fehler begangen hatte. Sie war nicht seine Tochter. Ich habe ihn mit einem anderen Mann betrogen. Dein Vater konnte das nicht ertragen, diese Schmach. Er konnte keine Kinder zeugen. Und als ich wieder schwanger wurde, litt er wie ein Hund.«

Nils hob seinen Kopf.

»Wieder?«

»Ja. Du warst doch auch schon da. Er hatte dich als seinen Sohn angenommen, weil ich versprach, nie darüber zu reden und deinen leiblichen Vater niemals wieder zu treffen. Alles wäre gut gewesen, wenn ich nicht so schwach gewesen wäre. Ich war damals sehr verliebt in diesen Mann. Ich hab das Versprechen gebrochen. Und als ich wieder schwanger wurde, brach es Hauke das Herz. Das konnte er mir nicht mehr verzeihen. Es tut mir so leid, mein Junge. Du und deine Schwester, ihr habt denselben leiblichen Vater. Aber Hauke ist dein wirklicher Vater.«

Sie hob den Kopf, um zu sehen, wie Hauke ihre Worte aufgenommen hatte. Doch der Stuhl war leer.

»Hauke?«, hauchte sie.

Jetzt drehte sich auch Nils um.

»Papa?«, rief er. Keine Antwort. Es war still im Zimmer. Nur der Wind rieb sich an der schwarzen Scheibe, und in der Ferne hörte man die Brandung.

»Oh Gott, wir müssen ihn finden«, sagte Elisabeth.

»Ich gehe«, erwiderte Nils entschlossen und erhob sich. Seine kleine alte Mutter stand vor ihm mit ihrem offenen Haar, durch das bereits ihre Kopfhaut durchschimmerte. Eine Frau, die er bis jetzt nicht gekannt hatte. »Mama, wer ist mein Vater?«

»Seit Jahren fürchte ich mich vor dieser Frage«, sagte sie leise.

»Sag mir, wer.«

»Weißt du das nicht längst?«

ZWEIUNDZWANZIG

Nils lief hinaus in die Nacht. Es gab nur zwei Möglichkeiten, wo sein Vater jetzt sein konnte. *Nein, nicht mein Vater,* dachte er aufgewühlt. *Hauke.* Entweder in Steenodde, wo er sein Kind ins Meer geworfen hatte, oder in ihrem alten Haus, in dem Anita und auch Nils geboren worden waren.

Auf dem Platz vor dem Hotel war von Hauke nichts zu sehen. Nils stieg in seinen Wagen und fuhr mit aufheulendem Motor im Rückwärtsgang bis zur Höhe der Straße vor dem Kino und schleuderte den Wagen herum. Als er mit durchdrehenden Reifen erneut anfuhr, sah er plötzlich Elke und Anna vor seinem Kühler. Er trat so hart in die Bremsen, dass er den Motor abwürgte. Seine Frau und seine Tochter standen im Scheinwerferlicht und sahen zu, wie er ausstieg.

»Nils, was tust du hier?«, fragte Elke und legte eine Hand schützend auf Annas Schulter.

»Habt ihr meinen Vater gesehen? Hauke?«

»Nein. Wir wollten gerade …«

»Tut mir leid«, sagte er, setzte sich wieder hinters Steuer und fuhr davon. Er sah die beiden im Rückspiegel immer kleiner werden, bis er um die Kurve bog. Dann gab er noch mehr Gas.

Sein Haus war dunkel und verlassen. Trotzdem lief er in den ersten Stock und sah im Zimmer seiner Eltern nach. Auch hier war er nicht. Nur die beiden Flecken leuchteten deutlich und feucht an der Wand. Es roch nach frischer Farbe.

Der Wind kam von Westen, also lief die Strömung vom Land weg in die Meerenge zwischen Föhr und Amrum. So wie vor fünfundvierzig Jahren. Die Lichtsäulen der Scheinwerfer spießten die Dunkelheit vor Nils' Kühlerhaube auf, und in ihrem Licht jagten die Regentropfen vorüber.

Als er rechts um die Kurve bog und das Ende des Landungsstegs in Sicht kam, sah er auch schon Haukes Wagen. Dessen Scheinwerfer leuchteten in die schwarze Nacht über dem unruhigen Wasser und verloren sich im Dunkel. Hauke stand zwischen den

Lichtkegeln in einer merkwürdigen Schnittmenge aus Licht und Schatten.

Er stand vor dem Abgrund. Hier war es geschehen, hier hatte er vor fünfundvierzig Jahren das kleine Bündel hineingeworfen. Alles schien wie damals zu sein. Der Sturm, der Regen, sein Auto hinter ihm. Nur trug er heute nichts in seinem Arm. Und doch war es eine Wiederholung der Ereignisse. Alles hatte so kommen müssen. Und er war bereit. Vielleicht hatte er schon immer auf diesen Tag gewartet. Jetzt bekam er, was er verdiente. Er war nichts weiter als ein Mörder, Nils hatte recht. Er war kein Vater, sondern war gehörnt und betrogen worden, und er wusste, dass er niemals das erreichen konnte, was seine Frau und Karl erreicht hatten. Sie beide verband mehr als ihn und Elisabeth. Er stand außen vor. Nur der Ring an seinem Finger war ihm geblieben, doch der war wertlos. Ein Stück Metall, ohne Anfang, ohne Ende, weiter nichts. Er hatte nichts mehr. Nicht mal den schönen Schein, nicht mal eine Fassade. Nils hatte alles völlig zerstört. Kein Stein stand mehr auf dem anderen. Trümmer, wohin man sah, und Trümmer hatte auch er hinterlassen.

Er dachte an seine Enkeltochter, der er nur flüchtig den Kopf getätschelt hatte. *Nein, nicht meine,* verbesserte er sich. *Karls.*

Es war Zeit. Er musste gehen.

Nils beschleunigte und sah, wie sein Vater einen Schritt nach vorn machte und einfach verschwand. Er hatte die Insel, seine Welt, verlassen, als sei sie doch eine Scheibe. Er war einfach über den Rand hinausgegangen.

Nils bremste und eilte zur Kante. Das Wasser war schwarz und mit aschegrauen Schaumkronen bedeckt. Für einen Moment überlegte er, ob er es geschehen lassen sollte, ob das die Fügung war, der diese Insel sich unterordnen musste, eine höhere Bestimmung und vielleicht sogar so etwas wie Gerechtigkeit. Die Sekunden verstrichen. Haukes Kopf tauchte nicht wieder auf. Nils starrte und starrte. Alles würde so bleiben, wenn er nichts unternahm.

Hauke hatte einen starken Willen, doch sämtliche Reserven waren nun aufgebraucht. Er war müde. Das Wasser war schwarz unter ihm. Über sich konnte er die Lichtstrahlen seines Wagens sehen, die in der dumpf rauschenden Gischt zerrissen und zerfleddert wurden. Die Kälte hielt ihn gefangen. Sein Herz hatte Mühe zu schlagen. Und er spürte den unwiderstehlichen Sog in den Wassermassen, der ihn fortzog, als stünde ein Riese am Tellerrand der Welt und schlürfe ihn mitsamt der Suppe in seinen Schlund. Hauke öffnete seinen Mund, schloss die Augen und atmete das schwere Wasser in seine Lungen. Er wollte alles geschehen lassen. Dann packte ihn etwas am Kragen und zog ihn nach oben. Hauke ließ auch das geschehen.

Nils war aus einem Instinkt, aus einem Reflex heraus, gesprungen. Er hatte ein paar schnelle, harte Züge gemacht, schon, um gegen die Kälte anzukämpfen, und hatte die weißen Haare seines Vaters sich im Wasser bewegen sehen wie feines Seegras. Sie leuchteten förmlich. Er hatte seine Hand ausgestreckt und zugegriffen. Jetzt wandte er sich nach oben und arbeitete sich auf die Wasserober-fläche zu. Es dauerte unglaublich lange, und er dachte, er könnte es nicht länger aushalten, sondern müsste den Mund öffnen und atmen, und dann würden sie beide ertrinken. Sie wären endlich in der Kälte vereint, Seite an Seite, Arm in Arm. Da fiel etwas mit einem Knall auf das Wasser. Es war ein Ring, und Nils sah, wie sich daneben ein Seil ins Wasser senkte. Das gab ihm Kraft für die letzten Meter. Er packte den Ring, zog sich daran hoch und schaffte es, sein Gesicht aus dem Wasser zu heben, um endlich nach Luft zu schnappen. Erst dann hob er mit einem kräftigen Ruck seinen Vater aus dem Wasser. Er klemmte seinen rechten Arm unter Haukes Kinn und verhakte seinen linken im Rettungsring. Kaum hatte er das getan, spürte er den Zug. Jemand holte sie an Land. Nils konnte nichts sehen. Die Wellen spülten über seinen Kopf, und er hatte Mühe, überhaupt zu atmen. Dann hörte er eine Stimme durch das Tosen und Rauschen, und seine Füße stießen gegen die Kaimauer. Irgendwo hier gab es Stufen. Er trat um sich, bis er endlich auf etwas stieß, das ihm Halt gab. Sein Griff um Haukes Kinn rutschte ab, doch er krallte die Finger in dessen nasse Kleidung und hievte ihn auf Brusthöhe. Er spürte, wie über ihm jemand Haukes Arm zu fassen bekam und daran zog. Hauke wurde leichter und leichter, bis Nils ihn endlich loslassen konnte. Erschöpft griff er in die rostigen Metallstreben und drückte sich gegen die Mauer, bis auch ihn jemand hochhob. Kaum aus dem Wasser, fiel Nils zu Boden. Über sich im Licht der Scheinwerfer erkannte er Karl.

»Bist du okay?«, schrie Karl.

Nils nickte, und sie wandten sich Hauke zu, der leblos in einer Pfütze lag. Von der Landstraße her hörte Nils Sirenengeheul. Gemeinsam legten sie Hauke auf die Seite, sodass das Wasser aus seinen Lungen laufen konnte.

Über Haukes Schulter hinweg warfen sich Nils und Karl einen Blick zu. Vater und Sohn. Nils sah es in seinen Augen, und wieder fügte sich etwas für ihn zusammen. Seine neue Welt nahm Gestalt an, hier draußen im Sturm auf dem Hafenkai.

Blaulicht schlug ihnen entgegen. Die Sirenen wurden immer lauter. Sie hörten die Motoren der Feuerwehrwagen. Und waren bald umringt von Stiefeln und lauten Stimmen.

Nils spürte Hände, die sich unter seine Arme schoben und ihn hochzerrten, weg von Haukes leblosem Körper, um den sich jetzt einige Männer scharten, die versuchten, ihn wiederzubeleben. Kommandos hallten blechern durch den Wind und wurden auf die offene See getragen. Blauer Regen stürzte auf sie alle herab. Jemand warf Nils eine silberne Wärmedecke über, ein anderer verschloss sie vor seinem Bauch. Sie packten ihn ein und verfrachteten ihn in einen Krankenwagen. Erst hier setzte das Zittern ein, das in seiner Heftigkeit schon grotesk war.

»Nils, wie geht's dir? Wie lange warst du im Wasser?«, schrie jemand auf ihn ein.

»Prr Mnutn«, brachte Nils unter großer Anstrengung hervor.

»Bist du verletzt?«, schrie dieser Jemand. Nils schüttelte nur den Kopf. Sein sich aufwärmender Körper begann zu schmerzen, schrecklich zu schmerzen. Eine Verletzung hätte er gar nicht spüren können. Sein Augenlid wurde hochgezogen, und eine helle Lampe leuchtete in seine Augen.

»Schön wach bleiben, Nils.«

Draußen hatten sie Hauke auf eine Bahre gelegt, und hinter all den Männern erkannte Nils Karl, der mit Andreas sprach. Neben dem Krankenwagen, in dem er saß, stand noch ein zweiter, und in diesen schoben sie Hauke. Der Arzt, Dr. Steinmann aus Norddorf, sprang hinterher. Nils stöhnte. Egal, wie sehr es schmerzte, er musste in den anderen Wagen, musste wissen, wie es Hauke ging, ob er noch lebte, ob nicht alles umsonst gewesen war. Nils rappelte sich auf und humpelte zu dem zweiten Krankenwagen.

»He, Nils!«, rief jemand hinter ihm. Doch er hatte bereits einen Fuß in den Wagen gesetzt. Dr. Steinmann sah ihn eine Sekunde lang an. Er war ein eigensinniger, scheinbar immer schlecht gelaunter Inselarzt, der Nils schon in dessen Jugend untersucht und ihm mehr Standpauken gehalten als Medikamente verordnet hatte.

»Los, komm rein«, sagte er.

»Nils, verdammt!«, rief die Stimme hinter Nils.

»Er fährt hier mit«, sagte Dr. Steinmann und hatte sich bereits wieder über Hauke gebeugt.

»Na, dann.« Der Mann hinter Nils stieg ebenfalls ein und zog die Tür hinter sich zu. Nils warf ihm einen Blick zu. Es war Stefan. Sie waren nun zu fünft im Wagen. Zwei Sanitäter, Dr. Steinmann, Nils und Stefan.

»Leute, das ist kein Bus hier, das ist ein Krankenwagen«, sagte Dr. Steinmann, und schon hörte man den Motor anspringen, die Fahrt ging los. Die Sanitäter brachten Clips an Haukes Fingern an, und nachdem einer von ihnen einen Monitor eingeschaltet hatte, erklang das Piepsen einer Herzfrequenz.

»Dein Alter lebt noch, keine Sorge«, meinte Dr. Steinmann und drückte Hauke eine Injektionsnadel in den Arm.

»Wir bringen euch in die Klinik nach Föhr«, sagte Stefan.

»Wll na Hse«, stammelte Nils und zitterte unter seiner Aluminiumdecke.

»Ja, ja, später. So kannst du nicht allein bleiben.«

Ein Sanitäter wollte Nils' Blutdruck messen und brachte eine Manschette an seinem Arm an.

»Was hat er?«, fragte Dr. Steinmann.

»Hundertfünf zu sechzig«, antwortete der Sanitäter.

»In Ordnung. Heute Nacht gibt's Kaffee und heiße Suppe,

bis der Arzt kommt«, sagte Dr. Steinmann. »Wenn Stefan bei dir bleibt, geb ich dir meinen Segen, dass du nach Hause kannst. Was zum Henker habt ihr da draußen überhaupt angestellt?«

Nils antwortete nicht. Er starrte auf Haukes nasse Hosenbeine. Hauke hatte kräftige Oberschenkel, aber eher schmale Waden. Bei Nils war das anders. Er hatte schlanke, kerzengerade Beine. Sein ganzer Körperbau unterschied sich elementar von Haukes. Sie waren sich nicht im Geringsten ähnlich. Wie hatte er das nur so lange übersehen können? Plötzlich zog es ihm den Boden unter den Füßen weg. So wortwörtlich, dass er glaubte, aus dem Krankenwagen auf die Straße zu stürzen. Mit beiden Händen griff er nach einem Halt und erwischte Stefans Arm.

»Nils? Alles in Ordnung?«

Langsam lockerte Nils seinen Griff und nickte kaum merklich. Tropfen fielen von seinen nassen Haaren, als er den Kopf sinken ließ.

»Nils! Schön wach bleiben. Wir sind gleich da«, rief Dr. Steinmann ihm zu und forderte Stefan mit einem Blick auf, sich weiter um ihn zu kümmern.

»Nils, was ist denn da draußen passiert?«, fragte Stefan leise.

Wie soll ich dir das erklären? Und wieso gerade dir?

»Knn jetzt ncht«, sagte er und schüttelte den Kopf.

»Schon gut.« Stefan legte ihm eine Hand auf den Rücken. Nils überlegte, ob er sie abschütteln sollte.

»Wir bringen deinen Vater zum Hafen. Er wird mit dem Seenotkreuzer rübergebracht. Für den Hubschrauber ist der Wind zu stark. Hast du gehört? Deinem Vater geht's bald wieder besser.«

»Er … ist … nicht … mn … Vatr«, presste Nils heraus.

»Was redest du da?« Stefan sah ihn besorgt an. Auch Dr. Steinmann drehte sich um.

»Alles … ist … anders.«

»Was meinst du?«, hakte Stefan nach.

»Hauke … ist … nicht … mein … Vater!« Nils blickte seinem alten Freund verzweifelt in die Augen.

»Schon gut. Schon gut, Nils«, sagte Stefan und nahm ihn in den Arm.

DREIUNDZWANZIG

»Vorsicht, das Geländer!«, rief Elke.

Nils drehte sich kurz zur Seite und hob das Bettgestell noch höher. Die Füße ragten nach oben, damit sie es besser tragen konnten. »Pass du mit der Lampe auf«, sagte er.

Elke steuerte den hinteren Bettpfosten an der Flurlampe vorbei.

»Okay, 'n bisschen schneller … ja … gut … stopp … etwas mehr nach links«, dirigierte Nils.

»Soll'n wir's nicht doch auseinanderbauen?«, rief Anna die Treppe hinauf.

»Auf keinen Fall! Wir ham's doch gleich«, gab Nils unter Stöhnen zurück, und endlich war das sperrige Gestell oben. Sie brachten es in das Zimmer.

»So, wo soll's nun hin?«, fragte Nils und stemmte seine Hände in den Rücken.

»Hier links in die Mitte.«

»In die Mitte? Nicht lieber ganz ran an die Wand?«

»Nein, in die Mitte.«

»Aber platzmäßig …«

»Papa, ist das dein Zimmer oder meins?«

»Also in die Mitte.« Elke und Nils hoben das Gestell an und drehten es auf die Füße. Sie legten den Lattenrost und eine Matratze hinein, traten drei Schritte zurück und sahen sich ihr Werk an. Anna stellte ein kleines Tischchen mit Lampe neben das Bett.

»Und?«, fragte sie.

»Sieht richtig gut aus«, sagte Nils.

»Find ich auch.« Sie lächelte zufrieden.

»Sehr gut«, meinte Elke.

»So, ich brauch 'ne Pause«, sagte Nils.

»Ich koch uns einen Kaffee.«

Sie gingen nach unten. Auf der Treppe blieb Elke stehen.

»Nils?«

»Ja?«

»Ich würde dich gerne zur Beerdigung begleiten, wenn's dir nichts ausmacht.«

Morgen würde Anita beigesetzt werden. Auch wenn man ihre Leiche nicht gefunden hatte und vielleicht nie finden würde, und auch wenn sich damit nie vollständig aufklären würde, was passiert war, so wusste Nils doch eins ganz genau: Er hatte sie gefunden. Er hatte seine Schwester gefunden, die er vor fünfundvierzig Jahren verloren hatte. Sein Traum war das letzte Bruchstück eines Rätsels gewesen, das sich nun endlich auflöste und ihn erlöste. Tief in seinem Inneren hatte er es immer gewusst. Doch manche Dinge waren so schmerzhaft, dass man sie besser vergrub. Alles, was nun auf die Nacht, in der er alles erkannt hatte, folgte, war ebenso schmerzhaft. Doch er war kein Kind mehr. Er würde es durchstehen, und am Ende würde alles besser werden. Das Verbrechen, das er hatte aufklären wollen, war wahrscheinlich nur eine Illusion gewesen. Karl hatte erklärt, dass er am Strand noch mit Anita gesprochen hatte. Es gab auch keine anderen Spuren auf der Kette als Anitas eigene. Alle Verdachtsmomente waren damit hinfällig. Ihr geheimnisvolles Verschwinden hatte sein Licht nicht auf ein aktuelles, sondern auf ein lange zurückliegendes Verbrechen geworfen. Und mit dessen Aufdeckung hatte sich alles verändert. Nils' Welt war gekippt und erweitert worden. Die ganze Insel hatte sich verändert und würde es weiter tun. Veränderung war etwas, was man nicht aufhalten konnte.

»Wenn du nicht gefragt hättest, hätte ich dich gebeten mitzukommen«, sagte Nils, und Elke lächelte.

Sie gingen zusammen hinunter in die Küche, wo Anna bereits den Kuchen anschnitt.

Epilog

»Hallo«, sagte sie nach einer ganzen Weile. Vor ihr stand der alte Mann vom Hotel. Sie bemerkte diesen Ausdruck in seinen Augen, obwohl es hier unten am Strand nur das kalte Mondlicht gab. Diese Augen. Sie kamen ihr bekannt vor.

»Sind Sie nicht der Gärtner vom Hotel?«, fragte sie.

Karl konnte nichts erwidern. Er dachte die Antwort, aber hätte sich nie getraut, sie auszusprechen.

Ihre Augenlider begannen zu flattern, so als hätte sie seine Gedanken gehört.

»Diese Giraffe ...«, begann er, ohne ein Ende für seinen Satz zu haben.

»Frau Knickebein.«

»Wie alt ist sie?«

»So alt wie ich. Sie gehörte mal mir. Ich hab sie in einem Heim bekommen, zusammen hiermit.« Sie zog den Anhänger aus ihrem Shirt.

Karl starrte auf den goldenen Jesus am Kreuz.

Langsam ließ Anita ihre Hand wieder sinken. *Diese Augen,* dachte sie, *ich kenne sie irgendwoher.*

Karl schluckte. Es schien ihm verräterisch laut.

»Was wollen Sie hier?«, fragte Anita. Etwas Bedrohliches ging von diesem Mann aus. Er war nicht böse oder gefährlich, das wusste sie, aber da war etwas, das sie glauben ließ, einen Angriff abwehren zu müssen. Keinen körperlichen oder verbalen Angriff, sondern ...

»Anita«, sagte er, und so, wie er es sagte, war er ihr beängstigend vertraut und nah. So nah, wie einem nur jemand sein kann.

Woher kannte sie nur diese Augen?

»Anita«, wiederholte er, und sie trat einen Schritt zurück. Die Brandung rauschte in ihrem Rücken. Die Flut kam.

Der Mann streckte seine Hand aus. Anita verstand die Geste nicht.

»Was wollen Sie von mir?«

Karls Arm war schwer wie Gold. Seine Muskeln zitterten. Er wollte sie in den Arm nehmen, berühren wenigstens.

Anita ging noch einen Schritt zurück. Diese Augen machten sie ganz verrückt.

»Bitte«, sagte Karl, und es klang wie ein Betteln.

Anita meinte, etwas zu hören. Eine kleine, weit entfernte Stimme, die durch die Brandung flüsterte. Dieser Mann sollte sie endlich in Ruhe lassen. Er sah sie so merkwürdig an mit seinen braunen Augen. Braun mit einem gezackten gelben Rand wie von einem Kronkorken. Und da wusste sie plötzlich, wo sie diese Augen schon einmal gesehen hatte: im Spiegel. Es waren ihre eigenen.

»Nein«, sagte sie und ging immer schneller. »Nein!«

Karl lief ihr hinterher.

»Bleiben Sie weg!«, schrie sie ihn an. Dann drehte sie sich um und rannte auf das Wasser zu. Das Mondlicht spiegelte sich auf den Wellenkämmen und umschloss Anita wie ein silberner Mantel. Karl blieb zurück.

Anita lief und lief, und die Welt verfolgte sie wie ein Tier. Sie lief, bis sie etwas in der Dunkelheit entdeckte, das ihr Schutz geben konnte. Eine Festung, eine Burg. Sie hastete an der hölzernen Mauer entlang, bis sie endlich einen Eingang fand, und ließ sich auf den Boden fallen. Über ihr stand der Nachthimmel. Eine Möwe glitt lautlos über sie hinweg. Sie vernahm ein feines Klingen und entdeckte einen Strauß Zweige, an dem silbern glänzende Dinge hingen und sich drehten. Der Wind bewegte sie und verwandelte sie in ein Glockenspiel. Es war ein schönes Lied. Doch ein Ton fehlte. Anita stand auf, nahm das Kreuz von ihrer Brust und hängte die Kette in die Zweige. Jetzt war es vollständig. Sie blickte durch die krummen Holzstangen des Zauns. Vor den Toren der Festung stand die Flut. Dies war ihre letzte Station. Die Welt hinter ihr war zerstört. Es gab kein Zurück, nur ein nach vorn. Sie war hier, weil sie hier sein sollte. Sie kannte diesen Ort. Sie kannte diesen Mann. Alles fügte sich zusammen. *Ich verlasse dich und bleibe für immer.*

So say goodbye it's Independence Day
Papa now I know the things you wanted that you could not say
But won't you just say goodbye it's Independence Day
I swear I never meant to take those things away.

Bruce Springsteen, »Independence Day«